HILARY BOYD

An einem Sonntag im Oktober

GOLDMANN
Lesen erleben

Buch

Flora hat den Mann fürs Leben schon längst gefunden. Seit acht Jahren ist sie glücklich mit Fin zusammen und bereit, mit ihm eine Familie zu gründen. Doch dann, an einem Sonntag im Oktober, verschwindet er plötzlich spurlos. Flora ist verzweifelt, bittet die Polizei um Hilfe und sucht in allen Krankenhäusern nach ihm. Doch allmählich muss sie verstehen, dass Fin freiwillig, ohne ein Wort der Erklärung, gegangen ist. Flora ist am Boden zerstört und verfällt in eine tiefe Depression. Nach Jahren hat sie endlich das Gefühl, dass das Leben tatsächlich weitergeht. Sie wohnt bei ihrer Schwester, versucht sich mit mäßigem Erfolg gegen deren Verkupplungsversuche zu wehren und arbeitet als Krankenpflegerin bei einer reizenden alten Dame. Umso schockierter ist sie, als Fin ihr eines Nachmittags plötzlich im Supermarkt gegenübersteht. Verzweifelt versucht er, Flora zurückzugewinnen, behauptet, er sei ein neuer Mensch. Doch hat ihre Liebe wirklich eine zweite Chance?

Weitere Informationen zu Hilary Boyd
sowie zu lieferbaren Titeln der Autorin
finden Sie am Ende des Buches.

Hilary Boyd

An einem Sonntag im Oktober

Roman

Aus dem Englischen
von Sonja Hauser

GOLDMANN

Die englische Originalausgabe erschien 2013
unter dem Titel »When you walked back into my life«
bei Quercus, London.

Dieses Buch ist auch als E-Book erhältlich.

MIX
Papier aus verantwortungsvollen Quellen
FSC® C014496
FSC
www.fsc.org

Verlagsgruppe Random House FSC® N001967
Das FSC®-zertifizierte Papier *Holmen Book Cream* für dieses Buch
liefert Holmen Paper, Hallstavik, Schweden.

1. Auflage
Deutsche Erstveröffentlichung Oktober 2014

Umschlaggestaltung: UNO Werbeagentur, München
Umschlagmotiv: FinePic®, München
Redaktion: Irmgard Perkounigg
MR · Herstellung: Str.
Satz: omnisatz GmbH, Berlin
Druck und Bindung: GGP Media GmbH, Pößneck
Printed in Germany
ISBN: 978-3-442-48100-2
www.goldmann-verlag.de

Für Don,
den ich seit vierzig Jahren liebe

Prolog

Oktober 2009

Sie schreckte aus leichtem Schlaf hoch und wählte sofort seine Handynummer. Wieder nur die Mailbox. Ein Blick auf die Uhr sagte ihr, dass es fast halb sechs in der Früh war. Die schrecklichsten Gedanken gingen ihr durch den Kopf: ein Fahrradunfall, ein Sturz bei einer seiner Klettertouren.

Gestern hatten sie sich am Morgen hastig voneinander verabschiedet, weil sie, als sie schon beim Anziehen gewesen war, noch einmal miteinander geschlafen hatten, und dann wäre sie fast zu spät zur Arbeit gekommen.

Ihre Schicht im Krankenhaus endete um sieben, und er hatte versprochen, frischen Fisch fürs Abendessen zu besorgen, das Licht an ihrem Fahrrad zu reparieren und zu Hause zu sein. Doch er war noch immer nicht da.

Sie arbeitete als Krankenschwester in der Notaufnahme einer Brightoner Klinik; der von Schmerzmitteln getrübte Blick, die verdrehten Gliedmaßen und die hässlichen Fleischwunden waren ihr nichts Unbekanntes.

Bitte, bitte, lieber Gott, mach, dass Fin nichts passiert ist.

Sie überlegte, wo er sein konnte – er war professioneller Kletterer, und in der Gegend gab es nicht allzu viele Orte, an denen Klettern möglich war. Manchmal fuhr er die Küste entlang zu den Kreideklippen von Hope Gap. Oder zur Kletterwand, um Kurse zu halten. Aber er hatte nur sein Fahrrad mitgenommen. Die windschnittige, schnellere Triumph stand in ihrer silber-metallicfarbenen Hülle in der kleinen Straße hinter ihrem Haus mit dem winzigen Garten.

Hatte er an diesem Tag etwas Besonderes vorgehabt? Sie versuchte, sich an seine genauen Worte zu erinnern, während sie sich auf dem Sofa fröstelnd in ihre Decke kuschelte und das Display ihres Handys anstarrte, als könnte sie es so zum Klingeln bringen. Doch sie erinnerte sich nicht; der Sex hatte sie abgelenkt.

Sie hatte sich bereits in ihrem Krankenhaus erkundigt, ob er eingeliefert worden sei. Sollte sie die Polizei informieren? Nein, dazu war es noch zu früh. Dort würde man annehmen, dass er einen über den Durst getrunken hatte. Aber Fin rührte kaum jemals Alkohol an, wenn er sich im Training befand, was praktisch immer der Fall war. Ein bisschen Gras gönnte er sich hin und wieder, jedoch nichts Stärkeres. Ohne sie blieb er nie lange weg, geschweige denn die ganze Nacht. Und normalerweise rief er mehrmals täglich an oder schrieb SMS.

Am Ende schlief sie, das Telefon in der Hand, wieder ein. Als es eine Stunde später hell wurde, wachte sie erneut auf und sah sofort nach, ob er angerufen hatte. Da sie wusste, dass sie sich in der Arbeit nicht würde konzentrieren können, meldete sie sich krank und erkundigte sich ein zweites Mal, ob in der Nacht jemand namens Fin McCrea eingeliefert worden sei.

Am Nachmittag betrat sie das Polizeirevier. Der diensthabende Beamte notierte ihre Angaben.

»Ist das schon mal passiert?«, fragte er.

»Nein, nie. Wir sind seit acht Jahren zusammen, und er hat mir immer gesagt, wo er ist.«

»Sie haben sich nicht gestritten?«

»Nein.« Im Gegenteil, dachte sie, sie hatten ja sogar noch miteinander geschlafen.

»Haben Sie seine Freunde und seine Familie kontaktiert?«

Sie nickte und erklärte, dass sie seinen Vater in Schottland und einige Kletterfreunde angerufen habe. Weitere Fragen beantwortete sie ganz mechanisch: Nein, er nehme keine Medikamente; ja, sein Fahrrad fehle; nein, sie wisse nicht, ob er seinen Pass mitgenommen habe.

»Gut, Miss, wir werden Nachforschungen anstellen und die anderen Krankenhäuser überprüfen. Ich glaube, Sie müssen sich keine Sorgen machen. Es ist noch nicht viel Zeit vergangen. Am Ende gibt's sicher eine simple Erklärung, das ist meistens so.«

»Zum Beispiel?«, fragte sie.

Der junge Polizist sog die Luft ein. »Sie wissen ja, wie das ist: Ein bisschen zu viel Alkohol, und schon findet man sich auf der Couch von 'nem Kumpel wieder, ohne Handyempfang. Vielleicht hat's auch einen plötzlichen Notfall in der Familie gegeben, und der Akku vom Handy ist leer …«

Ruhig bleiben, der Mann tut sein Bestes, dachte sie.

»Haben wir alles schon gehabt«, erklärte er mit einem aufmunternden Lächeln.

»Und was soll ich jetzt machen?« Sie war den Tränen nahe.

»Gehen Sie nach Hause und schauen Sie nach, ob er was mitgenommen hat – seinen Pass, Kleidung oder so. Vielleicht ist er ja überraschend weggerufen worden. Wir melden uns, falls wir etwas erfahren.« Als sie zur Tür ging, rief er ihr nach: »Vergessen Sie nicht, uns Bescheid zu geben, wenn er wieder auftaucht.«

Zu Hause folgte sie dem Rat des Polizisten und zog die Schublade im Schreibtisch heraus, in der sie ihre Pässe aufbewahrten. Der von Fin war weg. Dann warf sie einen Blick in den Kleiderschrank und suchte nach seinem Reiserucksack. Er war genauso verschwunden wie seine Kletterschuhe, seine Lieblingsjacke von Patagonia und seine Regenhose. Seinen Laptop entdeckte sie auf dem Boden neben dem Bett. Sie überprüfte seine E-Mails und rekonstruierte seine aktuelle Korrespondenz. Die letzten Mails waren nur wenige Tage alt, kurze Nachrichten an Freunde, dazu die üblichen Radler-Websites und Kletterer-Blogs. Nichts, was ihr seine Pläne verraten hätte – falls er überhaupt welche gehabt hatte.

Eine Weile weigerte sie sich benommen, das Offensichtliche zu akzeptieren: Er lag nicht in einem Abgrund und war nicht verschollen, sondern zum Klettern gegangen, ohne ein Wort des Abschieds.

Sie fing an, Erklärungen zu suchen wie zuvor der Mann von der Polizei. Vielleicht hatte er von einer fantastischen Kletterroute erfahren und war sofort aufgebrochen – sie wusste, dass um diese Zeit die Saison in Tibet begann –, zu irgendeinem verlassenen Winkel der Erde, wo es keinen Handyempfang gab. Oder das Telefon war ihm am Flughafen abhandengekommen oder gestohlen worden, und er hatte keine Zeit mehr zum Anrufen gehabt. Oder er hatte irgendwo eine Nachricht für sie hinterlassen, einen Zettel, der vom Tisch geweht worden war, als sie die Tür öffnete? Sie schaute unter den Küchentisch und unters Bett. Er ist gerade mal vierundzwanzig Stunden weg, sagte sie sich immer wieder.

Doch als sie am folgenden Morgen aufwachte und ihr Handy nach wie vor stumm blieb, musste sie sich eingestehen, dass sie sich etwas einredete.

Sie ging nach unten, um sich eine Tasse Tee zu machen, und wählte die Nummer des Polizeireviers.

»Ich möchte meine Vermisstenanzeige von gestern zurückziehen.« Als sie die Vorgangsnummer nannte, kam sie sich wie ein Vollidiot vor.

»Ach, hallo, Miss Bancroft. Er ist also aufgetaucht?« Sie erkannte die Stimme des jungen Beamten.

»Nein, aber ich glaube zu wissen, wo er ist.«

Der Polizist schwieg kurz. »Wir sollen nicht weiter nach ihm suchen?«

»Nein. Danke.«

»Gut. Dann schließe ich die Akte. Melden Sie sich, wenn Sie doch noch Hilfe brauchen sollten.«

Sie legte das Handy auf den Küchentisch, bevor sie mit wackeligen Knien die Treppe hinaufging und sich wieder ins Bett verkroch. Sie hatte keine Energie mehr für Tränen. Oder Wut. Für nichts, absolut nichts.

Eins

10. September 2012

»Ich geh nur schnell einkaufen und bin in einer Dreiviertelstunde wieder da. Die Brille haben Sie auf der Nase, das Telefon steht neben Ihnen. Kann ich Sie allein lassen?« Flora rückte das Telefon auf dem Beistelltischchen ein wenig näher heran und legte der alten Dame die Zeitung auf den Schoß, die Seite mit dem Artikel über Pippa Middletons neueste Eskapaden aufgeschlagen. Flora wusste, dass diese Seite nach wie vor aufgeschlagen sein würde, wenn sie zurückkam, aber die dreiundneunzigjährige Dorothea Heath-Travis erhielt gern die Illusion aufrecht, dass sie morgens die Zeitung las.

»Ich denke schon.« Dorothea sprach langsam – nach ihrem letzten leichten Schlaganfall hatte sich das Sprachzentrum noch nicht wieder ganz erholt.

»Rufen Sie mich an, wenn Sie etwas brauchen. Oder Keith. Mich erreichen Sie über Kurzwahl mit der Eins, Keith mit der Zwei.« Diese Litanei betete Flora jeden Morgen herunter, bevor sie zum Einkaufen ging, obwohl sie nicht sicher war, ob Dorothea sich im Notfall daran erinnern würde – den es zum Glück in den zwei Jahren, die sie mittlerweile für sie arbeitete, noch nie gegeben hatte.

Die alte Dame, deren schüttere weiße Haare zu einer Nackenrolle frisiert waren, blickte Flora von ihrem Sessel am Fenster aus mit belustigter Miene an. Sie hasste es, bemuttert zu werden. Das Morgenlicht ließ deutlich erkennen, wie durchgewetzt die Stuhlpolster, wie ausgeblichen die Tapete und wie abgetreten der Teppich waren, alles früher einmal von bester Qualität, in den vergangenen fünfzehn Jahren jedoch nicht erneuert. Dorotheas Freundin Renée Carmichael, die die Handlungsvollmacht für die alte Dame besaß, klagte oft über den schäbigen Zustand der Wohnung, aber Dorothea schien er entweder nicht aufzufallen oder nicht zu stören.

Flora trat in den Flur, nahm ihre Strickjacke von der Garderobe an der Haustür und zog sie über ihre fahl blaue Pflegerinnenkleidung, bevor sie stirnrunzelnd ihr Aussehen in dem reich verzierten ovalen Wandspiegel überprüfte. Ihre braun-goldenen Augen wirkten riesig in ihrem blassen, schmalen Gesicht. Es war einer der verregnetsten Sommer seit Beginn der Wetteraufzeichnungen gewesen, kaum ein Sonnenstrahl bis Ende Juli, und sie konnte es sich nicht leisten wegzufahren. Außerdem hatte sie niemanden, mit dem sie verreisen wollte … Sie löste das Band aus ihrem Pferdeschwanz, sodass ihre dunklen Haare über ihre Schultern fielen, und strich sie sich aus dem Gesicht. Eigentlich verließ sie das Haus nur ungern ohne Mantel, unter dem sich die Uniform verbergen ließ, doch es hatte nicht viel Sinn, sich für einen kurzen Ausflug zum Supermarkt umzuziehen, und wem sollte sie dort schon begegnen?

»Guten Morgen, Florence.« Keith Godly, der Pförtner und Hausmeister der Wohnanlage, blickte hinter seinem Computer hervor.

»Hallo, Keith. Schönes Wochenende gehabt?«, fragte Flora, die die Antwort bereits kannte. Keiths Wochenenden waren nie schön.

Wie nicht anders zu erwarten, stieß er ein Stöhnen aus, senkte die Stimme und spannte die Muskeln unter seinem dunklen Arbeitsanzug an. »Nö. Ist immer das Gleiche. Die Mieter jammern über rinnende Toiletten oder verlegte Schlüssel. Die Neue von Nummer vierundzwanzig hat mich am Samstagabend dreimal angerufen, weil sich ein Hund die Seele aus dem Hals gebellt hat! Mich hat das auch genervt, aber das blöde Vieh war ja nicht in unserem Block. Hält die mich für Superman oder was?«

Flora nickte mitfühlend. »Tja, du bist halt immer da.«

»Scheint nicht das einzige Problem in meinem Leben zu sein.«

Flora verabschiedete sich mit einem Winken. Sie mochte Keith, der immer freundlich zu Dorothea war und kleine Dinge in der Wohnung für sie reparierte, wenn Flora ihn darum bat, aber sie hatte keine Lust, sich wieder die traurige Geschichte seines Daseins nach seiner Entlassung aus der Army – seine einzige wirkliche Leidenschaft – anzuhören. Sein Rücken, der Grund für seine Entlassung, sei nun wieder völlig in Ordnung, erklärte er. Trotzdem sei für ihn das Leben vorbei.

»Bist du in der nächsten halben Stunde hier?«

»Für dich, Florence, die nächsten tausend Jahre.«

Er untermalte seinen Flirtversuch mit einem theatralischen Seufzen, das sie zum Lachen brachte und auch auf Keith' kummervolles Gesicht ein Schmunzeln zauberte.

Vor der Haustür atmete sie tief die angenehm warme Luft des Spätsommertages ein, in der bereits eine Ahnung vom Herbst lag. Zwölf Stunden in der Wohnung, immer in Habtachtstellung, sogar wenn Dorothea ihr Nachmittagsschläfchen hielt, waren ermüdend, und sie genoss diese kurzen Zeiten allein. Flora ging die Gloucester Road entlang zur U-Bahn-Station, überquerte die belebte Cromwell Road und betrat das Einkaufszentrum an der Ecke. Der Supermarkt befand sich am anderen Ende. Sie ließ sich Zeit, schaute in die Schaufenster der kleinen Geschäfte, warf bei Boots einen Blick auf Gesichtscremes, die sie sich leider nicht leisten konnte, und machte einen kurzen Abstecher zu einer teuren Schmuckboutique.

Im Supermarkt war noch nicht viel los. Sie nahm einen Korb und fing in der Obst- und Gemüseabteilung an. Ein Apfel oder ein paar Pflaumen für ein Kompott, Lauch – Dorotheas Lieblingsgemüse –, Karotten und Kartoffeln für Püree. Vielleicht würde sie heute Hühnchen kaufen als Abwechslung zu dem gedünsteten Fisch immerzu. Sie war gerade dabei, Tomaten für ihr eigenes Mittagessen auszuwählen, als plötzlich jemand rüde über sie hinweggriff und eine Tüte Biokarotten aus einer Kiste links von ihren Tomaten holte. Flora wandte sich verärgert dem Mann zu und erstarrte. Einen Moment lang hielt sie den Atem an, dann begann ihr Puls zu rasen.

»Fin?« Es wunderte sie, dass sie überhaupt einen Ton herausbrachte.

Der Mann war offenbar genauso überrascht wie sie.

»Flora.«

Sie spürte, dass sie rot wurde. Verlegen strich sie sich eine Haarsträhne aus dem Gesicht.

»Flora, bist du das?« Fin McCrea starrte sie ungläubig an.

Er sieht genauso aus wie früher, dachte sie, genauso attraktiv. Fin war groß, weit über eins achtzig, und athletisch, und die sonnengebleichten Haare standen ihm wie immer wirr vom Kopf ab. Er trug Jeans und ein ausgewaschenes rotes T-Shirt mit einem »Save the Children«-Aufdruck, und über seinen breiten Schultern hing ein kleiner schwarzer Rucksack.

»Was machst du denn hier?«, fragte er.

»Ich kaufe ein«, antwortete sie mit einem Lächeln, das er erwiderte, wobei sich Fältchen um seine grauen Augen bildeten. »Und du?«, erkundigte sie sich. »West London ist nicht deine übliche Gegend.«

Seit Flora ihn das letzte Mal gesehen hatte, waren fast drei Jahre vergangen.

Fin stellte seinen Einkaufskorb auf dem Boden ab und schüttelte den Kopf. »Lange Geschichte. Ich wohne bei einem Kumpel am Queen's Gate. Im Januar bin ich ziemlich übel gestürzt.«

»Was ist passiert?«

»Ich hab in Chamonix eine Klettertour mit einem alten Italiener gemacht, und der Felsvorsprung, auf dem ich stand, ist runtergekracht … einfach weggebrochen. Dem Italiener ist wie durch ein Wunder nichts passiert, aber ich bin volle Kanne gegen die Bergwand geknallt. Sie haben mich nach England geflogen, und alles ist wieder ordentlich zusammengewachsen, nur die Nägel im Bein machen mir Probleme. Deswegen musste ich noch mal ins Krankenhaus.«

Sie registrierte jede seiner Gesichtsbewegungen, sah seine kräftige Hand am Riemen seines Rucksacks und die goldblonden Härchen auf seinen das ganze Jahr über gebräunten Armen.

»Alles andere ist in Ordnung?«

Er zuckte mit den Achseln. »Ich glaub schon … Ich hatte einen Becken- und einen komplizierten Oberschenkelbruch.« Fin tippte auf sein rechtes Bein. »Dazu zwei angeknackste Lendenwirbel. Der Himmel allein weiß, was sonst noch – die Ärzte haben mir gar nicht mehr alles gesagt. In mir stecken mehr Metallplatten als in 'nem Panzer. Wie du weißt, kann ich London nicht ausstehen, aber es ist das Einfachste, in der Nähe der Klinik zu bleiben, weil ich so oft hinmuss.«

»Klingt ganz so, als hättest du Glück im Unglück gehabt.«

»Ja, ich kann froh sein, dass ich am Leben bin *und* gehen kann, meint der Arzt«, erklärte er mit einem unsicheren Grinsen.

Nun herrschte verlegenes Schweigen. Flora wusste nicht, was sie sagen oder wohin sie schauen sollte; ein Adrenalinstoß ließ sie frösteln, und sie hielt den schwarzen Plastikgriff ihres Korbs umklammert wie einen Rettungsring.

»Ich muss los. Bin im Dienst«, sagte sie schließlich, ohne sich von der Stelle zu bewegen.

»Du bist nicht zufällig im Charing Cross? Da war ich das ganze Jahr über immer mal wieder. Wär das nicht ein merkwürdiger Zufall? Am selben Ort zu sein, ohne was voneinander zu wissen.«

»Nein, im Moment mache ich private Pflege – nicht weit von hier. Ich hab 'ne Pause gebraucht.«

Finlay McCrea und sie in einem Londoner Supermarkt beim Small Talk wie alte Freunde, die sich zufällig begegnet sind? Plötzlich wollte sie nur noch weg.

»Flora.« Als sie sich von ihm abwandte, berührte er ihren Arm, und diese Berührung durchzuckte sie wie ein Stromstoß. »Toll, dich zu sehen. Ist eine Ewigkeit her, dass wir miteinander geredet haben. Verschwinde nicht einfach, ohne mir zu sagen, wie ich dich erreichen kann.«

Sie spürte Wut in sich aufsteigen. »Warum?«

Ihr Tonfall überraschte ihn. »Na ja, vielleicht könnten wir uns mal auf einen Drink treffen, solange ich hier bin?«

Auf einen Drink? Als würde eine Verabredung zu einem Drink ihren Gefühlen für diesen Mann gerecht werden. »Tut mir leid … Ist im Moment keine so gute Idee. Bin ziemlich beschäftigt.«

Er wirkte geknickt.

»Aber es war schön, dich zu sehen«, fügte sie einlenkend hinzu und hastete davon.

Sie ging die Regale entlang, nahm die Dinge, die sie brauchte, wie in Trance heraus und wagte es nicht hochzuschauen, weil sie Angst hatte, ihm noch einmal zu begegnen. Bis zu Dorotheas Wohnung rannte sie dann fast.

Keith, der sich nicht von seinem Schreibtisch wegbewegt hatte, hob den Blick, als sie um die Ecke geschossen kam.

»Kein Grund zur Panik. Ich hab keinen Pieps von ihr gehört.«

»Oh … Danke, dass du ein Auge auf sie hattest.«

»Alles in Ordnung?« Er musterte sie im düsteren Licht des Flurs.

»Ja.« Sie verabschiedete sich mit einem freundlichen Lächeln und schloss hastig die Wohnungstür hinter sich.

An jenem Abend erzählte Flora ihrer Schwester in deren blitzblanker, supermodern eingerichteter Küche von der Begegnung im Supermarkt. Inzwischen war es fast neun – Floras Schicht endete immer erst um acht, und Prue war gerade von einer Vernissage im West End nach Hause gekommen.

Prue nahm ein Weinglas aus dem Schrank, stellte es auf der hochglanzpolierten schwarzen Arbeitsfläche ab, füllte es mit Rotwein aus einer offenen Flasche australischem Shiraz und reichte es mit verärgerter Miene Flora.

»Verdammtes Arschloch.«

Prue, die drei Jahre älter war als Flora, hätte sich nicht stärker von dieser unterscheiden können. Für ihre vierundvierzig Jahre sah sie gut aus; sie trug teure Kleidung in zeitlos-elegantem Stil. Ihre kurzen, stufig geschnittenen und geschmackvoll blondierten Haare umrahmten ihr rundes, fast immer geschminktes Gesicht, und ihre Nägel waren lang, manikürt und leuchtend rot lackiert. Mit ihrer Schwester hatte sie nur die golden gesprenkelten braunen Augen gemein. Prue, der schon früh klar gewesen war, dass sie viel Geld verdienen wollte, arbeitete als bekannte und angesehene Innenarchitektin für den internationalen Jetset mit Wohnungen in London und war praktisch immer beschäftigt und unterwegs. Für gewöhnlich kochte ihr Mann Philip, ein Anwalt, zu Hause für ihre fünfzehnjährige gemeinsame Tochter Bel.

»Er wollte mit mir auf einen Drink gehen«, erzählte Flora, der es irgendwie gelungen war, den Rest des Tages hinter sich zu bringen. Renée hatte zum Tee mit Dorothea vorbeigeschaut, der Arzt war da gewesen, und die Nachtschwester Mary hatte ihr in schillerndsten Farben geschildert, was sie alle tun würden, sobald Dorothea das Zeitliche segnete. Weswegen sie bisher noch keine Zeit gehabt hatte, das, was geschehen war, richtig zu verarbeiten.

»Du hast doch Nein gesagt, oder?«, fragte Prue geistesabwesend, die gerade Nachrichten auf ihrem BlackBerry las und beantwortete – Prues Handy befand sich immer in Reichweite. Nun legte sie es kurz auf die Arbeitsfläche, öffnete den Kühlschrank und holte einen Behälter mit Kürbisstücken und Salbeiravioli, dazu Kresse, eine Zitrone und Parmesan heraus. »Hast du schon was gegessen?«

Flora schüttelte den Kopf. »Wo sind Philip und Bel?«

»Bel ist bei Holly … bestimmt machen die wieder irgendeinen Teenagerunsinn. Und Philip ist mit einem Studienkollegen beim Abendessen.« Prue sah ihre Schwester an. »Du hast ihm deine Nummer doch nicht gegeben, oder?«

»Nein, natürlich nicht.« Flora brach in Tränen aus.

»Schätzchen … komm her.« Prue drückte Flora. »Du Arme, das muss ein schrecklicher Schock gewesen sein.«

Flora löste sich rasch wieder aus der Umarmung ihrer Schwester, um die Tränen mit dem Ärmel ihrer Strickjacke wegzuwischen. Prue reichte ihr mit missbilligendem Blick die Küchenrolle.

»Es war tatsächlich ein Schock.«

»Was um Himmels willen hatte er in dem Waitrose in der Cromwell Road zu schaffen? Er treibt sich doch sonst immer in den Bergen rum.«

»Er ist schlimm gestürzt, hat er mir erzählt, und musste sich das Bein im Charing-Cross-Krankenhaus richten lassen.« Flora trank einen Schluck Wein und setzte sich auf einen der hohen Buchenholzhocker auf der einen Seite der Kücheninsel. Das Haus ihrer Schwester, das sozusagen Prues Visitenkarte für ihren Beruf war, ließ sie immer wieder staunen, denn es präsentierte sich fast unbewohnt ordentlich, nirgendwo stand etwas herum. Überall nur klare Linien und glänzende Fronten, dazwischen das eine oder andere Kunstwerk, eine elegante Blumenvase oder ein geschmackvoll arrangierter Obstteller. Nicht einmal Salz- und Pfefferstreuer oder eine Flasche Olivenöl störten die schwarz polierte Perfektion der Küche.

»Geschieht ihm recht, dem Blödmann.« Prue knallte einen Topf mit Wasser auf den Herd und drehte so lange an den Knöpfen, bis das Ceranfeld zu glühen begann.

Dann beugte sie sich über die Kücheninsel. »Du willst ihn doch nicht wiedersehen, oder? Nach allem, was er dir angetan hat? Wenn ja, müsste ich an deinem Verstand zweifeln.«

»Nein …« Als sie die Entrüstung ihrer Schwester sah, beschloss Flora, sich nicht auf eine anstrengende Diskussion einzulassen, obwohl ihr die Geschichte nicht ganz so eindeutig erschien wie dieser. Ein Teil von ihr wünschte sich nichts sehnlicher, als mit Fin McCrea zu reden und zu lachen – und vielleicht wieder diese enorme sexuelle Energie zu spüren, die von Anfang an zwischen ihnen existiert hatte. Ein anderer Teil von ihr wäre jedoch am liebsten vor ihm davongerannt, so große Angst hatte sie davor, erneut von ihm abhängig zu werden.

Prue musterte sie argwöhnisch. »Allzu sicher klingst du nicht.« Sie füllte Floras Glas nach und warf einen Blick in den Topf. Als sie feststellte, dass das Wasser kochte, gab sie die Ravioli hinein und löste sie mit einem Holzkochlöffel voneinander.

»Bin ich wahrscheinlich auch nicht.«

»Wie bitte?« Prue wandte sich, entsetzt nach Luft schnappend, zu ihr um. »Flora!«

Flora hob die Hand. »Ich verstehe, was du mir sagen willst, und natürlich bin ich deiner Meinung, aber ...«

»Kein Aber. Das kannst du nicht machen, Schätzchen. Nach acht Jahren verschwindet er mir nichts, dir nichts, ruft nicht mehr an und schreibt auch nicht. Setzt sich in seine verdammten Berge ab. So was geht einfach nicht.«

Flora erwiderte den zornigen Blick ihrer Schwester. »Ich weiß, ich weiß.«

»Offenbar nicht, wenn du mit dem Gedanken spielst, dich wieder mit diesem Schuft abzugeben. Er hat dir das Herz gebrochen. Und den Beruf versaut. Er ist schuld daran, dass du wahrscheinlich keine Kinder haben wirst, obwohl du immer welche wolltest, und er hat dich in eine Depression gestürzt, von der du dich gerade erst erholst. Klingt irgendwas davon gut?«

Flora pflichtete Prue bei, aber trotzdem weckte die Begegnung mit Fin all die Gefühle in ihr, die sie fast drei Jahre lang erfolglos zu unterdrücken versucht hatte. Die Therapeutin, zu der sie ihrer Depressionen wegen gegangen war, hatte ihr empfohlen, »dieses Kapitel abzuschließen«, einen Schlussstrich unter die Beziehung zu ziehen. Doch wie sollte sie das schaffen, wenn sie nicht wusste, warum er so sang- und klanglos aus ihrem Leben verschwunden war? Vielleicht, dachte sie, war es wichtig, dass sie ihn wiedersah: Damit sie selbst erkannte, was für ein egoistischer Mistkerl er war. Sie schenkte ihrer inneren Stimme keine Beachtung, die sagte: »Faule Ausrede.«

»Hallo? Rede mit mir …« Prue wedelte mit dem Kochlöffel vor dem Gesicht ihrer Schwester herum.

Flora lächelte. »Sorry. War mit den Gedanken woanders. Mach dir keine Sorgen. Er will nichts mehr von mir. Wenn ja, hätte er sich schon vor Jahren gemeldet. Er kennt deine Adresse.«

Prue machte den Mund auf, um etwas zu sagen, überlegte es sich dann aber anders.

»Jedenfalls habe ich ihm meine Nummer nicht gegeben.«

»Gott sei Dank.« Prue schürzte die Lippen. »Um *ihn* mache ich mir übrigens keine Sorgen …«

Nach dem Essen ging Flora in ihre Wohnung im Souterrain des großen Hauses ihrer Schwester am Cromwell Crescent in der Nähe von Ladbroke Grove. Egal, wie sehr Flora sich manchmal über Prues unverblümte, pragmatische Art ärgerte: Immerhin hatte sie Flora nach Fins Verschwinden bei sich und Philip aufgenommen. Und später, als sie nicht mehr in der Lage gewesen war, die Hypothekenzahlungen für ihr Haus in Brighton aufzubringen, hatte Prue ihr vorgeschlagen, es zu verkaufen und die Wohnung im Untergeschoss zum »Freundschaftspreis« zu mieten. Flora hatte sich nur auf diesen Vorschlag eingelassen, weil sie keine andere Lösung wusste. Ihr einziger Hoffnungsschimmer war damals gewesen, dass Fin irgendwann wieder auftauchen würde – heute, morgen, in der folgenden Woche … Doch als die Monate vergangen waren, ohne dass er zurückgekommen wäre, hatte sich ihre Depression verschlimmert.

Bis zu jenem Sonntag im Oktober drei Jahre zuvor war Flora mit ihrem Leben zufrieden gewesen. Sie hatte ihre Arbeit in der Notaufnahme geliebt, die hektische, unberechenbare Atmosphäre, in der es um Leben und Tod ging – das war sehr viel interessanter als das beschaulichere Tempo auf der Station. Und dann hatte sie ja auch noch Fin gehabt.

Natürlich war das Klettern sein Job – seine Passion –, und Berge gab es um Brighton herum nun einmal nicht allzu viele, was bedeutete, dass er oft unterwegs war. Wenn er sich tatsächlich mal zu Hause aufhielt, wollte er so schnell wie möglich wieder von der Stadt weg. Sobald sie ein paar Tage frei hatte, fuhr er auf seiner windschnittigen Triumph America mit ihr hinaus. Sie hatten den Sonnenaufgang auf dem Snowdon erlebt, in Schweizer Berghütten in Gesellschaft von Ziegen genächtigt, den Kilimandscharo bestiegen, waren durch die Wüste nach Timbuktu gefahren. Wenn ihr Schichtplan sie dazu verdammte, zu Hause zu bleiben, rauchte er gern ein bisschen Gras, schraubte an seiner Maschine herum oder unternahm halbherzige Versuche, ihr Reihenhäuschen zu renovieren, das sich nur sieben Gehminuten vom Meer befand. All das gewürzt mit dieser gewaltigen sexuellen Energie, von der Flora bisweilen glaubte, dass sie genauso abhängig machte wie Drogen. Beim Essen, morgens beim Aufstehen oder bei einem Strandspaziergang genügte manchmal schon ein Blick, dass sie sich aufeinanderstürzten. Und wenn er nach einem oder zwei Monaten von einer seiner Expeditionen zurückkehrte, verbrachten sie ganze Wochenenden im Bett. Fin war nicht nur ihr Freund: Acht Jahre lang hatte er Floras Leben geprägt.

Erleichtert darüber, endlich zu Hause und Prues Genörgel los zu sein, ließ Flora sich ein Bad ein und sank in das ein wenig zu heiße Wasser. Sie hatte ziemlich viel Rotwein getrunken, jedoch kaum etwas von den Ravioli gegessen, weswegen ihr übel war. Und ihre Gedanken kreisten, als sie in der vollen Wanne lag, um diese grauen Augen, die sie besser kannte als ihre eigenen. Ihr Blick wirkte immer irgendwie eitel und vage, als wollte Fin sich von der Realität distanzieren; in ihm lagen jedoch auch Humor und Charme, mit deren Hilfe er mit der Welt kommunizierte.

Sie fragte sich, ob er sich verändert hatte und ob das wichtig war. Ich habe ihn abblitzen lassen, er wird sich nicht die Mühe machen, mich zu suchen. Als ihr das klar wurde, empfand sie ein schmerzliches Gefühl des Verlusts.

Zwei

11. September

»Lust auf den Park?«, fragte Flora Dorothea am folgenden Morgen. »Heute ist so schönes Wetter.« Sie hatte die alte Dame im Bett gewaschen und half ihr nun in eine der marineblauen Hosen mit lockerem Bund, die Renée im Dutzend bei Marks and Spencer kaufte, dazu Strickjacken und Blusen in Beige und grässlichen Blau-, Rosé- und Grüntönen, drastisch reduziert bei Edinburgh Woollen Mill. »Wenn ich an einem der Läden vorbeikomme, schaue ich rein. Irgendwas ist immer im Angebot«, hatte Renée Flora stolz erklärt.

»Ja, schon …«, antwortete die alte Dame unsicher und mühte sich mit dem Ärmel ihrer roséfarbenen Strickjacke ab. Sie sah Flora an. »Aber Dominic wollte mich vielleicht besuchen.«

»Aha.« Flora, die Dominic, Dorotheas Großneffen, für einen widerlichen Schleimer hielt, verbarg ihre Verärgerung. »Hat er gesagt, wann?«

Dorothea zuckte mit den Achseln. »Erst am Nachmittag.«

»Wenn Sie nicht wollen, müssen wir nicht in den Park«, erklärte Flora, als sie sie vom Bett zur Gehhilfe hinüberbugsierte, um sich mit ihr quälend langsam zu ihrem Sessel im Wohnzimmer zu bewegen.

»Ich glaube, ich würde doch gern.« Dorothea, deren wässrige Augen hinter der Brille groß wirkten, bedachte Flora mit einem Lächeln.

Keith sprang auf, als er Flora mit Dorothea im Rollstuhl aus der Wohnung kommen sah.

»Guten Morgen, Miss H.-T. Wie geht's uns denn heute?«

»Mir geht's gut, danke, Mr Godly. Für Flora kann ich allerdings nicht sprechen.«

»Eins zu null für Sie!« Er grinste, und die alte Dame begann zu strahlen. »Was für eine dumme Frage.«

Dorothea darf man nicht unterschätzen, dachte Flora mit einem Gefühl der Befriedigung. Der leichte Schlaganfall etwa einen Monat zuvor hatte sie geschwächt, und durch die nachfolgenden transitorischen ischämischen Attacken hatte sie jedes Mal körperlich ein bisschen mehr Boden verloren, doch im Kopf schien sie, obwohl sie nur langsam sprechen konnte, so fit wie eh und je zu sein.

Der Blumengarten in Kensington Gardens war die Mühe mit dem Rollstuhl wert. Die friedliche Anlage, in der fast das ganze Jahr über etwas blühte und die von allerlei Tieren bevölkert wurde, war eine Oase der Ruhe in der Hektik der Stadt, die letzte, die Dorothea noch erreichen konnte, weshalb sie die Aufenthalte dort genoss.

Dorothea streckte die Hand nach einem Eichhörnchen aus, das kaum einen halben Meter von dem Rollstuhl entfernt hockte und die alte Dame beäugte. »Haben wir altes Brot?«

Flora reichte ihr Brotkrumen aus einer Plastiktüte, die an einem der Rollstuhlgriffe hing. Als ein kleines Mädchen das Eichhörnchen ebenfalls entdeckte, kauerte es sich ruhig neben sie, um es zu betrachten. Dorothea überließ der Kleinen eine Handvoll Brot, das sich das Eichhörnchen gierig holte.

Das brachte das Mädchen zum Lachen, und das Geräusch erschreckte das Tier, sodass es ins Gebüsch huschte.

Normalerweise hätte Flora sich daran erfreut, doch heute war sie abgelenkt. Seit dem Aufwachen dachte sie nur an Fin, und seit dem Verlassen von Miss Heath-Travis' Wohnung sah sie sich, gleichermaßen hoffend und fürchtend, dass sie ihm über den Weg laufen würden, nach ihm um. Sie hatte keine Ahnung, wie lange er bei seinem Freund wohnen würde, wusste aber aus Erfahrung, dass Fin nie lange an einem Ort blieb.

»Flora, schön, Sie zu sehen.« Dominic Trevellick, Dorotheas Großneffe – der Sohn der Tochter ihrer Schwester und ihr einziger lebender Verwandter – streckte ihr die Hand hin.

»Hallo, Dominic.« Sie ergriff seine schlaffen, ein wenig feuchten Finger widerwillig und rang sich ein Lächeln ab. Dominic war klein gewachsen und rundlich, von Beruf Antiquitätenhändler und in ihrem Alter und wirkte in seinem marineblauen Blazer, der buttergelben Cordhose, der Seidenweste im selben Farbton, der Fliege mit Paisleymuster und den hellbraunen Halbschuhen irgendwie ältlich. Seine ordentlich gescheitelten blonden Haare waren dunkel getönt und zu kurz geschnitten, und seine übergroße Hornbrille vor den babyblauen Augen ließ ihn ein wenig wie eine Eule aussehen.

»Wie fühlt sie sich heute?«, erkundigte sich Dominic mit gesenkter Stimme und besorgter Miene.

»Sehr gut.«

»Wunderbar.« Er zögerte. »Darf ich zu ihr?«

Flora nickte. »Sie erwartet Sie.«

Sie entfernte sich in die Küche, um Tee zu kochen und den jamaikanischen Ingwerkuchen auszupacken, den sie immer besorgen musste, wenn Dorotheas Großneffe zu Besuch kam. Dabei hörte sie seine sonore Stimme durch die Wohnung schallen. In den ersten achtzehn Monaten Floras bei der alten Dame hatte er sich kaum jemals blicken lassen, doch inzwischen schaute er häufiger und regelmäßiger vorbei. Von Renée wusste Flora, dass Dorothea ihm alles hinterlassen würde; vielleicht wollte er nur ein Auge auf sein Erbe haben. Obwohl Dominic ihr keinen Grund dazu gegeben hatte, traute Flora ihm nicht über den Weg. Seine Tante jedoch schien sich immer über seine Gesellschaft zu freuen.

Flora brachte das Tablett mit den Teesachen ins Wohnzimmer und stellte es auf dem Sideboard ab. Dominic, der viel Wert auf Stil legte, bestand darauf, die Milch zuletzt in die Tasse zu geben. Flora fand das unpraktisch, weil man dann umrühren musste, während der Tee sich von selbst mit der Milch vermischte, wenn man diese zuerst hineingoss, ließ ihm aber seinen Willen.

»Vielen Dank.« Dominic strahlte Flora von dem uralten chintzbezogenen Sofa aus an. »Du kannst dich wirklich glücklich schätzen, diese tolle junge Frau hier bei dir zu haben, Tante Dot.« Er gab Milch in seine Tasse und reichte Flora das Kännchen. »Aber das weißt du bestimmt selbst.«

Dorothea nickte. »Ja, sie ist tatsächlich wunderbar«, pflichtete sie ihm bei.

Flora spürte, dass sie rot wurde. »Wenn Sie mich brauchen: Ich bin im anderen Zimmer«, erklärte sie der alten Dame, froh darüber, in die Küche fliehen zu können.

Als sie ins Wohnzimmer zurückkehrte, stand Dominic an der Tür zum Balkon, von dem aus man über eine Metalltreppe zu dem Gemeinschaftsgarten hinter der Wohnanlage gelangen konnte. In der einen Hand hielt er Tasse und Untertasse, mit der anderen strich er liebevoll über das Walnussholztischchen neben dem Fenster.

»Was für ein hübsches Stück, Tante Dot. Das ist mir bisher nie aufgefallen.«

Dorothea drehte sich herum, so gut es ging, um einen Blick auf das Tischchen zu werfen. »Es ist, glaube ich, aus der Zeit Georges. Ein Nähtischchen. Mach's auf, innen ist es besonders interessant.«

Dominic drehte den kleinen Metallschlüssel im Schloss und hob den Deckel an. Flora hatte das Innere noch nie gesehen. Es war in Fächer unterteilt, in denen sich Spulen mit farbigem Garn, ein Maßband, eine winzige goldfarbene Schere und ein Fingerhut befanden. Der Deckel war mit feinen Blumenintarsien verziert.

»Sehr schön.« Dominic beugte sich darüber, um das Stück genauer zu betrachten. »Und in so gutem Zustand. Würde bei einer Versteigerung bestimmt ein paar hundert Pfund bringen.«

»Es hat meiner Mutter gehört. Ich mache mir nicht sonderlich viel daraus«, erklärte Dorothea in für sie ungewöhnlich verächtlichem Tonfall. Flora hatte sie nur selten von ihrer Mutter sprechen hören. Von ihrem Vater hingegen erzählte sie oft, immer mit großer Zuneigung. Sein Porträt über dem Kamin zeigte einen attraktiven Mann der edwardianischen Zeit mit Dorotheas Hakennase und einem eindrucksvollen gewichsten Schnurrbart. Mit seiner geschwellten Brust, dem hochgereckten Kopf und der Hand auf dem Marmorkaminsims wie ein Großindustrieller, obwohl er für eine Versicherung gearbeitet hatte, wirkte er ein wenig großspurig.

Dominic setzte sich. »Falls du jemals Bargeld benötigen solltest: Ich bin mir ziemlich sicher, dass ich das Tischchen für dich verkaufen könnte.«

Seine Großtante hob die Augenbrauen und sah Flora fragend an, die schweigend die Teesachen abräumte. Sie durfte sich nicht in die finanziellen Angelegenheiten ihrer Schützlinge einmischen, aber wenn es nach ihr gegangen wäre, hätte sie Dominic nicht in die Nähe des Walnussholznähtischchens gelassen.

Als sie den Raum verließ, hörte sie Dorothea in ihrer bedächtigen Art sagen: »Vielleicht solltest du das. Ich benutze es nicht und brauche auch nicht mehr viel.«

»Flora?«

Sie zuckte zusammen. Weil sie gerade die Teekanne spülte, hatte sie Dominic nicht in die kleine Küche kommen hören.

»Tut mir leid, dass ich Sie erschreckt habe.«

Flora wandte sich, die Teekanne in der Hand, um. »Alles in Ordnung?«, erkundigte sie sich.

»Ja, danke. Ich wollte Ihnen nur sagen, dass ich das Nähtischchen mitnehme.«

»Gleich heute?«

»Warum nicht? Tante Dot möchte, dass ich es verkaufe. Sie sagt, sie will Sachen loswerden, bevor sie stirbt. Ich bringe das Tischchen ins Auktionshaus und lasse es in den Katalog für die nächste Versteigerung aufnehmen.«

»Aha. … okay. Wollen Sie es Renée sagen, oder soll ich das übernehmen?«

Dominic sah sie fragend an. »Muss sie das denn wissen?«

»Ich möchte nur nicht, dass wir Pflegerinnen in den Verdacht geraten, etwas aus der Wohnung mitgenommen zu haben«, erklärte Flora.

»Stimmt, das hatte ich nicht bedacht. Ich rufe sie an, sobald ich zu Hause bin.«

»Danke.«

Dominic hatte die seltsame Angewohnheit, etwas zu sagen und sie dann schweigend durch seine Eulenbrille anzusehen, als erwartete er, dass sie etwas erwiderte. Und oft tat sie ihm, weil sie das Schweigen nicht ertrug, tatsächlich den Gefallen.

»Können Sie es allein transportieren?«

»Es ist nicht schwer. Ich muss nur schnell den Wagen holen.«

Sobald er die Wohnung verlassen hatte, ging Flora zurück zu Dorothea.

»Dominic will das Tischchen gleich mitnehmen. Hat er das mit Ihnen abgesprochen?«, fragte Flora, um sicherzustellen, dass die alte Dame informiert war.

Dorothea sah sie verständnislos an.

»Das Nähtischchen Ihrer Mutter da drüben in der Ecke. Sie haben Dominic gebeten, es zu verkaufen.«

Die alte Dame nickte. »Das mochte ich nie. Es erinnert mich an meine Nähstunden als Kind. Kreuzstiche haben mich zum Weinen gebracht.«

»Sie sind also einverstanden, dass er es verkauft?« Flora schwieg kurz. »Eigentlich glaube ich nicht, dass Sie das Geld brauchen.«

Dorothea schüttelte den Kopf. »Wahrscheinlich nicht. Aber es ist besser, jetzt schon ein paar Dinge loszuwerden, damit nach meinem Tod kein so großer Hausstand mehr aufzulösen ist. Außerdem finde ich es nett, dass er sich die Mühe für mich macht.«

Am Abend, als Flora mit einem Teller Pilzcremesuppe auf dem Sofa saß und eine DVD ansah, klingelte es an der Tür. Sie schaute durch das vergitterte Fenster auf die Treppe, die zur Straße hochführte, und entdeckte ihre Nichte, die dicht an der

Wand stand, um dem Regen zu entgehen, und eine Grimasse zog. Flora ließ sie herein.

»Hallo, Liebes. Wieder mal den Schlüssel verlegt?«

Bel nickte verlegen und umarmte ihre Tante. »Ja, schon das zweite Mal diesen Monat. Mum dreht mir den Hals um.«

»Wahrscheinlich ist er irgendwo oben.«

Bel schüttelte den Kopf. »Schön wär's.«

»Vielleicht solltest du nachsehen, bevor du's Mum beichtest.«

Ihre Nichte ließ sich aufs Sofa plumpsen und beäugte die Suppe. »Hast du noch welche? Ich hab einen Bärenhunger.«

Es war ein offener Raum; die kleine Küche befand sich an der Fensterseite, der Wohnbereich dahinter. Dann folgten das Schlafzimmer und das Bad unter der Treppe zum Erdgeschoss. Ihre Schwester hatte Flora die winzige Wohnung einrichten lassen, wie sie wollte. Herausgekommen war eine zufällige Kombination von Möbeln, Kissen und Teppichen aus dem Haus in Brighton, was dem Ganzen eine gemütliche Bohème-Atmosphäre verlieh.

Flora erhitzte die Suppe und schnitt ein paar Scheiben Vollkornbrot ab.

»Soll ich sie toasten?«

Bel nickte und machte es sich auf dem einzigen Sessel bequem. Sie war klein für ihr Alter, drahtig und sportlich wie ihr Vater, hatte ein koboldhaftes Gesicht und lebhafte braune Augen. Ein paar Wochen zuvor hatte sie sich die früher taillenlangen braunen Haare kurz schneiden lassen, sodass sie ihr Gesicht hübsch umspielten – worauf ihre Mutter einen Weinkrampf bekommen hatte. Bels Kleidung war für Prue der noch schlimmere Dorn im Auge. Zu ihrem größten Kummer interessierte sich ihre Tochter nicht im Geringsten für das, was sie anhatte – für gewöhnlich Jeans und ein altes T-Shirt oder einen Pullover, oft von einer Freundin ausgeliehen. Sie trug niemals Make-up und sah nicht wie fünfzehn, sondern eher wie zwölf aus. Für das Geld, das ihre Freundinnen in Klamotten und Lipgloss investierten, kaufte Bel sich Bücher übers und Eintrittskarten fürs Theater oder besuchte an den Wochenenden und in den Schulferien Theater-Workshops. Sie wollte Bühnenbildnerin werden, nicht Schauspielerin oder Regisseurin, wogegen ihre Eltern sich für ihre Tochter eine glänzende Laufbahn als Juristin vorstellten.

Eine Weile aßen sie schweigend.

»Mum sagt, Fin ist wieder da«, meinte Bel schließlich.

Warum konnte Prue nicht den Mund halten? Je mehr alle über ihn redeten, dachte Flora, desto realer wurde er.

»Ja. Aber er ist nicht richtig zurück. Ich bin ihm nur im Supermarkt über den Weg gelaufen.«

»Mum glaubt, dass du dich mit ihm treffen willst. Sie flippt fast aus.«

Flora lachte. »Offenbar traut sie mir nicht zu, dass ich es schaffe, mich von ihm fernzuhalten.«

Bel runzelte die Stirn. »Liebst du ihn denn immer noch?« Fin und Bel hatten sich gut verstanden, weil er sie nicht wie ein Kind behandelte, sondern die wenigen Male, die er und Flora ihre Familie in London besucht hatten, nach dem Essen mit ihr zum Schwimmen oder in den Park gegangen war – nicht zuletzt, um der Gesellschaft der anderen zu entfliehen.

Bels Frage ließ sie zusammenzucken. »Nein … wie könnte ich?«, antwortete sie schließlich.

Ihre Nichte sah sie mit besorgter Miene an.

»Aber wahrscheinlich liebe ich noch den Mann, der mich damals geliebt hat«, fügte sie hinzu.

»Wow.« Bel runzelte die Stirn. »Ganz schön kompliziert. Vielleicht ... liebt er dich ja nach wie vor. Man kann nie wissen.«

Plötzlich sprang der Fernseher an, weil die DVD zu Ende war. Flora griff nach der Fernbedienung und schaltete ihn aus.

»Ich weiß, dass Menschen aufhören, einander zu lieben, aber ich begreife nicht so ganz, warum«, stellte Bel fest. »Wenn man dieses Wahnsinnsgefühl hat, das einem den Atem raubt ... Wohin verschwindet das so plötzlich?«

Flora zuckte lächelnd mit den Schultern. »Gute Frage.«

»Und es kann jederzeit zurückkommen, wenn es mal da gewesen ist?«, hakte Bel nach. »Was, wenn ich mich jetzt in jemanden verliebe, und es funktioniert aus irgendeinem Grund nicht? Und dann begegne ich ihm, sagen wir mal, in zwanzig Jahren wieder, wenn ich verheiratet bin. Kann ich dann nicht die gleichen Gefühle für ihn haben wie damals? Das wäre doch ziemlich kompliziert.«

Flora musste lachen. »Allerdings. Aber meistens läuft es nicht so. Wahrscheinlich überdecken die Gefühle für den neuen Menschen in deinem Leben die alte Liebe. Oder das, was beim ersten Mal nicht geklappt hat – Wut und Ressentiments und solche Sachen –, verändert die Gefühle und zerstört sie.«

»Wie bei dir und Fin.«

»Nein, nicht wie bei mir und Fin. Wir waren glücklich miteinander, und er ist einfach verschwunden. Da waren keine negativen Gefühle, die die Liebe hätten kaputt machen können.«

»Dann ist also ...«

»Es ist spät, und ich bin müde«, fiel Flora ihr ins Wort. »Ich muss ins Bett.«

»Ja, klar. Sorry.« Bel sprang auf. »Und ich muss mir wegen dem blöden Schlüssel den Kopf waschen lassen.«

Flora drückte sie lächelnd an sich. »Viel Glück.«

»Wenn du hörst, dass Mum mit dem Fleischerbeil auf mich losgeht, kommst du mir doch zu Hilfe, oder?«

»Nur wenn du laut genug schreist. Der Boden von der Wohnung deiner Mutter ist gut isoliert.«

Drei

14. September

Flora hätte die Einkäufe in dem Marks and Spencer in der Kensington High Street erledigen können, wo es die Zitronenmousse gab, die Dorothea so liebte, doch sie wandte sich nach links, in Richtung Einkaufspassage.

Inzwischen war es fünf Tage her, dass sie Fin getroffen hatte, und seitdem versuchte sie verzweifelt, die brodelnden Gefühle niederzukämpfen, die die Begegnung mit ihm in ihr ausgelöst hatte. Aber selbst in ihren vernünftigsten Momenten wurde sie diesen verführerischen Hauch der Hoffnung einfach nicht los. Was, wenn …, fragte sie sich in der Stille der frühen Morgenstunden. Und heute gab sie dieser Hoffnung nach.

Sie ließ sich mehr Zeit als sonst mit dem Einkaufen, spähte in jeden Gang, verweilte ziemlich lange in der Gemüseabteilung und stellte erfreut fest, dass sie an der Kasse anstehen musste. Doch von Fin keine Spur. Fast hätte sie vor Enttäuschung geweint. Als sie in Dorotheas Wohnung zurückkehrte, lastete ein dunkler Schatten auf ihrer Seele, der ihr Angst machte.

Ihre Beschwerden nach Fins Verschwinden hatte sie anfangs für eine körperliche Erkrankung, vielleicht für eine Grippe, gehalten. Sie hatte das Gefühl gehabt, von einem Panzer überrollt worden zu sein und nicht vom Bett aufstehen können.

Nach drei Tagen war Sal, eine Freundin aus dem Krankenhaus, zu ihr gekommen und hatte Flora überredet, sie hereinzulassen. Und sofort den Arzt gerufen. Flora wusste nur noch, dass man sie in die Klinik gebracht hatte, weil ihr Hausarzt ebenfalls glaubte, sie habe sich ein mysteriöses Virus eingefangen.

Dann hatte Prue sich eingeschaltet und sie zu sich in den Cromwell Crescent geholt. Erst Wochen später war Depression diagnostiziert worden, und dann hatte es noch einmal einige Zeit gedauert, bis die Antidepressiva anschlugen und Prue glaubte, sie tagsüber allein lassen zu können. Aber selbst in den finstersten Momenten hatte Flora nie an Selbstmord gedacht, obwohl sogar das Anziehen und die Zubereitung einer einfachen Mahlzeit ihr unbewältigbar erschienen und Entscheidungen – egal, ob groß oder klein – ihr gänzlich unmöglich gewesen waren.

Flora war kaum vom Einkaufen zurück, als es an der Tür klingelte.

»Simon Kent«, erklang eine Stimme aus der Gegensprechanlage, und sie ließ den Arzt herein.

»Hallo, Flora.«

»Hallo.«

»Ich wollte Ihnen nur sagen, dass ich einen Röntgentermin für Dorotheas Magen beantragt habe. Eigentlich müsste es nächste Woche klappen. Ich habe es dringend gemacht, weil ich wissen will, woher die Schmerzen kommen, über die sie sich immer wieder beklagt.«

»Könnten es nicht einfach nur Blähungen sein?«

»Möglich, aber der Schmerz tritt immer an derselben Stelle auf. Und Sie sagen, dass sie nicht unter Verstopfung leidet.« Er stellte seine schwarze Tasche auf den Boden. Heute trug er einen dunkelgrauen Anzug und eine Krawatte, nicht wie so oft Jeans und einen legeren Blazer. »Was gibt's sonst Neues?«

»Es scheint ihr besser zu gehen als in den letzten Wochen, sie wirkt weniger müde. Wir waren ziemlich oft im Park. Das muntert sie immer auf«, antwortete Flora.

Flora und der Arzt hatten anfangs Distanz gehalten, weil sie sich über die berufliche Natur ihrer Beziehung im Klaren waren. Doch als es Dorothea einige Wochen zuvor einer Blasenentzündung wegen ziemlich schlecht gegangen war, hatte er sich angewöhnt, regelmäßig bei ihr vorbeizuschauen, wenn er andere Krankenbesuche machte. Flora mochte Simon Kent. Er brachte sie zum Lachen, und im Lauf der Zeit hatte sich eine Art Freundschaft zwischen ihnen entwickelt, ohne dass sie etwas über sein Privatleben gewusst hätte.

»Das habe ich nicht gemeint«, entgegnete er und sah sie stirnrunzelnd an. »Sie wirken niedergeschlagen.«

»Sieht man mir das so deutlich an?«, fragte sie mit einem traurigen Lächeln.

»Sorry, geht mich nichts an.«

Flora wurde rot. Es brachte sie aus der Fassung, wenn Dr. Kent sie mit seinen dunklen Augen so eindringlich musterte. Er war auf unauffällige Weise attraktiv, hatte dichtes dunkles Haar, markante Wangenknochen, sehr lange dunkle Wimpern, braune Augen und war schlank und sportlich. Und obwohl er nie viel Zeit hatte, war er immer da, wenn man ihn brauchte. In Momenten wie diesen hatte sie das Gefühl, ihm alles anvertrauen zu können.

»Wenn Sie's wirklich wissen wollen …«, begann sie. »Ich bin einem alten Freund begegnet – na ja, er war ein bisschen mehr als ein Freund. Vor ein paar Tagen im Supermarkt, und jetzt muss ich die ganze Zeit an ihn denken.«

Er runzelte die Stirn. »Wie heißt es so schön? Wenn man wieder was mit einem Ex anfängt, ist das, als würde man einen Mars-Riegel essen und erwarten, dass er sich in ein Twix verwandelt hat.«

Sie lächelte. »Sagt man das?«

»Ja.«

»Und glauben Sie, dass es stimmt?«

»Meine diesbezüglichen Erfahrungen beschränken sich auf eine Person. Aber für sie gilt es jedenfalls.«

»Aha …« Sie wartete auf eine weitere Erklärung, die nicht kam.

»Vielleicht brauchen Sie Zerstreuung«, schlug er vor.

»Und woran hätten Sie gedacht?«

»An Tanzen?«

Flora musste lachen. »Genau das richtige Rezept.«

»Wie wär's mit Freitagabend?«

»Meinen Sie das ernst?«

Plötzlich wirkte der Arzt verlegen. »Keine Sorge, das soll keine Verabredung sein. An den Wochenenden gehe ich mit Freunden in Earl's Court tanzen. Das macht Spaß und gibt Gelegenheit zum Austoben. Ich könnte mir vorstellen, dass Ihnen das auch gefällt.«

Nun war es an Flora, verlegen zu sein. »Danke, aber ich kann nicht tanzen.« Sie erinnerte sich, wie sie es das letzte Mal versucht hatte, bei der Hochzeit einer Freundin. »Ich hample nur ein bisschen rum und tu so, als wär ich zu cool, um mir mehr Mühe zu geben.«

»Das kenne ich. Mit uns muss man nicht richtig tanzen können. Ein Paar wäre gern wie Fred Astaire und Ginger Rogers, aber wir andern gehen nur aus Spaß an der Freude hin.«

Flora schwieg einen Moment. Eigentlich hätte sie ihn gern

begleitet, um sich ein paar Stunden von ihren Gedanken an Fin McCrea abzulenken. Aber weil Dr. Kent und sie beruflich miteinander zu tun hatten, war ihr das zu kompliziert.

»Am Freitag habe ich leider keine Zeit«, erklärte sie.

»Okay«, sagte er mit einem verlegenen Lächeln. »Vielleicht ein andermal.«

Sie nickte. »Vielleicht.«

An jenem Nachmittag konnte Flora es gar nicht erwarten, dass Dorothea ihr Nachmittagsschläfchen hielt, weil sie selbst so erschöpft war. Sobald Dorothea im Bett lag, machte Flora sich in der Küche einen Toast mit Käse und Tomate, trug Teller und Pfefferminztee ins Wohnzimmer und setzte sich erleichtert aufseufzend aufs Sofa. Ich hätte Dr. Kents Einladung annehmen sollen, er wollte ja nur nett sein, dachte sie beim Essen. Sie ging kaum noch aus; nach einer Zwölf-Stunden-Schicht war sie für gewöhnlich zu müde. Und da man auch noch Zeit zum Umziehen und Schminken brauchte, war der Abend schon fast gelaufen.

Als ihr Handy klingelte, fischte sie es aus der Tasche ihrer Arbeitskleidung und schluckte hastig den Bissen hinunter, an dem sie gerade kaute.

»Hallo, Renée.«

»Ich muss mit Ihnen reden, Flora.« Wie üblich klang Renée gehetzt. »Schläft Dorothea? Kann ich auf eine halbe Stunde vorbeikommen? Ich möchte sie nicht beunruhigen.«

»Natürlich. Bis gleich«, antwortete Flora nicht sonderlich begeistert darüber, in ihrer Pause gestört zu werden. Aber was hätte sie der Frau, der sie den Job verdankte, auch sonst sagen sollen? Worüber wollte Renée mit ihr sprechen? Es hatte wichtig geklungen, doch das war bei Renée nichts Ungewöhnliches.

Flora schätzte Dorotheas Freundin auf etwa sechzig; sie war klein und sehr schlank, und die sandgrauen Haare standen ihr vom schmalen Kopf ab wie ein übergroßer Heiligenschein. Sie trug ausschließlich Jeansröcke oder -hosen, dazu pastellfarbene T-Shirts (vermutlich ebenfalls von Edinburgh Woollen Mill) sowie eine wattierte marineblaue Weste und bequeme Schnürschuhe. Mit Dorothea war sie seit über dreißig Jahren befreundet. Sie hatten sich in einem Malkurs kennengelernt, beide Schülerinnen eines Mannes, den sie »den Meister« nannten – Flora kannte seinen wirklichen Namen nicht – und mit dem sie offenbar zum Zeichnen nach Frankreich gefahren waren. Als Dorothea gebrechlich geworden war, hatte Renée sich erboten, sich um einen Teil ihres Papierkrams sowie um die Begleichung ihrer Rechnungen zu kümmern, und am Ende die Handlungsvollmacht für sie übernommen.

»Wie geht's ihr?«, flüsterte Renée, bevor sie in den Wohnbereich hastete und leise die Tür hinter ihnen schloss.

»Ich glaube, gut. Heute scheint sie ziemlich munter zu sein«, antwortete Flora.

Renée setzte sich aufs Sofa und winkte Flora zu sich.

»Ich wollte mit Ihnen reden, ohne dass Dorothea uns hört.«

Flora nickte.

»Hat sie mit Ihnen über Mary gesprochen?«

Mary Martin war die Pflegerin, die fast jede Nacht bei Dorothea verbrachte. Bel hatte die Theorie entwickelt, dass sie kein eigenes Zuhause besaß und tagsüber von einem Café zum anderen wanderte oder auf Parkbänken wartete, bis die nächste Schicht begann.

»Sonst«, hatte Bel gemeint, »würde keiner freiwillig jede Nacht in dieser schmuddeligen alten Wohnung verbringen wollen.«

»Vielleicht doch, wenn er das Geld braucht wie ich. Aber egal«, hatte Flora entgegnet. »Sie erzählt ständig von ihrer Katze Millie, also muss sie irgendwo wohnen.«

»Nein, warum?«, fragte Flora nun Renée.

»Am Samstag bin ich wie immer zum Tee hier gewesen. Pia hat Kuchen von gegenüber geholt, und währenddessen habe ich die Gelegenheit ergriffen, Dorothea zu fragen, ob sie zufrieden ist.« Renée bedachte Flora mit einem vielsagenden Blick. »Sie hat genickt, aber zur Tür geschaut, als hätte sie Angst. Obwohl ich ihr versichert habe, dass wir allein sind, war sie nervös. Auf weiteres Drängen hat sie schließlich gesagt: ›Die Schwester ist manchmal ein bisschen unfreundlich zu mir.‹« Renée schürzte die Lippen.

»Meint sie Pia?«, erkundigte sich Flora. »Ich kann mir nicht vorstellen, dass sie unfreundlich zu Dorothea ist. Sie würde keiner Fliege was zuleide tun«, verteidigte sie die freundliche Filipina, die immer das Wochenende bei Dorothea verbrachte.

»Das wollte sie mir nicht verraten«, erklärte Renée und ließ die Hände über ihren Jeansrock gleiten. »Aber Sie haben recht: Pia kann's nicht sein, Sie auch nicht, denn Sie liebt sie heiß und innig. Also habe ich an Mary gedacht.«

»Renée! Mary arbeitet genauso lange hier wie ich. Wenn sie Dorothea schlecht behandeln würde, hätte sie sich doch bestimmt schon früher beklagt. Sie scheinen einander wirklich zu mögen.«

»Tja ...«

»Im Sommer, als ich krank und Pia in Urlaub war, hatten wir diese junge Australierin.«

Renée runzelte die Stirn. »Glauben Sie, ihr Gedächtnis reicht so weit zurück?«

»Möglicherweise bringt sie etwas durcheinander, oder sie hatte bisher keine Gelegenheit, etwas zu sagen.«

Dorotheas Freundin nickte nachdenklich. »Mag sein. Wie finden Sie Mary als Pflegerin?«

»Schwer zu beurteilen. Wir arbeiten nicht wirklich zusammen, sehen uns nur zu Beginn und Ende der Schicht bei der Übergabe. Doch ich halte sie für einen anständigen Menschen.«

»Ihrer Meinung nach kommt Dorothea also gut mit Mary zurecht?«

»Ja, wunderbar. Mary hat zwar manchmal seltsame Ideen, zum Beispiel dass Dorothea, wenn sie Fisch isst, in der Nacht öfter pinkeln muss, aber unfreundlich ist sie meines Wissens nie zu ihr gewesen.«

Renée lachte. »Stimmt, ich finde sie auch nett. In der Nacht könnte es allerdings anders aussehen. Wenn man aus dem Schlaf gerissen wird, ist man schon mal mürrisch. Mary ist nicht mehr die Jüngste.«

»Ich wüsste nicht, wie wir mehr erfahren könnten, wenn Dorothea sich nicht weiter dazu äußert.« Obwohl der Gedanke, dass jemand die alte Dame schlecht behandelte und sie zu eingeschüchtert war, sich darüber zu beklagen, Flora nicht gefiel, glaubte sie, dass Renée Dorotheas Bemerkung zu viel Bedeutung beimaß, denn sie konnte sich nicht vorstellen, dass eine der Pflegerinnen ihr Böses wollte.

»Deshalb wollte ich Sie bitten, mit ihr zu reden«, sagte Renée. »Versuchen Sie diskret herauszufinden, was sie von Mary und Pia hält.«

Obwohl Flora diese Vorgehensweise nicht für sonderlich diskret hielt, erklärte sie sich bereit, Dorothea zu befragen. Da ertönte die Glocke aus Dorotheas Schlafzimmer, und Flora stand auf.

»Ich verschwinde jetzt«, flüsterte Renée. »Ich muss nach Hause, die Putzhilfe reinlassen. Richten Sie ihr schöne Grüße aus. Und Flora: Bitte bringen Sie sie nicht aus der Fassung, ja?«

Als ob sie das je getan hätte, dachte Flora. Sie bewunderte, wie hingebungsvoll Renée sich um die alte Dame kümmerte, aber ihre ständige Besorgtheit machte sie auch nervös.

Als sie die Tür schloss, fiel Flora ein, dass sie vergessen hatte, das Nähtischchen aus Walnussholz zu erwähnen. Ob Dominic Renée wohl angerufen hatte?, fragte sie sich.

Flora freute sich auf ein Wochenende, an dem nichts anderes anstand als am Samstagabend eine Einladung zu Drinks bei ihrer Schwester anlässlich von Philips zweiundfünfzigstem Geburtstag.

»Ich habe da jemanden, den du kennenlernen solltest«, hatte Prue ihr am Abend zuvor telefonisch mitgeteilt. Diesen Satz hasste Flora. Sie wusste, dass ihre Schwester es gut meinte und sie nur von Fin ablenken wollte, aber die Männer, die sie ihr in den vergangenen beiden Jahren präsentiert hatte, waren Flora nur peinlich gewesen. Philip hatte ein paar aus der Welt der Juristerei angeschleppt, darunter auch Derek, dessen Mundgeruch sie noch von der anderen Seite des Tisches aus wahrnahm, und James, der gerade eine Scheidung hinter sich hatte und nun das weibliche Geschlecht in Bausch und Bogen verdammte. Prue hatte Freddy beigesteuert, einen schleimigen (und laut Aussage von Prue unglaublich reichen) Musikproduzenten aus Aserbaidschan; Julian, der sie bis zur Toilette verfolgt hatte und bereits eine Stunde, nachdem er ihr vorgestellt worden war, mit ihr schlafen wollte; und schließlich Robbie, ihr höchst amüsanter, aber offenbar schwuler Innenarchitektenkollege. Vielversprechend war das alles nicht gewesen.

»Biiitte«, hatte Flora gesagt, »muss ich wirklich kommen? Ich weiß, es ist Philips Geburtstag, aber ich kann ihm ja auch tagsüber gratulieren. Im Moment bin ich einfach nicht in der Stimmung für Partys.«

Doch Prue war hart geblieben. »Unsinn! Es kann dir nur guttun, dich ein bisschen in Schale zu werfen. Das bringt doch nichts, wenn du am Samstagabend allein in deiner Bude sitzt und über diesen Mistkerl nachgrübelst.« (Flora fiel auf, dass Prue im Zusammenhang mit Fin nur noch Schimpfwörter verwendete.)

»Aber ich hab nichts zum Anziehen«, entgegnete Flora in der irrigen Annahme, dass das als Ausrede genügen würde.

»Na und? Wie du weißt, ist mein ganzer Schrank voller Klamotten. Komm einfach am Vormittag rauf und such dir was aus.« Prue schien sich darauf zu freuen, doch Flora war klar, dass sie ihr ein Zweitausend-Pfund-Designer-Kleid aufschwatzen würde.

»Na schön, ich komme zu der Party. Ich kann ja mein schwarzes Kleid anziehen.«

Schweigen am anderen Ende der Leitung.

»Natürlich siehst du in dem toll aus, aber das hast du immer an. Leih dir doch zur Abwechslung was von mir«, wiederholte Prue.

So saß Flora nun mit einer Tasse Tee in der Hand im Bett und versuchte, die Energie aufzubringen, sich anzuziehen und um des lieben Familienfriedens willen zu ihrer Schwester zu gehen. Am Ende, redete sie sich ein, konnte sie ja immer noch ihr eigenes schwarzes Kleid tragen.

Auf dem Weg nach oben sah sie in dem mit schwarz-weißem Marmor gefliesten Eingangsbereich nach, ob Post für sie gekommen war. Der Briefträger machte sich nie die Mühe, ihre

Post ins Souterrain zu bringen, sodass sie auf dem Flurtischchen unter dem großen italienischen Spiegel landete, dessen Fläche in neun Glasvierecke aufgebrochen war, manche konkav, andere konvex, was das Bild verzerrte.

Auf dem Tischchen lag ein Brief von der Bank für sie, sonst nichts. Ein Teil von ihr hoffte jeden Tag auf Nachricht von Fin. Wenn er mit ihr Kontakt aufnehmen wollte, brauchte er sich nur an Prue zu wenden: Ein Brief mit dem Vermerk »Bitte weiterleiten« genügte … vorausgesetzt, er wollte. Als Flora den Brief von der Bank in die Hand nahm, war sie wieder einmal den Tränen nahe.

»Da bist du ja!«, rief Prue, bekleidet mit einem pinkfarbenen Juicy-Jogginganzug, die Nägel an den nackten Füßen pflaumenfarben, vom oberen Ende der Treppe.

Flora folgte ihrer Schwester widerwillig in ihren Schlafbereich im ersten Stock, wo auf dem riesigen Doppelbett etwa zehn Kleider ausgebreitet lagen, alle an wattierten Bügeln. Ansonsten herrschte absolute Ordnung im Zimmer: cremeweiße Wände, eine cremefarbene Tagesdecke mit weißen Applikationen, ein moderner Schrank aus gebleichtem Holz mit schwarzen geometrischen Einlegearbeiten. Der einzige Farbtupfer waren die graurosafarbenen Vierecke auf dem Teppich vor dem Bett sowie die Borte mit den winzigen Knöpfen an den Kissen auf dem weißen Leinensofa.

»Wo ist Philip?«, erkundigte sich Flora, das Geschenk für ihn – ein für den Booker Prize nominiertes Buch, das er sich gewünscht hatte – in der Hand.

»Beim Joggen im Park. Er ist bald wieder da«, antwortete Prue nur, die die Modenschau gar nicht erwarten konnte. »Voilà!«, flötete sie und deutete auf die Kleider. »Das macht Spaß, du wirst schon sehen.«

Und es machte tatsächlich Spaß, weil es wie damals war, als sie sich als kleine Mädchen verkleidet hatten. Viele der Gewänder standen Flora gut, denn sie war schlank und groß und hatte einen kleinen wohlgeformten Busen und eine gute Haltung.

»Perfekt!«, rief Prue nicht zum ersten Mal aus, als Flora in einem hautengen Trägerkleid aus Jersey von Donna Karan eine Pirouette vor dem Spiegel drehte.

»Stimmt, sieht toll aus … Aber das bin nicht ich«, erwiderte Flora.

Prue sank stöhnend aufs Sofa und vergrub den Kopf in den Händen. »Herrgott, Schätzchen. Du schaust aus wie ein Supermodel und bist nicht zufrieden. Was willst du denn mehr?«

»Sorry«, sagte Flora und schälte sich aus dem weichen leuchtend roten Jerseykleid. »Aber das ist *dein* Stil, du siehst damit atemberaubend aus. Ich würde mir darin vorkommen wie verkleidet.« Sie wusste Prues Bemühungen, sie schicker zu kleiden, zu schätzen, doch wie bei Bel würden sie vergebens bleiben. Flora mochte schöne Kleider, nur nicht an sich selbst.

Ihre Schwester hängte die Sachen achselzuckend zurück in den begehbaren Schrank, der sich am einen Ende des Schlafzimmers befand.

»Du weißt, wo sie sind, falls du es dir doch noch anders überlegen solltest. Gönnen wir uns ein Tässchen Kaffee, während wir auf das Geburtstagskind warten. Und sorg dafür, dass deine faule Nichte endlich aus dem Bett kommt, ja?«

Nach dem Lunch ging Flora, obwohl es kühl war und nieselte, hinüber in den Holland Park, weil sie Angst hatte, dass sie, wenn sie sich zu lange allein in ihrer Souterrainwohnung aufhielt und über Fin nachgrübelte, wieder in ein schwarzes Loch fallen würde. Aber wie soll ich es schaffen, ihn zu vergessen?, fragte sie sich am Ladbroke Grove. Es war allgemein bekannt, dass Gedanken, je mehr man sich bemühte, sie zu ignorieren, umso stärker um das fragliche Thema kreisten. Die kurze Begegnung mit Fin war unbefriedigend gewesen – einerseits verlockend, weil sie vertraute Erinnerungen geweckt hatte, andererseits aussichtslos, weil diese zu nichts führen konnten.

Der Waitrose-Supermarkt in der Gloucester Road hatte bizarre Bedeutung angenommen, war die einzige Verbindung zu dem Menschen geworden, nach dem sie sich am meisten sehnte. Kurz überlegte sie hinzugehen, um ihn vielleicht zu sehen, doch das erlaubte ihr Stolz nicht.

Stattdessen breitete sie eine Zeitung über eine feuchte Bank, setzte sich, die Kapuze ihres Regenmantels tief ins Gesicht gezogen, darauf und gab sich ihren Erinnerungen hin.

Als sie ihn kennengelernt hatte, war es gewesen, als wäre ein Licht in ihrem Kopf angegangen. Sie hatte das Gefühl gehabt, ihn schon ewig zu kennen. Er war bei ihrem Schichtende mit gebrochenem Arm und Schlüsselbein auf ihre Station, die Männerorthopädie, eingeliefert worden, weil ihn in den South Downs ein Geländewagen vom Rad geholt hatte. Er hatte, Kissen im Rücken, von der Taille aufwärts nackt, geschlafen. Sein muskulöser Torso war gebräunt gewesen von der Sonne, der rechte Arm hatte in einem frischen, schneeweißen Ganzarmgips, am Ellbogen gebeugt, auf einem Kissen geruht. Sie hatte sein Krankenblatt vom Fußende des Betts genommen, um seine Daten zu überprüfen, und ihn die ganze Zeit nur angestarrt.

Cath, eine temperamentvolle junge Krankenschwester, war hinter sie getreten.

»Ganz schön appetitlich, was?«, hatte sie geflüstert und Flora in die Rippen gestoßen. »Aber für den interessierst nicht nur du dich.« Dann war sie zu einem anderen Patienten geeilt.

Flora hatte, verwirrt über ihre Reaktion auf den Mann im Bett, einen Blick auf den Patientennamen geworfen – Finlay McCrea – und gemerkt, dass ein Paar grauer Augen sie verschlafen musterte.

»Scheiße …«, hatte sie ihn murmeln hören, als er den Gips entdeckte, und sich ein Schmunzeln nicht verkneifen können.

»So könnte man es ausdrücken«, hatte sie gesagt und sein Krankenblatt zurück ans Bett gehängt.

Da hatte auch er gelächelt. »Einen kurzen Moment habe ich Sie für einen Engel gehalten. War wohl eine Morphiumfantasie.«

»Ein Engel? In diesen Klamotten?« Flora hatte verächtlich auf ihre königsblaue Hemdbluse und die Hose gedeutet.

»Wer sagt, dass Engel weiß sein müssen?«

Sie war rot geworden.

»Nach der Visite werden Sie entlassen. Man hat Sie nur hierbehalten, um sicher zu sein, dass Sie keine schlimme Kopfverletzung haben«, hatte sie ihm geschäftsmäßig erklärt. »Brauchen Sie noch Schmerzmittel?«

Fin hatte die blonde Mähne geschüttelt. »Nein, im Moment geht's.« Nach einem Blick auf das Namensschildchen an ihrer Bluse hatte er gefragt: »Kann ich vor meiner Entlassung Ihre Telefonnummer kriegen, Schwester Bancroft?«

Seine dreiste Bitte nach nur fünf Minuten Bekanntschaft hatte ihr den Atem geraubt. Und sie hatte ihm ihre Nummer gegeben.

»James, du kennst doch Flora, oder?«, sagte Prue und wandte sich einem anderen Gast zu.

James sah Flora fragend an.

»Wir kennen uns von einem Abendessen bei Prue«, half

Flora seinem Gedächtnis auf die Sprünge – sie erinnerte sich sehr wohl an seine Hasstiraden über seine Ex und seine offensichtliche Langeweile über Floras Versuche, Small Talk zu machen. Und darauf hatte sie heute Abend keine Lust.

»Gut möglich«, meinte er, während er über ihre Schulter die anderen Gäste beobachtete.

Flora stand eine Weile verlegen herum, ein Glas allmählich warm werdenden Sekt in der Hand, bis plötzlich Wut in ihr aufstieg. Und sie tat, was sie sonst nie tat: Sie entfernte sich ohne ein weiteres Wort. Aus den Augenwinkeln nahm sie voller Befriedigung seinen erstaunten Blick wahr.

Flora gesellte sich zu Bel und zwei ihrer Freundinnen, die kichernd vor dem Wohnzimmer standen.

»Na, hast du Spaß, Süße?«, fragte Bel augenzwinkernd mit schrecklichem amerikanischen Akzent. Alle drei hatten vom Sekt rote Wangen, und Bels Freundinnen wirkten in ihren kurzen Röckchen, den viel zu hohen Absätzen und mit den rot glänzenden Lippen auf anrührende Weise linkisch. Bel hatte sich mit einem glänzenden T-Shirt, einer schwarzen Jeans und Pumps in Schale geworfen.

»Bis jetzt noch nicht so recht«, antwortete Flora und brachte sie damit noch mehr zum Lachen. »Hier werd ich, glaube ich, nicht alt. Fällt bestimmt nicht auf, wenn ich verschwinde.«

»Was fällt mir nicht auf?«, fragte Pruc plötzlich neben ihr. »Hab mir's doch gedacht, dass du dich hier draußen versteckst. Komm mit. Ich hab da jemanden für dich.«

Ihre Schwester, die in dem roten Kleid von Donna Karan, gegen das Flora sich zuvor entschieden hatte, umwerfend aussah, schob sie ins Wohnzimmer.

»Flora, ich möchte dir Jake vorstellen. Jake, das ist meine kleine Schwester Flora.«

Flora schüttelte artig seine Hand. Jake war tatsächlich ansehnlich mit seinen klaren Gesichtszügen, den großen blauen Augen und den hellbraunen, leicht gelockten Haaren. Der Kleidung nach zu urteilen war er vermutlich wie Prue Innenarchitekt: Bis auf ein strahlend weißes Hemd mit schwarzen Bordüren an der Innenseite des Kragens und der Manschetten sowie Perlmuttknöpfen trug er ausschließlich Schwarz. Er begrüßte Flora mit einem belustigten Lächeln.

»Hallo. Ich wusste gar nicht, dass Prue eine Schwester hat.«

»Sind Sie ein Kollege von ihr?«

»Ja, könnte man so sagen. Ich entwerfe Küchen. Die hier ist von mir.«

»Ach, *der* Jake.«

»Sie hat mich wohl verflucht, was?«

Flora nickte lachend. »Soweit ich mich erinnere, hat es sie nicht gerade gefreut, dass der schwarze Marmor einen Monat zu spät geliefert wurde.«

Er schmunzelte. »War zugegeben kein Highlight, doch das Endresultat kann sich sehen lassen, oder?«

»Ja, sieht hübsch aus …« Flora zögerte.

»Aber?«

»Mir wäre sie ein bisschen zu streng.«

»Mir auch. Meine eigene Küche besteht zum größten Teil aus Holz.«

»Prue findet sie jedenfalls toll«, erklärte sie.

Jake zuckte mit den Achseln. »Am Ende zählt nur die Zufriedenheit des Kunden.« Er trank einen Schluck Sekt. »Und was machen Sie?«

Sie plauderten eine Weile. Flora fand ihn attraktiv, die Unterhaltung mit ihm fiel ihr leicht, und er flirtete auch ein wenig mit ihr – obwohl sie davon überzeugt war, dass er sich nicht wirklich für sie interessierte. Sie hätte sich gewünscht, sich einfach in ihn verlieben zu können, mit ihm seine Holzküche zu teilen, seine schwarze Kleidung zu bewundern und Fin zu vergessen. Doch Fins Verschwinden schien eine Mauer um sie herum errichtet zu haben, an der die Avancen anderer Männer abprallten.

Prue brachte die Gäste zum Verstummen, indem sie in die Hände klatschte. Als sie zu sprechen begann, hielt sie ihren Mann am Ärmel seines Anzugs fest, als hätte sie Angst, dass er fliehen könnte.

»Philip wollte nicht, dass ich was sage oder ein Fest veranstalte. Er wollte kein Jahr älter werden. Aber wie üblich habe ich ihn überredet …« Allgemeines Lachen der Gäste über den Mythos, dass Prue in ihrer Beziehung die Hosen anhatte. Und Philip lächelte freundlich in die Menge und nahm es wie üblich mit unerschütterlicher Ruhe hin, im Rampenlicht zu stehen. Flora bewunderte ihren Schwager, einen liebenswürdigen Mann, der nicht vorschnell Urteile fällte, seiner herrschsüchtigen Frau gegenüber Geduld bewies, Bel ein guter Vater war und Flora durch dick und dünn begleitet hatte. Doch sie wusste, dass sich hinter der charmanten Fassade, durch die sich schon viele Gegner vor Gericht hatten täuschen lassen, ein scharfer Verstand verbarg. Nun zog er die Manschetten seines weißen Hemds gerade, glättete seine Krawatte mit dem blauen Muster und hob zu einer geistreichen Ansprache an.

Nach den Reden wurden Flora und Jake getrennt. Als sie sich nach ihm umblickte, entdeckte sie ihn in einer Ecke des Raums, wie er mit einer schlanken Rothaarigen lachte. Sie schlich sich weg, bevor ihre Schwester sie daran hindern konnte, ein wenig verärgert über sich selbst, weil sie sich nicht mehr Mühe gegeben hatte, charmant zu Jake zu sein.

Vier

17. September

Als Flora am folgenden Montag kurz vor acht Uhr die Gloucester Road entlangging, kam sie zu dem Schluss, dass Fin sich nicht mehr in der Stadt aufhielt. Mittlerweile war ihre Begegnung eine Woche her, und sie hatte nichts von ihm gehört, er hatte sich nicht bei Prue gemeldet, nichts. Er wird wohl wieder beim Klettern sein, dachte sie, sogar ein wenig erleichtert, weil sie ihn nun vergessen und beginnen konnte, das Leben zu führen, das sie sich vorstellte, aber irgendwie immer aufschob. Prue hatte sie Sonntagmorgen ganz aufgeregt angerufen.

»Schätzchen, prima Neuigkeiten! Jake findet dich *toll*! Er steht total auf dich und hat wörtlich gesagt: ›Sie ist super.‹ Er war ziemlich enttäuscht, dass du ohne ein Wort verschwunden bist.«

»Ach.« Flora hatte ihrer zu Übertreibungen neigenden Schwester kein Wort geglaubt. Jake war ihr zu jung und trendy erschienen, um sich für jemanden wie sie zu interessieren.

»Ja, wirklich. Du *bist* toll, das sage ich dir doch die ganze Zeit. Und? Gefällt er dir auch?«

»Ja. Ich finde ihn … sehr attraktiv.« Sie versuchte, ehrlich zu sein, ohne falsche Hoffnungen zu wecken. Doch es funktionierte nicht.

»Siehst du! Das ist das erste Mal, dass du so was überhaupt sagst seit diesem verdammten Mann, dessen Namen wir nicht in den Mund nehmen, weil ich sonst einen Anfall kriege. Ich hab ihm deine Nummer gegeben. Ich hoffe, das ist dir recht.«

Prue hatte geklungen, als wäre ihre Hochzeit bereits beschlossene Sache, und Flora hatte ihr die Freude nicht verderben wollen. Wahrscheinlich ruft er sowieso nicht an, hatte sie gedacht, aber wenn das, was ihre Schwester behauptete, stimmte und Jake sie tatsächlich mochte, sollte sie sich vielleicht doch mit ihm verabreden. Sich darauf einlassen, herausfinden, ob sie das schaffte.

Dorothea saß aufrecht im Bett und aß Cornflakes aus einer Schale, die auf dem Tischchen vor ihr stand.

»Guten Morgen, Dorothea.« Flora strich der alten Dame über den Arm, die fast ein wenig bestürzt darüber, dass sie da war, nervös hinter ihrer Brille hervorblinzelte und mit dem Löffel in den Cornflakes herumstocherte.

»Alles in Ordnung? Hatten Sie eine unruhige Nacht?«, erkundigte Flora sich mit sanfter Stimme.

Die alte Dame sah sie mit großen Augen an. »Ich glaube schon.«

»Hat Sie irgendetwas gestört?«

Da streckte Mary Martin den Kopf zur Tür herein. »Kann ich kurz mit dir sprechen, bevor ich verschwinde?«

Flora versicherte Dorothea, dass sie gleich wieder zurück wäre, und ging in die Küche, wo Mary gerade ihre Teetasse spülte.

»Raus aus dem Bett und wieder rein, im Stundentakt«, erklärte Mary Flora. »Wollte immerzu aufs Klo, aber dann ging meistens nichts.« Mary war eine groß gewachsene, kräftige Irin mit kurzen, braun gefärbten Haaren, die sie mit lächerlich mädchenhaften Clips in Pink oder Blau zurücksteckte. Sie trug stets eine kastanienbraune Fleecejacke und eine schwarze Jogginghose statt richtiger Pflegerinnenkleidung. »Ich dachte, das ist wieder der Fisch, aber Pia hat gesagt, sie hätte ihr gestern Abend Rührei gemacht.«

»War sie durcheinander?«

»So wie jetzt. Keine Ahnung, ob sie überhaupt geschlafen hat.«

Mary stellte ihre Tasse in den Schrank. Sie hatten alle ihre eigenen Becher. Der von Mary war groß, dick und blau und aus Keramik. Die Tasse von Flora bestand aus feinem weißen Porzellan. Darauf stand in pinkfarbenen Buchstaben »Verrückte Tante«; Bel hatte sie ihr zu Weihnachten geschenkt.

»Glaubst du, sie hat Schmerzen? Macht ihr vielleicht wieder der Magen zu schaffen?«

»Ich hab sie gefragt. Sie sagt Nein. Ist schwer zu beurteilen. Hoffentlich gibt das nicht wieder eine TIA. Sie hat zwar kein Fieber, aber irgendwas stimmt nicht. Für alte Menschen ist der Herbst eine schwierige Jahreszeit. Wenn sie merken, dass die Tage kürzer werden, denken sie an den Winter und …«

»Ich bitte Dr. Kent vorbeizuschauen«, fiel Flora Mary ins Wort, bevor diese ihr wieder eine ihrer verrückten Theorien präsentieren konnte.

Mary schmunzelte. »Du hast wahrscheinlich schon gemerkt, dass ich echt verliebt bin in den Mann, oder?«

»In Dr. Kent?«

»Mmm. Ein richtiges Sahneschnittchen. So nett und attraktiv.« Einige Tage zuvor hatte Mary ihn rufen müssen, weil es Dorothea in der Nacht schlecht gegangen war.

Flora musste lachen. »Findest du?«

»Du nicht?«

»Unter dem Aspekt habe ich ihn bisher nie betrachtet. Aber ich mag ihn, er kann's gut mit Dorothea.«

Mary schüttelte in gespielter Verzweiflung den Kopf. »Du hast einfach keinen Geschmack. Egal, ich schau noch mal kurz rein zu der lieben Dorothea.« Sie gähnte. »Gott, bin ich fertig. Bin's einfach nicht gewöhnt, mir meinen Lebensunterhalt mit Arbeit zu verdienen.« Sie holte ihren schwarzen Rucksack aus dem Eingangsbereich und ging zu Dorothea, um sich von ihr zu verabschieden.

Im Lauf des Vormittags schien Dorothea sich zu beruhigen. Flora schlug ihr vor, bis Mittag im Bett zu bleiben. Als Flora sie schließlich weckte und ins Wohnzimmer brachte, wirkte sie ein wenig benommen.

»Kommt Peter?«, fragte Dorothea, während Flora das Tablett mit dem, was von Fisch, Brokkoli und Kartoffelpüree noch übrig war, wegräumte. Viel hatte Dorothea nicht gegessen.

»Peter?« Den Namen hatte die alte Dame noch nie erwähnt.

Dorothea lachte verlegen. »Ist das Peter … ich meine der Mann …« Sie verstummte.

»Dominic, Ihr Neffe, vielleicht?«, sagte Flora, doch Dorothea schüttelte den Kopf.

»Nein, nicht der.« Flora sah, dass sie sich zu erinnern versuchte.

»Keith Godly …? Dr. Kent?« Andere Männer, die die alte Dame besuchten, fielen ihr nicht ein.

Wieder schüttelte Dorothea den Kopf. »Wie dumm von mir. Ich glaube, das war jemand anders.«

Da klingelte es an der Tür.

»Das ist wahrscheinlich Dr. Kent«, stellte Flora fest und ging hin.

»Sie ist verwirrt«, erklärte sie ihm.

»Ich seh sie mir mal an.« Er eilte zu ihr.

»Flora sagt, Sie hätten letzte Nacht nicht gut geschlafen?«, fragte er mit sanfter Stimme.

»War nicht so schlimm«, antwortete sie, fast ein wenig entschuldigend.

Der Arzt beugte sich über sie, um ihren Puls zu fühlen. Eine Weile herrschte, abgesehen vom langsamen Ticken der Kaminuhr, Stille im Raum. Dann wandte er sich Flora zu.

»Ihre Temperatur?«

»Normal.«

Flora half Dorothea, die Strickjacke auszuziehen; Dr. Kent schloss die Manschette des Blutdruckmessgeräts um ihren rechten Oberarm und aktivierte es.

»Hmm.« Er behielt die Anzeige im Auge. »Wie fühlen Sie sich jetzt, Dorothea? Haben Sie Kopfschmerzen oder Probleme mit dem Magen?«

Die alte Dame antwortete geistesabwesend: »Ich glaube nicht.«

Dr. Kent erhob sich und gab Flora ein Zeichen, mit ihm nach draußen zu gehen.

»Ihr Blutdruck ist ein bisschen zu hoch, aber nicht besorgniserregend. Ich kann nichts Ernstes feststellen.«

»Tut mir leid, dass ich Sie hergerufen habe.«

»Keine Ursache. Ich wollte sowieso zu einer Patientin. Vielleicht geht ihr nur irgendwas im Kopf herum.«

»Wir haben sie gefragt, aber sie will nicht mit der Sprache herausrücken. Menschen ihrer Generation jammern nicht.«

Dr. Kent schmunzelte. »Ja, stimmt. Sie ist wirklich eine nette alte Dame.« Als er in seine Jacke schlüpfte, sah er Flora an. »Haben Sie das Problem mit Ihrem Freund gelöst?«

»Ja, wahrscheinlich.«

»Ihnen ist ein schöner Tanzabend entgangen.«

Sie lächelte. »War dumm von mir, Ihre Einladung nicht anzunehmen.«

Während sie die Tür hinter ihm schloss, überlegte sie, wie sein Privatleben aussah. Sie wusste nicht einmal, ob er verheiratet war oder Kinder hatte. Wenn er mich zum Tanzen einlädt, dachte sie, ist er vermutlich ledig.

Als sie an jenem Abend zur Bushaltestelle ging, klingelte ihr Handy.

»Flora?«

»Ja.«

»Ich bin's, Jake. Jake Hobley von neulich Abend.«

»Hallo, Jake.« Es überraschte sie, seine Stimme zu hören.

Weil gerade ein Bus vorbeibrauste, verstand sie nicht, was er sagte, und er musste es wiederholen. »Wollte nur fragen, ob du vielleicht mal Lust auf einen Drink hättest.«

Flora holte tief Luft und drückte das Handy fest ans Ohr, um trotz des Verkehrslärms etwas zu hören. »Ja, gern.«

Sie verabredeten sich für den Donnerstag in einem Lokal in Notting Hill. Nach dem Auflegen überkam sie ein mulmiges Gefühl. War das eine echte Verabredung? Der Gedanke machte ihr Angst. Am liebsten hätte sie gleich wieder abgesagt. Ich muss ja nicht hingehen, beruhigte sie sich selbst, ich kann mich auch noch am Donnerstag mit irgendeiner Entschuldigung rausreden. Aber wenn sie nicht den Rest ihres Lebens allein verbringen wollte, musste sie etwas wagen, das wusste sie.

Als Flora ihr Haus erreichte, unterhielt sich Prue im Licht des Eingangsbereichs in Arbeitskleidung – anthrazitfarbenes maßgeschneidertes Kostüm und cremefarbene Bluse – mit einer blonden jungen Frau, die den Arm voller Stoffmustermappen hatte. Kurz darauf verabschiedete sich die junge Frau und entfernte sich mit klappernden Absätzen.

»Schätzchen, komm doch einen Moment rein.« Prue hielt die Tür auf. »Gott, bin ich kaputt. Amy hatte mir die Muster für neun Uhr heute Morgen versprochen. Ist kein Verlass auf die Leute. Meint sie denn, den Kunden interessiert es, dass der UPS-Fahrer ihr Haus nicht gefunden hat?«

Flora bemühte sich um einen mitfühlenden Gesichtsausdruck und wartete auf das Unvermeidliche.

»Und, hat er sich bei dir gemeldet?«, erkundigte sich Prue, nachdem sie die Tür hinter ihnen geschlossen hatte.

»Gerade eben. Wir treffen uns am Donnerstag auf einen Drink.«

Prue stieß einen Entzückensschrei aus. »Hast du auf ein Gläschen mit mir Zeit? Dann kannst du mir alles erzählen.«

»Ja.« Ein Glas Wein zur Nervenberuhigung kam Flora gerade recht. »Aber es gibt nichts zu erzählen.«

Sie setzten sich auf die Barhocker in der Küche.

»Was weißt du von ihm?«, fragte Flora, nachdem sie ihr den Anruf von Jake Wort für Wort geschildert hatte.

»Eigentlich nicht viel, abgesehen davon, dass er Single ist.« Prue lachte. »Mehr muss dich auch nicht interessieren.«

»Warum ist er nicht verheiratet?«

Prue zuckte mit den Achseln. »Warum bist du nicht verheiratet?« Als sie Floras Gesichtsausdruck sah, fügte sie hastig hinzu: »Er ist siebenunddreißig. In dem Alter sind viele Männer noch nicht verheiratet. Außerdem arbeitet er die ganze Zeit.«

»Weißt du was von irgendwelchen Freundinnen?«

»Ich bitte dich. Wenn er eine Freundin hätte, würde er sich doch nicht mit dir verabreden, oder?« Prue verdrehte die Augen auf diese ganz besondere Weise, die sie sich für Bemerkungen über Floras frustrierendes Singledasein angewöhnt hatte.

»Hoffentlich nicht.«

Prue runzelte die Stirn. »Du gehst hin? Ich kenne dich, Flora Bancroft. Bestimmt denkst du dir irgendeine fadenscheinige Ausrede aus und sagst in der allerletzten Sekunde ab.«

Gut möglich, dachte Flora. »Na schön … auf einen Drink. Aber ich behalte mir vor, mich nie wieder mit ihm zu treffen, wenn ich nichts mit ihm anfangen kann, egal, was du sagst.«

»Herrgott, Schätzchen! Man könnte meinen, dass ich dich zu einem Date mit Quasimodo überreden will. Jake ist süß. Wie schlimm kann eine Verabredung auf einen Drink mit ’nem tollen Typen in ’ner coolen Bar an einem Donnerstagabend schon sein?«

»So gesehen«, meinte Flora schmunzelnd.

»Manchen Leuten ist einfach nicht zu helfen«, brummte ihre Schwester mit einem zufriedenen Grinsen.

Am Donnerstag war Flora mit den Nerven am Ende. Zwar hatte die alte Dame sich im Lauf der Woche erholt, aber weder Flora noch Mary war es gelungen herauszubekommen, was Dorothea gequält hatte.

Flora war um neun mit Jake verabredet. Sie hätte direkt von der Arbeit hingehen können, sich dann aber in Dorotheas Wohnung umziehen und zurechtmachen müssen. Lieber hastete sie nach Hause, um zu duschen und fast ihre gesamte Garderobe auf dem Bett auszubreiten, bevor sie sich für eine schwarze Jeans, ein cremefarbenes Spitzentop und schwarze Pumps entschied. Das musste genügen, dachte sie.

Er wartete bereits an einem Tisch in einer Ecke des Lokals auf sie. Dort ging es wie jeden Donnerstagabend hoch her: Die Gäste waren jung und laut und angetrunken. Flora war den Lärm und die Enge nicht gewöhnt, aber letztlich dankbar dafür, weil sie so ihre Nervosität besser verbergen konnte.

Jake hingegen wirkte völlig entspannt. Er erhob sich zur Begrüßung, und dabei trat ein breites Grinsen auf sein jungenhaftes Gesicht.

»Hallo. Schön, dass du gekommen bist. Was möchtest du trinken?« Er verzog das Gesicht, als ein angetrunkener Typ vorbeiwankte und gegen den Tisch stieß. »Ziemlich laut hier. Sollen wir uns eine ruhigere Kneipe suchen?«

Flora schüttelte den Kopf. »Nein, kein Problem.« Sie wollte nicht so alt wirken, wie sie war, auch wenn sie sich unter den Zwanzig- bis Dreißigjährigen so fühlte, und bestellte ein Bier.

»Nichts Stärkeres? Wie wär's mit einem Cocktail? Hier gibt's fantastische Margaritas.«

Flora zögerte. Sie hatte noch nichts gegessen, aber die Aussicht auf einen ordentlichen Schuss Alkohol erschien ihr verlockend. »Gut, dann also eine Margarita.«

Jake schmunzelte anerkennend.

Wenn schon, denn schon, dachte Flora.

»Du siehst toll aus«, bemerkte Jake später mit einem bewundernden Lächeln über den Rand seines Glases hinweg.

»Danke«, murmelte sie, ohne ein Wort zu glauben, während sie versuchte, sich auf die lilafarbenen Tortillachips in der Schale zu konzentrieren, die mit den Drinks serviert worden war.

»Wo hat Prue dich nur bis jetzt versteckt?«, fragte er. »Du warst nicht da, als ich die Küche gemacht habe, oder?«

»Nein, da habe ich noch in Brighton gewohnt.«

»Und warum bist du nach London gekommen? Ich weiß nicht, ob ich ein Leben am Meer gegen eine Souterrainwohnung in der Ladbroke Grove eintauschen würde.«

Dass er so direkte Fragen stellte, störte sie nicht. Das war besser als reiner Small Talk.

»Ich hatte einen Nervenzusammenbruch«, antwortete sie, durch den Alkohol ungehemmter als sonst. »Prue hat mich bei sich aufgenommen.«

Jake hob fragend die Augenbrauen. »Okay … und wenn ich jetzt frage, warum, sagst du bestimmt, dass mich das nichts angeht.«

Sie musste lachen. »Das ist kein Geheimnis. Der Mann in meinem Leben hat mich sitzen lassen, und das habe ich nicht sonderlich gut verkraftet.«

Er nickte.

»Aber inzwischen bin ich wieder okay«, erklärte sie. »Das war vor drei Jahren.«

»Ich habe mich bisher nicht wirklich auf Beziehungen eingelassen«, gestand er, leerte sein Glas und warf einen Blick auf das ihre. »Die erfordern Zeit und Aufmerksamkeit, und die musste ich in den Aufbau meines Geschäfts stecken.«

Flora bemühte sich um eine neutrale Antwort, weil sie nicht den Eindruck erwecken wollte, sich für seine Beziehungsprobleme zu interessieren. »Ich weiß, wie viele Stunden Prue arbeitet, und kann mir vorstellen, dass das nicht leicht ist.«

»Noch eine Margarita?«, fragte er mit einem Blick auf ihr Glas.

»Danke, gern.« Sie leerte es.

Den zweiten Cocktail trank sie noch schneller als den ersten. Diesmal gab es keine Tortillachips. Ihr war klar, dass sie etwas essen sollte, aber es lief einfach zu gut. Er flirtete, sie flirtete zurück. So schwierig war das gar nicht; sie hatte es noch nicht verlernt.

Sie hatte keine Ahnung, wie viel Uhr es war, als Jake aufstand und sie ebenfalls hochzog. »Komm, gehen wir zu mir. Ich wohne gleich um die Ecke.«

»Ich auch … na ja, ein bisschen weiter.«

»Dann also zu mir. Je näher, desto besser.« Er schob sie durch den Raum, der sich mittlerweile geleert hatte.

Jakes Wohnung befand sich im ersten Stock eines großen Reihenhauses in der Nähe der Westbourne Park Road. Sie hatte hohe Decken, und die Schiebefenster in dem offenen Wohn- und Küchenbereich bildeten einen Erker zur Straße. Die Räume waren ordentlich aufgeräumt und karg eingerichtet, als würde Jake nur wenig Zeit dort verbringen, die Küchenschränke wie von ihm geschildert in warmem Eichenholz gehalten, die Möbel niedrig und modern, die alten Bodendielen abgeschliffen. Hier fühlte sich Flora noch beschwipster als in dem Lokal. Die Nachtluft schien die Wirkung der Cocktails verstärkt zu haben. Doch als Jake eine Flasche Sekt aus dem Kühlschrank holte, winkte sie nicht ab.

Sie setzten sich nebeneinander auf das schwarze Ledersofa.

»Wie bist du dazu gekommen, Küchen zu planen?«, erkundigte sie sich, weil ihr nichts Intelligenteres einfiel. Der Ortswechsel und die Tatsache, dass sie nun allein waren, erzeugten eine merkwürdige Befangenheit zwischen ihnen.

»Ich bin gelernter Schreiner, und beim Einbauen von Küchenschränken habe ich gemerkt, wie schwer sich die meisten Leute bei der Planung von funktionsgerechten Küchen tun.« Er zuckte mit den Achseln. »Also habe ich die Gelegenheit beim Schopf gepackt und mich darauf spezialisiert.«

»Und woher konntest du das?« Flora hatte Mühe, dem, was

er sagte, zu folgen, denn der erfrischend kalte Sekt verfehlte seine Wirkung nicht. Sie ertappte sich dabei, dass sie etwas tat, was sie sonst nur selten wagte: Sie lebte einfach im Augenblick.

Jake lachte. »Anfangs konnte ich es noch nicht. Aber das ist keine höhere Mathematik. Nach einer Weile kamen so viele Aufträge rein, dass ich sie nicht mehr allein bewältigt und mit meinem Kumpel Gus Hobley and Star gegründet habe.«

Je leerer die Flasche wurde, desto unzusammenhängender gestaltete sich das Gespräch. Irgendwann hatte Flora keine Ahnung mehr, worüber sie redeten; sie genoss nur noch die angenehme Atmosphäre.

»Auf der Party hab ich gedacht, du bist zu trendy für mich«, gestand sie und lehnte sich auf dem Sofa zurück. »Deine Kleidung schüchtert ein bisschen ein.«

Jake ließ den Blick grinsend über sein dunkles Hemd und die eng geschnittene schwarze Jeans wandern und wackelte mit den langen Spitzen seiner Schnürschuhe. »Genau das soll sie.«

»Einschüchtern?«

»Ja. Das schafft Distanz zum Kunden.« Er schwieg kurz. »Eigentlich bin ich ziemlich langweilig. Früher hab ich Schränke geschreinert. Und Jeans hab ich immer schon getragen … damals kamen sie allerdings noch aus dem Schlussverkauf von Blue Harbour. Mittlerweile habe ich es mit reichen Leuten zu tun, mit Berühmtheiten und Supercoolen. Denen sind Statussymbole und Äußerlichkeiten wichtig. Also passe ich mich an und mache das Spielchen mit.«

Flora schmunzelte. »Aber dir gefallen die Klamotten auch.«

»Ja, inzwischen schon … sogar sehr«, gab er mit einem verlegenen Grinsen zu.

»Das ist nicht verwerflich«, beruhigte sie ihn.

Als sie das sagte, begann er, ihre Wange zu streicheln.

»Hast du was dagegen, wenn ich dich küsse?«, fragte er.

Das Licht, das durch das vorhanglose Fenster drang, weckte Flora. Sie sah blinzelnd auf Jakes Uhr, die fünf nach sieben anzeigte. Dann fiel ihr Blick auf Jake, der neben ihr lag, das Gesicht im Schlaf sehr jungenhaft, die Locken auf dem Kissen ausgebreitet. An den Sex erinnerte sie sich fast ein wenig erstaunt. Erstaunt darüber, dass er überhaupt stattgefunden hatte, und auch darüber, dass sie ihn trotz des Alkohols genossen hatte. Jake war es unverkrampft angegangen; sie hatten sich einfach ein bisschen Spaß gegönnt. Doch für Flora war es viel mehr gewesen als das. Nicht weil sie glaubte, sich in ihn verliebt zu haben, sondern weil er der Erste war, mit dem sie seit Fin geschlafen, den sie nach ihm geküsst oder auch nur berührt hatte.

Sie schlug die Bettdecke zurück und stand leise auf, um Jake nicht zu wecken. Wenn sie sich nicht sputete, kam sie zu spät zur Arbeit. Ihre Arbeitskleidung befand sich in Dorotheas Wohnung, aber so, wie sie war, konnte sie nicht zu ihr. Also schlich sie ins Bad und versuchte, die Dusche in Gang zu setzen. Doch verkatert, wie sie war, überforderten die Hightecharmaturen sie, sodass sie am Ende aufgab, sich einfach nur das Gesicht wusch und sich mit Jakes Kamm frisierte.

»Wolltest du dich französisch empfehlen?«, fragte Jake in Boxershorts von der Badezimmertür aus.

»Ja.«

»Sehr schlechte Manieren«, meinte er. »Möchtest du nicht wenigstens einen Kaffee, bevor du gehst?«

Flora schüttelte den Kopf. »Mein Dienst beginnt um acht, und zuerst muss ich nach Hause, mich umziehen.«

Jake zuckte mit den Achseln. »Könntest du dich nicht krankmelden und zurück ins Bett kommen?«

Wieder schüttelte Flora den Kopf. Das war das Problem mit dem privaten Pflegedienst, das Gefühl der Verpflichtung, das man für den Schützling entwickelte. Wenn sie nicht auftauchte, würden die Nachtschwester und Dorothea warten müssen, bis Ersatz gefunden wäre.

Sie musterten einander eine ganze Weile.

»Danke … danke für heute Nacht«, sagte Flora schließlich. »War schön.«

»Ja, finde ich auch.« Er trat einen Schritt beiseite, um sie aus dem Bad zu lassen.

Als Mary sie sah, hob sie belustigt die Augenbrauen.

»Wilde Nacht, was?«

»Sieht man mir das an?«

»Ich schon, weil ich einer Familie von Berufstrinkern entstamme. Der Fluch der Iren. Den verschwommenen Blick erkenn ich auf hundert Meter.«

Flora sank auf den Holzstuhl in der Küche.

»Kaffee?« Mary trat an den Wasserkessel.

Flora nickte dankbar.

»Vergiss nicht den Röntgentermin für ihren Magen. Renée hat gestern Abend angerufen. Sie will euch um halb zehn abholen.«

»O nein! Bitte nicht heute. Das hatte ich total vergessen.«

Mary reichte Flora lachend eine Tasse mit löslichem Kaffee. »Tja, um den Ausflug in die Klinik beneide ich dich nicht.«

Flora sah voller Panik auf ihre Uhr. »Ich zieh sie lieber gleich an, sonst werden wir nicht rechtzeitig fertig. War irgendwas Besonderes in der Nacht?«

»Nein, nicht wirklich. Einmal dachte ich, ich hätte sie gehört, aber sie hat tief und fest geschlafen. Sie scheint ganz munter zu sein.«

»Weiß sie, dass sie gleich zum Röntgen muss?«

Mary nickte. »Ich hab's ihr gesagt. Ob sie's gecheckt hat, weiß ich nicht.« Sie ging in den Flur, um ihren Rucksack zu holen. »Kommst du klar? Du siehst ziemlich mitgenommen aus. Wenn du möchtest, bleib ich noch da und helf dir, sie anzuziehen.«

»Danke, Mary. Sehr nett, aber wenn der Kaffee erst mal wirkt, schaff ich das schon. Geh ruhig.«

Der Vormittag gestaltete sich mörderisch, weil Flora gegen das Hämmern in ihrem Kopf und permanente Übelkeit ankämpfen musste. Sex gleich bei der ersten Verabredung? Sie war schockiert über sich selbst.

Flora wusch Dorothea mit einem warmen Flanellwaschlappen und trocknete sie schnell ab, damit sie nicht fror. Dabei dachte sie an Jakes Hand auf ihrer Wange. Sie hatte kurz gezögert, sich seinen Zärtlichkeiten hinzugeben, und dann trotz des Alkohols Lust verspürt, die in dem Maße gewachsen war, wie sie sich hatte gehen lassen. Doch sie wusste, dass sie nicht in ihn verliebt war.

Konnte sich daraus etwas entwickeln?, fragte sie sich. Ausgerechnet in dem Moment tauchte das Bild von Fin vor ihrem geistigen Auge auf und zwang sie zu einem Vergleich. Gegenüber der unbedingten Leidenschaft, die sie füreinander empfunden hatten, verblassten ihre Gefühle für Jake Hobley. Aber musste es denn immer so sein?, überlegte sie, als sie sich über die beigefarbenen Schuhe von Dorothea beugte, um ihr die Schnürsenkel zu binden, und verzweifelte plötzlich fast ob der

Aussicht, vielleicht niemals mehr so viel für einen anderen Mann empfinden zu können.

Renée lenkte ihren zerbeulten Volvo vor den Eingang zum Charing Cross Hospital und blieb in der Haltezone stehen.

»Bitte nicht zu nah an den Randstein«, bat Flora sie, die aus Erfahrung wusste, dass es leichter war, Dorothea auf der Straße in den Rollstuhl zu bugsieren. »Ja, hier ist es genau richtig.«

»Ich stelle den Wagen irgendwo ab und komme nach. Erster Stock, stimmt's?« Renée, die sich stets strikt an Vorschriften hielt, sah sich hektisch nach Parkwächtern um.

Flora versuchte, sich zu beeilen, doch es war gar nicht so leicht, Dorothea vom Beifahrersitz in den Rollstuhl zu befördern.

»Die Hand hier rauf.« Sie schob die Beine der alten Dame, die wieder einmal in einer marineblauen Polyesterhose steckten, aus dem Wagen, legte ihre Hand auf die Tür und hievte sie hoch. »Und jetzt gut festhalten.« Sie zog Dorothea in den Rollstuhl hinüber. Während der Fahrt zum Krankenhaus war die alte Dame sehr still gewesen und hatte durchs Fenster zu den anderen Autos hinausgeschaut. Nun hob sie den Blick verwirrt und ängstlich zu Flora.

»Geschafft.« Flora schenkte ihr ein aufmunterndes Lächeln, als sie eine Decke über ihre Knie breitete.

Im Wartebereich vor der Röntgenstation wimmelte es von Menschen. Flora erkundigte sich, wie lange es dauern würde, doch die Frau am Empfang, die diese Frage offenbar nicht zum ersten Mal hörte, zuckte nur mit den Schultern. »Wir sind im Verzug«, erklärte sie und deutete auf eine Tafel an der Wand, auf der mit Kreide geschrieben stand: *Gegenwärtige Wartezeit etwa eine Stunde.*

Flora schob den Rollstuhl ans Ende einer Reihe von Stühlen.

»Könnte sein, dass wir lange warten müssen«, erklärte sie Dorothea.

»Das macht nichts. Ich finde Wartezimmer interessant.«

»Tatsächlich?«

Dorothea verzog den Mund zu einem Lächeln. »Ich komme nicht mehr allzu oft unter Menschen.«

Flora erwiderte ihr Schmunzeln. »Stimmt. Renée wird gleich da sein. Möchten Sie etwas trinken? Ich habe Wasser dabei.« Doch die alte Dame winkte ab.

Flora, die noch immer verkatert war, nahm selbst einen Schluck. Sie freute sich schon darauf, sich hinlegen und schlafen zu können. Verschwommene Bilder von der Nacht mit Jake gingen ihr durch den Kopf, die sie verunsicherten, aber gleichzeitig ein Gefühl der Freiheit hinterließen. Egal, was weiter passierte: Jakes Berührungen würden möglicherweise dafür sorgen, die Erinnerung an die von Fin auszulöschen.

Die Röntgenaufnahmen waren schnell gemacht; Dorothea aus- und wieder anzuziehen hingegen schien Stunden zu dauern und gestaltete sich anstrengend. Renée, die ihrer Freundin nicht von der Seite wich, machte für Flora und wahrscheinlich auch für Dorothea alles noch komplizierter. Aber dann war es endlich geschafft, und Flora schob den Rollstuhl erleichtert in Richtung Ausgang. Renée ging voran, um die Tür zum Lift zu öffnen.

»Flora … Flora, warte«, erklang da eine Stimme hinter ihr, und eine groß gewachsene Gestalt tauchte neben ihr auf.

Fünf

21. September

Obwohl Flora sah, dass Renée wartete, blieb sie, die Hände um die Griffe des Rollstuhls geklammert, wie erstarrt stehen, als ihr klar wurde, wer das war.

Fin grinste von einem Ohr zum anderen. »So ein Glück! Nach der Begegnung im Supermarkt wollte ich dich unbedingt wiedersehen, aber ich wusste nicht, wie ich dich erreichen sollte.«

»Bist du zum Röntgen hier?« Was für eine dumme Frage! Warum sonst würde jemand wie Fin sich in der Röntgenabteilung eines Krankenhauses aufhalten?

Er nickte. »Ich hab immer noch Schmerzen beim Gehen. Sie fürchten, dass es sich um was Schlimmeres handeln könnte, dass die Hüfte zerbröselt, weil sie nicht richtig durchblutet ist. Wie das heißt, hab ich mir nicht gemerkt, war zu viel Information auf einmal.«

»Eine Nekrose?«

Fin wirkte beeindruckt. »Genau.«

»Und, ist es das?«

»Das haben sie mir noch nicht gesagt.«

Renée wurde allmählich ungeduldig.

»Ich muss los«, erklärte Flora und setzte sich mit dem Rollstuhl in Bewegung.

Fin schenkte Renée ein charmantes Lächeln, bevor er sich wieder Flora zuwandte. »Hey, hau nicht einfach so ab, ohne mir zu verraten, wie ich dich erreichen kann. Bitte.«

»Schaffen Sie die Tür allein?«, rief Renée. »Dann gehe ich schon mal raus und fahre den Wagen zum Eingang.«

»Ich komme gleich.« Flora hüpfte das Herz vor Aufregung in der Brust. »Ich wohne bei Prue«, murmelte sie Fin zu.

Er runzelte die Stirn. »Bei deiner Schwester?«

»Ja, im Souterrain.«

»Okay ...« Er hielt ihr die Tür auf. »Gibst du mir deine Telefonnummer? Ich weiß nicht, ob ich die ihre noch habe.«

Vor dem Aufzug blieb sie stehen; sie wagte es nicht, ihm in die Augen zu schauen, weil sie wusste, wie übernächtigt sie aussah. Es dauerte Ewigkeiten, bis der Lift kam. Kann er sich denken, was ich letzte Nacht gemacht habe?, fragte sie sich – obwohl ihn das letztlich nichts anging.

»Flora?«, fragte er mit leiser Stimme, und sie spürte seine Hand auf ihrer Schulter. »Bitte. Könnten wir uns nicht treffen? Nur einmal?«

Endlich erwiderte sie seinen Blick. Als sie sein vertrautes Gesicht mit dem jungenhaft flehenden Ausdruck sah, durchzuckte Sehnsucht ihren müden Körper. Sie wandte sich ab.

»Na schön ...« Sie rasselte ihre Handynummer herunter. Er versuchte, sie sich einzuprägen, während er in seinem Eastpak hektisch nach einem Stift suchte, und wiederholte sie als Gedächtnisstütze. Flora hatte Mitleid mit ihm und sagte sie noch einmal langsamer. Als er den Stift gefunden hatte, notierte er sie hastig auf seinen Handrücken. Obwohl sie früher gern gespottet hatte, dass das nicht die beste Art und Weise sei, Informationen festzuhalten, schien er diese Angewohnheit beibehalten zu haben.

Der Lift ging auf, und sie schob Dorothea hinein, sodass die Leute, die sich bereits darin befanden, zurückweichen mussten. Für Fin war kein Platz. Flora drehte sich nicht nach ihm um, als sich die Türen schlossen.

Als Flora benommen vor Erschöpfung nach Hause kam, aß sie nur ein paar Scheiben Toast, trank ein großes Glas Wasser und legte sich vor neun Uhr ins Bett. Wenige Minuten später signalisierte ihr das Handy, dass sie eine SMS erhalten habe. Fin, dachte sie und griff, plötzlich wieder hellwach, danach.

Letzte Nacht super. Wollen wir's bald wiederholen? Alles Liebe, Jake, lautete der Text.

Sie sank enttäuscht in die Kissen zurück und verfluchte sich dafür, dass sie Fin ihre Nummer gegeben hatte. Nun war sie ihm gegenüber wieder wie so oft früher, wenn sie auf ihn gewartet hatte, in der schwächeren Position. Obwohl sie sich wünschte, dass er anrief, fürchtete sie sich auch vor dem, was er ihr möglicherweise sagen würde: Dass er sich ein neues Leben aufgebaut habe, oder nur, dass er sich entschuldigen wolle. Zu glauben, er könnte sie nach wie vor lieben, war schwachsinnig, das wusste sie. Und dann gab es da noch Jake, der sich für sie interessierte.

»*Ja, mir hat's auch gefallen. Jetzt schlimme Kopfschmerzen! Bis bald*«, antwortete sie Jake.

Scheiß auf Fin! Ich will Spaß mit jemandem, der mich schätzt, und nicht den Rest meines Lebens mit Grübeln über einen egoistischen Blödmann vergeuden, der zu doof war zu erkennen, was er an mir hatte. Sie schmunzelte. Ich höre mich schon an wie meine Schwester, dachte sie, als sie endlich einschlief.

Den Rest des Wochenendes gammelte Flora auf dem Sofa herum, schaute immer wieder auf ihr Handy und wurde von Sekunde zu Sekunde wütender auf Fin. Warum wollte er meine Nummer, wenn er nicht vorhatte anzurufen?, fragte sie sich. Was möchte er von mir? Doch egal, wie oft sie sich das vorsagte: Die Aussicht, ihn vielleicht wieder zu treffen, beschleunigte ihren Puls, verdarb ihr den Appetit und ließ sie wie einen liebeskranken Teenager vor sich hin schmachten.

Sie war froh, als der Montag kam.

»Guten Morgen, Keith«, begrüßte sie den Pförtner und Hausmeister der Wohnanlage.

Keith strahlte. »Florence! Hab dich in letzter Zeit nicht oft gesehen. Wie geht's?«

»Nicht so schlecht«, antwortete Flora. »Und dir?«

Zur Abwechslung verzog Keith Godly nicht das Gesicht. »Mir auch nicht. Hab da was am Laufen …«, erklärte er verlegen. »Ist aber noch nichts Ernstes.«

»Das kenne ich.« Flora erschien er an diesem Morgen tatsächlich verändert. Sein breites Gesicht mit den dunklen, kurz geschnittenen Haaren wirkte fröhlicher, und seine sonst so trüben Augen glänzten.

»Ach, tatsächlich? Dann hast du auch was am Köcheln?«

»So könnte man es ausdrücken«, meinte sie lachend.

Keith nickte anerkennend. »Geht doch nichts über ein bisschen Action, was?«

Mary, die erleichtert darüber wirkte, Flora zu sehen, zog sie in die Küche, bevor sie Zeit hatte, aus dem Mantel zu schlüpfen.

»Es war wieder das Gleiche wie letzte Woche. Sonntagnacht hat sie keine Ruhe gegeben, die ganze Zeit aufs Klo oder irgendwas anderes gewollt. Ich glaube, ich sollte bloß bei ihr bleiben.«

»Sie hat nicht krank gewirkt?«

»Ich hab ihren Blutdruck gemessen. Der war ziemlich hoch, aber das ist er oft. Sie hat kein Fieber. Es ist wie neulich.«

»Meinst du, es hat was mit Pia zu tun? Nun ist Dorothea zwei Wochen hintereinander Sonntagnacht so merkwürdig gewesen. Und beide Male hat Pia Samstagnacht hier verbracht.«

Mary nickte und füllte den Wasserkessel. »Pia sagt, sie kann die zusätzlichen Stunden gut gebrauchen, und, offen gestanden, finde ich es super, mal eine Nacht frei zu haben.«

»Pia war also beide Male das ganze Wochenende hier?«

Mary sah sie stirnrunzelnd an. »Glaubst du, da ist was im Busch?«

Flora erzählte ihr, was Renée gesagt hatte.

»Kannst du dir vorstellen, dass Pia zu irgendjemandem gemein ist?«, fragte Mary.

»Nein, aber das bedeutet nicht, dass sie es nicht ist.«

»Willst du noch mal mit Dorothea reden?«

»Ist wahrscheinlich das Beste. Allerdings möchte ich ihr keinen Floh ins Ohr setzen und Pia nicht zu Unrecht verdächtigen.«

»Oje«, stöhnte Mary. »Pia war bei Schichtwechsel ganz begeistert über den Tag. Wie sollen wir was rausfinden?«

»Ich rede noch mal mit ihr und sage Renée Bescheid. Keine Ahnung, was wir sonst machen könnten.«

Marys Miene verdüsterte sich. »Wenn jemand die nette alte Dame piesackt, kriegt er's mit mir zu tun.«

»Immer mit der Ruhe. Zuerst müssen wir die Fakten klären. Wahrscheinlich haben wir alle nichts damit zu tun.«

Flora wartete, bis Dorothea im Sessel saß. Dann schaltete sie die Lampe neben ihr ein und setzte sich ihr gegenüber aufs Sofa.

»Dorothea, ich wollte Ihnen ein paar Fragen über Pia stellen.« Bei ähnlichen Gesprächen waren die Antworten der alten Dame stets vage ausgefallen.

»Pia?« Dorothea sah Flora verständnislos an.

»Die Pflegerin, die sich am Wochenende um Sie kümmert.«

Dorothea betrachtete ihre Hände.

»Dorothea?«

»Was wollen Sie wissen?«, fragte sie schließlich.

»Mich würde interessieren, ob Sie sie gern hier haben.«

Langes Schweigen.

»Sie ist … hilfsbereit.«

Flora wunderte ihre Wortwahl. »Sie unternimmt doch schöne Dinge mit Ihnen, oder? In ihrem Bericht schreibt sie, sie wäre am Sonntag mit Ihnen in der Kirche in der Eldon Road gewesen.«

Wieder Schweigen.

»Sie … Nein.«

Das überraschte Flora. Vielleicht, dachte sie, hatte Dorothea das einfach nur vergessen. Möglich war es. Warum sollte Pia lügen?

»Sie haben Reverend Jackson also nicht gesehen?« Flora wusste, wie sehr Dorothea den charismatischen Pfarrer ihrer Kirche mochte.

»Ich glaube nicht«, antwortete die alte Dame.

»Sie wissen, dass Renée Pia kündigen kann, wenn Sie sie nicht mehr hier haben wollen?«

Plötzlich wirkte Dorotheas Blick wach.

»Wir könnten für die Wochenenden leicht eine andere Pflegerin finden«, meinte Flora.

»Tatsächlich?« Dorotheas wässrige Augen nahmen einen zweifelnden Ausdruck an.

»Ja. Das wäre kein Problem. Sie müssten sie nicht wiedersehen.« Natürlich wäre es ein Problem, eine wirklich gute Pflegerin für die Wochenenden aufzutreiben, doch Renée würde alles in ihrer Macht Stehende tun, ihre Freundin, wenn nötig, zu schützen, das wusste Flora.

Dorothea schien so sehr in Gedanken versunken, dass Flora sich zu fragen begann, ob sie vergessen hatte, worüber sie gerade sprachen.

»Ich glaube, das wäre keine gute Idee«, erklärte die alte Dame schließlich bedächtig, aber mit Nachdruck.

»Pia ist also nett zu Ihnen, und Sie haben sie gern um sich?«

Dorothea sah sie lange an. »Ich glaube, es ist das Beste, alles so zu lassen, wie es ist.«

Flora wusste nicht, was sie davon halten sollte. Wenn Pia das Problem war, hätte Dorothea das doch inzwischen bestimmt jemandem mitgeteilt. Sie und Renée hatten ihr mehrfach Gelegenheit dazu gegeben.

Auf dem Weg zum Einkaufen befragte sie Keith.

»An den Wochenenden bin ich selten da«, erklärte er. »Aber ich weiß, wen du meinst. Die kleine, ein bisschen rundliche Asiatin. Wir haben uns ein- oder zweimal gegrüßt.«

»Du weißt nicht, ob sie am Sonntag mit Miss Heath-Travis in der Kirche war?«

Keith zuckte mit den Achseln. »Ich kann mir nicht vorstellen, wie die kleine Person den Rollstuhl die Stufen runterbugsiert haben soll. Mich hat sie nicht um Unterstützung gebeten, aber vielleicht hat ihr ja jemand aus dem Haus geholfen?«

Flora seufzte.

»Probleme?«

»Das ist noch nicht raus.« Sie wollte niemanden zu Unrecht beschuldigen, doch Keith schien zu verstehen, was sie meinte.

»Wenn du möchtest, schaue ich nächstes Wochenende bei ihnen rein. Wär kein großes Problem, mir einen Grund auszudenken. Den Schlüssel für die Wohnung hab ich.«

Flora überlegte. »Wär vielleicht nicht schlecht. Ich rede mit Renée und melde mich dann bei dir.«

Am Nachmittag schlief Dorothea fast zwei Stunden. Flora nutzte die Gelegenheit, Renée anzurufen und sie auf den neuesten Stand zu bringen, aber die wusste auch keinen Rat.

»Halten Sie die Augen offen«, bat sie Flora wie immer leicht atemlos. »Und sagen Sie mir bis Donnerstag Bescheid, damit wir Zeit haben, nötigenfalls etwas anderes zu organisieren. Ich rufe Pia an und versuche, mehr herauszufinden. Wir dürfen ihr nicht grundlos Vorwürfe machen. Offen gestanden fällt es mir schwer zu glauben … Möglicherweise bringt Dorothea da was durcheinander.«

Nachdem Flora das Gespräch beendet hatte, fand sie eine SMS von Jake vor: *Lust auf Musik und Pizza am Dienstagabend? Freundin von mir singt Jazz in Café in Soho. Könnte lustig werden. Jake x*

Ohne zu zögern antwortete sie: *Gern. Um wie viel Uhr?*

Ab acht. Sag du, wann.

Flora schrieb ihm, dass sie um halb neun dort sein würde. Sie würde Mary bitten, sie eine halbe Stunde früher abzulösen, und die Zeit dafür am folgenden Vormittag hereinholen. Das machten sie nicht das erste Mal so.

Wunderbar, dachte Flora. Das würde bestimmt schön werden. Sie hatte nach wie vor nichts von Fin gehört; jede Stunde Schweigen von ihm steigerte ihre Wut und stärkte ihren Beschluss, dieses Kapitel endgültig abzuschließen und von nun an ihr Leben zu genießen.

Als Dorothea aufwachte, wirkte sie desorientiert und unruhig.

»Sie sind heute hier?«

Flora nickte. »Ja, die ganze Woche.«

»Jeden Tag?«, fragte Dorothea und verschränkte die Finger auf der Bettdecke ineinander.

»Ja, jeden Tag.«

»Sie haben erwähnt, dass eine andere Pflegerin kommt.«

»Nicht an meinen Tagen. Ich komme die ganze Woche, jede Woche. Daran ändert sich nichts. Ich wollte nur wissen, ob Sie für Samstag und Sonntag, wenn ich nicht hier bin, eine andere Pflegerin möchten.«

Dorothea schien sich zu entspannen. »Tut mir leid. Ich wusste nicht mehr so genau …«

Flora schlug für Dorothea Eier in eine Plastikschüssel, als es an der Tür klingelte. Es war Dr. Kent.

»Hallo, Flora. Komme ich ungelegen?«

Flora schüttelte den Kopf. »Nein, nein. Ich mache das Abendessen für sie.« Aus dem Fernseher im Wohnzimmer drang Gelächter herüber. »Ihre Lieblingsserie«, erklärte Flora mit einem gequälten Lächeln.

»Ich war gerade in der Gegend, und weil ich sie … ich meine, Dorothea, ein paar Tage lang nicht gesehen hatte … Wie geht es ihr?«

»Möchten Sie einen Tee? Ich würde gern etwas mit Ihnen besprechen.«

»Schwierig«, sagte Simon Kent, nachdem sie ihm alles erklärt hatte. Er lehnte an der Arbeitsfläche in der Küche, die Hände um die Tasse gewölbt, während Flora die Sachen für Flora auf ein Tablett stellte. »Nach der letzten TIA scheint sie verwirrter geworden zu sein, und vielleicht ist die Sache mit Sonntagnacht einfach Zufall. Jedenfalls sollte jemand Pia fragen, wie sie Dorotheas Zustand tagsüber beurteilt.«

»Renée will das machen. Dem Bericht zufolge geht es ihr gut. Angeblich unternehmen sie gemeinsam Dinge, gehen miteinander in die Kirche oder in den Park, aber Dorothea sagt, das stimmt nicht.«

»Immer mehr alte Leute werden misshandelt«, stellte er fest. »Leider ist das, wenn sie sich nicht beklagen, nur sehr schwer nachzuweisen.« Er sah Flora zu, wie sie Butter in einer kleinen Pfanne zerließ und die Eier hineingab.

»Schön, dass Sie keine Milch verwenden. Die verdirbt den Geschmack«, bemerkte er.

Sie schmunzelte. »Mum hat immer ziemlich viel Milch reingekippt, und die ist dann auf dem Teller aus den Eiern rausgelaufen.«

»Beklagen Sie sich mal nicht. Sie können von Glück sagen, dass Ihre Mutter überhaupt Rührei gemacht hat. Die meine wusste, glaube ich, gar nicht, wo die Küche war.«

»Sie hatten Hauspersonal?«, fragte Flora überrascht.

»Nein, nein, mein Bruder und ich, wir mussten die meiste Zeit allein zurechtkommen. Sie hatte … ist nicht ganz leicht, das höflich auszudrücken … ein Alkoholproblem.«

»Und Ihr Vater?«

»Der konnte nicht damit umgehen. Er hat uns verlassen, ist zurückgekommen und wieder verschwunden. Eine Weile hat er sich große Mühe gegeben, aber dann hat er eine andere kennengelernt und ist weggezogen. Sie wissen ja, wie so was läuft.«

Flora nahm ein paar Scheiben Vollkornbrot aus der Plastikverpackung und bestrich sie mit Butter, bevor sie sie in Viertel schnitt, am Tellerrand drapierte und das Ei in die Mitte gab.

»Ihr Bruder ist älter?«, erkundigte sich Flora.

»Jünger. Er forscht in Cambridge über DNA.« Flora hörte den Stolz in seiner Stimme.

»Oje, was für eine Verantwortung in dem Alter.«

Der Arzt stieß ein kurzes, raues Lachen aus. »Das können Sie laut sagen.« Er stellte die leere Tasse in die Spüle und ließ Wasser darüberlaufen. »Am Wochenende war der vierte Geburtstag meiner Tochter. Wahrscheinlich mache ich mir deswegen Gedanken über meine Pflichten als Vater. Nichts auf der Welt würde mich von Jasmine trennen können.«

Flora stellte den Teller und ein Glas Wasser auf ein geblümtes Plastiktablett und wartete, unsicher, was sie sagen sollte.

»Sorry, keine Ahnung, warum ich mich bei Ihnen ausjammere.« Er trat einen Schritt beiseite, um sie vorbeizulassen. Plötzlich schien er mit den Gedanken weit, weit weg zu sein.

»Sie müssen sich nicht entschuldigen. Es freut mich, mehr über Sie zu erfahren. Nun kennen wir uns schon Jahre, ohne wirklich etwas voneinander zu wissen.«

»Ich weiß von Ihnen immer noch nichts, abgesehen davon, dass Ihre Mutter zu viel Milch in die Rühreier gegeben hat – und dass Sie nicht tanzen können.«

Flora lachte. »Und so sollte es vielleicht auch lieber bleiben.«

Er schüttelte den Kopf.

»Zurück zu Dorothea. Soll ich mit ihr reden?«

Flora überlegte. »Danke, noch nicht gleich. Mary und ich haben sie schon bearbeitet, und sie wollte nichts sagen. Ich möchte sie nicht weiter drängen.«

»Natürlich. Geben Sie mir Bescheid, wenn ich etwas tun kann.« Er nahm seine schwarze Tasche. »Ich lasse Sie jetzt lieber weiterarbeiten.«

Nachdem sie sich verabschiedet hatten, musste Flora daran

denken, wie ihre Mutter damals in der Familienküche in Kent geistesabwesend das Abendessen ausgeteilt hatte. Das Haus aus den dreißiger Jahren hatte vier Zimmer mit zum größten Teil auf alt gemachten, stillosen Möbeln gehabt, doch der Garten, der sich sanft zu einem kleinen Wäldchen erhob, war ein kleines Kunstwerk gewesen. Prue behauptete oft, ihre Eltern hätten sie und Flora als überflüssig erachtet. Linda Bancroft hatte ihre Mutterpflichten zwar gewissenhaft erfüllt, aber allein in ihrem Garten immer am glücklichsten gewirkt.

Diese Leidenschaft hatte sie für sich entdeckt, als ihr Mann, ein Ingenieur, eines lukrativen Auftrags wegen nach Saudi-Arabien gegangen war. Sie hätten ihn alle begleiten sollen, doch ihre Mutter hatte sich geweigert – ihr behagten die dortigen gesellschaftlichen Beschränkungen, besonders für Frauen, nicht –, und so hatten sich ihre Eltern schließlich auseinandergelebt. Flora war acht gewesen, als ihr Vater im Ausland zu arbeiten begann. Anfangs war er noch mit exotischen Geschenken nach Hause gekommen, mit Kamellederpuffs, Silberarmbändern und aufwendig bestickten Tüchern. Flora und Prue hatten ihn voller Vorfreude erwartet, doch im Lauf des Besuchs war ihre Begeisterung merklich abgekühlt, denn der karriereorientierte introvertierte Frank Bancroft hatte sich nicht sonderlich für Kinder interessiert, auch nicht für seine eigenen.

Allmählich waren die Abstände zwischen seinen Stippvisiten länger geworden, und irgendwann hatten sie ganz aufgehört. Floras Eltern hatten sich nie scheiden lassen und sich auch nicht für andere Partner entschieden, sondern einfach nur getrennt gelebt – Frank am Ende in Dubai –, bis sie beide starben, ihre Mutter an Darmkrebs, als Flora siebzehn war, ihr Vater viel später. In den zehn Jahren vor seinem Tod hatte sie ihn nicht mehr gesehen. In ihren wenigen Gesprächen über ihren Vater hatte Prue klargemacht, dass sie Frank wegen seines Mangels an elterlicher Fürsorge verachtete. Flora wusste nicht so genau, was sie empfand. Vielleicht gar nichts.

Sechs

25. September

Als Flora am Dienstagabend nach Hause eilte, war ihr klar, dass es vernünftiger gewesen wäre, sich bei Dorothea umzuziehen, aber das hasste sie, weil sie sich dann bereits morgens für die Kleidung entscheiden musste, die ihr am Abend möglicherweise völlig unpassend erschien. Außerdem musste sie alles in die Arbeit mitnehmen, und oft vergaß sie etwas Wichtiges – die Schuhe zum Beispiel oder die Wimperntusche. Jake machte sie mit seinen schicken Klamotten ein wenig befangen. Nicht, dass sie überhaupt viel Auswahl gehabt hätte. Kleider kaufen war ihr nie wichtig gewesen, und das geringere Einkommen seit ihrem Ausscheiden aus dem Krankenhausdienst motivierte auch nicht gerade.

Zu Hause duschte sie schnell und zog sich an. Obwohl sie wusste, dass sie zu spät kommen würde, zögerte sie es bis zum letzten Moment hinaus, Jake Bescheid zu sagen, weil sie hoffte, dass sich die Zeit wie durch ein Wunder verlangsamen würde. Auch an diesem Abend entschied sie sich für eine schwarze Jeans. Dazu wählte sie einen perlgrauen Pullover mit Knöpfen an den Ärmeln und ihre schwarzen Pumps.

Die Haare schlang sie zu einem losen Knoten und trug etwas Wimperntusche und Lipgloss auf. Nicht sonderlich aufregend, dachte sie nach einem Blick in den Spiegel im Bad – er war der einzige in ihrer Wohnung und für diesen Zweck gänzlich ungeeignet. Müde steckte sie Schlüssel, Geldbeutel, Oyster-Card und Lippenstift in ihre schwarze Handtasche.

Nachdem sie in ihre Lederjacke geschlüpft war und ein gemustertes pinkfarbenes Tuch um den Hals geschlungen hatte, um das düstere Schwarz aufzuhellen, eilte sie aus der Wohnung – und hätte beinahe einen Schrei ausgestoßen.

Denn auf der Treppe im Gang stand Fin McCrea.

»Herrgott noch mal, hast du mich erschreckt!«

Fin grinste breit. »Was für eine nette Begrüßung für einen alten Freund.«

»Was machst du hier? Warum hast du nicht angerufen?« Ihre Stimme klang blechern und dünn.

»Weil ich wie üblich Mist gebaut habe. Ich wollte beim Händewaschen im Krankenhaus aufpassen, dass deine Nummer dranbleibt, aber das Wasser ist in einem Schwall rausgekommen, und die letzten drei Zahlen sind verlaufen, sodass ich sie nicht mehr entziffern konnte. Ich habe alle möglichen Zahlenkombinationen probiert und bin damit etlichen Leuten auf die Nerven gegangen.«

Seine breiten Schultern füllten die Dunkelheit und den engen Raum aus.

»Du gehst aus?«

»Ja, das siehst du doch«, antwortete sie ein wenig nervös.

»Kannst du das nicht absagen, Flo? Ich würde gern mit dir reden.«

»Nein! Warum sollte ich?«

Fin verzog das Gesicht.

»Außerdem ist es ziemlich spät für einen unangekündigten Besuch.«

Er blickte die Treppe hinauf. »Ich habe es für das Beste gehalten, im Schutz der Dunkelheit zu kommen«, erklärte er in dramatischem Tonfall. »Deine Schwester sollte mich nicht sehen … noch nicht. Die ist bestimmt nicht gut auf mich zu sprechen.«

Flora lachte auf. »Da könntest du recht haben.«

Schweigen.

»Ich bin sowieso schon spät dran und muss jetzt wirklich los.« Sie machte einen Schritt auf die Treppe zu.

»Bleibst du lange weg? Ich könnte später noch mal vorbeischauen.«

»Fin, ich habe eine Verabredung und keine Ahnung, ob ich heute Nacht überhaupt nach Hause komme.«

Er machte ein Gesicht, als hätte sie ihn geohrfeigt.

»Verstehe.«

»Meinst du denn, ich hätte in den letzten drei Jahren nur daheim herumgesessen und auf dich gewartet?«, fragte sie entrüstet, obwohl genau das der Fall gewesen war.

Er schüttelte den Kopf. »Nein, natürlich nicht. Ich weiß, dass ich das mit der Nummer verbockt habe, Flo, aber nachdem wir uns über den Weg gelaufen sind, war ich jeden Vormittag bei Waitrose, weil ich gehofft habe, dich wiederzusehen. Darf ich morgen vorbeikommen? Oder könnten wir uns woanders treffen? Egal, wo.«

Sie musste an Jake denken, der in Soho auf sie wartete. »Okay. Treffen wir uns morgen um halb neun an der U-Bahn-Station Gloucester Road. Wir können in der Gegend was trinken gehen.« Sie wollte genauso wenig wie Fin von Prue beobachtet werden.

Fins Augen begannen zu leuchten, und er wiederholte: »Morgen um halb neun an der U-Bahn-Station Gloucester Road.«

»Schreib dir's diesmal nicht auf die Hand«, riet sie ihm, bevor sie in Richtung Ladbroke Grove davonhastete.

Den Rest des Abends konnte sie sich nicht konzentrieren. Da Jake bei Freunden – zwei Frauen und einem Mann – am Tisch saß, musste sie sich immerhin nicht ausschließlich mit ihm beschäftigen. Außerdem war die Musik laut und der Raum klein; da konnte sich niemand richtig unterhalten. Die Sängerin der Band, eine Freundin von Jake, war zierlich und auf hübsche Weise androgyn. Sie hatte eine reine, markante Stimme, die die leisen Jazzsongs anrührend klingen ließ, und kam gut bei den Zuhörern an.

»Sie ist super, was?«, fragte Jake Flora in einer Pause.

Sie nickte. »Tolle Stimme.«

»Freut mich, dass du kommen konntest«, hatte er zur Begrüßung gesagt, aber nach einem Küsschen keinerlei Versuch unternommen, ihre Hand zu halten oder ihr sonst wie körperlich nahe zu kommen, wofür sie dankbar war. Als sie sah, wie er mit seinen Freunden redete und lachte, wurde ihr bewusst, wie wenig sie ihn kannte – besonders wenn sie sein Gesicht mit dem so vertrauten Fins verglich.

Sie musste immerzu daran denken, dass sie Fin wiedersehen würde.

Man erwog, in einen Klub zu gehen, weil die Sängerin, die sich mittlerweile zu ihnen an den Tisch gesellt hatte, aufgeputscht von ihrem Auftritt war und feiern wollte.

»Du kommst doch mit, oder?« Als sie aufstanden, nahm Jake Floras Hand zum ersten Mal. »Der Klub ist gleich drüben in der Greek Street.«

»Ich würde gern, aber ich glaube, ich gehe besser nach Hause. Ich muss morgen wieder um acht ran und vertrage nicht so viel. Letzte Woche hätte ich nach unserer gemeinsamen Nacht fast den Tag nicht überstanden.«

Er musste lachen. »Ich weiß, was du meinst, aber letzte Woche haben wir Margaritas getrunken. Wenigstens kurz? Komm schon, das wird sicher lustig.« Er zog sie die Treppe hinauf. Die anderen setzten sich bereits in Bewegung.

Doch Flora wollte nach Hause und über das nachdenken, was Fin gesagt hatte: »Ich war jeden Vormittag bei Waitrose …«

»Tut mir leid, Jake. Geh du ruhig mit. Sorry, dass ich euch den Spaß verderbe. Danke für den schönen Abend. Deine Freundin war super.«

Jake nickte. »Okay, wenn du meinst.«

Sie verabschiedeten sich mit einem Gutenachtkuss auf die Wange voneinander, als hätten sie nie miteinander geschlafen.

»Du gehst zur Tottenham Court Road?«

Flora nickte.

»Wollen wir diese Woche noch mal telefonieren oder am Wochenende was zusammen unternehmen?«, fragte er.

Als sie sah, woran er dachte, spürte sie, wie ihr Gesicht zu einem unverbindlichen Lächeln erstarrte.

»Gute Nacht, Jake«, sagte sie.

Der Tag zog sich dahin, und Flora versuchte, sich nicht zu viel zu erwarten. Es ist nur eine Verabredung auf einen Drink, ermahnte sie sich immer wieder. Er will sich bloß entschuldigen. Doch ihr Herz sagte etwas anderes.

»Treffen Sie sich mit Ihrem Freund?«, erkundigte sich Dorothea, als Flora, die sich nach Marys Eintreffen sofort umgezogen hatte, ihr eine gute Nacht wünschte. Flora putzte sich ganz bewusst nicht heraus, sondern trug nur Jeans und einen

Pullover, dazu die Haare offen und wenig Make-up, weil sie nicht den Eindruck erwecken wollte, sie strenge sich für ihn an.

»Eigentlich ist er nicht mein Freund.« Flora ertappte sich dabei, wie sie rot wurde, was Dorothea nicht entging.

»Aber vielleicht hätten Sie das gern?« In ihren Augen blitzte Interesse auf.

»Ist leider ein bisschen kompliziert.«

»Das kann es manchmal sein. Ich hatte früher auch Freunde.« Sie drehte den Kopf zur Wand. »Aber nur einen, der mir wichtig war.«

»Daraus ist nichts geworden?« Flora hatte Dorothea nie gefragt, warum sie nicht verheiratet gewesen war.

»Er ist gestorben«, erklärte die alte Dame leise.

»Oh, das tut mir leid. Im Krieg?«

Dorothea wandte sich Flora wieder zu. »Nein, nicht im Krieg. Es war … ein Unfall, hieß es.«

Obwohl Flora nicht nachhakte, erzählte Dorothea weiter.

»Er war Künstler, sehr begabt. Aber es gab Zeiten, in denen er nicht mit dem Leben zurechtkam. Und dann ist er gestürzt.« Tränen traten ihr in die Augen. So emotional hatte Flora die alte Dame noch nie erlebt. »Von der Brücke, haben sie gesagt.«

»Wie schrecklich.« Flora war schockiert.

»Wir waren verlobt.«

»Oje.«

Dorothea lächelte traurig. »Das ist lange her. Er war so ein schöner, männlicher Mann, wie ein strahlender Stern am Firmament. So einen wie ihn gab es nicht noch einmal.«

»Sie müssen ihn sehr geliebt haben«, bemerkte Flora.

Dorothea blieb stumm, eine Weile war nur das Geräusch ihrer Hände zu hören, die über die Quiltdecke strichen.

»Manchmal muss man die komplizierten Dinge einfach ignorieren«, sagte sie schließlich wie zu sich selbst.

Flora drückte ihre Hand. »Mary ist hier. Gute Nacht, Dorothea, bis morgen früh. Ich hoffe, Sie können schlafen.«

»Das hoffe ich auch«, sagte die alte Dame lächelnd.

»Schon wieder eine Verabredung?« Mary musterte Flora von oben bis unten. »An zwei Abenden hintereinander. Muss was Ernstes sein.«

»Nicht mit demselben wie gestern.«

»Oooh. Zwei Typen parallel. Nicht schlecht.«

»Nein. Jedenfalls nicht so, wie du denkst.«

Mary lachte. »Ich sage ja gar nichts!«

»Das heute Abend ist nur ein Freund«, erklärte Flora mit Nachdruck.

»Aha. Dann mal viel Vergnügen mit ihm, was er auch immer sein mag.«

»Danke. Bis morgen. Keine besonderen Vorkommnisse, steht alles im Bericht.«

Draußen war es stürmisch, eine frische Brise wehte Flora ins Gesicht, als sie den Häuserblock verließ, um schnellen Schrittes zur U-Bahn-Station zu gehen. Sie fror, und ihr Körper verkrampfte sich vor Anspannung. Bitte lass ihn da sein, dachte sie.

Und er war da. Er wartete am Eingang, in einer abgewetzten marineblauen Jacke, Jeans und schweren schwarzen Stiefeln, die sie noch aus ihrer gemeinsamen Zeit kannte.

»Flora.« Er trat einen Schritt auf sie zu.

»Hallo, Fin.«

Sie blieben beide unsicher stehen.

»Wo sollen wir hingehen?«

Sie schüttelte den Kopf. »Keine Ahnung. Ich arbeite in der

Gloucester Road, ansonsten bin ich in dem Viertel hier nicht viel unterwegs.«

»Da vorne links ist eine Kneipe. Versuchen wir's damit.«

»Gut, dann mal los.« Letztlich war es ihr egal, wo sie redeten.

Sie schlenderten auf dem Gehsteig nebeneinander her. Flora war sich seines Körpers neben dem ihren sehr bewusst, fast hatte sie das Gefühl, dass sie einander tatsächlich berührten. Das Lokal war nicht voll; das hatte etwas Bedrückendes. Es war zu hell und roch nach Toiletten und billigem Fett. Sie sahen einander an, und Fin verzog das Gesicht.

»Gefällt mir nicht.«

»Mir auch nicht.«

Also wechselten sie in eine Kneipe auf der anderen Straßenseite, die sie gemütlicher fanden, und wählten einen Platz an der hinteren Wand.

»Rotwein?«

»Ja, danke.«

Das hatte er also nicht vergessen. Einen Moment erschien es ihr, als hätten sich die vergangenen drei Jahre nicht ereignet; sie und Fin waren einfach nur auf einen Drink ausgegangen wie immer. Sie schüttelte sich, erschreckt darüber, wie weit sie sich von der Realität entfernt hatte. Nein, wir sind nicht zusammen, ermahnte sie sich.

Als er die beiden Gläser Rotwein auf den Tisch stellte und sich setzte, herrschte verlegenes Schweigen.

Fin sah Flora an.

»Soll ich anfangen?«, fragte er.

Sie nickte.

»Flora, es war schrecklich von mir, einfach so zu verschwinden. Ich habe es sofort bereut.«

»Warum, Fin? Nicht mal einen Abschiedsbrief hast du mir hinterlassen.«

Er kaute an seiner Unterlippe. »Ich hatte Panik wegen der Sache mit dem Kind und wollte mich nicht binden.«

Flora schüttelte den Kopf. »Reicht mir nicht als Erklärung. Ich kann ja verstehen, dass du den Kopf verloren hast, aber hättest du mir nicht einfach sagen können, dass du noch nicht so weit bist?«

»Du warst Ende dreißig. Ich wusste, dass die biologische Uhr tickt.«

»Und jetzt ist es vermutlich zu spät.« Flora gab sich keine Mühe, ihre Verbitterung zu verbergen. »Du hast mich ohne ein Wort verlassen, Fin. Nichts, nada. Bist einfach verschwunden. So etwas tut man einem anderen nicht an, am allerwenigsten jemandem, den man zu lieben behauptet. Ich hatte keine Ahnung, wo du bist, was los ist, und dachte, dir ist was Schreckliches passiert. Ich habe im Krankenhaus angerufen, dich vermisst gemeldet … Mir ist gar nicht in den Sinn gekommen, dass du mich verlassen haben könntest. Fast zwei Wochen später hat Mick dann in einem Telefongespräch erwähnt, er hätte dich in Tibet gesehen.«

Fin lauschte angespannt. »Ich habe ihn gebeten, dich anzurufen. Glaub mir, stolz bin ich auf das alles nicht. Aber knapp ein Jahr später bin ich zurückgekommen, Flo, und da warst du mit einem anderen verlobt. Was sollte ich davon halten?«

Sie sah ihn ungläubig an.

»Wie bitte? Du bist *zurückgekommen*?«

»Ja. Hast du das nicht gewusst?«

»Moment. Was genau meinst du mit ›zurückgekommen‹?«

»Natürlich bin ich zuerst zu unserem Haus in Brighton gefahren. Da hat mir eine Frau geöffnet und mir erklärt, dass du es zwei Monate zuvor verkauft hättest. Ich habe es ohne Erfolg mit deiner Telefonnummer und deiner E-Mail-Adresse versucht und schließlich bei deiner Schwester angerufen.«

»Du hast mit *Prue* geredet?«

»Ja. Ich habe ihr immer wieder auf den Anrufbeantworter gesprochen, ohne dass sie zurückgerufen hätte. Irgendwann habe ich es dann vom Telefon eines Freundes aus probiert und sie erreicht. Verständlicherweise war sie stinksauer auf mich. Sie hat gesagt, du wolltest nichts mehr mit mir zu tun haben, dass ich dich krank gemacht hätte, dass du jemand anders kennengelernt hättest und jetzt richtig glücklich wärst. Du hättest dich gerade verlobt, und wenn ich dir auch nur nahe käme, würde sie die Polizei rufen.«

»Wann war das?«, fragte Flora.

»Das kann ich dir genau sagen: Nachdem ich von einer Klettertour in Peru zurückgekommen war. Im August des folgenden Jahres.«

»Sie hat dir gesagt, dass ich *verlobt* bin?«, wiederholte Flora verärgert.

Fin sah sie mit großen Augen an. »Du meinst … das stimmte gar nicht?«

»Natürlich nicht. In dem Jahr habe ich kaum einen Fuß vor die Tür gesetzt.«

»So schlimm?«

»Ich habe unter Depressionen gelitten. Es war wie ein körperlicher Schock.«

»Wegen mir … Das ist ja schrecklich.«

Schweigen.

»Wenn ich das gewusst hätte.«

»Das hättest du, wenn du dich gemeldet hättest.«

»Habe ich. Das wollte ich dir doch gerade erklären.«

»Nach einem Jahr? Sorge um mein Wohlergehen würde ich das nicht gerade nennen.«

»Na ja … Ich war in Tibet und dann in Südamerika … War 'ne Menge los …«

Er verstummte, als er das gefährliche Blitzen in Floras Augen bemerkte.

»Okay, okay. Ich hab's vermasselt. Das weiß ich, und ich kann mich gar nicht oft genug bei dir entschuldigen. Ich war ein richtiges Arschloch, ein egoistisches Monster und hab mich einfach aus dem Staub gemacht. Aber Prue hätte nicht sagen dürfen, dass du verlobt bist.«

»Da stimme ich dir zu.« Flora wusste nicht so recht, was sie vom Eingreifen ihrer Schwester halten sollte. »Doch sie wusste, wie krank ich war, und hat dich dafür verantwortlich gemacht. Sie wollte mich schützen.«

»Trotzdem.« Fin leerte sein Glas und sah das ihre an. Sie hatte kaum etwas getrunken. »Ich hol mir noch einen Wein.«

Während er zur Theke ging, versuchte sie, sich zu beruhigen. Sie fühlte sich wie vom Panzer überrollt. All die Emotionen, die sie seit ihrem Nervenzusammenbruch so sorgfältig geordnet hatte, gerieten wieder durcheinander. Was wollte Fin ihr, abgesehen von seiner Bitte um Vergebung, sagen?, überlegte sie.

»Trink aus, Flo. Du bist ziemlich blass.«

»Danke fürs Kompliment.«

Sie sah ihn an. Er hatte seine sonnengebleichten Haare, die sonst wild in alle Richtungen abstanden, gescheitelt und flach gedrückt. Doch nun legten sie sich wieder so wie immer. Flora, die es rührte, dass er sich für sie angestrengt hatte, schmunzelte.

»Was ist so lustig?«

»Deine Haare.«

Fin strich verlegen mit der Hand darüber.

»Mein Freund Paul, bei dem ich im Moment wohne, hat mir geraten, mich ordentlich herzurichten, wenn ich mich mit dir treffe. Seiner Meinung nach sind die Haare das Hauptproblem.« Dabei raufte er sie sich so lange, bis er wieder seine übliche chaotische Frisur hatte. »Besser?«

Sie nickte, und sie mussten beide lachen.

»Flo …« Fin legte seine Hand auf die ihre.

Kurz ließ sie diese vertraute Berührung zu, dann sagte sie »Nein« und zog sie ihm weg.

Fin sah sie fragend an.

»Ich weiß nicht mal, warum du heute hier bist«, erklärte sie verärgert. »Willst du bloß von mir hören, dass ich dir verzeihe?«

»Ja, das würde ich tatsächlich gern hören.« Er betrachtete sein Glas, drehte es zwischen den Fingern, den großen Körper, der in der Stadt immer irgendwie fehl am Platz wirkte, auf dem niedrigen Barhocker unbequem nach vorn gebeugt. »Aber das ist nicht der einzige Grund. Es geht mir nicht darum, mich besser zu fühlen. Das allein würde nichts bringen.« Er sah sie mit einem eindringlichen Blick an. »Ich möchte, dass du mir vergibst, Flo, weil ich dich liebe. Ich habe nie aufgehört, dich zu lieben.«

Da erklang lautes Männerlachen hinter ihr. Flora drehte sich um, ein Reflex. Aber sie nahm nichts wahr, weil Fins Worte so laut in ihrem Kopf nachhallten.

»Flo?« Fin sah sie mit gequälter Miene an. »Die Verabredung neulich Abend. Ist das was Ernstes?«

»Nein«, presste sie hervor.

Sein Gesichtsausdruck blieb neutral.

»Empfindest du noch etwas für mich?«

Flora wusste, wie schwer Fin solche Gespräche fielen. In ihren acht gemeinsamen Jahren hatten sie sich nie über das Warum oder Weshalb ihrer Beziehung unterhalten, sondern sie einfach nur Tag für Tag genossen.

Sie spürte, wie ihr Tränen in die Augen traten. Die Anspannung der Wochen seit dem Tag im Supermarkt forderten ihren Tribut.

»Flo … bitte nicht. Ich kann's nicht ertragen, wenn du weinst.« Als er wieder ihre Hand nahm, entzog sie sie ihm nicht. »Du kannst dir nicht vorstellen, was es für mich bedeutet, hier mit dir zusammenzusitzen. Du ahnst nicht, wie sehr du mir gefehlt hast …«, gestand er mit leiser Stimme.

»Du hast mich doch geliebt, oder?« Sie entwand ihm ihre Hand und suchte in ihrer Jacke nach einem Taschentuch. »Wenn Liebe für dich so aussieht, kannst du sie behalten.« Sie putzte sich die Nase. »Wie konntest du mir das antun, Fin?«

Fin schwieg betreten.

»Du sagst, du hättest nach mir gesucht, als würdest du dafür einen Scheißorden erwarten. Und dann machst du auch noch Prue Vorwürfe. Aber du hast dir FAST EIN JAHR Zeit gelassen, bis du dich bei mir melden wolltest. Ist das vielleicht Liebe?«

Er senkte den Kopf. »Nein.« Er hob den Blick wieder. »Aber ich habe mich geändert, Flo, wirklich. Bei dem Sturz diesen Winter hätte ich fast ins Gras gebissen. Und dann die Wochen im Krankenhaus … Da hatte ich Zeit zum Nachdenken. Ich habe immer nur an dich gedacht.«

Flora lachte spöttisch. »Verstehe. Erst wenn du halbtot bist, fällt dir ein, dass du mich liebst. Wenn deine geliebten Berge dich im Stich lassen.«

»So war es nicht. Ich habe nie aufgehört, dich zu lieben. Das wusste ich damals, und ich weiß es jetzt. Ich wollte mich vor der Verantwortung drücken, und mal weg, war es schwierig, wieder zurückzukommen. Schon als ich ging, war mir klar, was ich dir angetan hatte. Ich mag mich manchmal benehmen wie ein Vollidiot, Flo, aber ich bin nicht auf den Kopf gefallen.«

»Ich glaube, ich muss nach Hause«, sagte sie erschöpft.

Fin geriet in Panik. »Flora, bitte. Es war abzusehen, dass dieses Treffen für uns beide nicht einfach werden würde. Doch wir mussten endlich reinen Tisch machen. Wir treffen uns doch wieder, oder?«

Sie zögerte. Schaffe ich das?, fragte sie sich. Kann ich das Risiko eingehen, ihn wieder zu lieben? Die Antwort kannte sie bereits: Sie hatte niemals aufgehört, Fin McCrea zu lieben; noch in tiefster Wut und Verzweiflung hatte sie auf ihn gehofft.

»Gib mir deine Nummer.«

Ein Lächeln breitete sich auf seinem Gesicht aus. »Wow, danke.«

Nachdem sie die Nummer notiert hatte, standen sie auf.

»Noch eins.« Er legte die Hand auf ihren Arm. »Was ich dir heute Abend gesagt habe, meine ich ernst. Leider kann ich nichts ungeschehen machen, aber bitte glaube mir: Ich würde mich nie wieder so verhalten. Ich habe mich wirklich geändert.«

Da Flora das Warten auf den Bus in ihrer Stimmung nicht ertrug, ging sie ein Stück zu Fuß und ließ sich, froh darüber, von Fin weg zu sein und über seine Worte nachdenken zu können, vom Wind die Wangen kühlen. Es hatte geklungen wie aus einem schlechten Roman, dieses »Ich habe nie aufgehört, dich zu lieben«, das »Du kannst dir gar nicht vorstellen, wie leid es mir tut«, das »Ich habe mich geändert«. Sie wusste, dass er es ernst meinte, aber hatte er sich tatsächlich geändert? Konnten sich Menschen überhaupt ändern? Das war die große Frage.

Als sie ein Taxi sah, winkte sie es heran. Scheiß aufs Geld, dachte sie und sank dankbar auf den Sitz.

Sie wälzte sich im Bett, döste ein und schreckte hoch, weil ihr das Gespräch mit Fin im Kopf herumspukte. Dann war da noch die Sache mit Prue. Je mehr sie darüber nachdachte, desto wütender wurde sie. Sie wusste, dass ihre Schwester es gut mit ihr meinte, schließlich hatte sie Flora während ihrer Krankheit beigestanden. Aber ihr nicht zu sagen, dass Fin sich gemeldet hatte … das war falsch. Wäre es nicht besser für ihre psychische Stabilität gewesen, sich gleich damals mit der Fin-Frage auseinanderzusetzen, mit ihm zu reden, die Sache ein für alle Mal zu klären? Es alles hinter sich zu bringen? Oder vielleicht auch wieder zusammenzukommen, als noch Zeit gewesen wäre, eine Familie zu gründen. Stattdessen hatte der Gedanke an ihn sie zwei Jahre lang gequält und daran gehindert, ein eigenes Leben zu führen.

Flora hätte sich jemanden zum Reden gewünscht. Während ihrer Krankheit war der Kontakt zu den meisten ihrer Freunde in Brighton abgerissen – psychische Probleme wirkten sich immer verheerend auf Freundschaften aus –, und außerdem war die Beziehung mit Fin so symbiotisch gewesen, dass sie niemanden sonst zu brauchen schienen. Nun fühlte sie sich plötzlich sehr allein. Sie konnte sich die Reaktionen vorstellen, wenn sie irgendjemandem von Fin erzählte. Lass dich ja nicht wieder auf den ein, würde das einstimmige Urteil wohl lauten.

Sieben

27. September

Der Donnerstag verlief ruhig. Dorothea schien gute Laune zu haben, Dominic wollte zum Tee kommen, der Ingwerkuchen stand bereit. Flora quälte sich, von der unruhigen Nacht müde, durch den Tag und stellte sich immer wieder die gleiche Frage: Sollte sie sich darauf einlassen, ihn zu lieben? Ihr Herz sagte Ja, denn sie liebte ihn, Punkt. Doch ihr Gehirn riet ihr, auf keinen Fall zu riskieren, dass sie wieder krank wurde – der Gedanke, erneut in jenen tristen Zustand der Erschöpfung und Hoffnungslosigkeit zu verfallen, erschreckte sie. Depressionen konnten immer wieder auftreten, das wusste sie, und sich sehenden Auges noch einmal auf die Person einzulassen, deren Verhalten sie ausgelöst hatte, erschien ihr pervers, wenn nicht sogar verrückt.

Sobald Dorothea zum Nachmittagsschläfchen im Bett lag, sank Flora ohne Mittagessen aufs Sofa. Fin liebt mich. Tränen der Erleichterung darüber, dass die langen Jahre der Trauer über den grässlichen Verlust endlich vorüber waren, traten ihr in die Augen.

Dann hörte sie die Klingel. Sie stand auf, wischte hastig die Tränen weg und putzte sich die Nase. Es war Dr. Kent.

»Hallo, Flora.« Er sah ihre verweinten Augen. »Tut mir leid, wenn ich einfach hier aufkreuze. Ich will auch nicht lange bleiben. Aber weil ich gerade in der Gegend war, dachte ich mir, ich bringe Ihnen das Resultat von Dorotheas Röntgenaufnahme«, erklärte er und nahm den Bericht aus seiner Tasche. »Erstaunlicherweise keinerlei Auffälligkeiten.«

Sie hielt den Finger an die Lippen und deutete in die Richtung von Dorotheas Schlafzimmer.

»Sorry.« Er senkte die Stimme.

»Seit ein paar Tagen beklagt sie sich nicht mehr«, flüsterte Flora.

Der Arzt zuckte mit den Schultern. »Vielleicht hatte sie einfach nur Blähungen. Allerdings hatte ich beim Abtasten ihres Bauchs das Gefühl, dass er auf der einen Seite empfindlich war.«

»Immerhin wissen wir jetzt, dass es nichts Ernstes ist.«

»Stimmt. Meiner Ansicht nach hat eine Ultraschalluntersuchung keinen Sinn, solange es nicht wieder schlimmer wird.«

Schweigen.

»Und … alles in Ordnung?«

Sie lächelte. »Ja und nein.«

»Wollen Sie mit Dr. Simon darüber reden?«

»Eigentlich sollte ich Sie damit nicht belasten, aber kurz zusammengefasst, geht die Geschichte so: Mein Ex, dem ich, wie Sie wissen, im Supermarkt über den Weg gelaufen bin und der mich vor drei Jahren sitzen gelassen hat, taucht plötzlich wieder auf und erklärt mir seine ewige Liebe. Soll ich ihm das abkaufen?«

»Hmm. Klingt kompliziert. Erinnert mich an die Sache mit dem Mars-Riegel und dem Twix.«

»Können Menschen sich denn nicht verändern?«

»Im Wesentlichen nicht, glaube ich. Doch man kann sich durchaus in ihnen täuschen, im Guten wie im Schlechten.«

»Ein Typ benimmt sich wie das letzte Schwein, ist aber in Wirklichkeit ein Heiliger? Interessante Theorie.«

»Leider ist meiner Erfahrung nach die andere Variante verbreiteter. Der mutmaßliche Heilige entpuppt sich für gewöhnlich doch eher als Schurke.« Er wurde ernst. »Lieben Sie ihn?«

Sie zögerte.

Dr. Kent hob die Hände. »Sorry, die Frage war zu intim.«

»Kein Grund, sich zu entschuldigen, schließlich habe ich damit angefangen. Ja, ich habe ihn tatsächlich geliebt und tue es wahrscheinlich noch immer. Falls Liebe bei jemandem, den man drei Jahre lang nicht gesehen hat, überhaupt realistisch sein kann.«

»Sie spielen mit dem Gedanken, es wieder mit ihm zu versuchen?«

»Noch nicht.«

Er nahm seine Tasche. »Die Liebe ist ein Glücksspiel, Flora. Man kann gewinnen, aber den meisten gelingt das nicht.«

Flora, der der Anflug von Zynismus nicht entging, fragte sich, welche Erfahrungen er gemacht hatte, als sie sich wieder auf die Couch legte.

»Ist er schon da?«, erkundigte sich Dorothea, die ungeduldig auf Dominic wartete.

»Nein, aber er kommt bestimmt bald.«

»Er wollte um drei hier sein.«

»Wahrscheinlich steht er irgendwo im Stau.«

Dorothea wirkte skeptisch. »Meinen Sie?«

»Soll ich Ihnen jetzt schon einen Tee bringen?«

Sie schüttelte den Kopf. »Nein, ich warte.«

Es war fast vier Uhr, als Dominic endlich auftauchte.

»Wie geht's Tante Dot?«, fragte er in seinem üblichen lauten Flüstern, als Flora ihm die Tür öffnete.

»Gut. Aber sie hat sich Sorgen gemacht, weil Sie nicht um drei hier waren.«

Dominic hob entsetzt die Hände. »Oje, dachte sie, ich komme um drei? Ich habe vier gesagt.« Er bemerkte Floras skeptischen Blick. »Wirklich, Flora.« Seine Eulenaugen nahmen einen verletzten Ausdruck an.

»Egal, gehen Sie zu ihr. Ich setze Teewasser auf.«

»Hast du das Nähtischchen meiner Mutter verkauft?«, fragte Dorothea ihren Großneffen gerade, als Flora das Tablett mit dem Tee hereinbrachte.

»Noch nicht, die nächste Auktion findet erst in einer Woche statt. Ich lasse es dich wissen, wenn sie vorbei ist.«

»Mutter hat mal gesagt, das Tischchen sei ziemlich wertvoll«, erklärte die alte Dame. Davon hatte sie bisher nichts erwähnt; als Dominic sein Interesse daran bekundet hatte, war ihr Urteil eher abfällig gewesen. Sie erstaunte Flora immer wieder und machte es ihr schwer, ihre Gedanken zu erraten oder zu erahnen, woran sie sich erinnerte und wie viel sie von der Welt mitbekam.

»Es ist ein schönes Stück, Tante Dot. Aber mach dir lieber keine zu großen Hoffnungen. Das Auktionshaus hat einen fairen Preis dafür festgesetzt, zweihundert bis zweihundertfünfzig Pfund. Möbel aus der viktorianischen Zeit sind im Moment leider nicht sehr gefragt.«

»Soweit ich mich erinnere, hat Mutter gesagt, dass das Tischchen älter ist«, entgegnete Dorothea mit leicht skeptischem Blick. »Aus der Zeit Georges vielleicht?«

Flora entging das kurze Flackern in Dominics Augen nicht.

»Natürlich, wie dumm von mir. Tut mir leid, war ein harter Tag.« Er stieß einen theatralischen Seufzer aus und wischte sich die Hände an seinem riesigen weißen Baumwolltaschentuch ab.

Nach dem Tee bestand Dominic darauf, das Tablett mit den Teesachen für Flora in die Küche zu tragen.

»Haben Sie Renée Bescheid gesagt wegen des Tischchens?«, fragte sie.

»Ja.«

»Danke.«

Dominic bewegte sich nicht von der Stelle. »Kommt Tante Dot zurecht?«

»Wie meinen Sie das?« Flora begann, das Tablett abzuräumen.

»Nun … Im Großen und Ganzen scheint es ihr gut zu gehen, sie ist nur ein bisschen langsamer als früher. Aber wie steht es allgemein um ihre Gesundheit?«

»Ganz ordentlich, soweit das bei jemandem ihres Alters möglich ist«, antwortete Flora. »Der Arzt schaut sie sich jede Woche an, und abgesehen von den leichten Schlaganfällen, die sie immer wieder erleidet, ist alles in Ordnung. Dagegen können wir nicht viel machen; sie nimmt die richtigen Medikamente.«

Dominic nickte. »Freut mich zu hören. Ist schon eine bemerkenswerte alte Dame, meine Tante.«

»Allerdings.«

»Wunderbar«, murmelte er und schürzte die Lippen, während er beobachtete, wie sie heißes Wasser in die Spüle laufen ließ. »Dann halte ich Sie mal lieber nicht länger von der Arbeit ab.«

Flora hätte sich, nachdem der schmierige Dominic sich verabschiedet hatte, am liebsten ein ausgiebiges Bad gegönnt.

Verbarg sich hinter seiner augenscheinlichen Sorge um seine Tante die Frage, ob sie bald sterben würde?, überlegte sie. Immerhin freute es sie, dass es ihr gelungen war, ihm nichts vorzumachen.

Am Abend setzte Flora sich mit einer Tasse Kamillentee aufs Sofa und wählte mit zitternden Fingern die Nummer, die Fin ihr gegeben hatte. Als er beim zweiten Mal Klingeln ranging, spürte sie, wie ihr Puls sich beschleunigte.

»Flora ... Schön, dass du anrufst«, sagte er.

»Wie geht's dir?«

»Gut, danke. Jetzt, wo ich deine Stimme höre, noch viel besser.«

»Ich weiß nicht so genau, was ich sagen soll«, gestand sie und hörte ihn leise lachen.

»Kann ich verstehen. Ist irgendwie komisch, nach der langen Zeit.«

»Als würden wir uns nicht kennen.«

»Aber genau das tun wir ... und zwar ziemlich gut.«

»Taten«, korrigierte sie ihn.

»Hast du dich verändert, Flo?«

Als sie über seine Frage nachdachte, wurde ihr die riesige Kluft bewusst zwischen dem naiven, vertrauensseligen Menschen, der sie gewesen war, bevor er sie verlassen hatte, und der misstrauischen Einsiedlerin, die sie nun war.

»Sogar sehr«, antwortete sie.

»Bin ich schuld?«, erkundigte Fin sich vorsichtig, als hätte er Angst davor, die Büchse der Pandora zu öffnen.

»Fangen wir nicht wieder an, einander Vorwürfe zu machen. Ich habe dir erklärt, wie ich mich gefühlt habe, als du weg warst. Ansonsten ist jeder selbst für sein Leben verantwortlich.« Sie hatte es satt, ihn für das zu hassen, was geschehen war. Und satt, das Opfer zu spielen.

»Du bist sehr großzügig«, sagte er leise.

»Tja …«

»Soll ich zu dir kommen?«

»Jetzt?« Der Gedanke, wieder allein mit ihm zu sein, ganz vertraut, war verlockend.

»Ähh … Ist es nicht ein bisschen spät?« Fin, für den »Vorsicht« sonst ein Fremdwort war, schlug plötzlich bedächtige Töne an.

Sie musste lachen. »Du scheinst dich auch verändert zu haben.«

»Das habe ich dir doch gesagt«, erinnerte er sie stolz.

»Vielleicht könnten wir uns am Wochenende sehen«, schlug sie vor.

»Gern, wann immer du möchtest. Ich habe nichts vor, außer auf deinen Anruf zu warten.«

Im Bett ging sie das Gespräch mit Fin noch einmal Wort für Wort durch, bevor sie einschlief.

Am Samstag wachte Flora mit einer Energie und Lebensfreude auf, die sie lange nicht mehr gespürt hatte. Sogar der Gedanke, ihre Schwester zur Rede zu stellen, erschien ihr angesichts der Aussicht, Fin wieder in ihrem Leben zu haben, nebensächlich. Als ihr Handy ihr das Eintreffen einer SMS anzeigte, griff sie hastig danach.

Könnten wir uns heute Abend sehen? Verspreche, mich bei den Cocktails zurückzuhalten. Jake x

Jake. Den hatte sie völlig vergessen. Sollte sie ihn anrufen und ihm alles erzählen? Oder lieber eine SMS schicken? Da sie nicht wusste, wie sie es ausdrücken sollte, sagte sie lieber gar nichts. Es war noch früh am Tag, sie würde später antworten – nach dem Gespräch mit Prue.

Ihre Schwester mahlte in der Küche Kaffee.

»Hallo, Schwesterherz.«

Flora nahm auf einem der Hocker an der Marmorarbeitsfläche Platz.

»Also …« Prue stellte Flora eine Tasse Kaffee hin und holte Milch aus dem riesigen, glänzend schwarzen Kühlschrank, bevor sie sich ihr gegenüber hinsetzte. »Was gibt's?«

Flora hatte sich zurechtgelegt, was sie sagen wollte, doch natürlich sprudelten in ihrer Nervosität die Worte jetzt nur so heraus.

»Fin und ich, wir haben uns auf einen Drink getroffen. Er hat sich entschuldigt und mir gesagt, wie leid ihm alles tut. Es war wunderbar, endlich offen mit ihm zu reden. Er hat es mir erklärt und zugegeben, dass er egoistisch und dumm war. Er bedauert es wirklich, Prue … Du hättest ihm auch geglaubt.« Als sie sah, wie ihre Schwester das Gesicht verzog, hob sie die Hand. »Bitte lass mich ausreden, dann kannst du mir immer noch die Meinung sagen.«

Prue schwieg mit versteinerter Miene.

»Er behauptet, er hätte mit dir geredet. Ungefähr ein Jahr nachdem er verschwunden ist. Als er mich in Brighton nicht finden konnte, hätte er bei dir angerufen und von dir erklärt bekommen, dass ich mir ein neues Leben aufgebaut hätte und verlobt wäre.«

Prue wich ihrem Blick aus und fuhr sich mit den ziegelrot lackierten Fingernägeln durch die kurzen blonden Haare. Plötzlich war es sehr still im Raum.

»Stimmt das?«

Endlich sah Prue ihr in die Augen. »Ja. Ich hab ihm gesagt,

du bist verlobt. Ich hätte sogar behauptet, dass du tot bist, wenn es mir so gelungen wäre, diesen verdammten Typen von dir fernzuhalten.«

Flora versuchte, ihren Zorn zu zügeln. »Ich kann verstehen, warum du es getan hast, aber wieso hast du es mir nicht erzählt und mich in dem Glauben gelassen, dass er sich nichts mehr aus mir macht?«

Prue hob die Arme. »Du warst verdammt noch mal krank! Die Depression hat dich an den Rand des Abgrunds gebracht. Es gab Wochen, in denen ich Angst hatte, dass du dich umbringst. Um keinen Preis der Welt hätte ich deine Hoffnung auf den Mann geschürt, der dich so behandelt hat.«

»Gut und schön, aber was war später? Hättest du es mir nicht sagen können, als es mir wieder besser ging?«

Prue wurde rot. »Und wie, glaubst du, hättest du reagiert? Was hättest du getan, Flora? Genau das Gleiche wie jetzt. Du hättest alles vergeben und vergessen und wärst wieder zu ihm zurück. Oder?«, brüllte sie. »Gib's zu!«

»Mag sein, doch es ist *mein* Leben. Du hattest kein Recht, diese Entscheidung für mich zu treffen.«

Da hörten sie Schritte auf der Treppe, und wenig später stand Bel im Pyjama in der Tür.

»Was schreit ihr denn so?«

Prue ging zur Kaffeemaschine.

»Mum?«

»Hallo, Bel.« Flora erhob sich und drückte ihre Nichte. »Tut mir leid, deine Mum und ich hatten gerade einen kleinen Wortwechsel.«

Prue schnaubte verächtlich. »Von wegen ›Wortwechsel‹. Deine Tante hat mir gerade mitgeteilt, dass sie vorhat, sich wieder auf dieses Schwein Fin McCrea einzulassen.«

Bel sah Flora mit großen Augen an. »Ist das wahr?«

»Das habe ich nicht gesagt. Ich habe lediglich erzählt, dass ich mich mit ihm auf einen Drink getroffen habe.«

»Ja, und es hat ihm sooo leidgetan, und plötzlich war er sooo süß und gar kein ekelhafter Mistkerl mehr.«

»Das habe ich auch nicht gesagt.«

»Dann willst du also nicht wieder zu ihm zurück?«

»Ich weiß nicht, was ich machen werde. Noch einmal: Ich habe mich ein einziges Mal mit ihm getroffen.«

Prue seufzte, die Kaffeetasse in der Hand.

»Wow«, meinte Bel.

»Flora, bitte hör mir zu«, begann Prue mit ruhigerer Stimme. »Möglicherweise war's tatsächlich Scheiße von mir, dass ich ihm erklärt habe, er soll sich verpissen. Er hat mich mit seinem Anruf auf dem falschen Fuß erwischt, und ich habe einfach gesagt, was mir in den Sinn gekommen ist. Aber ich wollte nur dein Bestes, und das ist Fin definitiv nicht, Schätzchen. War er damals nicht und ist er auch heute nicht. Menschen wie er ändern sich nicht.«

»Diesen Spruch kenne ich.«

»Ja dann. Du wirst schon noch merken, dass ich recht habe …«

»Und wenn sie sich immer noch lieben …?«, fiel Bel ihrer Mutter ins Wort.

Prue sah Bel entnervt an. »Liebes, ich weiß, dass du's gut meinst, aber bitte halt dich da raus. Du hast keine Ahnung.«

Bel trat achselzuckend an den Kühlschrank, um einen Blick hineinzuwerfen.

Flora nahm einen Schluck Kaffee. Er war kalt und schmeckte bitter, doch Prue liebte nun mal die starken italienischen Mischungen, sogar schon zum Frühstück.

»Dir ist klar, was passiert, wenn du dich noch mal auf ihn einlässt, oder? Ein paar Monate lang hängt der Himmel voller Geigen, du bist bis über beide Ohren verliebt, alles ist super, und du fragst dich, wieso ihr jemals getrennt wart. Dann wird's ihm irgendwann langweilig, und er zieht die gleiche Nummer ab wie damals. Willst du wirklich riskieren, wieder krank zu werden?«

Flora sah die Frustration im Gesicht ihrer Schwester.

»Mir geht's nicht ums Rechthaben«, erklärte Prue. »Wenn ich einen Fehler gemacht habe, tut mir das leid. Ich sorge mich um deine Gesundheit. Und für die ist dieser Mann einfach nicht gut, glaube mir.«

»Möchte jemand Toast?«, fragte Bel mit zwei Scheiben Vollkorntoast in der Hand, um die beiden abzulenken.

Flora und Prue schüttelten den Kopf.

»Botschaft angekommen«, sagte Flora mit müder Stimme, »aber ich glaube, du täuschst dich. Ich weiß, was er getan hat. Und er weiß es auch. Menschen sind nun mal nicht unfehlbar. Vergiss nicht, dass wir jahrelang miteinander glücklich waren. Außerdem hat er erklärt, warum es passiert ist. Er hat Panik gekriegt wegen des Kindes und der Verantwortung und …«

»Bitte, seine jämmerlichen Ausreden interessieren mich nicht«, fiel Prue ihr ins Wort und winkte ab.

»Dann wirst du ihm seinen Fehler also nie verzeihen?«

Prue schürzte trotzig die Lippen. »›Fehler‹ ist, finde ich, nicht der richtige Ausdruck. Ich kann den Mann nicht ausstehen.«

Flora erstaunte ihre heftige Reaktion. »Prue, ich verspreche dir, vorsichtig zu sein und nichts zu übereilen.«

Ihre Schwester nickte widerwillig.

»Ich habe dir gesagt, was ich von der Angelegenheit halte, aber du hast recht: Es ist deine Sache.«

Flora stand auf. »Ich möchte wieder leben. Und wenn das bedeutet, mit Fin zusammen zu sein …«

Prues Miene wurde sanfter. »Ich möchte auch, dass du wieder lebst, Schätzchen. Das weißt du.« Sie erhob sich, trat um die Kücheninsel herum und legte die Arme um Flora. »Was ist mit Jake? Kannst du dir mit ihm kein Leben vorstellen? Er ist ein guter Mensch. Ihm könntest du vertrauen.«

»Stimmt, aber Jake liebe ich nicht, Prue.«

Ihre Schwester schüttelte den Kopf. »Wie willst du das wissen? Du hast ihm doch keine Chance gegeben.«

»Dad ist letztes Jahr gestorben.«

Flora saß mit Fin in einem Café in Notting Hill mit französischem Landhauschic, unverputzten Ziegelwänden, rustikalen Holztischen, herzhaftem Brot und Aprikosenmarmelade. Sie hatten sich für einen Tisch am Fenster entschieden; um diese Zeit, vor sechs Uhr abends, war in dem Lokal nicht viel los.

»Das tut mir leid«, sagte Flora, die wusste, wie nahe er seinem Vater gestanden hatte. Angus McCrea, ein wortkarger, wettergegerbter Highlander, hatte wie Fin das Klettern geliebt und war noch mit Ende achtzig fast täglich allein im Schottischen Hochland um seinen Heimatort Inverness unterwegs gewesen. »War er krank?«

Fin schüttelte den Kopf. »Eine Lungenentzündung. Er hat sich erkältet und das nicht ernst genommen. Im Krankenhaus konnten sie ihm nicht mehr helfen. Ich war zu der Zeit in Chamonix und habe erst zwei Tage später davon erfahren.«

»Wie schrecklich für dich … dass du nicht bei ihm gewesen bist und nichts davon gewusst hast. Aber er war so unabhängig und hat sich nie über irgendetwas beklagt. Wahrscheinlich hättest du sowieso nicht viel tun können.«

»Das versuche ich mir auch einzureden.«

»Nun, es stimmt.«

»Möglich … Ich hatte ihn sechs Monate nicht gesehen, wollte die ganze Zeit zu ihm hoch, aber da war diese Klettertour, die im Vergleich zu dem Scheiß, den man sonst angeboten kriegt, gutes Geld brachte.« Er wandte den Blick ab.

Flora schwieg. So lief es in seinem Leben immer, dachte sie traurig. Er wollte das Richtige tun, doch es kam jedes Mal etwas dazwischen.

Offenbar erriet er ihre Gedanken. »Ich habe mich geändert, Flora. Die letzten Jahre – das mit dir, mit Dad, mit dem Unfall – haben mir klargemacht, was für ein Arschloch ich gewesen bin. Ich habe zu vieles für selbstverständlich gehalten.« Er hob fragend die Augenbrauen. »Kannst du mir verzeihen?«

Sie schaffte es nur kurz, dem flehenden, fast kindlichen Blick seiner grauen Augen zu widerstehen, die sie wie ein Magnet anzogen und wilde Begierde in ihr weckten. Fin, dem das nicht entging, griff nach ihrer Hand.

»Ach, Flo. Es tut mir ja so leid. Ich weiß, dass ich dir wehgetan habe. Wie kann ich das je wiedergutmachen?«

»Mit einem großen Glas Rotwein«, scherzte sie, um ihre Bemühungen, sich in den Griff zu bekommen, zu kaschieren. Doch ihre Hand blieb unter der seinen.

Er lachte erleichtert. »Kommt sofort«, sagte er und winkte den attraktiven, schwarz gekleideten französischen Kellner heran, um eine Flasche vom roten Hauswein zu bestellen.

Sie unterhielten sich über Alltägliches: Freunde, Arbeit, Familie, den Sommer und Sport, und ganz allmählich entspannte der Wein Flora. Ihre Versuche, Distanz zu halten zu dem Mann, der ihr die Welt zu Füßen legen wollte, wenn sie ihm nur verzieh, wurden von Sekunde zu Sekunde schwächer.

»Wie lange wirst du bei deinem Freund bleiben?«, erkundigte sie sich und nahm von den Oliven und Salamihäppchen auf dem Holzbrett zwischen ihnen.

»Nicht mehr lange, denke ich. Alles war in Ordnung, bis Paul diese junge Frau kennengelernt hat. Jenna hat klargemacht, dass sie meine Anwesenheit in der Wohnung nicht sonderlich schätzt, und ich kann sie verstehen. Ich an ihrer Stelle würde mich auch nicht die ganze Zeit um mich haben wollen.«

Flora schwieg, weil sie nicht wollte, dass er ihre Frage als Angebot ihrerseits missverstand.

»Scheiße ist nur, dass mein Bein mir immer noch Probleme macht. Wenigstens hab ich nicht diese scheußliche Nekro-Irgendwas-Krankheit. Aber die Schwierigkeiten bleiben. Mir tut alles weh, und keiner weiß, warum. Was bedeutet, dass ich warten muss, bis das abgeklärt ist. Es wäre dumm, jetzt noch den Arzt zu wechseln und einem anderen wieder alles zu erklären …«

»Und was willst du machen?«

Fin zuckte mit den Achseln. »Langfristig werde ich wohl in das Haus meines Vaters in Inverness ziehen. Er hat es mir hinterlassen; es ist schön dort. Mir würde es genügen.«

Floras Gedanken wanderten nach Inverness. Angus McCreas' Haus, das sie nur einmal besucht hatte, befand sich in einer Reihe anderer viktorianischer Gebäude direkt am River Ness. Würde sie dort leben können? Sie liebte Schottland, aber Inverness war so weit weg von allem, was sie kannte.

»Natürlich muss ich zuerst wissen, ob ich irgendwann wieder klettern kann«, sagte Fin gerade. »Wenn nicht – was der Himmel verhüten möge –, könnte ich dort oben einen Laden für Kletterzubehör oder Mountainbikes aufmachen oder Wandertouren veranstalten.« Er grinste. »Keine Ahnung, ob ich ein guter Geschäftsmann wäre, aber irgendwie muss ich mir ja meinen Lebensunterhalt verdienen. Ich habe die kleine Miete von meiner Wohnung in Fort William … in der wohnt Richie. Leider reicht die nicht zum Leben.«

Sie ließ sich von seinem unbekümmerten Tonfall nicht täuschen. »Du wirst dich weiteren Tests unterziehen?«

Fin nickte niedergeschlagen. »Ja, das nimmt kein Ende.«

»Der Unfall war erst dieses Jahr. Es wird dauern, bis sich dein Körper ganz erholt hat.«

»Das sagen die Ärzte auch. Der Gedanke, möglicherweise nie wieder klettern zu können, macht mir schreckliche Angst, Flo.«

»Das kann ich mir vorstellen. Aber du hast mir doch früher immer von Leuten erzählt, die viel schlimmer verletzt waren als du und trotzdem die Berge hoch sind. Leute mit einem oder gar keinem Bein.«

Fin lachte. »Stimmt.«

»Also? Wenn die das schaffen …«

»Okay, okay, kapiert.« Er seufzte. »Das Klettern fehlt mir sehr, die Freiheit, die körperliche und geistige Kraft, die Euphorie, die ich am Berg empfinde. … Du weißt, was ich meine. Ich habe das Gefühl zu verweichlichen.« Er spannte seinen rechten Bizeps an und fühlte ihn mit der linken Hand.

»Du musst Geduld haben.«

Fin ließ den Kopf hängen.

»Tut mir leid, wenn ich jammere, Flo«, sagte er schließlich und hob den Kopf wieder. »Das wollte ich heute Abend eigentlich nicht.«

Sie lächelte. »Was wolltest du dann?«

»Ach, du weißt schon …« Er erwiderte ihr Lächeln. »Einfach ein bisschen mit dir zusammen sein und Spaß haben wie früher. Uns wieder aneinander rantasten.«

Genau das wollte Flora auch. Doch mehr noch wünschte sie sich Sicherheit, vielleicht einen Fingerzeig des Schicksals, der ihr sagte, ob sie sich wieder auf Fin einlassen sollte. Am besten, bevor sie miteinander schliefen. Denn danach wäre sie verloren, das war ihr klar.

Fin musterte sie eindringlich.

»Bitte lass das«, sagte sie ohne allzu großen Nachdruck.

»Was?«, erkundigte er sich ganz unschuldig.

Sie antwortete nicht gleich, wandte den Blick ab.

»Fin«, meinte sie schließlich mit leiser Stimme. »Bitte. Könnten wir uns ein bisschen Zeit lassen?«

Er richtete sich zerknirscht auf, die Hände züchtig auf dem Tisch gefaltet. Doch die Freude darüber, dass sie ihn noch immer attraktiv fand, war ihm deutlich anzusehen.

»Flora Bancroft, dein Wunsch ist mir Befehl.«

Flora konnte sich ein Lachen nicht verkneifen. »Das wär ja mal ganz was Neues.«

Trotz ihrer Proteste begleitete Fin sie nach Hause. Es war ein lauer Frühherbstabend, und sie redeten nicht viel, als sie nebeneinander her den breiten Boulevard entlanggingen, der über den Hügel zu ihrer Straße führte. Mehrfach fühlte sie sich versucht, seine große von den Kletterseilen schwielige Hand zu ergreifen, tat es jedoch nicht. Du hast auch deinen Stolz, Mädchen, sagte sie sich. Komm nicht sofort gelaufen, wenn er mit den Fingern schnippt. Lass dir Zeit, über alles nachzudenken. Aber ihr Herz sprach eine andere Sprache.

Sie erreichten die halbmondförmige Straße mit dem hell erleuchteten Haus ihrer Schwester. Fin blieb stehen.

»Lieber nicht«, flüsterte er und nickte mit dem Kopf in Richtung Haus.

Obwohl Flora ihn nicht gehen lassen wollte, pflichtete sie ihm bei: »Ja, lieber nicht.« Sie hatte keine Lust, sich den Abend von Prue verderben zu lassen.

So blieben sie an der Ecke stehen.

»Danke, heute Abend war ...«

Fin ließ sie den Satz nicht zu Ende führen, sondern wölbte die Hände um ihr Gesicht, hob es an und küsste sie. Der Kuss war so kurz, dass Flora keine Chance hatte, ihn zu erwidern.

»Sorry ... Das hatte ich eigentlich nicht vor, aber ich konnte einfach nicht widerstehen«, sagte er und gab sich keine Mühe, sein schelmisches Grinsen zu unterdrücken.

Flora schwieg.

Offenbar bekam er Angst, sie verärgert zu haben, denn er fuhr hastig fort: »Ich wollte nur gute Nacht sagen.«

»Gute Nacht, Fin.« Flora wandte sich von ihm ab, bevor sie es sich anders überlegen und ihn hineinbitten konnte.

»Ruf mich morgen an«, hörte sie Fins Stimme hinter sich, und sie nickte kurz, bevor sie die Stufen zu ihrer Souterrainwohnung hinuntereilte.

Als sie die Tür aufschloss, klingelte ihr Handy. Bestimmt war das Fin, dachte sie und ging sofort ran.

»Flora?«

Jake. Auf dessen SMS der vergangenen Woche sie nicht geantwortet hatte.

»Wollte mich bloß gemeldet haben und fragen, ob du die nächsten Tage schon was vorhast.«

»Äh ...«

»Wir könnten ins Kino gehen.«

»Wäre schön, aber ...« Sie zögerte. »Ich habe dir doch von dem Mann erzählt, mit dem ich früher zusammen war. Der ist plötzlich wieder aufgetaucht.«

»Aha … Ist das der, der einfach verschwunden ist? Wegen dem du krank geworden bist?«

»Ja …« Sie seufzte. »Ich weiß, es ist absurd.«

Jake lachte auf. »Darüber kann ich mir kein Urteil erlauben, Flora. Aber schade. Ich fand's schön mit uns. Lass es mich wissen, wenn's nicht funktionieren sollte.«

»Ja.«

Sie legte das Handy auf den Tisch. Ja, sie mochte Jake sehr, doch er war keine Alternative zu Fin. Die sechs Stunden mit ihm waren wie im Flug vergangen. Wie immer. Überleg dir das gründlich, ermahnte sie sich und setzte sich aufs Sofa. Doch während sie versuchte, gedanklich eine Liste der Dinge zu erstellen, die dafür- und dagegensprachen, Fin McCrea noch einmal zu vertrauen, musste sie an seine Augen denken, an seine großen, kräftigen Hände, seine körperliche Präsenz. Und an den Sex mit ihm.

Acht

1. Oktober

»Guten Morgen, Dorothea.« Als Flora den Kopf ins Zimmer ihres Schützlings streckte, zuckte die alte Dame zusammen.

Sie saß aufrecht im Bett, eine Schale mit Cornflakes vor sich auf dem Betttischchen, die Finger um den Löffel gekrallt, ohne etwas zu essen.

»Tut mir leid, dass ich Sie erschreckt habe.«

Dorothea blickte sie mit großen Augen an. »Bleiben Sie jetzt hier?«

Flora nickte. »Ja, die ganze Woche. Soll ich Ihnen beim Essen helfen?«

Dorothea sah die Schale mit den Cornflakes an, dann Flora. »Nein, danke.«

»Okay. Ich muss nur kurz mit Mary reden. Bin gleich wieder da.«

»Heute Nacht hat sie ins Bett gemacht.« Mary reichte Flora eine Tasse Kaffee. »Das erste Mal.«

»Oje. Sie muss sich wirklich sehr aufgeregt haben.«

»Ich glaube nicht, dass sie's gemerkt hat.«

»Im Schlaf?«

»Vermutlich. Als ich übernommen habe, war sie ziemlich gedrückt und sehr müde. Sie wollte sich nicht über den

Tag auslassen. Pia hat gesagt, sie wären viel unterwegs gewesen, wieder in der Kirche, und Renée hätte zum Tee vorbeigeschaut. Also ist sie früh schlafen gegangen. Bis ungefähr eins hab ich keinen Mucks von ihr gehört. Da hab ich dann die Bescherung gesehen.«

»Sie wirkt verwirrt. Ist sie danach wieder eingeschlafen?«

»Wahrscheinlich. Das nächste Mal hat sie erst um sechs gerufen.«

»Und Pia?«

Mary wölbte achselzuckend die kräftigen Hände um ihre dickbauchige blaue Tasse. »Wie immer, als könnte sie kein Wässerchen trüben.«

Flora runzelte die Stirn. »Du traust ihr nicht, stimmt's?«

»Ich weiß es einfach nicht. Aber merkwürdig ist es schon, dass Dorothea immer so durch den Wind ist, wenn Pia da war. Am Samstag war Dorothea jedenfalls ziemlich unruhig. Sie hat meine Hand genommen, als ich zu ihr reingegangen bin, um ihr eine gute Nacht zu wünschen. Das hat sie vorher noch nie gemacht. Sie wollte mich gar nicht mehr loslassen. Und in der Nacht ist sie viermal aufgewacht.«

»Vielleicht hat sie deshalb heute so tief geschlafen.«

»Kann sein. Während der Woche, wenn du hier bist, ist sie nie so.«

»Vielleicht doch, und uns fällt es bloß nicht auf, weil wir uns auf Pia eingeschossen haben.«

»Das tue ich gar nicht. Ich will nur nicht, dass Pia die alte Dame quält. Und irgendwas läuft da, Flora.«

Flora öffnete die Knöpfe von Dorotheas Pyjamaoberteil, streifte es von ihrem gebrechlichen Körper und wusch mit warmem Wasser aus der Schale auf dem Betttischchen Brüste, Arme und Bauch der alten Dame. Obwohl das Zimmer überheizt war, legte Flora ein Handtuch über sie, damit sie nicht fror.

»Als meine Mutter und ich es mit meinem Vater nicht mehr geschafft haben, sind auch Pflegerinnen gekommen. Eine war an seinem Tod schuld, hat meine Mutter behauptet.«

»An seinem Tod?«

»Das dumme Mädchen hat den kleinen Ofen zu nah an die Vorhänge im Schlafzimmer gestellt. Es war kein großer Brand, aber Mutter meinte, der Schreck hätte ihn umgebracht.«

»Wie schrecklich. Ist er gleich danach gestorben?«

»Nein, ungefähr elf Monate später. Mutter hat immer gern Sündenböcke gesucht!«, erklärte Dorothea kichernd.

Flora schmunzelte. »Bitte umdrehen.« Sie half Dorothea, sich der Wand zuzuwenden, sodass sie ihr den Rücken waschen konnte. Dabei zuckte Dorothea zusammen.

»Alles in Ordnung?«, fragte Flora.

»Ja«, lautete die gedämpfte Antwort.

Flora sah den Grund für Dorotheas Schmerzen: Links unter dem Rippenbogen befand sich ein großer rötlich lilafarbener Fleck unter der alten dünnen Haut, der am Freitag noch nicht da gewesen war.

»Oje. Dorothea, woher haben Sie denn den?«

»Was?«

»Den riesigen blauen Fleck am Rücken.«

Dorothea versuchte, den Kopf zu drehen. »Den habe ich gar nicht bemerkt.«

»Tatsächlich? Der muss doch sehr wehtun.«

Die alte Dame schwieg.

Flora wusch und trocknete vorsichtig ihren Rücken ab, gab Puder darauf und senkte sie zurück in die Kissen.

»Vielleicht haben Sie sich am Rollstuhl angestoßen.« Eigentlich konnte Flora sich das nicht vorstellen.

»Wahrscheinlich«, meinte Dorothea, ohne Flora anzusehen.

»Sie sind aber nicht hingefallen, oder?«

Die alte Dame schüttelte den Kopf. »Ich glaube nicht.«

Sobald Flora Dorothea angezogen und ihr in den Sessel im Wohnzimmer geholfen hatte, rief sie Renée an.

»Was für ein blauer Fleck?«, erkundigte sich Renée mit schriller Stimme.

»Ein blauer Fleck eben. Ungefähr so groß wie meine Handfläche, knapp unterhalb der Rippen.«

»Und von dem hat Mary nichts erwähnt?«

»Sie hat ihn bestimmt nicht gesehen. Und noch etwas: Vergangene Nacht hat sie ins Bett gemacht. Das erste Mal.«

Schweigen am anderen Ende der Leitung.

»So was passiert immer Sonntagnacht.«

»Pia wird sie doch nicht schlagen? Das kann ich einfach nicht glauben«, sagte Flora.

»Ich rufe sie gleich an und frage sie wegen des blauen Flecks. Wenn er neu ist, hat Dorothea ihn sich wahrscheinlich in ihrer Schicht zugezogen, und sie muss ihn bemerkt haben. Vielleicht hat sie aber auch in der Nacht versucht aufzustehen. Alte Menschen kriegen leicht blaue Flecken, besonders wenn sie blutverdünnende Mittel nehmen.«

»Möglich. Jedenfalls hat Mary nichts mitbekommen.«

»Holen Sie bitte Dr. Kent. Sicher ist sicher. Wenn tatsächlich etwas nicht koscher ist, brauchen wir einen Zeugen.«

Flora brachte Dorothea eine Tasse Tee und setzte sich zu ihr. Die alte Dame hatte sich beruhigt, doch ihr Blick wirkte geistesabwesend.

»War das Wochenende schön? Pia sagt, Sie wären wieder

in der Kirche gewesen. Bestimmt hat es Sie gefreut, den Reverend zu sehen.«

»Nein.«

»Es hat Sie nicht gefreut? Warum nicht? Sie mögen Reverend Jackson doch. Oder war er gar nicht da?«

»Ich bin schon lange nicht mehr in meiner Kirche gewesen.«

»Nein? Gestern auch nicht? In dem Bericht steht, dass Pia mit Ihnen dort war.«

Dorothea hob die Augenbrauen. »Nein, war sie nicht.«

»Sie waren also nicht in der Kirche?«, wiederholte Flora.

Dorothea sah Flora an, als wäre diese schwerhörig. »Nein. Das habe ich Ihnen doch gerade gesagt.«

Dr. Kent versprach, am späten Vormittag vorbeizukommen. Während Flora auf ihn wartete, kehrten ihre Gedanken zu Fin zurück. Am Sonntag hatten sie stundenlang telefoniert. Er hatte sich am Nachmittag wieder mit ihr treffen wollen, doch ihr war klar gewesen, dass sie dann in ihrer Wohnung landen und miteinander schlafen würden. Und dazu war sie noch nicht bereit. Physisch ja – ihr Körper sehnte sich nach ihm –, aber nicht seelisch. Würde sie das je wieder sein? Vielleicht musste sie den Sprung ins kalte Wasser einfach wagen. Was brachte es schon, noch mehr Zeit verstreichen zu lassen?, fragte sie sich.

Der Arzt hob die taubenblaue Strickjacke und die Bluse darunter kurz an, ohne Dorothea zu berühren.

»Der tut bestimmt weh«, sagte er zu der alten Dame.

Sie winkte ab. »Nicht so schlimm.«

»Wissen Sie, wie das passiert ist?«

»Ich glaube nicht. In letzter Zeit stoße ich mich oft an«, antwortete sie ein wenig nervös.

»Es ist ein ziemlich großer blauer Fleck.«

»Tatsächlich?« Sie klang nicht sonderlich interessiert.

»Ihre Haut ist sehr dünn, und sie nimmt blutverdünnende Mittel. Da kann's schnell blaue Flecken geben«, erklärte er Flora.

Flora nickte. »Ich weiß. Trotzdem mache ich mir Gedanken.«

»Dass eine der Pflegerinnen sie misshandelt haben könnte?«

Sie unterhielten sich mit gedämpfter Stimme in der Küche. Heute trug der Arzt legere Kleidung, Jeans und ein hellblaues Hemd.

Er riecht immer so frisch und sauber, dachte Flora, als sie ihm eine Tasse Kaffee reichte.

»Ich glaube nicht, dass man den blauen Fleck als Hinweis darauf deuten muss. Und auch nicht das Bettnässen. Sie ist alt, Flora.«

»Klar. Ich will nur sicher sein. Tut mir leid, dass ich Sie gerufen habe.«

»Ist mir immer ein Vergnügen, Sie beide zu sehen«, meinte er lächelnd und stellte die halb volle Kaffeetasse neben die Spüle. »Sie wirken bedeutend fröhlicher als letztes Mal.«

Flora spürte, dass sie rot wurde. »Das bin ich auch.«

»Die Sache mit dem Mars-Riegel hat also geklappt?«

Sie musste lachen. »Ich wünschte, ich könnte Ihnen das beantworten. So genau weiß ich es nämlich noch nicht. Und ich wäre gern sicher, das Richtige zu tun, obwohl das albern ist.«

»Nein, nicht albern, eher ein bisschen unrealistisch.«

»Sind Sie verheiratet?«

»War ich.«

»Oh … Tut mir leid.«

»Kein Problem, die Scheidung ist schon ein Jahr her.« Er

zuckte mit den Schultern. »Ich weiß nicht, wie viel man auf mein Urteilsvermögen geben kann, denn ich habe Carina damals auch für die Richtige gehalten … und am Ende hat sie sich als das genaue Gegenteil entpuppt.«

»Würden Sie ihr, wenn sie jetzt zurückkäme und Ihnen sagte, dass sie Sie liebt, glauben?«

»Das halte ich für ungefähr so wahrscheinlich, wie dass ich der nächste Olympiasieger im Stabhochsprung werde.«

»So schlimm?« Hätte sie doch bloß nicht gefragt!, dachte Flora. Das Unbehagen darüber, über sein Privatleben zu sprechen, war ihm deutlich anzusehen.

»Doch zurück zu Ihrem Problem. Natürlich gestaltet es sich schwierig, jemandem zu vertrauen, der einen einmal sehr enttäuscht hat. Aber gänzlich unmöglich ist es mit ein bisschen gutem Willen nicht.«

»Ich glaube, wir möchten beide, dass es funktioniert.«

»Hören Sie auf Ihren Instinkt, Flora. Sie würden es sich selbst nie verzeihen, wenn Sie es nicht versuchen.«

An der Tür fragte sie ihn: »Ich soll mir also keine Gedanken machen wegen Dorothea?«

»Das habe ich nicht gesagt. Ich habe lediglich gesagt, dass blaue Flecken bei den Medikamenten, die sie einnimmt, oft vorkommen, und auch Inkontinenz ist im Alter nichts Ungewöhnliches.«

»Danke. Jetzt weiß ich genau, was ich machen muss.«

Er grinste. »Immer gern zu Diensten.«

Auf der Heimfahrt mit dem Bus erhielt sie eine SMS von Fin: *Wie war dein Tag?*

O.k. Wie üblich, schrieb sie zurück.

Soll ich vorbeikommen?

Sie zögerte mit der Antwort. *Bin müde. Vielleicht irgendwann diese Woche?* Sie wartete.

O.k., ruf mich an, wenn du möchtest. X

Zu den Dingen, die ihr in ihrem Singledasein am meisten fehlten, gehörte jemand, mit dem sie über den Tag reden konnte. Als Fin und sie noch zusammen gewesen waren, hatte sie ihm – wenn er da war – nach der Arbeit die guten, die schlechten und die unwichtigen Ereignisse im Krankenhaus erzählt und sich im Gegenzug von seinen Erlebnissen berichten lassen. Nun hatte sie oft das Gefühl, dass die Probleme der Arbeit schwer auf ihr lasteten und sie sie manchmal überbewertete – zum Beispiel die Sache mit Pia. Obwohl sie das Alleinsein mittlerweile gewöhnt war, hatte sie keine Lust mehr darauf.

Sie wollte gerade etwas fürs Abendessen aus dem Kühlschrank holen, als es an der Tür am oberen Ende der Treppe klopfte, und kurz darauf hörte sie die Stimme ihrer Nichte.

»Was dagegen, wenn ich runterkomme, Flora?«

»Aber nein.«

Bel stürmte die Stufen herunter und ließ sich aufs Sofa plumpsen.

»Sorry. Ich weiß, dass du grade erst heimgekommen bist, aber ich muss mit dir reden.«

Flora setzte sich ihr gegenüber. »Kein Problem … Schieß los.«

Bel verzog das Gesicht. »Es geht um Mum.«

Das hatte Flora sich schon gedacht. Nach Auseinandersetzungen mit ihrer Mutter wandte Bel sich oft an sie.

»Nicht nur um Mum, sondern auch um Fin«, fuhr Bel fort. »Sie flippt total aus wegen ihm. Jammert die ganze Zeit, wie schrecklich er ist, dass er dir wieder das Leben ruinieren wird und dass das ihr gegenüber nicht fair ist. Sie ist übel drauf.«

Flora wusste nicht, was sie sagen sollte.

»Und ich mache mir Sorgen … wegen Mum und wegen dir. Sie will dich vor ihm schützen. Was, wenn sie recht hat?«

»Bel, ich weiß noch nicht, was das mit Fin und mir wird, aber ich liebe ihn nach wie vor, so viel steht fest. Ich möchte es versuchen.«

Ihre Nichte zog seufzend die Beine an und schlang die Arme darum. »Bist du dir absolut sicher, dass er kein schlechter Mensch ist, wie Mum sagt?«

»Du kennst ihn. Hältst du ihn denn für einen schlechten Menschen?«

Nach kurzem Überlegen schüttelte Bel den Kopf.

»Es ist noch zu früh, um irgendetwas sagen zu können. Wir haben uns ein paarmal auf einen Drink getroffen, das ist alles. Ich verspreche dir, nichts zu überstürzen.«

»Glaubst du, er liebt dich diesmal wirklich?«, fragte ihre Nichte.

»Ich weiß es nicht.«

»Mum meint, bei Leuten wie ihm kann man sich nie sicher sein. Sie sagen das eine und denken was anderes.«

Flora seufzte. »Das sieht bei Fin auf den ersten Blick tatsächlich so aus, aber manchmal muss man Risiken eingehen, Bel. Absolut sicher ist nichts.«

»Und du überstürzt nichts?«

»Nein. Versprochen.«

Das schien Bel zu beruhigen. »Okay. Schätze, dann muss ich einfach abwarten. Hoffentlich kriegt Mum sich wieder ein.«

»Das tut sie bestimmt.«

Bel hob eine Augenbraue. »Das sagst du so. Du lebst ja nicht direkt mit ihr zusammen. Wenn Fin ihr über den Weg läuft, dreht sie ihm den Hals um.«

Flora musste lachen.

Bei der Abschiedsumarmung wollte Bel sich gar nicht mehr von ihrer Tante lösen. »Ich möchte nur, dass es allen gut geht«, flüsterte sie. Da hörten sie Klopfen vom Fenster. Bel erschrak.

Als Flora durchs Gitterfenster vorsichtig in die Dunkelheit spähte, entdeckte sie Fin, der sie erwartungsvoll anlächelte. Flora verfluchte ihn innerlich.

»Alles in Ordnung, es ist bloß Fin.«

Bel sah sie an.

»Ich hab ihn nicht hergebeten, wirklich.«

Doch ihre Nichte rannte bereits zur Treppe.

»Bel?«, rief Flora ihr nach, ohne eine Antwort zu erhalten. Wenig später schlug die Tür zum oberen Stockwerk zu.

Flora ließ Fin schweigend herein.

Er blieb in der Mitte des Raums stehen und schaute sich mit zufriedener Miene um, als hätte er eine Barriere überwunden.

»Deine SMS hat irgendwie traurig geklungen«, erklärte er mit einem intensiven Blick. »Ich dachte mir, vielleicht kannst du Gesellschaft gebrauchen.«

»Ich habe dir doch geschrieben, dass ich müde bin«, herrschte sie ihn an. »Gerade eben war Bel bei mir, weil die Sache mit dir sie beschäftigt. Ich habe ihr versprochen, mir Zeit zu lassen … und dann kreuzt du mitten in der Nacht hier auf.«

»Sorry. Schlechtes Timing, was? Tut mir leid.« Er sank aufs Sofa. »Das kenne ich doch«, stellte er fest.

Flora wusste noch gut, wie er in Brighton auf diesem Sofa gesessen und sie genauso angesehen hatte wie jetzt. Und plötzlich hatte sie keine Lust mehr, gegen ihre Gefühle anzukämpfen.

»Möchtest du was trinken?«, fragte sie.

Er nickte.

»Tee? Wein? Ich hab noch ein bisschen Roten … Allerdings weiß ich nicht, wie lange der schon rumsteht.«

»Tee, danke.«

Sie brachte Wasser zum Kochen.

»Setz dich doch zu mir«, bat er sie, als sie die Tassen brachte.

Sie tranken den Tee schweigend. Weil Flora wieder diese wilde Begierde spürte, wagte sie es nicht, ihn anzusehen.

Nach ein paar Minuten stellte Fin seine Tasse weg, wandte sich Flora zu, nahm ihr die ihre aus der Hand und stellte sie ebenfalls auf das Tischchen.

Dann strich er ihr sanft mit einem Finger über die Stirn, schob ihre Haare beiseite und beugte sich über sie, um sie zu küssen. Zuerst neben dem Ohr, dann wanderte er mit kleinen, zarten Küssen zu ihrem Mund. Er zögerte einen Moment, bevor seine Lippen die ihren berührten. Sie hörte ihren unregelmäßigen, flachen Atem und spürte ihren Körper erbeben, als seine Hand ihren Hals hinunterglitt, seine Finger kurz die Kuhle an ihrem Hals erforschten und sich schließlich um ihre Brust schlossen.

»O Flora«, flüsterte er und schob sie ins Schlafzimmer.

Dort fielen sie übereinander her, um endlich die so lange unterdrückte Lust auszukosten und die Jahre der Leere zu füllen. Hinterher lösten sie sich erschöpft voneinander. Nur ihre Hände berührten einander im Licht des Nachttischlämpchens. Sie drehte sich so weit zu ihm, dass sie den Kopf an seine Schulter legen konnte. Fin zog die Bettdecke über sie und drückte sie an sich. Wenige Minuten später küsste er sie erneut.

Als am Morgen der Wecker klingelte, war Fin bereits wach und starrte, auf dem Rücken liegend, zur Decke. Nun wandte er sich ihr zu.

»Hi«, begrüßte er sie.

Sie lächelte. »Hi.«

»Gut geschlafen?«, fragte er und zog sie zu sich heran.

»Wie ein Stein. Und du?«

»Ja, ganz okay.« Er suchte sich eine bequemere Stellung. »In der Nacht tut mir immer das Bein weh.«

Seine Verletzung hatte sie vollkommen vergessen. »Nimmst du was gegen die Schmerzen?«

»Wenn ich dran denke. Heute Nacht war ich mit anderen Dingen beschäftigt.«

Sie lachte. »Ganz schön dreist, so spät abends mit eindeutigen Absichten bei 'ner Frau ans Fenster zu klopfen.«

»Wenn ich gewartet hätte, bis mich besagte Frau in ihr Bett bittet, wäre ich wahrscheinlich zu alt für den Sex oder inkontinent gewesen.« Er begann, ihre Schulter zu streicheln, doch sie wich zurück.

»Ich muss los, bin schon spät dran.« Aber sie stand nicht auf. »Hast du … seit uns was mit anderen gehabt?«

Fin lachte. »Mit ›anderen‹? Nicht wirklich. Na ja …, das eine oder andere Mädchen in 'nem Zelt … aber das war nicht wichtig.« Er schaute sie an; sie erwiderte seinen Blick nicht, weil sie beim Gedanken an die Intimität und Abgeschiedenheit eines Basislagers und das gemeinsame Gefühl der Gefahr eifersüchtig wurde. Zwar war das nicht das richtige Leben, doch diese Erfahrung hatte sie nie mit ihm geteilt. »Nichts, was dir auch nur nahe gekommen wäre, Flo.«

»Ich muss jetzt aufstehen«, sagte sie, küsste ihn auf die Wange und löste sich von seinem warmen Körper.

Er versuchte nicht, sie zurückzuhalten, blieb einfach nur liegen, bis sie aus der Dusche zurück war, und sah zu, wie sie in einen sauberen Slip schlüpfte, ihren BH anzog, den Reißverschluss ihrer Jeans schloss, ein blaues T-Shirt überstreifte und ihre Turnschuhe über einem Paar schwarzer Socken schnürte.

»Komm, steh auf«, drängte sie ihn. »Ich muss nach dir zusperren.«

Widerwillig wälzte Fin sich aus dem Bett. Wie untypisch für ihn, dachte Flora. Früher war er meistens schon vor sechs aufgestanden und bereits eine Stunde mit dem Rad gefahren, bevor er frisches Brot oder Croissants zum Frühstück brachte.

»Was hast du heute vor?«

Fin streckte sich gähnend, wobei seine langen Arme die niedrige Zimmerdecke berührten. »Ach, das Übliche: nichts.«

»Das wird sich bald ändern, oder?«

Er zuckte die Achseln.

»Hallo, Keith«, begrüßte Flora den Pförtner und Hausmeister. Fin hatte sie im Bus und zur Haustür begleitet.

»Treffen wir uns um halb elf im Supermarkt?«, hatte er gefragt.

»Wahrscheinlich ist genug Essen im Haus. Ich geh nicht jeden Tag einkaufen und wüsste auch nicht genau wann.«

»Okay … Dann sehen wir uns heute Abend? Ich kann dich abholen.«

»Heute muss ich schlafen«, hatte sie ihm erklärt. »Und vergiss nicht: Wir wollten es langsam angehen lassen.«

»Ohne dich halte ich es nicht aus«, hatte er geknickt entgegnet.

Bei Fin ist es immer alles oder nichts, dachte Flora, der allerdings klar war, dass er den Tag nicht wie sonst mit Klettern verbringen konnte. Auch sie hatte sich nur ungern von ihm getrennt. Es war alles so vertraut gewesen, miteinander aufzuwachen, sich anzuziehen, zum Bus zu gehen. Ganz zu schweigen von dieser unglaublichen Nacht. Sie hatte befürchtet, dass der Sex nicht mehr gut sein würde nach dem, was passiert war, doch darüber hätte sie sich keine Gedanken machen müssen. Sie konnte sich nicht länger vormachen, dass sie ihre Gefühle für ihn unter Kontrolle hatte.

»Ich ruf dich später an«, hatte sie ihm versprochen. Fin McCrea war wieder Teil ihres Lebens, und das zauberte ein Lächeln auf ihre Lippen.

Keith löste den Blick vom Computerbildschirm.

»Guten Morgen, Florence. Du siehst fantastisch aus heute. Geht's gut?«

»Ja, danke.« Sie fühlte, dass ihre Wangen heiß waren, und glaubte, noch immer Fins Körper zu spüren. »Ich wollte dich was fragen, Keith. Die Videokamera hier im Flur läuft doch die ganze Zeit, oder?«

Keith hob die Augenbrauen. »Ja, klar. Warum?«

»Auch an den Wochenenden?«

»Vierundzwanzig Stunden am Tag, sieben Tage die Woche. Das verlangt die Versicherung. Außer sie fällt aus, aber das passiert nicht allzu oft.«

»Und du kannst dir die Tapes ansehen?«

»Soll ich?«

Flora zögerte. »Erinnerst du dich noch an meine Frage, ob die Wochenendpflegerin von Miss Heath-Travis dich an den Sonntagen um Hilfe mit dem Rollstuhl gebeten hat?«

Er nickte.

»Ist irgendwie komisch. Die Pflegerin behauptet, dass sie Dorothea in die Kirche bringt, aber Dorothea sagt, sie tut das nicht. Könntest du das für mich überprüfen, nachsehen, ob sie letzten Sonntag tatsächlich rausgegangen sind?«

Keith runzelte die Stirn. »Weil du glaubst, dass sie lügt, oder weil du glaubst, dass die alte Dame nicht mehr alle Tassen im Schrank hat?«

»Beides. Ich wüsste einfach gern Bescheid.«

»Seltsam, wegen 'nem Kirchenbesuch zu lügen. Den verlangt doch niemand von der Pflegerin, oder?«

»Nein, natürlich nicht. Ich finde es auch merkwürdig. Vielleicht ist Dorothea seniler, als wir denken.«

»Wenn ja, kann man nicht viel machen«, sagte Keith mit ernster Miene.

»Stimmt. Könntest du das bitte für uns überprüfen?«

»Klar. Kein Problem. Ich checke das.«

Dorothea verbrachte den Tag ruhig. Sie schien den größten Teil der Zeit in ihrer eigenen Welt versunken zu sein und kaum mitzubekommen, was um sie herum vorging.

»Ich stelle Teewasser auf«, erklärte Flora, die ihr nach ihrem Nachmittagsschläfchen vom Bett aufgeholfen, sie in ihren Sessel gesetzt und ihr eine dünne Decke über die Knie gelegt hatte.

»Keinen Kuchen«, flehte Dorothea.

»In Ordnung«, sagte Flora erstaunt. »Heute habe ich sowieso keinen.«

Dorothea wiederholte mit gerunzelter Stirn: »Ich will keinen Kuchen.«

»Es gibt keinen Kuchen, Dorothea«, versicherte Flora ihr verwundert.

»Sie haben mir keinen gebacken?«

»Nein.«

Die alte Dame wandte den Blick ab; ihre Finger nestelten hektisch am Saum der Decke.

Flora trat zu ihr. »Heute gibt es keinen Kuchen.«

Dorothea hob blinzelnd den Blick.

»Gott sei Dank.«

»Ich dachte, Sie mögen Kuchen«, sagte Flora verblüfft.

Dorotheas Erregung wich Verwirrung. »Wenn Sie meinen.«

Was sollte das denn?, fragte Flora sich, als sie zu Keith hinausschlich.

Er bat sie in seine Loge, damit sie einen Blick auf den Bildschirm werfen konnte. Dann deutete er auf Datum und Uhrzeit in der linken oberen Ecke.

»Zehn Uhr dreizehn, letzten Sonntag.«

Auf dem körnigen Schwarz-Weiß-Bild erkannte Flora Pias Kopf sowie Dorothea, die, die karierte Decke über den Knien, im Rollstuhl an den Stufen vor dem Eingang wartete. Eine Weile tat sich nichts, dann traten ein Mann und eine Frau aus dem Aufzug in den Eingangsbereich. Keith spulte vor, und nun war zu sehen, dass der Mann Pia half, den Rollstuhl die Stufen hinunterzubugsieren.

»Hilft das weiter?«

»Ja, ich glaube schon. Danke.«

Als Flora Mary am Abend von den Videoaufnahmen erzählte, wirkte diese nicht gerade beruhigt.

»Wenigstens hat Pia nicht gelogen.«

»Sonderlich überzeugt klingt das nicht«, stellte Flora fest.

Mary lachte. »Vielleicht bin ich das auch nicht, weil ich mich auf sie eingeschossen habe.« Sie schwieg kurz. »Nur weil sie wegen der Kirche die Wahrheit gesagt hat, heißt das doch nicht, dass sie freundlich zu Dorothea ist, oder?«

»Nein. Aber möglicherweise übertreiben wir.«

»Du erlebst sie ja nicht wie ich nach einem Tag mit dieser Frau. Danach ist sie einfach nicht sie selbst.«

Flora seufzte. »Möglicherweise wird sie uns eines Tages die Wahrheit sagen, falls das, so schnell, wie ihr Verstand nachlässt, überhaupt noch geht.«

Sie trat zu der alten Dame, um sich zu verabschieden.

»Bis morgen früh.«

Dorothea, deren Kopf friedlich auf den Kissen ruhte, schenkte ihr ein Lächeln.

»Treffen Sie sich heute Abend wieder mit Ihrem Verehrer?«

»Er würde gern, aber ich bin zu müde.«

»Meine Mutter hat immer gesagt, wenn sich ein junger Mann mit einem verabreden will, gibt es keine Ausrede, auch nicht Müdigkeit oder Krankheit. Da muss man die Zähne zusammenbeißen.«

»Klingt streng.«

Dorotheas Blick schweifte in die Ferne. »Ja, das war sie. Aber damals galten andere Maßstäbe.«

Sie musterte Flora von oben bis unten. »So hätte sie mich nicht aus dem Haus gelassen«, bemerkte sie eher neugierig als missbilligend, als sie die Jeans und die schwarzen Stiefel sah.

Flora musste lachen. »Wahrscheinlich zu Recht. Der Standard ist heutzutage tatsächlich niedriger.«

»In meiner Jugend wurde man von einem Mann zum Abendessen und hinterher zum Tanzen eingeladen.« Sie bedachte Flora mit einem amüsierten Lächeln. »Aber mit solchen Stiefeln werden Sie vermutlich nicht tanzen wollen, oder?«

»Sind Sie früher in Klubs gegangen?«, erkundigte sich Flora, die sich vorzustellen versuchte, wie Dorothea über eine Tanzfläche im West End gewirbelt worden war.

»Aber ja. Wir haben Sekt getrunken und getanzt und zu viel geraucht. Gott, war das ein Spaß! Die Männer trugen schwarze Krawatten und die Frauen Abendkleider …«

»Sie waren bestimmt wunderschön«, meinte Flora, doch der alten Dame waren die Augen zugefallen.

»Schlafen Sie gut«, flüsterte Flora.

Neun

4. Oktober

Am Mittwoch kam Fin wieder zu ihr, und sie unterhielten sich stundenlang über Nichtigkeiten. Flora wurde fast schwindlig vor Glück, wenn sie in seine grauen Augen sah, und sie konnte kaum glauben, dass er tatsächlich wieder bei ihr war, in Fleisch und Blut, nicht nur als quälende Erinnerung.

Am Donnerstagabend jedoch war sie zum Abendessen bei der Familie eingeladen, und davor graute ihr. Was Bel ihren Eltern wohl erzählt hatte? Nach ausgiebigem Duschen ging Flora widerstrebend nach oben.

Die anderen, die bereits um die schwarze Kücheninsel saßen, hatten offenbar über sie gesprochen, denn als sie eintrat, verstummten sie mit schuldbewusstem Blick.

»Flora!« Philip erhob sich und trat barfuß, das blau gestreifte Hemd leger aus der Hose hängend, zu ihr, um sie zu umarmen. Prue drückte sie ebenfalls, doch ihre Umarmung fiel deutlich weniger herzlich aus. Bel hob den Blick, ohne sich von der Stelle zu rühren.

»Hallo, Bel«, begrüßte Flora sie und küsste sie auf die Stirn.

»Hallo«, murmelte die Fünfzehnjährige, riss Stücke vom Brot ab und tunkte sie in einen kleinen Teller mit Olivenöl.

Prue deutete auf den für Flora gedeckten Platz und gab

ihr ein Glas, Philip schenkte ihr Rotwein ein. Kurz herrschte Schweigen.

»Wie geht's dir? Wie läuft's in der Arbeit?«, erkundigte sich Floras Schwager mit fröhlicher Stimme.

Als sie Prues verärgerten Blick sah, packte sie den Stier bei den Hörnern: »Lasst uns lieber gleich über ihn reden.«

Prue schürzte die Lippen.

»Ich weiß, Bel war ziemlich durcheinander, als Fin am Montagabend unangekündigt aufgetaucht ist. Sie dachte, ich hätte ihn hergebeten, obwohl ich ihr gerade versprochen hatte, es langsam angehen zu lassen.«

»Deine Nichte scheint sehr loyal zu sein, denn *mir* hat sie das nicht erzählt«, erwiderte Prue.

»Bel hat jedes Recht, wütend auf mich zu sein. Ich hatte tatsächlich vor, es langsam angehen zu lassen, es aber nicht geschafft. Fin hat Montag und gestern bei mir geschlafen.«

Philip zeichnete mit gesenktem Kopf Muster in einen verschütteten Tropfen Wein.

»Und?«

»Und ich habe vor, es noch einmal mit ihm zu probieren.«

»Mit ihm zusammenzuleben.« Die Stimme ihrer Schwester klang hart.

»Ja.«

»Aha.«

Schweigen.

»Ich will den verdammten Typ nicht bei uns im Haus!«

»Prue!« Philips Kopf schoss hoch. »Ein bisschen mehr Zurückhaltung, bitte.«

Prue sah ihn fragend an. »Warum sollte ich Fin McCrea gegenüber zurückhaltend sein?«

»Nicht Fin gegenüber, sondern Flora.«

Sie schnaubte verächtlich.

»Du wirst sie nicht daran hindern können, ihn zu treffen«, erklärte Philip. »Am Ende zieht sie einfach aus, und wir reden die nächsten Jahre nicht mehr miteinander. Möchtest du das wirklich?«

»Sei nicht albern. Sie zieht mit Fin nirgendwohin, weil er keinen Penny besitzt.«

Flora nahm einen großen Schluck Wein. »Doch«, widersprach sie. »Sein Vater ist gestorben und hat ihm das Haus in Inverness vermacht. Er will dort leben, und ich habe vor, ihn zu begleiten.«

Flora war überrascht über ihren Mut. Davon, miteinander nach Schottland zu gehen, war nicht die Rede gewesen. In ihrem Liebestaumel hatten sie nicht über die Zukunft gesprochen.

»Inverness?«, fragte Bel. »Ist das nicht in Schottland?«

»Ja, im Norden«, antwortete Philip.

Schockiert beobachtete Flora, wie Bel Tränen in die Augen traten. »Bitte, Flora, geh nicht nach Schottland. Dann sehen wir dich nie wieder.«

»Liebes … tut mir leid, ich wollte dich nicht aus der Fassung bringen.« Flora stand auf und ging um die Kücheninsel herum, um ihre Nichte zu umarmen. »Erst mal ziehe ich nirgendwohin, das verspreche ich. Ich habe einen Job, und ich werde Dorothea nicht im Stich lassen. Aber Fin kann nicht in der Stadt leben; dazu liebt er das Klettern zu sehr.«

Die Stimmung sank auf den Nullpunkt.

Prue ging zum Herd, holte eine Auflaufform mit vor sich hinbrutzelnden Hühnchenteilen, Zwiebel- und Kartoffelscheiben, Salbei und schwarzen Oliven heraus, stellte sie auf ein Brett und stach eines der Hühnchenteile mit einem Messer an, sodass Saft herauslief. Dann schaltete sie den Ofen aus.

»Soll das heißen, dass Fin mich nicht mal besuchen darf?«, fragte Flora.

Prue wandte sich ihr zu, ohne ihr in die Augen zu sehen.

»Du zahlst Miete für die Wohnung, also hast du vermutlich das Recht, zu dir einzuladen, wen du möchtest.«

»Könnten wir bitte damit aufhören?«, mischte sich Philip ein.

»Ich möchte wegen der Geschichte auf keinen Fall Ärger in der Familie«, erklärte Flora.

Prue verkniff sich eine weitere wütende Bemerkung.

»Ich auch nicht. Wollen wir hoffen, dass ich mich in ihm täusche.«

Zu Hause rief Flora Fin an. Sie wusste, dass er, obwohl es spät war, noch wach sein und vermutlich einen Film über irgendeine waghalsige Kletteraktion an einem einsamen eisigen Felsen anschauen würde: Männer, die in die Tiefe stürzten, unter einer Lawine begraben wurden, das Seil kappten, um einen Freund zu retten.

»Ich habe es ihr gesagt«, erklärte sie, als er sich meldete.

»Dass du dich wieder mit mir triffst?« Er lachte höhnisch. »Das hat sie bestimmt gefreut.«

»Und wie. Aber es ist mein Leben.«

»Kann ich es riskieren, ihr zu begegnen? Oder stürzt sie sich dann mit einem Fleischermesser auf mich?«

So etwas Ähnliches hatte Bel auch gesagt, daran erinnerte Flora sich.

»Ich glaube, sie würde sich eher für Elektroden entscheiden.«

»Elektroden?«

»Vergiss es.«

Wieder hörte sie ihn lachen. »Ich habe gerade Monate darauf verwendet, meinen Körper auf Vordermann zu bringen, und nun soll ich mich von deiner psychotischen Schwester verbrutzeln lassen? Super.«

»Du musst sie ja noch nicht treffen.«

»Das habe ich auch nicht vor … Soll ich zu dir kommen?«, fragte er.

»Es ist spät … aber komm trotzdem. Ich freu mich auf dich.«

In den vergangenen Tagen war es kalt und windig gewesen, sodass die Londoner Gehsteige voll Herbstlaub lagen. Trotzdem beschloss Flora, mit Dorothea einen halbstündigen Spaziergang um den Block zu machen.

Sie schob den Rollstuhl ruhige Wohnstraßen entlang, die von hübschen Doppelhaushälften aus der Zeit Georges gesäumt waren. Dabei dachte sie an Fin. Er hatte den größten Teil des Wochenendes bei ihr verbracht. Sie hatten einander erzählt, was sich in den Jahren der Trennung ereignet hatte. Und einander geliebt. Benommen dachte sie: Ich bin wieder mit Fin zusammen; er liebt mich.

Letztlich betrübte sie nur, dass Bel ihr fernblieb. Obwohl sie nichts anderes erwartet hatte, schmerzte sie der Gedanke, die Nähe zu verlieren, die sie zu ihrer Nichte aufgebaut hatte, seit sie in der Souterrainwohnung lebte.

»Mit fünfzehn sieht man die Welt in Schwarz und Weiß«, hatte Fin erklärt, als sie ihm von ihren Sorgen erzählte.

»Ich bedaure es, dass sie mir nicht mehr vertraut.«

»Natürlich vertraut sie dir. Aber sie steht zwischen dir und ihrer Mutter.«

»Das ist nicht fair.«

Er hatte ihr die Haare aus dem Gesicht gestrichen. »Stimmt, doch daran ist Prue mindestens genauso schuld wie du.«

Flora hatte sich auf dem Sofa aufgerichtet. »Ich will nicht über Schuld reden. Wir haben alle zur gegenwärtigen Situation beigetragen und können die Uhr nicht zurückdrehen. Hoffentlich hetzt Prue Bel nicht gegen mich auf.«

»Hey … das bildest du dir ein. Bel hat dieses Wochenende nicht bei dir vorbeigeschaut, weil sie weiß, dass ich hier bin. Bitte sie doch einfach herunter, wenn ich weg bin, dann kommt sie schon. Steiger dich da nicht rein.«

Flora hatte sich entspannt. »Ja, das ist eine gute Idee. Irgendwann nächste Woche.«

Eine freundliche Begrüßung riss sie aus ihren Gedanken.

»Miss Heath-Travis, wie schön, Sie zu sehen.« Reverend Jackson, der korpulente, kahlköpfige Pfarrer von Dorotheas Kirche. Er war um die sechzig, und auf seinem Gesicht lag permanent ein Strahlen christlicher Nächstenliebe. »Ich will schon seit Wochen bei Ihnen vorbeischauen, aber Sie wissen ja, wie es ist … Es gibt immer so viel zu tun.« Er lachte.

Dorothea kicherte, überfordert von seinem Wortschwall, und blinzelte nervös, als er ihre Hand ergriff und zwischen seinen großen Pranken hielt.

Nun wandte der Reverend sich Flora zu. »Es freut mich auch, Sie zu treffen … Ich will immer Florence zu Ihnen sagen, vielleicht weil Sie mich an Florence Nightingale erinnern.«

Flora schmunzelte. »Ich heiße Flora.«

»Flora, Flora, natürlich. Tja, ich muss weiter. Wäre schön, Sie beide mal in der Kirche zu sehen.« Er tätschelte Dorotheas Hand. »Ich weiß, für Sie ist es nicht leicht, das Haus zu verlassen.«

»Sie ist doch sonntags oft in der Kirche«, sagte Flora.

Reverend Jackson sah sie verständnislos an.

»In der Christ Church?«

»Die am Ende der Victoria Road? Ja, die andere Pflegerin bringt sie hin.«

Er schüttelte den Kopf. »Ich glaube nicht, dass ich ihr seit dem Frühjahr in einem Sonntagsgottesdienst begegnet bin. »Sie sind doch nicht bei uns gewesen, meine Liebe, oder?«, fragte er Dorothea.

»Nein, ich glaube nicht.« Die alte Dame schwieg kurz. »Aber ich würde gern wieder kommen.«

Der Geistliche sah mit gerunzelter Stirn Flora an.

»Dann war sie letzten Sonntag nicht in der Kirche?«

Wieder schüttelte er den Kopf. »Egal, ich muss los. Lassen Sie es mich wissen, wenn sie kommen möchte.«

»Danke, das tue ich.«

Flora blickte ihm verwirrt und besorgt über das, was er gesagt hatte, nach. Was trieb Pia da?

»Er ist wirklich sehr charmant«, meinte Dorothea.

Flora hörte Renée am anderen Ende der Leitung seufzen. »Warum sollte Pia lügen?«

»Keine Ahnung. Wie Keith Godly ganz richtig sagt: Sie muss nicht mit Dorothea in die Kirche gehen. Aber irgendwohin scheint sie sie zu bringen. Warum nicht in die Kirche? Und wieso lügt sie?«

»Vielleicht möchte sie sich einschmeicheln.«

»Sonderleistungen bedeuten kein zusätzliches Geld.«

»Könnte es sein, dass der Reverend sie nicht bemerkt hat? Soweit ich weiß, ist die Kirche gut besucht.«

»Das kann ich mir nicht vorstellen. Er verabschiedet die Gläubigen immer an der Tür. In ihrem Rollstuhl wäre sie ihm bestimmt aufgefallen.«

»Ich muss mit ihr reden.« Renée schwieg kurz. »Könnten Sie

dabei sein? Mir wäre es recht, wenn sie das, was der Pfarrer gesagt hat, von Ihnen hört. Damit sie sich nicht rausreden kann.«

Eigentlich hätte Flora Renée das lieber allein überlassen, weil sie nicht Teil der Inquisition sein wollte.

»Wenn Sie das für das Beste halten«, antwortete sie zögernd. »Natürlich hat Pia gelogen, was nicht toll ist, aber das hatte keine negativen Folgen für Dorothea. Vielleicht wollte Pia sich aus Sorge um ihren Job einfach nur in gutem Licht präsentieren.«

Als Pia um ein Uhr eintraf, lag Dorothea im Bett, dafür hatte Flora gesorgt.

»Miss Renée ist böse auf mich?«, fragte Pia.

»Das soll sie dir selber erklären«, sagte Flora. »Willst du eine Tasse Tee?«

Pia schüttelte den Kopf. Die kleine, gepflegte asiatische Frau mittleren Alters, die aussah, als könnte sie kein Wässerchen trüben, trug Jeans und eine rote Wolljacke.

Nachdem Renée sich wie immer atemlos zu ihnen gesellt hatte, setzten sie sich bei geschlossener Tür ins Wohnzimmer.

Renée verschränkte die Hände. »Pia …«

Die Pflegerin sah unruhig von Renée zu Flora.

»Es geht um die Kirche.«

Flora, die Pia beobachtete, konnte in ihrem Gesicht nur Verwirrung erkennen.

»Die Kirche?«

»Ja. In Ihrem Bericht schreiben Sie, dass Sie jeden Sonntag mit Dorothea in die Kirche gehen. Sie behauptet, dass Sie das nicht tun …«

»Sie vergisst …«, fiel Pia ihr mit einem flehenden Blick in Richtung Flora ins Wort.

»Flora ist heute Vormittag mit Dorothea Reverend Jackson

begegnet. Er meint, er hätte Dorothea seit dem Frühjahr nicht mehr gesehen.«

»Reverend Jackson?«, fragte Pia verwirrt. »Wer ist?«

Renée seufzte ungeduldig. »Der Pfarrer von Dorotheas Kirche. Der Mann, der den Gottesdienst hält.«

»Ach … Priester. Ja, er sehr freundlich zu alte Frau.«

Da kam Flora ein Gedanke. »Pia, du gehst doch in die Kirche am Ende der Victoria Road, oder? In die Christ Church?«

Pia schüttelte den Kopf. »Nein, nicht die. Weg zu Tür nicht gut, schwierig mit Rollstuhl. Wir gehen zu St. Stephen … bei Bank.« Sie schwieg kurz. »Ist nicht gut? Ich soll nicht mehr hinbringen? Ist nicht katholische Kirche.«

Renée atmete deutlich hörbar aus. »Nein, nein, schon okay. Es ist zwar nicht ihre Kirche, aber wenn es ihr dort gefällt …«

Pia wirkte nervös; sie schien nicht zu begreifen, wo das Problem lag.

»Ich vorsichtig mit Miss Travis. Ich nicht gehe hin, wenn sie nicht will.«

»Ja, ja«, beruhigte Renée sie. »Danke, das war's dann. Ich wollte Sie nur fragen.«

Da schien Pia ein Licht aufzugehen. »Sie glauben, ich lüge? Sie glauben, ich sage, ich bringe Miss Travis in Kirche und mache nicht?«

»So sah es zumindest aus, Pia«, erklärte Flora. »Dorothea meint, sie wäre nicht dort gewesen, und der Pfarrer hat das bestätigt, aber Sie behaupten das Gegenteil.«

Pia traten Tränen in die Augen, die sie hastig wegwischte. »Ich sehr ehrlicher Mensch. Ich nicht lügen, nie.«

»Das mag ja sein«, wiegelte Renée ab. »Aber ich muss solche Dinge überprüfen. Wir haben es mit einer gebrechlichen Patientin zu tun, das verstehen Sie doch sicher.«

Pia sah nicht aus, als würde sie irgendetwas verstehen. »Sie können fragen alle. Ich sage immer Wahrheit«, erklärte sie entrüstet.

»Tut mir leid, Pia. Ich weiß, dass es nicht schön ist, wenn einem so etwas vorgeworfen wird, doch ich muss Dorothea schützen.«

»Ich mache nichts Böses mit Miss Travis. Ich liebe alte Dame.«

Renée erhob sich. »Tut mir wirklich leid, dass ich Ihnen nicht geglaubt habe.«

Die Filipina stand mit verletztem Blick ebenfalls auf.

Flora konnte sich in sie hineinversetzen. Mir wäre es schrecklich peinlich, dachte sie, wenn mir jemand Lügen unterstellen würde. Egal, welche Schwächen ihre Mutter sonst gehabt hatte – Linda war ein fast zwanghaft ehrlicher Mensch gewesen.

»Schon kleine Lügen machen dich zum unehrlichen Menschen«, hatte sie ihr in ihrer Kindheit eingeschärft.

Als Pia draußen war, sahen Renée und Flora einander an.

»Wie dumm von mir. Dass Pia sie in eine andere Kirche bringt, hätte mir einfallen können«, schalt Flora sich selbst.

»Mir auch. Aber Sie dürfen nicht vergessen, dass Dorothea behauptet hat, sie wäre überhaupt nicht in der Kirche gewesen.«

»Möglicherweise wollte sie sagen, dass sie nicht in *ihrer* Kirche war …« Flora versuchte, sich zu erinnern.

Renée seufzte tief. »Wer weiß? Jedenfalls habe ich ein schrecklich schlechtes Gewissen, weil ich der armen Frau unterstellt habe zu lügen, wo sie doch nur eine Kirche finden wollte, in die sie leicht hineinkommt.« Sie verzog den Mund. »Obwohl die Stufen zu St. Stephen, soweit ich mich erinnere, ziemlich hoch sind. Und ob es Dorothea dort gefällt, weiß ich auch nicht.«

»Warum?«

»Nicht nur die Stufen sind hoch, da geht's auch hochanglikanisch zu … Mordsgedöns mit Weihrauch und Messe, das ganze Drum und Dran. Wahrscheinlich hat Pia sich deshalb dafür entschieden.«

»Erzählen Sie das mal lieber nicht dem Reverend!«

»Nein. Ich finde, wir sollten aufhören, Pia zu verdächtigen. Wir haben uns da in was verrannt, Punkt.«

Zehn

12. Oktober

»Bel, Bel!« Auf dem Heimweg von der Arbeit sah Flora ihre Nichte am Freitagabend auf der Straße.

Bel drehte sich um, und als sie Flora entdeckte, eilte sie winkend zu ihr.

»Hallo, Liebes.« Flora drückte sie. »Na, unterwegs zu 'ner Party?«

Bel lachte. »Ach was. Ich geh bloß mit Holly Pizza essen.«

Flora kaute an ihrer Lippe. »Hmm … Ich wollte fragen, ob du in den nächsten Tagen mal zum Abendessen zu mir kommst. Wir haben uns schon lange nicht mehr richtig unterhalten.«

»In letzter Zeit ist's daheim ziemlich stressig. Schätze, Mum muss sich in das Unvermeidliche fügen.«

Sie schwiegen eine Weile verlegen.

»Bel, ich finde das, was da wegen Fin bei uns läuft, scheiße. Es ist meine Schuld. Ich dränge euch jemanden auf, dem keiner von euch traut, und das aus gutem Grund. Aber du kannst mir glauben, ich mach das nicht einfach so.«

Bel nestelte mit gesenktem Blick am Riemen ihrer Ledertasche herum.

»Bitte, gib ihm eine Chance … lass es ihn wenigstens versuchen.«

Ihre Nichte sah sie mit gerunzelter Stirn an. »Liebst du ihn wirklich, Flora, und kannst nicht ohne ihn leben?«

Flora schmunzelte. »Ja.«

»Und er empfindet das Gleiche für dich?«

»Das behauptet er jedenfalls.«

Bel seufzte. »Okay, dann soll's mir auch recht sein.« Sie verzog das Gesicht. »Hoffentlich verarscht er dich nicht.«

»Das hoffe ich auch.«

Plötzlich schlang Bel die Arme um Flora und drückte sie fest. »Weißt du, du bist mir wichtig«, erklärte sie verlegen. »Aber jetzt muss ich los, sonst krieg ich nichts mehr von der Pizza.«

»Du bist mir auch wichtig«, sagte Flora. »Kommst du nächste Woche zum Abendessen?«

Bel nickte, verabschiedete sich mit einem Winken und rannte über die Straße.

»Was denkst du darüber?«

Fin und Flora gingen im Holland Park spazieren. Die Luft war am frühen Morgen dieses ein wenig dunstigen Sonntags noch frisch, das Laub der Bäume verfärbte sich bereits in üppigen Gold-, Rot- und Bronzetönen.

»Worüber?«, fragte sie, während sie Arm in Arm durch das herabgefallene Laub schlenderten. Fin, dessen Bein die ganze Nacht über geschmerzt hatte, hoffte, dass ein wenig Bewegung helfen würde.

»Über uns.«

Als Flora ihn von der Seite anblickte, sah sie sein fragendes Lächeln.

»In welcher Hinsicht?«

»Über uns halt.«

Flora konnte ihm keine Antwort geben, weil ihr zu viele

Gedanken durch den Kopf schwirrten: zu schnell; Zusammenleben; Prue; Inverness; Vertrauen; Babys. Sie war noch nicht zweiundvierzig, es bestand nach wie vor die Chance, ein Kind zu bekommen, wenn sie Glück hatte – wenn sie Glück hatten. Sie wagte es nicht, das Thema anzusprechen: Als sie es das letzte Mal getan hatte, war Fin zehn Tage später verschwunden.

Kurz vor ihrem achtunddreißigsten Geburtstag hatte sie sich eines Abends mit ihm zusammengesetzt.

»Ich finde, es wäre an der Zeit, an ein Baby zu denken«, hatte sie gesagt.

»Jetzt?« Er hatte schockiert geklungen.

»Ja. Wir müssten uns allmählich dranmachen. In meinem Alter ist es möglicherweise gar nicht so leicht, schwanger zu werden.«

»Gut, aber …«, hatte er zurückhaltend erwidert. »Ich bin ziemlich viel unterwegs … Hältst du das wirklich für eine gute Idee? Du würdest oft mit dem Baby allein sein.«

»Du willst doch Kinder, oder? Das hast du zumindest immer behauptet.«

»Natürlich … Ich denke da nur an dich …«

Flora hatte ihm das nicht abgekauft, weil er ihr nicht in die Augen sah.

»Wenn du keine Kinder möchtest, solltest du mir das jetzt sagen«, hatte sie ihn aufgefordert, ohne zu wissen, was sie tun würde, wenn er das tatsächlich machte. Er war aufgestanden und in dem Raum hin und her gelaufen, der in ihrem Brightoner Haus als Küche und Wohnzimmer diente und auf eine kleine geflieste Terrasse ging.

»Fin?«

Er war an der Spüle stehen geblieben, hatte sich dagegengelehnt und Flora angesehen.

»Ja … Natürlich möchte ich Kinder, das weißt du doch, Flora.«

Er hatte alles andere als überzeugend geklungen, obwohl sie mehrfach über die Gründung einer Familie gesprochen hatten, allerdings immer zu einem vagen Zeitpunkt in der Zukunft, nie im Hier und Jetzt. Sie war aufgestanden, zu ihm getreten und hatte seine Hände genommen.

»Bitte, sei ehrlich, Fin. Wenn nicht, hast du am Ende ein Kind am Hals, das du nicht willst.«

Plötzlich hatte sich ein Lächeln um seine Augen ausgebreitet.

»Natürlich möchte ich ein Kind … mit dir, Flo. Aber einem Mann wie mir macht das schon ein bisschen Angst.«

Das hatte sie ihm geglaubt.

Nun, drei Jahre später, sagte Fin: »Ich weiß, ich weiß. Wir müssen es langsam angehen. Doch was bedeutet dieses ›langsam angehen‹? Wir lieben uns und haben jahrelang zusammengelebt, also ist das keine große Sache mehr.«

»Wir sollten uns darüber klar werden, ob wir es wirklich wollen.«

»Ja, aber wie sollen wir das, wenn wir es nicht ausprobieren? Was für eine andere Möglichkeit gibt es?«

Flora verstand, was er meinte. »Wir müssten uns über die praktischen Dinge einigen.«

Er schüttelte den Kopf. »Alles nicht so wichtig. Wir gehören zusammen, das ist das Einzige, was zählt.« Er drehte Flora mit einem intensiven Blick zu sich.

»Das glaubst du doch auch, oder?«

Plötzlich wurde ihr klar, dass das, was Fin über Bel gesagt hatte, auch für ihn selbst galt: Alles war entweder schwarz oder weiß. Er war hier – engagiert, leidenschaftlich, verliebt, mit allem Drum und Dran – oder fort und tat, was er wollte. Ausgeglichenheit kannte er nicht, nur Extreme. Das fürchtete sie an ihm am meisten, doch es zog sie auch am stärksten an.

Ihr Zögern ließ einen zweifelnden Ausdruck auf sein Gesicht treten.

»Flo?«

Sie holte tief Luft. »Ja, Fin, ich stehe zu dir.«

Er drückte sie fest an sich. »Ich liebe, liebe, liebe dich, Flora Bancroft«, hauchte er ihr voller Leidenschaft ins Ohr.

»Wie läuft's mit Paul?«, erkundigte sich Flora, als sie nach dem Spaziergang in einem Café saßen.

Er verzog das Gesicht. »Nicht so gut.«

»Aber er setzt dich nicht vor die Tür, oder?«

»Irgendwann schon. Von der Miete meiner Wohnung in Fort William kann ich zwar leben, aber eine eigene Bleibe in London geht finanziell nicht. Und ich muss hierbleiben, bis die Sache mit meinem Bein geklärt ist.« Er trommelte nervös mit den Fingern auf dem Tisch. »Ich hab mir gedacht … vielleicht könnte ich ja zu dir ziehen … nur vorübergehend, bis wir sehen, wie's klappt?«

Bevor sie etwas erwidern konnte, fügte er hinzu: »Paul weiß nicht mehr, wie er zwischen Jenna und mir vermitteln soll.«

»Ihr streitet euch?«

Fin wirkte verlegen. »Streiten würde ich das nicht nennen. Das sind eher Grabenkämpfe. Kindisch, aber sie nutzt jede Gelegenheit, mich zu provozieren.«

»Und wie?«

»Ach, das Übliche. Sie fuchtelt mir mit meiner benutzten Tasse vor dem Gesicht herum und hebt vorwurfsvoll die Augenbrauen. Oder schmollt, wenn ich am Wochenende da bin.

Wenn ich die Milchflasche leer gemacht habe, sagt sie: ›Merkwürdig. Ich hätte schwören mögen, dass ich gestern erst welche gekauft habe.‹«

Flora lachte. »WG-Leben in Reinkultur also.«

»Ich halte diese ständigen Sticheleien nicht mehr aus.« Er leerte seine Tasse. »Noch einen?«

»Ja, gern.«

Während er an die Theke trat, um einen weiteren Kaffee zu bestellen, überlegte sie. Er hatte sie gefragt, ob er bei ihr einziehen dürfe. Sie wusste, dass er nicht allzu viele Alternativen hatte, doch ihre Beziehung war noch sehr frisch und zerbrechlich. Wenn sie zusammenzogen, würde sie das vielleicht nicht aushalten.

Fin stellte die Tassen auf den Tisch. »Kaffee ist inzwischen fast so teuer wie Champagner.«

Sie schmunzelte. »Ja, weil mehr Schaum als Kaffee in der Tasse ist.«

Eine Weile herrschte Schweigen. Ihr war klar, dass er auf eine Antwort wartete, doch plötzlich bekam sie Panik.

»Du möchtest nicht mit mir zusammenwohnen?«, fragte Fin mit leiser Stimme.

»Ich weiß es nicht. Es geht alles so schnell. Wir haben uns erst vor ein paar Wochen wiedergesehen. Die Wohnung ist sehr klein, und Prue wohnt direkt über uns. Könnte gut sein, dass wir uns auf die Nerven gehen.«

Er wirkte verletzt. »Bitte, red nicht um den heißen Brei herum, Flo. Sag's geradeheraus, wenn du nicht mit mir zusammenleben willst.«

»Natürlich möchte ich mit dir zusammen sein. Aber in der Wohnung meiner Schwester?«

»Warum nicht?«

»Sie überlässt sie mir sehr billig, ich fühle mich ihr gegenüber verpflichtet. Sie soll nicht das Gefühl haben, dass ich sie ausnutze.«

Fin runzelte die Stirn. »Wir könnten ihr mehr Geld anbieten.«

»Könnten wir das? Ich bin sowieso schon am Limit.«

»Ich auch.«

Gedrücktes Schweigen, dann hellte sich Fins Miene auf.

»Lass uns von hier weggehen, nach Inverness, ins Haus meines Vaters. Es ist hübsch; du kennst es ja. Und schuldenfrei. Wir müssten es nur ein bisschen herrichten und streichen. Ich lass mich von den schottischen Ärzten zusammenflicken – die verstehen ihr Handwerk bestimmt genauso gut wie die in London. Und bis mein Bein wieder in Ordnung ist, bringe ich Kindern das Klettern bei oder so was. Du könntest dir einen Job in Raigmore suchen. Warum nicht?« Er kam in Fahrt. »In den Ferien könnte Bel uns besuchen. Es wäre perfekt. Was hält uns noch hier?«

»Dorothea.«

Er sah sie verblüfft an. »Es ist nur ein Job, Flo. Um die alte Dame kann sich auch jemand anders kümmern. Klar, bestimmt würdest du ihr anfangs fehlen, aber du sagst ja, dass ihr Gedächtnis nicht mehr das beste ist. Würde es ihr überhaupt auffallen, wenn du nicht mehr da bist?«

»Na, danke.«

Fin sah sie verwundert an. »Hab ich was Schlimmes gesagt?«

»Nur, dass jeder Idiot meine Arbeit erledigen kann, dass ich nicht wichtig bin.«

»Hey, so war das nicht gemeint. Leute suchen sich nun mal andere Jobs. Dorothea wird Verständnis haben.« Er zögerte kurz. »Oder?«

»Möglich. Trotzdem lasse ich sie nicht im Stich.«

»Okay. Aber mal ehrlich: Sie stirbt doch wahrscheinlich sowieso bald. Möchtest du nicht gern wieder als Krankenschwester arbeiten? Du hast die Notaufnahme geliebt und immer gesagt, dass die normalen Stationen sterbenslangweilig sind. Eine alte Frau zu betreuen ist doch sicher noch langweiliger, oder?«

Flora, die das Gefühl hatte, von Fin nicht ernst genommen zu werden, war den Tränen nahe.

Er schien zu merken, dass er sie aus der Fassung gebracht hatte, aber ob ihm klar war, warum, wagte sie nicht zu beurteilen. Er nahm ihre Hände.

»Flo, bitte. Manchmal bin ich wie ein Elefant im Porzellanladen. Ich wollte nur sagen, dass du für diesen Job überqualifiziert bist und was Besseres verdienst. Ich kann verstehen, dass du dir was aus Dorothea machst. Natürlich willst du sie nicht im Stich lassen.«

»Ich fühle mich nicht überqualifiziert«, entgegnete sie.

»Sorry. Im Moment bin ich ein bisschen komisch drauf. Das Rumhängen in der Großstadt macht mich fertig.« Er drückte ihre Hände. »Vergib mir. Ich möchte einfach nur bei dir sein, und die Vorstellung, in unserem eigenen kleinen Häuschen zusammenzuleben, finde ich sehr verführerisch.«

Sie lächelte. »Ich kann nicht einfach abhauen. Begreifst du das nicht? Die Familie und Dorothea. Ich hätte ein schlechtes Gewissen, wenn ich sie hängen lasse.«

Fin nickte. »Wollen wir's ausprobieren, Flo, das Zusammenleben in deiner Wohnung? Es könnte klappen, wenn wir wissen, dass es keine Dauerlösung ist, und wenn es uns gelingt, Prue und den Rest der Familie zu überzeugen.«

Er trat zu ihr, zog einen Stuhl vom Nachbartisch heran und setzte sich dicht neben sie, den Arm um ihre Schulter.

Sie wehrte sich nur kurz, bevor sie sich an ihn kuschelte. Fin fühlte sich stark an, seine Umarmung war so vertraut und vermittelte ihr ein Gefühl der Sicherheit. Sie sog seinen herben, männlichen Geruch ein. Wie sehr es ihr gefehlt hatte, so gehalten und geliebt zu werden! Flora schob alle Bedenken beiseite. »Vielleicht. Ja. Warum nicht?«

Sie spürte Fins erleichtertes Seufzen.

»Du wirst es nicht bereuen.« Er drückte ihr einen Kuss auf die Haare.

»Und wie sollen wir das mit meiner Schwester regeln?«

»Das geht sie nichts an. Schließlich zahlst du Miete.«

»Ich muss es ihr sagen.«

»Klar. Aber was soll sie machen? Dich rausschmeißen? Nie mehr mit dir reden? Das kann ich mir nicht vorstellen.« Er lachte, und plötzlich klang er wieder ganz entspannt. »Ich finde das total aufregend, Flo.«

Flora, die sich die eisige Missbilligung ihrer Schwester vorstellte und der vor dem Gespräch mit ihr graute, konnte seine Begeisterung nicht teilen.

Dominic traf mit stolzgeschwellter Brust und einem Scheck über zweihundertfünfzig Pfund für das Tischchen ein.

»Momentan ist der Markt für solche Sachen nicht sonderlich gut, aber das hatte ich ja schon erwähnt, Tante Dot. Ein Freund hat mir das Tischchen abgenommen und mir nicht mal die Mehrwertsteuer berechnet, als ich ihm gesagt habe, es wär für dich. Ist das nicht toll?« Er legte seiner Großtante den Scheck in den Schoß.

Dorothea nahm ihn in die Hand, warf einen Blick auf den Betrag und bedankte sich mit einem Lächeln. »Es war sehr nett von dir, dir die Mühe zu machen.«

Dominic reckte die Brust vor. »War mir ein Vergnügen«, säuselte er und beugte sich zu Dorothea herab, um sie auf die Wange zu küssen.

Flora hatte Tee mit Schokoladenkeksen, die eigentlich für die Pflegerinnen gedacht waren, serviert, keinen Ingwerkuchen, da sie keine Zeit gehabt hatte, welchen zu besorgen.

Als sie den Raum betrat, um die Teller abzuräumen, stand Dominic am Kamin bei einem Eckstuhl mit verblichenem Gobelinpolster.

»Was ist damit, Tante?«, erkundigte er sich, während er in die Hocke ging, die Finger über die geschwungenen Armlehnen gleiten ließ und den Stuhl herumdrehte, um die Rückseite zu begutachten. »Sieht ganz gut erhalten aus, nur der Stoff ist ein bisschen ausgeblichen. Als Deko sind solche Stücke gerade sehr beliebt.«

»Als Deko?«, wiederholte Dorothea.

Dominic richtete sich auf. »Bei Inneneinrichtern.«

»Aha.«

»Leute, die die Häuser der Reichen gestalten. Die kaufen viel auf Auktionen.«

Die alte Dame nickte. »Du meinst also, du könntest ihn verkaufen?«

»Bestimmt. Wenn ich mich nicht täusche, ist er aus der Zeit von George II. und aus Mahagoni. Schau dir die feinen Schnitzereien hier an. Ein schönes Stück. Und Eckstühle sind rar.«

»Er ist hübsch«, pflichtete Dorothea ihm bei. »Aber du kannst ihn mitnehmen. Ich brauche ihn nicht mehr.«

Dominic legte den Kopf ein wenig schräg und bedachte sie mit einem ernsten Blick. »Bist du dir ganz sicher, Tante Dot? Ich möchte nicht, dass du dich eines Tages fragst, wo deine Einrichtung geblieben ist.«

Sie schüttelte den Kopf. »Für die wenigen Tage, die mir noch auf Erden bleiben, brauche ich nichts mehr.«

Obwohl sie das ganz sachlich, nicht dramatisch oder pathetisch, sagte, reagierte Dominic entsetzt.

»Tante, so was darfst du nicht mal denken! Du hast noch ein paar Jahre vor dir. Ich würde deine Sachen nicht verkaufen, wenn ich der Meinung wäre, dass du bald ...«

Sie verzog den Mund zu einem Lächeln. »Ich bin dreiundneunzig, Dominic.«

»Bitte hör auf damit. Ich kann den Gedanken nicht ertragen, dass es dich eines Tages nicht mehr gibt. Was würde ich denn ohne den Tee mit dir machen?« Er eilte zu ihr und drückte ihr einen Kuss auf die Wange, bevor er sich mit traurigem Gesicht aufs Sofa setzte.

Flora wurde fast übel ob seiner gekonnten Vorstellung.

»Du kommst bestimmt auch ohne mich zurecht«, erklärte Dorothea.

»Nein! Lass diese Gedanken, Tante Dot. Sie sind nicht gut für dich.«

»Das ist ziemlich schwierig«, entgegnete sie. »Aber inzwischen belasten sie mich nicht mehr«, fügte sie hinzu.

Kurze Zeit später stellte Dominic den Stuhl in den Flur, um ihn zum Wagen zu bringen.

»Ich habe das Gefühl, so etwas muntert sie auf«, erklärte er Flora mit aufrichtiger Miene. »Dabei geht's nicht ums Geld, sondern darum, ihr eine Freude zu bereiten.«

Flora machte sich nicht die Mühe, ihm zu widersprechen. »Wie viel, glauben Sie, werden Sie dafür bekommen?«

Er zuckte mit den Achseln. »Vielleicht vier- oder fünfhundert Pfund? Hängt davon ab, wer ihn mir abkauft.«

»Wow, das ist ganz schön viel.«

»Und sinnvoll, wenn sie das Ding nicht mehr will, finden Sie nicht?«

»Vergessen Sie bitte nicht, Renée Bescheid zu sagen«, bat Flora ihn, als er das Haus verließ.

Abends nach dem Dienst begegnete sie auf der Treppe Keith, der sich gerade eine Zigarette gönnte.

»Rauchen ist schädlich«, erinnerte sie ihn.

Er betrachtete den Glimmstängel nachdenklich. »Tatsächlich? Hinterlistiges kleines Ding. Man kann wirklich keinem mehr trauen.« Er ließ die Zigarette grinsend fallen, trat sie aus und hob sie auf. »Alles ruhig an der Front?«, erkundigte er sich. »Keine Kirchendramen mehr?«

Flora fragte sich, ob Keith es für übertrieben hielt, eine Pflegerin auszuspionieren, die eine alte Dame in die Kirche brachte.

»Nein. Das vom letzten Mal scheint erledigt zu sein.«

»Mein Angebot steht, Florence. Wenn du willst, dass ich am Wochenende nach dem Rechten sehe, tue ich das. Du musst es nur sagen.«

Am Samstagmorgen putzte Flora ihre kleine Wohnung gründlich. Wie die meisten Krankenschwestern besaß sie Geschick darin, sie oberflächlich ordentlich aussehen zu lassen, obwohl Hausarbeit nicht gerade ihre Stärke war. Am Abend zuvor hatte sie Fin erklärt, er könne nicht über Nacht bleiben, doch nun, da sie beschlossen hatte, es noch einmal mit ihm zu versuchen, wollte sie, fast wie eine Braut vor der Hochzeit, die Zustimmung ihrer Schwester einholen. Deshalb hatte sie die Familie zum Abendessen zu sich eingeladen.

»Das Kochen übernehme ich«, hatte Fin gesagt, und sie

hatte ihm nicht widersprochen, weil sie lediglich drei Grundrezepte beherrschte, die schmeckten und sich leicht vorbereiten ließen. Alles Kompliziertere machte sie nervös. Fin hingegen erachtete Kochen als eine Art Performance. Er wagte sich auch an exotischere Gerichte – mehr oder weniger erfolgreich. Ihm war der Prozess als solcher wichtig. Wie es am Ende schmeckte, spielte für ihn eine untergeordnete Rolle.

»Was soll's geben?«, erkundigte sie sich, als er mit drei großen Einkaufstüten hereinkam.

»Tibetisches Curry«, antwortete er grinsend und stellte die Tüten auf die Arbeitsfläche neben der Spüle. »Das kennt deine Familie sicher nicht.«

»Stimmt.«

»Mit Seetang. Dafür musste ich in diesen japanischen Laden in der Brewer Street. Deshalb hat's so lang gedauert.«

Flora sah auf ihre Uhr. Es war schon fast fünf, und sie wusste, wie lange Fin normalerweise fürs Kochen brauchte. Sie begann, unruhig zu werden.

»Solltest du nicht ein bisschen Gas geben?«, fragte sie.

Fin fasste sie schmunzelnd an den Schultern und küsste sie auf den Mund. »Mmm, schön«, murmelte er und zog sie näher zu sich heran, doch sie schob ihn weg.

»Sie kommen um halb acht.«

»Entspann dich, wir haben jede Menge Zeit. Das Curry dauert nicht lang. Es ist ein Eintopf, keine französische Haute Cuisine. Wenn du mir beim Schnipseln hilfst, sind wir in null Komma nichts fertig.«

Sie arbeiteten Seite an Seite; sie rieb Ingwer, während Fin einen Berg Zwiebeln schnitt. Nach einer Weile sah Flora ihn an.

»Bist du nicht nervös?«

Im Hintergrund spielte Fleetwood Mac, und Fin sang mit,

»Go your own way« … »Ja, schon irgendwie. Du kennst mich ja, ich hasse Auseinandersetzungen. Aber was soll schon passieren?«

Flora schwieg.

»Dass sie mich nicht hier wohnen lässt«, beantwortete er selbst seine Frage und wischte sich die Tränen vom Zwiebelschneiden weg. »Oder dass sie dich rausschmeißt … Dass sie uns beide hasst …«

»Klingt nicht gerade toll.«

Fin legte das Messer weg und trocknete die Hände an dem Geschirrtuch, das in seiner Jeanstasche steckte, um sich Flora zuzuwenden, ihr Kinn ein wenig anzuheben und ihr tief in die Augen zu blicken.

»Egal, was passiert: Wir haben einander«, sagte er und küsste sie auf die Nasenspitze.

Sie legte die Hand um seinen Nacken und ließ die Finger durch seine Haare gleiten. Spielte es eine Rolle, was ihre Schwester dachte? Sie fühlte sich wagemutig und glücklich. Natürlich konnte ihr keiner eine Garantie für die Zukunft geben, doch plötzlich war ihr das egal.

Flora beobachtete, wie Prue Fin begrüßte. Philip hatte ihm bereits lächelnd die Hand geschüttelt wie einem flüchtigen Bekannten. Bel hatte Fin kaum angesehen, lediglich verlegen »Hi« gesagt und sich hastig entfernt, als hätte sie Angst vor einer Umarmung.

Prue und Fin hielten Abstand, lieferten aber ansonsten eine oscarreife Vorstellung.

»Wie geht's?«, erkundigte sich Prue, ohne ihm die Hand hinzustrecken.

»Danke, gut, abgesehen von dem blöden Bein. Und dir?«

»Wie üblich viel zu tun. Ist aber positiver Stress.«

»Die Rezession trifft dich nicht?«

Prue zuckte mit den Achseln. »Die meisten meiner Kunden sind Gott sei Dank so reich, dass sie ihnen nichts anhaben kann.«

Höfliches Lachen von Fin. »Die Glücklichen.«

»Die Kletterbranche ist vermutlich auch nicht betroffen, oder?«, fragte Prue. »Obwohl die Sponsoren im Moment zu kämpfen haben dürften.«

Flora verfolgte gespannt, wie sich das höfliche Geplänkel entwickelte.

»Drink?« Flora ging zum Kühlschrank. »Ich habe Prosecco.« Eines der Lieblingsgetränke ihrer Schwester. Philip hatte ihr eine Flasche Rotwein für später überreicht, weil er wusste, dass sie kein Geld für richtig guten hatte.

Nach Prues angestrengten Bemühungen übernahm Philip die Gesprächsführung. Beim Essen an dem kleinen IKEA-Tisch, den Fin in die Mitte des Zimmers gezogen und mit einem uralten blauen Tischtuch aus dem Wäscheschrank gedeckt hatte, war Prue sehr schweigsam, erkundigte sich am Ende jedoch nach Fins Sturz.

Bel lauschte gebannt, als Fin beschrieb, wie er plötzlich gespürt hatte, dass der Boden unter seinen Füßen nachgab, wie das Seil sich mit einem Ruck gestrafft hatte und er mit voller Wucht gegen die Felswand geschleudert worden war. Dass die Rettung fast drei Stunden gedauert hatte und es schließlich eisig kalt und dunkel geworden war.

»Du hast die ganze Zeit über am Seil gehangen?«, fragte Bel entsetzt. »Mit dem gebrochenen Bein?«

»Da wusste ich ja noch nicht, dass es gebrochen war. Ich habe immer wieder das Bewusstsein verloren und erinnere mich nur verschwommen. Aber ich weiß noch, dass es extrem kalt war, so kalt, dass es wehtat. Der Italiener, den ich geführt habe und der die Bergwacht von Chamonix rief, hat die ganze Zeit Italienisch auf mich eingebrüllt, dass ich wach bleiben und nicht aufgeben soll.«

Philip lachte. »Zum Glück hast du ihn verstanden.«

»Ja. Das werde ich nie vergessen ... *non mollare, non mollare mai.* Auch ohne Italienischkenntnisse hätte ich begriffen, was er meint.« Fins Augen wurden feucht. »Schätze, ich verdanke ihm mein Leben.« Kurzes Schweigen am Tisch. »Wenn man extrem auskühlt«, erklärte er Bel, »stoppt der Körper alle Systeme, und man verliert das Bewusstsein. Man schläft einfach ein. Und wenn man nicht rechtzeitig gerettet wird ...«

»Stirbt man?«

Fin nickte.

»Schrecklich.«

»Du hast es ja überlebt«, lautete Prues süffisanter Kommentar.

Fin hob eine Augenbraue. »Tut mir leid, dich enttäuscht zu haben«, entgegnete er.

Das würzige tibetische Curry war gut angekommen, sogar bei Bel, die beim Essen nicht sonderlich experimentierfreudig war. Flora stand auf, um die Teller abzuräumen, weil es sie angesichts der plötzlich herrschenden Spannung nicht mehr auf dem Stuhl hielt.

»So ein Ende würde ich niemandem wünschen, aber ich will auch keine Freude darüber heucheln, dass du wieder in Floras Leben getreten bist.« Prue klang müde-resigniert, als bemühte sie sich schon jahrelang, Fin auf Distanz zu halten.

Flora ließ Wasser über die schmutzigen Teller laufen und stapelte sie.

»Mum«, ermahnte Bel Prue.

Flora holte eine Packung Vanilleeis aus dem Tiefkühlfach und trug es mit fünf Schalen zum Tisch, um den Deckel abzunehmen, die Papierversiegelung abzuziehen und mit einem Teelöffel dagegenzuklopfen. Es war steinhart.

»Sorry«, murmelte sie, »ich hätte es früher rausnehmen sollen.«

»Wir haben keine Eile«, beruhigte Philip sie.

»Dazu gibt's Schokoladen-Karamellsauce«, teilte Fin Bel grinsend mit. »Die magst du doch so gern.« Als er aufstand, um die Sauce aus dem Schrank zu holen, wurde Flora bewusst, dass Fin Bel das letzte Mal gesehen hatte, als diese zwölf gewesen war.

Bel nickte unter dem kühlen Blick ihrer Mutter verlegen.

Sie saßen um den Tisch, die Augen auf den Behälter mit dem Eis gerichtet, als könnten sie es so zum Schmelzen bringen. Flora sah die angespannte Miene ihrer Schwester. Am Ende brach Fin das Schweigen.

»Wir bitten nicht um deinen Segen, Prue. Du hast vollkommen recht: Ich hab Mist gebaut. Es tut mir leid, dass ich euch allen das angetan habe.«

Prue betrachtete ihn voller Argwohn. »Segen wozu?«

Fin ergriff die Hand von Flora, die es als Erleichterung empfand, dass er sich für sie mit ihrer Schwester auseinandersetzte und sie ausnahmsweise nicht das Ziel von Prues Zorn war.

»Wir wollten dir mitteilen, dass wir beschlossen haben, wieder zusammenzuleben. Es würde uns helfen, hier in dieser Wohnung bleiben zu können, bis die im Krankenhaus mit meinem Bein fertig sind.«

Flora bemerkte, dass Prue Philip einen Blick zuwarf, der wohl so etwas wie »Hab ich's dir nicht gesagt« bedeuten sollte, doch Philips Gesichtsausdruck blieb neutral.

Bei der Vorbereitung auf dieses Gespräch hatte Flora Fin gebeten, Prue zu fragen, ob es für sie in Ordnung sei, wenn er einziehe. Doch Fin hatte entgegnet: »Ich werde deine Schwester nicht anbetteln.«

»Ich habe Flora schon gesagt, dass es mich nichts angeht, mit wem sie zusammenlebt«, erklärte Prue nun.

»Wir dachten nur, dass du es wissen solltest«, meinte Flora, genauso kühl wie ihre Schwester.

Sie aßen das Eis schweigend. Flora wäre es am liebsten gewesen, wenn sich ihre Gäste verabschiedet hätten; bestimmt hielt nur die Höflichkeit sie vom Gehen ab.

»Neulich Abend war ich mit Bel in *Madame Butterfly*«, erzählte Philip, um die Anspannung zu lockern. »Allzu großen Eindruck hat die Oper nicht auf sie gemacht.«

»Doch, doch, Dad … Die Sopranistin war toll, und ich fand's cool, die berühmte Arie live zu hören. Aber die Story ist ziemlich dämlich: Ein Mädchen in meinem Alter verliebt sich in einen Typen, den sie grade mal zehn Minuten gesehen hat, sehnt sich drei Jahre lang nach ihm und bringt sich um, als er endlich zurückkommt. Gott, wie kitschig.«

Philip und Bel unterhielten sich weiter über die Oper, ohne dass einer der anderen ins Gespräch eingestiegen wäre.

»Wir sollten gehen«, sagte Prue schließlich.

Sobald die Tür am oberen Ende der Treppe ins Schloss fiel, ließen Flora und Fin sich aufs Sofa plumpsen.

»Ist ganz ordentlich gelaufen.« Er zog sie mit einem erschöpften Seufzen näher zu sich heran.

»Sie kann ziemlich eklig sein«, sagte Flora und machte die Augen zu.

Fin schmunzelte. »Himmel, wie sie mich angesehen hat! Kein Wunder, dass das Eis nicht schmelzen wollte.«

»Ich hab's satt, dass immer alles nach ihrem Kopf geht. Und es ist mir scheißegal, wie sie es findet, wenn wir zusammen sind.«

»Wir dürfen uns unser Glück nicht von ihr verderben lassen.«

»Glück.« Wie fremd dieses Wort klang! Die Aussicht auf eine wunderbare Zukunft machte ihr Angst, weil sie einen wagemutigen Sprung ins Ungewisse bedeutete.

»Küss mich«, sagte sie und wandte sich ihm zu.

In jener Nacht liebten sie sich lang und intensiv. Anfangs musste Flora noch an die kühle Reaktion ihrer Schwester denken, doch schließlich führten die Berührungen seiner Hände, das Gefühl seiner Lippen auf den ihren und sein harter, starker Körper sie an einen Ort, an dem kein Platz für etwas anderes war als Lust und Sinnlichkeit. Und endlich gaben ihre Gedanken Ruhe.

Elf

22. Oktober

»Dorothea?« Flora, die sich am folgenden Montagmorgen gerade von Mary Martin verabschiedet hatte, wollte das Frühstückstablett der alten Dame wegräumen. Zuerst dachte sie, Dorothea schlafe, doch ihre rechte Hand umklammerte die Bettdecke. »Dorothea?«, wiederholte sie und ging näher heran. Die alte Dame sah Flora verwundert und desorientiert an.

Flora fiel auf, dass ihre linke Gesichtshälfte ein wenig herunterhing, und sie bemerkte den Speichelfetzen an ihrem Mundwinkel.

»Können Sie den Arm bewegen?« Sie legte ihre Hand sanft auf die Linke von Dorothea. Die alte Dame schüttelte matt den Kopf, aber dann gelang es ihr doch, ihn zu heben.

Nachdem Flora die Bettdecke zurückgeschlagen hatte, fragte sie: »Und das linke Bein?«

Obwohl Dorothea sich Mühe gab, brachte sie lediglich ein leichtes Zucken des Fußes zustande. »Ich spüre nicht viel«, murmelte sie undeutlich.

Flora deckte sie zu, schüttelte die Kissen auf und wischte ihr das Kinn mit einer Serviette ab. »Sie hatten, glaube ich, einen von Ihren Anfällen«, stellte sie fest. »Ich rufe den Arzt. Bin gleich wieder da.«

Nachdem Simon Kent Dorothea gründlich untersucht hatte, sagte er: »Sieht mir nach einer weiteren TIA aus. Viel können wir nicht tun; sie nimmt schon alle für einen solchen Fall vorgesehenen Medikamente. Sorgen Sie nur dafür, dass sie Ruhe hat. Wir müssen abwarten, wie sie sich erholt.« Er schwieg kurz. »Natürlich könnte das ein Vorbote eines heftigeren Schlaganfalls sein.«

»Hoffentlich fällt der dann richtig stark aus.«

Der Arzt nickte. »Ist wohl der Alptraum eines jeden Menschen, halb gelähmt weiterzuleben.«

»Soweit ich weiß, war das bei ihrem Vater so, fast zwei Jahre lang. Sie hat mehrfach gesagt, dass ihr davor am meisten graut.«

»Hoffen wir das Beste. Ich schaue auf dem Rückweg von den Hausbesuchen noch mal vorbei. So gegen eins?«

»Wir sind hier«, erklärte sie mit einem Lächeln.

»Ich fühle mich nicht sonderlich gut«, gestand Dorothea später, als Flora ihr Gesicht und Hände wusch.

»Immerhin sehen Sie ein bisschen besser aus als vorhin«, versuchte Flora, sie aufzumuntern.

»Was ist denn passiert?«

»Ich denke, das war wieder einer von diesen merkwürdigen Anfällen, die Sie manchmal haben. Morgen sieht die Welt bestimmt anders aus. Aber fürs Erste bleiben Sie lieber im Bett und ruhen sich aus.« Sie sprach das Wort »Schlaganfall« nicht aus, um ihr keine Angst zu machen.

Die alte Dame sah sie verständnislos an.

»Ich würde jetzt gern schlafen.«

Sie döste den ganzen Vormittag und schlief auch, als der Arzt wiederkam.

»Könnten Sie bleiben, bis sie aufwacht? Ich mache Ihnen gern ein Sandwich.«

»Hmm …« Er warf einen Blick auf seine Uhr. »Ja, danke.«

Nachdem Flora ihm ein Sandwich mit Schinken und Tomate hergerichtet hatte, gingen sie ins Wohnzimmer.

Beim Essen sah der Arzt sie an. »Sie mögen sie sehr, stimmt's?«

Flora nickte. »Bevor ich zu Dorothea kam, habe ich im Krankenhaus gearbeitet, hauptsächlich in der Notaufnahme. Da hat man keine Zeit, eine persönliche Bindung aufzubauen. Aber mit Dorothea bin ich nun schon zwei Jahre den ganzen Tag über zusammen. Wir verstehen uns.«

»Warum sind Sie nicht mehr in der Notaufnahme? Hatten Sie ein Burn-out?«

»Nein. Ich bin krank geworden. Der Job hier hat mir geholfen, in den Berufsalltag zurückzufinden.«

Zu ihrer Erleichterung erkundigte er sich nicht weiter nach ihrer Erkrankung. »Wollen Sie irgendwann wieder ins Krankenhaus?«

»Ich muss, weil ich mehr Geld brauche. Im Moment liege ich meiner Schwester auf der Tasche, das wird nicht mehr lange gehen. Schon deswegen, weil sie meinen Freund nicht ausstehen kann.«

Dr. Kent wirkte überrascht. »Warum das?«

»Sie trägt ihm sein Verhalten mir gegenüber nach, und das kann ich ihr nicht verdenken. Augenblicklich ist die Atmosphäre ziemlich gespannt.«

Prue hatte seit der Curry-Einladung mehr als eine Woche zuvor kaum mit ihr gesprochen. Flora war am Morgen danach zu ihr hochgegangen, doch ihre Schwester hatte ihre Versuche, über Fin zu reden, abgeblockt. »Da gibt's nichts mehr zu sagen«, hatte sie erklärt und nur darauf gewartet, dass Flora sich verabschiedete. Seitdem lastete dieses Problem schwer auf ihr. Nie zuvor hatte Prue, die ihr so viel bedeutete, so strikt Distanz zu ihr gehalten.

»Ist er fremdgegangen?«, erkundigte sich der Arzt vorsichtig.

»Nein. Dafür ist Fin nicht der Typ.« Sie seufzte. »Er … Ach, lassen wir das Thema.«

Er drang nicht weiter in sie.

»Ich muss zurück in die Praxis, zur Nachmittagssprechstunde. Danke für das Sandwich. Bevor ich gehe, schaue ich kurz zu Dorothea rein, ob sie aufgewacht ist.«

Doch die alte Dame schlief.

»Rufen Sie mich morgen an und sagen Sie mir, wie sie sich hält. Wenn irgend möglich, komme ich vorbei.«

Flora bedankte sich und begleitete ihn zur Tür.

»Es geht nicht mit der Familie, aber auch nicht ohne sie«, murmelte der Arzt.

Sie musste lachen. »Ist vermutlich überall so.«

Er wandte sich ihr zu. »Ja. Man braucht sie einfach.«

Sie sah seinen traurigen Blick, als er sich verabschiedete.

Renée saß neben Dorothea und hielt ihre Hand.

»Du Arme.«

Dorothea lächelte. »Jetzt fühle ich mich ein bisschen besser.«

»Gut. Freut mich zu hören.«

»Möchten Sie einen Tee?«, fragte Flora von der Tür aus.

Renée nickte, und dabei wippten ihre wilden Locken um ihr Gesicht. »Ja, gern.«

»Dorothea?«

»Ich glaube nicht«, antwortete die alte Dame.

Als Flora Renée den Tee brachte, wandte Dorothea ihrer Freundin den Kopf zu.

»Ich dachte, ich gehe …«

»Wohin?«, erkundigte sich Renée.

Dorothea hob den Arm ein wenig, deutete nach oben und verzog den Mund zu einem gequälten Lächeln.

Renée sah sie entsetzt an. »Liebes, darüber scherzt man nicht.«

Flora seufzte. Warum taten alle so, als würde Dorothea ewig leben?

»Das hat Dominic auch gesagt. Aber ich habe ihm versichert, dass ich mich nicht fürchte.«

Renée drückte ihre Hand. »Das freut mich. Trotzdem möchte ich dich nicht verlieren.«

»Ich dich auch nicht«, erklärte Dorothea. »Das scheint das Schwierigste am Sterben zu sein … dass man die Menschen, die einem wichtig sind, zurücklassen muss.« Ihr Blick wanderte in die Ferne. »Ihr seid alle so freundlich zu mir. Sogar der gute Dominic, der sich die Mühe macht, die Sachen zu verkaufen, die ich nicht mehr brauche. Er schafft für mich Ordnung.«

Renée sah sie fragend an. »Was für Sachen, Liebes? Was hat Dominic verkauft?«

Flora gab Renée zu verstehen, dass sie mit ihr nach draußen gehen solle.

»Was redet sie da?«

»Dominic hat mir versprochen, mit Ihnen zu reden«, erklärte Flora. »Er hat das Nähtischchen aus Walnussholz verkauft und gerade den Holzstuhl in der Ecke mitgenommen. Dorothea schien nichts dagegen zu haben.«

»Hmm. Hat er ihr das Geld dafür gegeben? Was hat er dafür bekommen?«

»Den Stuhl hat er, glaube ich, noch nicht verkauft – soweit ich weiß, schätzt er seinen Wert auf etwa fünfhundert Pfund –, und für das Tischchen hat er zweihundertfünfzig erhalten.«

Renée schnappte nach Luft. »Das in der Ecke, aus der Zeit Georges? Zweihundertfünfzig? Das wäre zehnmal so viel wert gewesen!«

»Oje, das tut mir leid. Ich hätte es Ihnen selber sagen sollen. Aber er hat mir versprochen, Sie zu informieren.« Flora verfluchte ihn insgeheim. »Könnte es sein, dass er Ihnen eine Nachricht hinterlassen hat, die nicht bei Ihnen angekommen ist?«

»Das bezweifle ich.« Renée seufzte. »Selbst wenn, bleibt immer noch die Tatsache, dass das Tischchen bedeutend mehr wert gewesen wäre als lausige zweihundertfünfzig Pfund.«

»Wieso sollte er Dorothea über den Tisch ziehen wollen?« Flora traute dem Mann nicht über den Weg, doch vielleicht wusste auch Renée nicht so gut über Antiquitäten Bescheid, wie sie dachte. Oder Dominic war trotz seines großen Mundwerks inkompetent. »Wenn sie ihn, wie Sie meinen, als Alleinerben einsetzt, kriegt er am Ende mit ziemlicher Sicherheit sowieso alles.«

»Das ist nicht der Punkt! Wahrscheinlich rechnet er damit, aber sicher weiß er es nicht.« Renée schüttelte gequält den Kopf. »Ich muss mich über Sie wundern, Flora.«

»Ich habe nicht gesagt, dass ich sein Handeln für richtig halte, denn das ist es nicht.«

»Tja … Ich muss sowieso mit ihm reden.« Renée seufzte theatralisch. »Es ist gar nicht so leicht, für einen alten Menschen Entscheidungen zu treffen«, murmelte sie und nahm ihre Jacke von dem Haken im Flur. »Wenn man sich nicht mehr wehren kann, scheint man Freiwild zu sein.«

Am folgenden Morgen tranken Mary und Flora in der Küche im Stehen Tee.

»Erzähl: Für welchen Mann hast du dich entschieden? Für A oder für B?«

Flora musste lachen. »Wahrscheinlich für ›A‹ ... meinen Exfreund.«

»Wieso ist er überhaupt zum Ex geworden?«

»Ach, das Übliche. Vor der ... Trennung waren wir acht Jahre zusammen. Jedenfalls ist er letzte Woche zu mir gezogen.«

Mary machte große Augen. »Na, das ging aber schnell!«

»Nicht wirklich. Wir haben nur den Faden wiederaufgenommen, der uns entglitten ist.«

»Und du glaubst, dass er der Richtige ist?«

»Das hoffe ich.« Flora hörte das Zögern in ihrer Stimme. Selbst jetzt, da Fin bei ihr wohnte, erschien ihr alles unwirklich, fast wie ein Spiel.

»Wo sind deine anderen Sachen?«, hatte Flora ihn mit einem Blick auf den Rucksack, die mittelgroße Tasche und den Karton mit seinen Stiefeln und seiner Kletterausrüstung im Wohnzimmer gefragt.

»Das ist alles«, hatte Fin grinsend erklärt. »Du kennst mich; ich reise immer mit leichtem Gepäck.« Er hatte sie angesehen, als wollte er ergründen, ob er tatsächlich willkommen war.

Sie hatte ihn umarmt. »Ich freu mich, dass du da bist.« Fast hätte sie hinzugefügt: »Ich liebe dich.« Aber diese Worte, die sie noch nicht laut ausgesprochen hatte, waren ihr zu gewichtig und bedeutungsvoll erschienen.

Das war mehr als eine Woche her, und er hatte sich in ihr Leben gefügt, als wäre er nie fort gewesen. Morgens, wenn sie in die Arbeit fuhr, begleitete er sie zur Bushaltestelle. Und wenn sie abends nach Hause kam, war das Essen fertig. Sie freute sich auf ihn und den gemeinsamen Abend wie ein Kind. Doch gleichzeitig empfand sie seine Anwesenheit in der kleinen Wohnung als beengend, als befände er sich in einem Käfig, aus dem er schnellstmöglich ausbrechen wollte. Hoffentlich, dachte sie, würden sie bald eine andere Lösung finden.

»Gott, bin ich eifersüchtig. Aber wer weiß, vielleicht wird am Ende eine Doppelhochzeit draus. Du mit deinem A und ich mit dem appetitlichen Dr. Kent.«

Flora musste lachen. »Warum nicht? Wäre schön.«

»Was hast du heute gemacht?«, fragte Flora Fin, als sie einige Tage später abends nach Hause kam.

»Ach, nichts Besonderes.« Er wirkte müde.

Das war Fins Standardantwort, doch diesmal hakte sie nach.

»Was genau?«

Er hob den Blick von der Landkarte, die er gerade studierte.

»Warum bist du so penetrant? Hast du Angst, dass ich ein Faulpelz werden könnte?« Sein Grinsen wirkte gequält.

»Nein, natürlich nicht.«

Er schaute wieder auf die Karte.

»Fin? Was ist los?«

Es dauerte eine Weile, bis er den Kopf hob. »Wenn du's wirklich wissen willst: Ich mach verdammt noch mal nichts. Absolut nichts. Ich schau Schrott im Fernsehen, geh einkaufen, liege auf dem Sofa rum. Manchmal mache ich einen Spaziergang, aber wenn ich zu weit gehe, tut mir das verdammte Bein höllisch weh. Ich warte. Auf dich.« Er klang verzweifelt.

Sie setzte sich neben ihn. »Tut mir leid. Ich wollte nicht sticheln.«

»Okay …«

»Dein Bein wird doch allmählich besser, oder?«

Er seufzte. »Keine Ahnung. Manchmal glaube ich das, aber dann kommen wieder Tage, an denen es schlimmer ist als zuvor. Sie entwickeln ständig neue Theorien über die Ursache der Schmerzen und wie sie dagegen vorgehen wollen.«

Sie legte den Arm um ihn. Er erwiderte ihre Umarmung nicht; eine Weile saßen sie einfach nur schweigend da. Flora merkte, dass ihr Puls raste.

»Sag was, Fin.«

Sie spürte, wie sich sein Körper verkrampfte. Er wandte sich ihr zu.

»Sorry. Ich sollte meinen Frust nicht an dir auslassen, Flo. Aber ich hasse es, hier eingesperrt zu sein. Ich werde noch wahnsinnig.«

»Was sagen sie im Krankenhaus?«

»Wie üblich nichts. Ich soll Geduld haben. Ihrer Ansicht nach handelt es sich um eine Entzündung, die irgendwann zurückgeht.«

»Warum holst du keine zweite Meinung ein?«

»Das hat keinen Sinn. Flo, ich spiele mit dem Gedanken, ein paar Tage nach Schottland zu fahren. Ich möchte nach Dads Haus sehen. Kommst du mit?«

Flora wollte gerade antworten, dass das nicht gehe, doch dann wurde ihr bewusst, dass sie lange keinen Urlaub mehr gehabt hatte.

»Okay. Warum nicht? Ich rede mit Mary.«

Fin strahlte. »Toll! Wir fahren mit dem Wagen rauf.«

»Wir haben kein Auto.«

»Stimmt.«

»Wir nehmen den Zug und mieten oben ein Auto.«

»Dad hatte einen alten Vauxhall, den ich unserem Nachbarn Jimmy überlassen habe. Den könnten wir nehmen.«

»Da oben ist es bestimmt eisig kalt«, meinte sie.

»Ja, arschkalt«, pflichtete er ihr bei und drückte sie lachend an sich. »Das wird super … raus aus London, weg von hier.« Er küsste sie. »Schottland, nur wir zwei. Der Himmel auf Erden. Wann soll's losgehen?«

Als Flora am Samstag die Stufen zur Straße hochging, standen Philip und Bel neben ihrem Wagen, einem schwarzen Audi. Bel, die ungewöhnlich gedrückt wirkte, lief zu Flora und umarmte sie.

»Hallo, Flora«, begrüßte Philip seine Schwägerin. »Du vergisst nicht, dass Prue am Wochenende Geburtstag hat?«, fragte er.

»Nein.«

Die drei sahen einander an; keiner hatte Lust, auf das schwierige Thema einzugehen.

»Dieses Jahr will sie kein großes Trara«, erklärte Philip. »Wir setzen uns einfach im Nobu zusammen. Am Samstag um acht.«

»Wunderbar.«

Bel scharrte schweigend mit den Stiefeln übers Pflaster.

»Wird bestimmt schön«, sagte Philip mit Grabesstimme, als spräche er von einer öffentlichen Hinrichtung, nicht von einer Abendesseneinladung in eines der schicksten In-Lokale von London. Als er merkte, wie er klang, fügte er lachend hinzu: »Nein, wirklich. Das Essen dort ist fantastisch.«

»Soll Fin auch mitkommen?«, fragte Flora leise, damit Prue sie nicht hörte, falls sie zu Hause war; Fin hatte gerade Physiotherapie.

Bel verzog das Gesicht. »Dad?«

»Tja …« Philip blähte die Backen. »Die Sache hat zwei Seiten.« Er schob sie ein Stück vom Haus weg. »Wenn er mit von der Partie ist und die beiden sich aufführen wie neulich

Abend, wird das für alle kein Vergnügen. Aber wenn wir ihn nicht dazubitten, könnte es zum Präzedenzfall werden.«

»Vielleicht sollten wir ihn nächstes Mal fragen, nicht an Mums Geburtstag?« Bel sah Flora verlegen an. »Dann wird das der Präzedenzfall.«

Flora wusste nicht, was sie sagen sollte. Auch sie wollte sich nicht durch einen angespannten Abend mit gespielten Höflichkeiten und versteckten Sticheleien quälen – und das zu einem horrenden Preis. Doch Fin hatte als ihr Partner das Recht, einbezogen zu werden.

»Lieber Gott, mach mich fromm, aber noch nicht gleich, meinst du.« Philip schmunzelte über den Vorschlag seiner Tochter. »Ich weiß nicht so recht. Wir sollten ihn fragen. Wenn wir es nicht tun, wird die Chance immer geringer, dass sich die Lage zwischen ihnen entspannt.«

»Und die zwischen mir und Prue.«

Ihr Schwager nickte. »Ja, die auch.«

»Mum ist nicht dir böse, Flora, sondern Fin, weil er zurückgekommen ist.«

Philip runzelte die Stirn. »Ganz stimmt das nicht, Liebes. Ich glaube, Mum ist auch wütend auf Flora, weil sie wieder etwas mit ihm angefangen hat.«

Flora hob die Arme. »Was soll ich machen? Ich trenne mich ihretwegen nicht von dem Mann, den ich liebe. Und sagt jetzt bitte nicht, dass sie schon noch einlenken wird. Ich hab's satt, das zu hören.«

»Das kann ich verstehen. Aber genau das wird sie vermutlich tun.«

»Egal.« Flora war bewusst, dass sie wie ein schmollender Teenager klang. »Dein professioneller Rat wäre also, ihn zu fragen und auf eine milde Strafe zu hoffen?«

»Ja«, antwortete Philip mit einem aufmunternden Grinsen. »Macht zweitausend Pfund für das Beratungsgespräch.«

»Den Scheck kriegst du mit der Post.«

»Ich geh verdammt noch mal nicht zum Geburtstag deiner Schwester. Da darf ich bloß wieder den Prügelknaben für sie spielen. Vergiss es. So läuft das nicht.«

Flora und Fin hatten sich nach dessen Termin beim Physiotherapeuten im Supermarkt verabredet. Er trank erregt einen Schluck aus einer Wasserflasche, als sie die Gänge entlangschlenderten.

»Heißt das, du willst künftig von allen Familientreffen ausgeschlossen bleiben, obwohl wir zusammenleben?«

Fin verzog den Mund und strich sich mit der Hand die widerspenstigen Haare zurück.

»Nein, aber was habe ich davon? Sie gibt wieder die Eiskönigin; Philip macht munter Konversation über irgendwelche Sopranistinnen und behandelt mich wie einen seiner Mandanten; und Bel verzieht gequält das Gesicht. Was hat das für einen Sinn? Sie können mich doch alle nicht ausstehen.«

Flora blieb mit dem Einkaufswagen stehen und wandte sich ihm zu. »Es ist nun mal meine Familie … in guten wie in schlechten Zeiten. Irgendwann wirst du dich mit Prue zusammenraufen müssen.«

»Sag das doch bitte *ihr*. Ich habe kein Problem mit denen. *Sie* stellt sich quer.«

Sie sahen einander eine Weile an.

»Außerdem«, fuhr Fin fort, »hab ich nichts anzuziehen. In so ein Schickimickilokal kannst du nicht in einem zehn Jahre alten T-Shirt und ausgefranster Jeans gehen.«

Flora schmunzelte. »So sicher wär ich mir da nicht. Im

Nobu verkehrt der internationale Jetset: russische Oligarchen, reiche Saudis … die tragen oft Jeans.«

»Ja, Designerjeans mit schnieker Bügelfalte und dazu einen pinkfarbenen Pullover lässig über der Schulter.«

»Ich kann's gar nicht erwarten, dich so zu sehen!«

Sie mussten beide lachen.

»Aber im Ernst: In dem Secondhandladen am Notting Hill Gate könntest du ein ordentliches Hemd für einen Fünfer kriegen.«

Fin machte einen Schmollmund. »Ich hasse Secondhandläden. Die riechen nach alten Leuten.«

»Sei nicht so fies. In Notting Hill sind die alten Leute alle reich und wohlriechend.«

Sie gingen schweigend weiter.

»Bitte komm mit. Ich möchte nicht, dass Prue meint, sie könnte dich in Zukunft von allem ausschließen.« Flora nahm zwei Dosen Eiertomaten aus einem Regal. »Und allein mag ich nicht hingehen.«

Fin gab ein missbilligendes Geräusch von sich. »Na schön. Aber ich warne dich: Ich mache ihr nicht den netten Jungen, wenn sie anfängt, auf mir rumzuhacken. Auch nicht an ihrem Geburtstag. Dann stehe ich einfach auf und gehe.«

»Ich begleite dich gern zum Einkaufen. Das könnten wir gleich heute erledigen.«

»Wenn's sein muss«, meinte er grinsend, zog sie zu sich heran, ließ die Hand über ihren Po gleiten und küsste sie.

»Hör auf«, zischte sie und versuchte, sich aus seiner Umarmung zu befreien und sich umzusehen, ob sie beobachtet wurden.

»Entspann dich, Flo. Es schaut niemand her.«

Er küsste sie noch einmal, diesmal sehr lange.

Zwölf

31. Oktober

»Ich habe mit Dominic gesprochen. Er sagt, das Nähtischchen hätte an der Rückseite einen Wasserfleck gehabt. Deswegen hat er nicht so viel dafür bekommen.«

»Einen Wasserfleck?«

»Ist Ihnen der aufgefallen? Über die gesamte hintere Wand, behauptet er. Die wäre deutlich sichtbar aufgeworfen gewesen.«

»Tut mir leid, ich habe es mir nicht so genau angeschaut. Mir gegenüber hat er nichts davon erwähnt. Aber weil es am Fenster stand, kann es gut sein, dass es mal nass wurde, als es offen war. Er hat es so schnell mitgenommen …«

Flora hörte, wie Renée am anderen Ende der Leitung einen ihrer gequälten Seufzer ausstieß.

»Ich wünschte, Sie hätten ihn zurückgehalten. Dann hätte ich mir das Tischchen selbst angesehen.«

»Ich kann mich ihm schlecht in den Weg stellen«, entgegnete Flora, ein wenig verärgert über die Kritik.

»Nein, nein, natürlich nicht. Das war kein Vorwurf, Flora. Mir gefällt's nur nicht, wie er sich ihre Sachen unter den Nagel reißt.«

»Möglicherweise hatte das Tischchen ja tatsächlich einen Wasserfleck.«

»Mag sein. Jetzt kann ich nicht mehr viel unternehmen.«

»Es sei denn, es gäbe Beweise«, meinte Flora.

»Ja.« Wieder tiefes Seufzen. »Aber sagen Sie mir doch lieber, wie es Dorothea heute geht.«

In dem Secondhandladen hatten sie ein fast neues hellblaues Hemd von Ralph Lauren aus feiner weicher Baumwolle mit Button-down-Kragen entdeckt.

»Du siehst toll aus«, sagte Flora, als Fin aus dem Schlafzimmer trat.

»Damit komme ich mir wie verkleidet vor«, erklärte er und zog einen Ärmel glatt, um den Manschettenknopf zu schließen.

»Warum? Es ist doch bloß ein Hemd.« In dem Secondhandladen hatte Flora versucht, ihn zu einer schwarzen Hose zu überreden, aber die war viel zu kurz für seine langen Beine gewesen. Also trug er nun seine neuere Jeans, an der der Saum noch nicht ausgefranst war.

Als er den Knopf geschlossen hatte, nahm er Flora erst richtig wahr. »Wow! Du siehst toll aus!«

Flora lächelte verlegen. Sie trug wieder das schwarze Kleid, das Fin jedoch noch nicht kannte.

»Teilen wir uns ein Taxi mit ihnen?«

»Nein, sie sind schon weg. Philip will vorher mit Prue in der neuen Cocktailbar in der Brasserie Zédel was trinken. Wir hoffen alle, dass der Abend besser läuft, wenn sie schon ein paar Martinis intus hat.«

Als sie das Lokal betraten, waren die anderen bereits da. Philip stand auf und zog für Flora den Stuhl neben dem seinen heraus.

»Alles Gute zum Geburtstag«, begrüßte Fin Prue, und Flora gab ihrer Schwester einen Wangenkuss.

»Danke.« Prue musterte Flora und Fin. »Ihr habt euch in Schale geworfen.« Ihr erstaunter Tonfall war nicht gerade schmeichelhaft.

Eine ganze Armada eleganter Kellner in grauen Uniformen umschwärmte sie, schenkte Wasser ein, legte schwungvoll Servietten auf Schöße und reichte ihnen die Speisekarten.

»Habt ihr gleich hergefunden?«, erkundigte sich Philip, als wären sie aus der Äußeren Mongolei angereist.

»Ja, danke. Wir haben den Bus genommen.«

Kurzes Schweigen.

»Prima.«

Bel hielt den Blick auf die Speisekarte gerichtet.

»Was wollt ihr trinken?«, erkundigte sich Philip.

»Was trinkt ihr?«, fragte Flora ihre Schwester, vor der ein hohes Glas mit einem rosafarbenen perlenden Getränk stand.

Prue hob das Glas in ihre Richtung. »Schmeckt köstlich. Probier mal.«

»Superkette.« Fin bedachte Floras Schwester, die die Finger liebevoll über ihre neue Halskette gleiten ließ, mit einem charmanten Lächeln.

Prue, die offenbar genug getrunken hatte, um zu vergessen, dass sie ihn nicht leiden konnte, erwiderte sein Lächeln. »Bei Tiffany kann man eigentlich nichts falsch machen. Aus dem Laden liebe ich alles.«

»Schade, dass ich das nicht früher gewusst habe«, sagte Philip. »Dann hätte ich den Schlüsselring genommen und mir eine Menge Geld gespart.«

Prue machte einen Schmollmund. »Alter Geizhals. Ein Schlüsselring fällt doch niemandem auf.«

»Dann kannst du mir ja den deinen von Ralph Lauren schenken, Mum.« Bel zog kichernd an ihrem Strohhalm.

»Schmink dir das mal ab.« Prue blickte Fin an. »Wie ich sehe, hat Mr McCrea sich herausgeputzt und sich für heute Abend selbst einen Hauch Ralph Lauren gegönnt.«

Fin sah an sich herunter. »Gefällt's dir? Hat ein Vermögen gekostet.«

»Ja, steht dir gut.«

Flirtet sie mit ihm?, fragte sich Flora ungläubig, als sie den Blick wahrnahm, den die beiden wechselten.

»In der Kletterbranche scheint's gut zu laufen«, meinte ihre Schwester.

»Eher in der Secondhandbranche«, erwiderte Fin, und sie mussten alle lachen.

»So weit, so gut«, sagte Bel, als sie später mit Flora zur Toilette ging.

»Ja. So habe ich das nicht erwartet.«

»Mum hat einen in der Krone.«

»Das hat nicht immer diese Wirkung.«

»Stimmt. Wahrscheinlich hält der Zustand auch nicht lange an.«

Bels Vermutung erwies sich als zutreffend. Als sie zum Tisch zurückkehrten, herrschte eisiges Schweigen.

»Möchte jemand Nachtisch?«, fragte Philip und hielt seiner Tochter die Dessertkarte hin. »Bel?«

»Äh … Danke, nein, Dad.«

»Was? Nicht mal ein Eis?«, versuchte ihr Vater, sie zu locken, doch sie schüttelte den Kopf.

»Geht nicht mehr.«

Prue schaute sich die Karte nicht einmal an und spielte an ihrem BlackBerry herum – eine Unhöflichkeit, die sie, wie Flora wusste, bei Tisch hasste und an Bel und Philip immer kritisierte.

Fin erhob sich. »Ich finde, wir sollten gehen, Flo.«

Bevor sie Gelegenheit zu einer Antwort hatte, traten vier Kellner mit einem Tablett an ihren Tisch, auf dem sich köstlich aussehende Meringues sowie zarte Fruchtarrangements mit angezündeten Kerzen in der Mitte befanden. Sie stellten es vor Prue ab und sangen »Happy Birthday«.

Flora, die am liebsten im Erdboden versunken wäre, hatte ihre Schwester unterschätzt: Wie auf Knopfdruck begann Prue zu strahlen, als wäre dies der aufregendste Augenblick ihres Lebens. Sie stimmten alle leise in das Ständchen ein – sogar Fin, dem nichts anderes übrig blieb, als sich wieder zu setzen. Flora trat ihm unter dem Tisch gegen das Schienbein, doch er sah sie nur verständnislos an.

Prue blies die Kerzen aus und ließ den Kuchen von einem der Kellner aufteilen.

»Vielen, vielen Dank. Wie schön. Sieht köstlich aus«, schwärmte sie. Doch sobald die Kellner sich entfernt hatten, versteinerte ihr Gesicht wieder.

»Gott sei Dank haben wir keinen Nachtisch bestellt«, bemerkte Philip.

»Du hast doch bestimmt gewusst, dass sie die Meringues bringen würden.«

Philip hob leicht die Augenbrauen. »Nein. Darcy hat für mich reserviert.«

»Wer ist Darcy?«, wollte Bel wissen.

»Die Frau, deren Haus deine Mutter gerade einrichtet. Sie ist mit dem Inhaber des Nobu befreundet und hat uns den Tisch in letzter Minute besorgt. Normalerweise muss man Monate im Voraus buchen«, erklärte Philip ihr.

Sie aßen schweigend. Prue rührte ihr Dessert nicht einmal an, Flora kaute lustlos.

Plötzlich schob Prue ihren Stuhl zurück und hob ihre Tasche vom Boden auf. »Wir sehen uns zu Hause«, sagte sie und verließ den Raum.

Vor dem Lokal bedankte Fin sich kurz bei Philip, wünschte Bel eine gute Nacht, packte Flora am Arm und zog sie in Richtung Piccadilly Circus.

»Miststück«, murmelte er. »Sie hat gewartet, bis du mit Bel weg warst, und sich dann auf mich gestürzt.«

»Was hat sie gesagt?«

»Die üblichen Sticheleien … ›Wieso lässt du meine Schwester nicht in Ruhe? … Du nützt sie aus … Wenn dein Scheißbein in Ordnung ist, machst du dich vom Acker und brichst ihr wieder das Herz … Sie ist dir hörig, und das weißt du. Deswegen muss ich ein Machtwort sprechen … Sie selber würde nie den Mund aufmachen.‹ Das hat sie gesagt.«

Flora war entsetzt. »Das ist ja schrecklich.«

»Flo, wir sollten verschwinden. Scheiß auf deinen blöden Job. Ich halte es keine Nacht länger unter dem Dach dieser Frau aus. In ihren Augen bin ich ein Schmarotzer, und du bist mein armes Opfer. Ich kann sie nicht ausstehen.«

»Bitte beruhige dich, Fin. Wir können nicht einfach abhauen …«

Er fiel ihr ins Wort. »Warum nicht? Die alte Dame kommt ohne dich zurecht. Wenn du krank wärst, würden sie auch eine andere Pflegerin finden müssen. Sag einfach, du bist krank und musst aufhören. Wir könnten den ersten Zug morgen früh nehmen. Scheiß auf deine verdammte Schwester.«

Flora blieb inmitten von Touristen stehen, die sich um den Eingang zum Hard Rock Café drängten, und schob ihn gegen ein Gitter.

»Fin, ich schmeiße meinen Job nicht einfach so hin. Und ich verlasse auch meine Familie nicht sang- und klanglos.«

Er bedachte sie mit einem kühlen Blick. »Gut, dann weiß ich Bescheid. Deine Schwester wird mich nie akzeptieren. Wenn sie dir wichtiger sind als ich, haben wir, schätze ich, keine gemeinsame Zukunft.«

Floras Herz setzte einen Schlag aus. »Hör auf. Du weißt, was ich für dich empfinde.«

»Tatsächlich? Ich gestehe dir jeden Tag hundertmal meine Liebe, aber von dir habe ich das bis jetzt noch nie gehört. Du behauptest nur, dass du ›zu mir stehst‹, und das ist nicht dasselbe. Liebst du mich, Flo?«

Als ein Paar an ihnen vorbeiging, beäugte der Mann sie neugierig. Sobald Flora seinen Blick erwiderte, wandte er sich ab.

Sie schluckte. »Ja … ja, das tue ich. Und das weißt du auch.«

»Aber? Ich höre da ein Aber.«

»Kein Aber. Es geht mir bloß alles ein bisschen schnell.«

»Du bist also wie Prue der Ansicht, dass ich dich gezwungen habe, mich bei dir einziehen zu lassen? Himmel!«

»Nein, das habe ich nicht gesagt. Ich bin nur noch nicht bereit, alles hinzuschmeißen.«

Fin schüttelte den Kopf. »Eins kann ich dir flüstern: Ich bleibe keine Sekunde länger in dieser Scheißstadt. Hier hält mich nichts mehr.«

Flora war den Tränen nahe. Sein aggressiver Tonfall verletzte sie fast körperlich. Am liebsten hätte sie ihn einfach stehen lassen und vergessen, dass sie ihm wieder begegnet war.

»Könnten wir bitte damit aufhören?«

Sie verharrten beide wie erstarrt, dann schlang er plötzlich die Arme um sie und drückte sie fest an sich. Sein Mund wanderte zu ihrem Hals, und er flüsterte ihr Liebesschwüre ins Ohr, bis ihr schwindlig wurde. »Flo, bitte vergib mir. Ich liebe dich. Es war nicht so gemeint. Ich war wütend, weil Prue mich so blöd angemacht hat. Natürlich warte ich; ich werde dich nie verlassen. Wenn du nicht möchtest, müssen wir nicht in Inverness leben. Wir können überall wohnen, solange ich in der frischen Luft frei atmen kann. Flo, bitte sag, dass du mir vergibst.«

Sie sank an seine Brust. »Bring mich nach Hause«, bat sie ihn.

Der Sonntagmorgen verging ohne viele Worte, weil ihnen der Abend zuvor noch in den Knochen steckte. Flora wusste, dass sie die Wogen bei den anderen glätten musste, bevor sie wieder ruhig schlafen konnte.

»Ich gehe rauf«, erklärte sie am späten Vormittag.

Fin hob den Blick von der Zeitung. »Ich komme mit.«

»Nein … Das mach ich lieber allein.«

Doch Fin stand auf. »Das geht uns beide an. Ich begleite dich, sonst spielt Prue uns weiter gegeneinander aus.«

Also trotteten sie die Stufen widerwillig gemeinsam hinauf.

Prue las in der Küche an der hochglanzpolierten Arbeitsfläche die *Sunday Times*, eine Tasse Kaffee und ihren BlackBerry neben sich.

»Hallo.«

»Hallo.« Flora setzte sich ihr gegenüber. Fin blieb hinter ihr stehen.

»Wo sind Bel und Philip?«

»Schwimmen.«

»Können wir reden?«

»Ja.«

Flora spürte ein leichtes Zögern und eine für ihre Schwester untypische Nervosität, jedoch keine Spur mehr von der Aggression des Vorabends. Sie fragte sich, ob Philip ihr die Leviten gelesen hatte.

Plötzlich wurde Flora klar, dass sie keine Ahnung hatte, was sie sagen sollte. Die Anschuldigungen und Vorwürfe, die ihr seit dem Abend im Kopf herumgingen, schob sie beiseite. Am Ende sprudelte es einfach aus ihr heraus: »Ich hab dich lieb. Und ich ertrage diese Auseinandersetzungen mit dir nicht.«

Sie sah, wie die Augen ihrer taffen Schwester feucht wurden. »Ich hab dich auch lieb.«

Flora spürte, wie Fin hinter ihr den Atem anhielt. Dann legte er ganz langsam die Hand auf ihre Schulter.

»Können wir bitte darüber reden, versuchen, unsere Differenzen beizulegen?«

Prue schüttelte müde den Kopf. »Es gibt keine Differenzen, abgesehen davon, dass ich fürchte, du könntest wieder verletzt werden. Die Sorge macht mich angriffslustig.«

Flora trat zu ihrer Schwester, um die Arme um sie zu legen. Eine Weile standen sie einfach nur so da. Irgendwann spürte Flora, wie Prue sich entspannte.

Da meldete sich Fin zu Wort. »Ich verspreche, dass sich das, was ich Flo vor drei Jahren angetan habe, nicht wiederholen wird. Niemals. Das schwöre ich euch.«

Prue sah Fin an und atmete deutlich hörbar aus.

»Glaube mir«, fügte er hinzu und beugte sich zu ihr hinüber.

Prue zuckte lächelnd mit den Schultern. »Ich versuche es.«

»Ich will sie euch wirklich nicht wegnehmen. Das war nie meine Absicht.«

»Na schön …« Prue ergriff Floras Hand. »Tut mir leid, dass ich so zickig war, aber meine Schwester bedeutet mir alles. Ich wollte sie nur schützen.«

»Das kann ich verstehen.«

»Puh! Seelenstriptease kann ganz schön anstrengend sein, was?« Prue ging zum Kühlschrank und nahm eine Flasche Prosecco heraus. »Wollen wir feiern?«

»Gern«, antwortete Fin.

Flora hätte sich am liebsten in ihre Wohnung verkrochen und eine Woche lang geschlafen, aber sie nickte, drückte ihre Schwester noch einmal und holte drei Gläser.

»Wenn du willst, kann ich den Freitag, den Montag, den Dienstag und den Mittwoch übernehmen.« Mary hob den Blick von ihrem Taschenkalender.

»Sicher?« Flora zählte die Tage. Sechs. Allein mit Fin. Weg von London. Sie holte tief Luft. »Das würde für dich drei Tage und vier Nächte weg von zu Hause bedeuten. Was passiert in der Zeit mit Millie?«

Mary zwinkerte ihr zu. »Die bringe ich mit. Wie du weißt, hab ich das schon mal gemacht. Dorothea liebt sie.«

Flora runzelte die Stirn. »Wann war das denn?«

»Als du die Woche an Ostern frei genommen hast. Renée hatte nichts dagegen. Sie weiß, wie sehr die alte Dame früher ihre Katzen geliebt hat.«

»Danke, Mary. Vielen, vielen Dank. Du hast was gut bei mir.«

Die Nachtschwester schmunzelte. »Für die Liebe tu ich doch alles. Außerdem gibt mir das Gelegenheit zu einem kleinen Rendezvous mit dem guten Doktor Kent.«

»Dorothea, morgen fahre ich ein paar Tage weg«, erklärte Flora der alten Dame am Donnerstagmorgen, als sie ihr beim Anziehen half.

»Weg?« Dorothea sah sie mit großen Augen an. »Wohin denn?«

Flora zog ihr die Hose hoch und schob sie sanft auf die Bettkante zurück, um ihr die Schuhe zu binden.

»Nach Schottland, mit meinem Freund.«

Dorotheas Interesse war geweckt. »Dann haben Sie jetzt also einen jungen Mann. Gab es da nicht ein Problem …?«

»Ich wusste nicht so genau, was er für mich empfand.«

»Wenn er nur einen Funken Verstand besitzt, liebt er Sie.«

Flora war gerührt.

»Das behauptet er jedenfalls.«

»Aber?« Die alte Dame hob die Augenbrauen.

»Ach, nichts.«

Dorothea lächelte, und plötzlich wirkte sie sehr jung. »Die Liebe ist etwas Wunderbares. Wenn man liebt, fühlt man sich sehr lebendig.«

Kurz konnte Flora erahnen, wie Dorothea als junge Frau gewesen sein musste, denn ihre Begeisterung brachte ihr Gesicht zum Strahlen und kaschierte ihre Falten.

»Ja, sie ist tatsächlich wunderbar«, pflichtete Flora ihr nicht ganz überzeugt bei.

Der alten Dame entging das nicht. »Obwohl es am Schluss nicht wie erhofft gekommen ist, hatte ich nie Zweifel an ihm.«

Flora fiel die Geschichte des Mannes ein, der sich von der Brücke gestürzt hatte. In dem Moment wurde Flora klar, dass sie nicht an Fin zweifelte – sie glaubte tatsächlich, dass er sie liebte und diesmal nur das Beste für sie wollte –, sondern an sich selbst.

Sie band Dorotheas Schuhe. »Mary bleibt in meiner Abwesenheit bei Ihnen.«

»Mary …« Plötzlich wirkte Dorothea verwirrt. »Mary?«

»Die Nachtschwester. Die Irin, die immer nachts bei Ihnen ist.«

Dorothea nickte. »Ach so, ja.«

Flora richtete sie auf und zog ihre Gehhilfe für sie heran.

»Hoffentlich bleiben Sie nicht so lange weg«, sagte die alte Dame.

Dreizehn

9. November

Das Reihenhaus stand direkt an der Straße entlang des River Ness. Sie waren im strömenden Regen mit dem Taxi vom Bahnhof hergekommen, und als Flora nun die Tür des Wagens öffnete, riss der Wind sie ihr aus der Hand. Beim Aussteigen zerrte sie, steif von der durchwachten Nacht auf der für sie und Fin zu schmalen Pritsche im Nachtwagen des Zuges, ihren Rucksack hinter sich her. Sie schaute hinüber zum Haus seines kürzlich verstorbenen Vaters, das mit den roten Ziegeln und dem weißen Giebelfenster von außen sehr hübsch wirkte.

Seit Angus McCreas Tod ein Jahr zuvor hatte niemand mehr darin gewohnt. Nur der Nachbar Jimmy, der den uralten Vauxhall von Angus benutzte, schaute hin und wieder vorbei, um die Werbebroschüren vom Fußabstreifer zu nehmen und auf das Tischchen im Flur zu legen. Als sie die Tür öffneten, schlug ihnen ein durchdringender Geruch nach feuchtem Moder entgegen. Flora bekam eine Gänsehaut.

»Ich werf mal lieber die Heizung an«, sagte Fin und ging in die Küche zum Gasboiler, während Flora einen Blick ins Wohnzimmer warf. Von den wenigen Besuchen mit Fin bei Angus hatte sie es als gemütlich, aufgeräumt und freundlich im Gedächtnis. Sie erinnerte sich an das Teetablett und die zerbeulte Keksdose, an den gestreiften Strickteewärmer über der braunen Kanne, an den Stapel lokaler Zeitungen und die vergilbten Landkarten, die er gesammelt hatte. Ohne den persönlichen Touch von Angus wirkte der Raum traurig und ein wenig unheimlich. Flora setzte sich auf das braune Sofa und versuchte, sich hier ein Leben mit Fin vorzustellen. Gedanklich entfernte sie die verblichenen Tapeten und strich die Wände hell – weiß oder hellblau –, riss den beigefarbenen Teppichboden mit dem unruhigen Muster heraus und ersetzte die Möbel durch ihre eigenen … Doch das würde nicht geschehen. Fin hat gesagt, dass wir nicht hier wohnen müssen, dachte sie und betete, dass er es wirklich so meinte.

Nach den Fish and Chips zum Abendessen konnten sie in dem schmalen Gästezimmerbett unter dem verblichenen Bettzeug mit dem blauen Blumenmuster, das vermutlich aus den siebziger Jahren stammte und alt und verstaubt roch, wieder nicht schlafen.

»Was denkst du?«, fragte Fin. Draußen vor dem Fenster rauschte der vom Regen angeschwollene Fluss.

Tagsüber hatte sich das Haus ein wenig aufgewärmt, aber es herrschte nach wie vor eine kalte, leblose Atmosphäre darin, als wehrten sich die Mauern gegen sie und wollten ihren früheren Bewohner nicht loslassen. Flora kuschelte sich enger an Fin.

»Dass es mir hier nicht gefällt«, antwortete sie. Den ganzen Tag hatte sie so getan, als wäre alles in Ordnung, als müsste dieses düstere, geisterhafte Haus nur einmal gründlich von oben bis unten geputzt werden, um bewohnbar zu werden. Weil sie wusste, wie sehr es Fin immer noch beschäftigte, dass er nicht für Angus da gewesen war, als dieser im Sterben lag, hatte sie Rücksicht auf ihn genommen. Doch nun konnte sie nicht länger den Mund halten. Sie spürte Fin neben sich lachen.

»Ziemlich trist, was?«

Sie fiel erleichtert in sein Lachen ein. »Es ist schrecklich.«

»Was sollen wir machen?«

»In eine Pension umziehen? Dürfte um diese Jahreszeit in Inverness nicht sonderlich teuer sein.«

»Klingt bescheuert, wenn wir gratis hier wohnen könnten, aber ich kann dich verstehen.«

»Vielleicht sieht's am Morgen besser aus. Wenn sich das Haus weiter aufgewärmt hat.«

»Das bezweifle ich. Wie wär's mit zelten?«

»Ha, ha.«

»Nein … lieber nicht. Lass uns morgen früh noch mal nachdenken.«

Er begann, ihre Schulter zu streicheln, umfasste mit einer Hand ihre Brust, strich mit dem Finger über ihre Brustwarze, und schon waren sie dabei, einander zu lieben. Alles, was nichts mit ihren Körpern zu tun hatte, war plötzlich nicht mehr wichtig.

Die altersschwachen Bettfedern quietschten erbärmlich. Sie hatten kaum Platz, sich zu bewegen, und die Laken schoben sich unter ihnen zusammen. Flora merkte das erst, als Fin sich unvermittelt von ihr löste und aufs Kissen zurücksank.

»Kondome«, murmelte er. »Ich hab die Scheißkondome vergessen.«

Flora stöhnte frustriert auf.

»Keine Sorge. In meinem Alter ist die Wahrscheinlichkeit, von einem Mal schwanger zu werden, sehr gering.« Sie wusste nicht einmal mehr so genau, wann ihre letzte Periode gewesen war, die seit ihren Depressionen, während derer sie ganz aufgehört hatte, unregelmäßig kam.

»Bist du sicher?«

»Ja«, antwortete sie lachend und bedeckte seinen Körper so lange mit Küssen, bis er wieder hart war.

Doch im Moment des Höhepunkts zog er sich zurück und kam auf ihrem Bauch, was sie enttäuschte.

Am folgenden Morgen wachte sie auf, bevor es hell wurde. Sie tappte kurz zum Pinkeln ins Bad und huschte dann ins warme Bett zurück.

»Hey«, begrüßte Fin sie gähnend und nahm sie in den Arm. »Hast du schlafen können?«

»Erstaunlicherweise ja. Es ist noch früh am Tag.«

»Heute Nacht war wunderschön«, stellte er fest.

»Ja …« Sie zögerte, weil sie die Stimmung nicht verderben wollte. »Du warst … sehr vorsichtig.«

»Ich fand es zu riskant.«

»Das kann ich verstehen. Aber … hat sich deine Einstellung zu Kindern verändert?«

»Kinder im Allgemeinen oder Kinder im Besonderen? Ganz allgemein kann ich die Bälger nicht ausstehen.«

Sie stieß ihn in die Rippen. »Du weißt ganz genau, was ich meine.«

Er antwortete nicht sofort.

»Irgendwie ist jetzt nicht der richtige Zeitpunkt, oder? Ich bin noch nicht wieder gesund, wir haben kein Geld und keine ordentliche Bude.«

»Ich habe eine Wohnung. Wir haben eine. Ich kann darin bleiben, solange ich möchte. Das hat Prue mir versprochen.«

»Ja, aber eine kleine Souterrainwohnung mitten in London? Da kann man doch kein Kind großziehen.«

»Das ist keine Antwort auf meine Frage.« Sie rollte auf den Rücken, den Kopf unbequem auf Fins ausgestrecktem Arm. Und merkte, dass sich ihr Puls beschleunigte.

»Wir haben immer davon gesprochen, dass wir eines Tages Kinder wollen.«

»Das ist wieder keine Antwort auf meine Frage.«

Er seufzte. »Flo, ich weiß es einfach nicht. Sind wir nicht ein bisschen zu alt für Kinder? Soweit ich das von den Bälgern anderer Leute kenne, machen die ganz schön Arbeit. Und wie gesagt: Ich bin viel unterwegs. Du müsstest unser Kind praktisch allein aufziehen.«

Flora setzte sich auf und zog die dünne Bettdecke über ihre Schultern.

»Heißt das, du willst keine? Fin, sei ehrlich.«

Er schüttelte nervös den Kopf. »Bitte, schau mich nicht so an. Ich sage nur, dass es nicht einfach wird. Wenn du unbedingt ein Kind möchtest, machen wir das.«

»Wenn *ich* ein Kind möchte?« Sie kletterte über ihn hinweg aus dem Bett und begann sich anzuziehen.

Er ergriff ihren Arm. »Komm her. So war's nicht gemeint. Ich finde bloß, dass wir uns das gründlich überlegen und warten sollten, bis wir eine eigene Bleibe haben und ich weiß, ob ich wieder so viel unterwegs sein werde. Möglicherweise kann ich nie mehr klettern, jedenfalls nicht professionell. Was bedeutet, dass ich öfter daheim bin. Aber das ist alles noch nicht klar.«

Flora setzte sich im Slip aufs Bett.

»Im Moment käme ein Kind ungelegen, da stimme ich dir zu. Doch vielleicht ist dir eine kleine, aber wichtige Tatsache noch nicht aufgefallen: Ich bin Anfang vierzig und habe keine Zeit mehr zu warten, bis die Bedingungen ideal sind. Wenn ich nicht in den nächsten Monaten schwanger werde, ist der Zug abgefahren. Es könnte jetzt schon zu spät sein und wird mit Sicherheit riskant … für das Baby und möglicherweise auch für mich.«

»Riskant?«

»Ja. Downsyndrom, Frühgeburt …«

Er war entsetzt. »Warum sollen wir's dann überhaupt machen?«

Sie seufzte. »Frauen können auch mit über vierzig Kinder kriegen. Heutzutage klappt das, wenn sie gesund sind und vor der Geburt umfassend betreut werden, meistens ganz gut. Aber wenn du keine Kinder möchtest, brauchen wir uns nicht über die Risiken zu unterhalten.«

Fin zog sie zu sich herunter und legte die Bettdecke um sie. »Du bist ja eiskalt.«

»Fin, könnten wir das bitte ein für alle Mal klären? Du willst keine Kinder, stimmt's?«, fragte Flora, den Tränen nahe.

»Doch, doch. Ich liebe dich sehr, Flora Bancroft, und wenn eine kleine Ausgabe von dir im Haus rumspringen würde, wäre das das Schönste auf Erden …«

»Es könnte auch wie du aussehen.«

»Noch besser! Aber im Ernst: Für mich persönlich sind Kinder nicht die oberste Priorität. Doch es geht nicht nur um mich, ich will eine Zukunft mit dir. Und wenn für dich ein Kind dazugehört, werde ich es lieben bis an mein Lebensende.«

Flora zitterte trotz der Bettdecke. Die Leidenschaft, mit der er sprach, rührte sie. Sie wusste, dass er es ernst meinte. Aber wie würde es aussehen, wenn er tatsächlich mit einem kleinen Kind und allem, was dazugehörte, konfrontiert wäre?

»Cousin Tommy!«, stand unter dem Foto, als wäre Tommy ein lustiger Name. Doch der Mann auf dem Bild wirkte alles andere als amüsiert oder amüsant. Seine schulterlangen Haare im Stil der siebziger Jahre umrahmten ein breites, ein wenig mürrisches Gesicht.

»Keine Ahnung, wer er war … vielleicht ein Cousin von Mum.« Später am Morgen blätterten sie auf dem braunen Sofa Alben durch, die Fin in der untersten Schublade des Schreibtischs seines Vaters gefunden hatte.

Fin sprach nur selten über seine Mutter. Sie hatte in einem Lehrerfortbildungscollege im Lake District unterrichtet, wo Fin aufgewachsen war. In seinem dreizehnten Lebensjahr, erzählte er Flora, hatte sie sich im Krankenhaus eine kleine gutartige Geschwulst am Hals entfernen lassen. Trotz des positiven Operationsverlaufs war sie zwei Tage später zusammengebrochen und an einer Lungenembolie gestorben.

Flora betrachtete ein Bild von ihr, auf dem sie, eine Hand auf Fins Schulter, eine Picknickdecke unter ihren Füßen ausgebreitet, an einem Gebirgssee zu sehen war. Zu dem Zeitpunkt musste er etwa acht Jahre alt gewesen sein. Sie war groß und schlank, hatte die blonden Haare zu einem Pferdeschwanz gebunden und ein offenes, freundliches Gesicht. Auf dem Foto wirkte sie sehr jung.

»Wo warst du, als sie gestorben ist? Das hast du mir nie erzählt«, fragte Flora.

»In der Schule. Man hat mich aus der Mathestunde geholt.«

»Wie schrecklich.«

»Offen gestanden erinnere ich mich nicht mehr an viel. An die Beerdigung … und daran, dass ich ständig gefragt wurde, ob alles in Ordnung ist. Ich habe Ja gesagt, weil ich nicht wusste, was ich sonst antworten soll.«

»Wie ist dein Vater damit zurechtgekommen?«

Fin lehnte sich auf dem Sofa zurück. »Du weißt ja, wie Dad war. Er hat nicht viel geredet und einfach so getan, als ob nichts passiert wäre. Und ich hab's genauso gemacht.«

»Dürfte für euch beide nicht gut gewesen sein.«

Fin begann, ihren Rücken zu massieren. »Wahrscheinlich nicht. Aber das ist lange her.«

Am Nachmittag spazierten sie am Fluss entlang. »Ich wünschte, ich könnte losziehen und den Tag in den Hügeln verbringen.« Fin blickte sehnsüchtig in Richtung Berge. »Gott, wie mir das fehlt.«

»Bist du sicher, dass dein Bein das noch nicht aushält? Nicht mal eine kleine Wanderung?«

»Ich will nichts riskieren. Es tut mir ja schon bei einem Spaziergang wie diesem weh.«

»Davon kriege ich nichts mit, weil du nicht humpelst, und du beklagst dich auch nur, wenn ich dich frage.«

»Schließlich bin ich ein tapferer, furchtloser Sportsmann, dem Einsamkeit, Lawinen und Frostbeulen nichts anhaben können. Ein harter Kerl wie ich jammert nicht.« Er schwang ihre Hand beim Gehen.

»Nächstes Jahr bist du wahrscheinlich wieder in den Bergen unterwegs.«

Fin blieb stehen. »Und wie wirst du damit zurechtkommen, wenn ich wochenlang weg bin wie früher?«

»Das wird mir nichts ausmachen. Es hat mich nie gestört. Solange ich nicht irgendwo sitze, wo ich keine Menschenseele kenne.«

»Wie zum Beispiel hier, meinst du.«

»Das ist nicht gesagt. In dieser Gegend kenne ich mich bloß noch nicht so gut aus.«

Sie gingen, die Wintersonne warm auf ihren Gesichtern, weiter, aber eine latente Spannung verdarb ihnen die Freude.

»Du willst in London bleiben, stimmt's? In der Nähe deiner Schwester.«

»Nein …«

»Wo möchtest du dann leben?«

»Ich weiß es nicht … In Brighton waren wir doch glücklich, oder?«

Fin seufzte. »Ja. Aber wenn ich nicht mehr die großen Sachen machen kann – den Himalaja und so –, muss ich Kurse geben und Klettertouren führen. Und dazu muss ich in einer gebirgigen Gegend wohnen. Die Kletterwand in Brighton ist nicht gerade eine berufliche Herausforderung.«

»In der einen Minute sagst du, du wirst viel unterwegs sein, und in der nächsten, du willst in der Umgebung arbeiten. Entscheide dich.«

Angespanntes Schweigen.

»In London hatte ich den Traum, dass du dich in Inverness und Dads Haus verlieben würdest. Hier wäre alles so einfach.«

Flora antwortete nicht sofort. Als sie wieder mit Fin zusammengekommen war, hatte auch sie gedacht, dass alles ganz leicht werden würde: Entweder sie würden einander lieben oder eben nicht. Wenn ja, würde ihre Liebe ihnen genügen. Über die Details eines gemeinsamen Lebens hatte sie nicht nachgedacht.

»Du hast selber gesagt, dass wir nichts beschließen können, solange du nicht weißt, was mit deinem Bein los ist. Also hat's keinen Sinn, jetzt schon über die Zukunft zu diskutieren, oder?«

»Du hast die Sache mit den Kindern aufgebracht«, erinnerte er sie. »Und du bist diejenige, die Dads Haus nicht leiden kann.«

»Das ist nicht fair! Du findest es doch auch ziemlich düster.«

»Ich weiß nicht, wie ich dich glücklich machen soll, Flo«, sagte Fin mit Opfermiene. »Ich tue alles, was du möchtest, aber in London kann ich nicht leben.«

»Kapiert. Du scheinst mich für ein verwöhntes Prinzesschen zu halten, weil ich nicht sofort alles hinschmeißen und an diesen eisigen, finsteren Ort ziehen will.«

Fin hob die Hände. »Schau dich um! Hier ist es schön. Die Sonne scheint, der Fluss und die Berge sind einfach atemberaubend. Ich kann nichts Eisiges oder Düsteres entdecken.«

»Okay … Aber gestern war's so …«

»Und morgen wird's wahrscheinlich wieder so sein«, meinte Fin grinsend.

»Waffenstillstand?«

»Waffenstillstand.«

Dominic brachte seiner Großtante einen weiteren Scheck.

»Diesmal fast fünfhundert … na ja, vierhundertfünfzig, abzüglich der Provision.« Er reichte Dorothea den Scheck.

»Wofür ist der?«, fragte sie.

»Für den Eckstuhl, Tante Dot. Weißt du noch? Den habe ich letztes Mal mitgenommen, weil du gesagt hast, du brauchst ihn nicht mehr. Ist gut gelaufen, was?«

Sie las den Betrag mit zusammengekniffenen Augen. »Vielen Dank.«

»Bestimmt hast du nicht erwartet, dass ich so viel dafür rausschlagen würde.«

Die alte Dame sah ihn mit einem spöttischen Lächeln an. »Ich hatte sogar noch viel mehr erwartet.«

Verblüfftes Schweigen. Flora, die gerade den Tee einschenkte, konnte Dominics Blick zuerst nicht so recht deuten. Berechnend, ja, genau das ist es, dachte sie dann. Wie ein Kind, das man mit der Hand im Bonbonglas erwischt hat und das sich schnell eine gute Ausrede einfallen lassen muss.

»Tante Dot! Fünfhundert Pfund sind für diesen Stuhl ziemlich viel!«

»Hattest du nicht gesagt, er ist aus der Zeit von George II.? Mein Vater hat Möbel aus der Zeit von George II. gesammelt. Immer nur die beste Qualität.«

Wieder einmal erstaunte es Flora, wie die alte Dame sich im einen Moment kaum Marys Namen merken konnte und sich im nächsten ganz genau an einen Stuhl und seine Herkunft erinnerte, der schon Wochen weg war.

»Zugegeben, ein schönes Stück, aber leider war an einer der Armlehnen eine kleine, ungeschickt zugespachtelte Scharte«, erklärte Dominic ihr mit aufrichtiger Miene.

»Tatsächlich? Davon weiß ich nichts. Trotzdem könnte ich mir vorstellen, dass er einiges wert war.«

Dominic gab ein missbilligendes Geräusch von sich. »Tante Dot, fast fünfhundert Pfund für einen Stuhl *ist* viel in Zeiten der Rezession!«

»Tee?« Flora reichte ihm Tasse und Untertasse und blieb mit dem Milchkännchen neben ihm stehen.

»Danke, vielen herzlichen Dank, sehr freundlich, Flora«, sagte er überhöflich, um seine Verlegenheit zu überspielen. »Ich dachte, du würdest dich freuen«, wandte er sich ein wenig pikiert an seine Tante.

»Ich bin froh, dass du ihn losgeworden bist«, erklärte Dorothea. »Ich brauche ihn nicht mehr.«

Dominic strahlte. »Bei solchen Dingen kann man sich leicht täuschen. Besonders wenn man nicht so viel damit zu tun hat wie ich.«

»Täusche ich mich?«, fragte sie, plötzlich mit sehr wachem Blick.

Als er ging, kam er nicht wie sonst in die Küche, um sich zu verabschieden, sondern rief einen Gruß vom Flur aus. Flora begleitete ihn zur Tür. Sie sah, dass er ein kleines Gemälde unter dem Arm hatte – das Landschaftsbild von der Wand über dem Schreibtisch im Wohnzimmer. Flora hatte keine Ahnung, von wem es stammte.

»Äh … Tante Dot hat mich gebeten, das als Nächstes zu verkaufen. Sie scheint in Fahrt zu kommen und alle ihre Besitztümer loswerden zu wollen.«

»Aha. Als Dorothea Renée gegenüber erwähnt hat, dass Sie einige ihrer Sachen verkaufen wollen, schien Renée nichts davon zu wissen. Sie hatten mir gesagt, Sie hätten mit ihr gesprochen.«

»Ja. Ich habe ihr eine Nachricht hinterlassen. Wahrscheinlich hat sie sie versehentlich gelöscht.«

»Würden Sie diesmal bitte wirklich mit ihr reden? Es wäre unschön, wenn wir Pflegerinnen in den Verdacht gerieten, uns Dinge anzueignen.«

»Natürlich, Flora. Wie Sie wissen, kann Renée manchmal ein bisschen kompliziert sein.« Er senkte verschwörerisch die Stimme. »Ich meine, sie macht das wirklich gut, und ich bin ihr sehr dankbar für ihr Engagement, aber hin und wieder habe ich den Eindruck, dass sie Tante Dot gegenüber ein bisschen zu besitzergreifend ist.«

»Sie versucht lediglich, sie zu schützen«, erwiderte Flora.

»Ja, ja, natürlich. Wie gesagt: Dafür bewundere ich sie sehr. Ich glaube nur, dass sie uns allen gegenüber bisweilen unnötig misstrauisch ist. Ich würde nicht im Traum daran denken, jemanden zu betrügen! Schon gar nicht meine liebe alte Tante.« Sein verletzter Gesichtsausdruck erinnerte Flora an Pia.

»Und was ist das Bild Ihrer Meinung nach wert?«

Er hielt es achselzuckend ins Licht. »Nicht viel. Ein John Bowman. Obwohl seine Werke noch immer von einigen Liebhabern gesammelt werden, war er kein sonderlich wichtiger viktorianischer Künstler. Landschaftsbilder sind im Moment nicht in, aber wenn sie es loswerden will, tue ich ihr den Gefallen. Sollte ein paar hundert Pfund einbringen, womit wir bei bisher ungefähr tausend wären. Das ist nicht zu verachten.«

»Stimmt«, pflichtete Flora ihm bei, die sich fragte, wie viele tausend Pfund er für sich selbst behielt und ob er tatsächlich nur das Beste für seine Tante wollte.

Als Flora am Abend von der Arbeit nach Hause kam, schlief Fin auf dem Sofa. Seit ihrer Rückkehr aus Schottland zwei Wochen zuvor war er immer missmutiger geworden, obwohl die letzten Tage ihres Kurzurlaubs wunderschön gewesen waren. Das Wetter hatte gehalten und das Haus allmählich ein wenig wohnlicher gewirkt. Beide hatten nicht mehr von der Zukunft gesprochen; sie waren lachend im Sonnenschein spazierengegangen und hatten einander geliebt, als hätten sie keine Sorgen. Die Tage waren im Nu verflogen.

»Hey …« Als sie ihn berührte, hob er kurz den Kopf vom Kissen. »Himmel, wie spät ist es?«

»Viertel vor neun. Alles in Ordnung?«

Er richtete sich auf und rieb sich das Gesicht mit beiden Händen. »Muss eingedöst sein. Sorry … Ich hab noch nicht mal mit dem Kochen angefangen.«

»Macht nichts. Was sagen die Ärzte im Krankenhaus?«

»Das, was ich gehofft habe: dass es endlich bergauf geht.«

»Super … oder?«

»Ja … klar.«

Sie setzte sich zu ihm. »Aber?«

»Es wird also besser. Na und?«

Sie war entsetzt über die Verzweiflung in seiner Stimme.

»Flo, ich fühle mich schwach und elend. Ich habe keine

Arbeit, kein Geld und keine Zukunft. Gut, mit meinem Bein geht's aufwärts. Aber der Arzt meint, es wird Monate dauern, bis ich wieder richtig klettern kann, und dann muss ich wegen meines Rückens aufpassen. Dabei ist mir jetzt schon sterbenslangweilig, wenn ich nur rumhängen und Hausmann spielen kann.«

Flora versuchte, nicht über seine Worte verletzt zu sein. »Vielleicht solltest du eine Weile nach Inverness fahren und trainieren.«

»Kommst du mit? Hier hält dich doch nichts außer dieser sterbenden alten Frau.«

Sie bekam ein flaues Gefühl im Magen. Er redete die ganze Zeit von dem Leben, das sie haben würden, wenn sie sich erst einmal eine Existenz in Schottland aufgebaut hätten. Flora musste ihn immer wieder an ihren Job erinnern.

»Was ist«, sagte er gerade, »wenn sie noch mal zwei, drei oder sogar vier Jahre lebt? Das ist bei deiner guten Pflege durchaus drin. Willst du in vier Jahren immer noch bei ihr arbeiten?«

»So lange wird sie nicht mehr leben. Aber es könnte gut sein, dass ich bis zum Schluss bei ihr bleibe.«

»Es könnte sein?« Fin bedachte sie mit einem triumphierenden Blick. »Dann ist es also nicht in Stein gemeißelt, und du hörst vielleicht auf, wenn es sich zu lange hinzieht. Aber *jetzt* willst du nicht.« Er hob die Arme. »Das kapier ich nicht.«

Flora stand auf. Benutze ich Dorothea nur als Ausrede?, fragte sie sich. Würde ich Fin, ohne zu zögern, folgen, wenn sie morgen starb? Flora versuchte, sich in den frustrierten Fin hineinzuversetzen.

»So war's nicht gemeint. Ich habe ›könnte sein‹ gesagt, weil wir über eine Situation sprechen, deren Ausgang nicht abzusehen ist. Ja, es könnte durchaus sein, dass ich bei ihr bleibe, bis sie stirbt. Aber sie wird mit jedem Tag schwächer, das habe ich nach meiner Rückkehr aus Schottland gemerkt.«

Fin fing an, in dem kleinen Raum auf und ab zu laufen. Nach einer Weile blieb er, die Hände in die Hüften gestemmt, vor Flora stehen.

»Du vertraust mir nicht, stimmt's? Deswegen willst du nicht mitkommen.« Er sah sie an.

»Du kennst den Grund.«

»Wie lange soll ich noch den reuigen Sünder geben, Flo? Ich kann nur immer wieder sagen, dass es mir leidtut. Gut, ich habe also einen Fehler gemacht, aber willst du mir nicht endlich verzeihen? In Schottland waren wir so glücklich miteinander.«

Er streckte die Arme nach ihr aus, doch sie wich zurück.

»Es geht nicht um dich, Fin, oder darum, dass ich dir verzeihe, sondern um *mein* Leben. Ich habe es dir schon tausendmal gesagt: Ich lasse Dorothea nicht im Stich. Der Gedanke, nach Schottland zu gehen, ist verführerisch, aber wir haben dort beide keinen Job. Wie soll das funktionieren?«

Sie schob sich, vor Entrüstung am ganzen Körper bebend, an ihm vorbei.

»Danke, dass du mich daran erinnerst.« Fin folgte ihr ins Schlafzimmer, wo sie auf die Bettkante sank.

»Tut mir leid, Flo, wirklich. Bitte, komm zurück …«

»Du liegst mir ständig wegen meiner Arbeit in den Ohren«, beklagte sie sich. »Das ist nicht fair.«

Er setzte sich neben sie. »Ich weiß, ich weiß. Flo, bitte schau mich an. Es tut mir leid. Das eben war gemein. Die Sache mit meinem Rücken hat mir einen Schrecken eingejagt. Der Arzt hat mich mehrfach darauf hingewiesen, dass ich meine Wirbelsäule nicht zu sehr belasten darf. Und als ich ihn gefragt habe, wie lange es dauern wird, bis ich wieder ganz in Ordnung bin, hat er geantwortet: ›Unter Umständen wird's überhaupt nicht mehr. Sie haben sich ernste Verletzungen zugezogen.‹ Als ob ich das nicht selber wüsste.« Er seufzte. »Und dann hat er mit einem ziemlich strengen Blick hinzugefügt: ›Sie wollen doch nicht im Rollstuhl landen, oder?‹ … Himmel.«

Er nahm ihre Hand und küsste sie sanft.

»Ich liebe dich so sehr. Du liebst mich doch auch, oder? Bitte sag mir, dass du mich liebst, Flo.«

Als sie den Schmerz in seinen Augen sah, verspürte sie tatsächlich überwältigende Liebe für ihn, die jedoch nicht von Freude geprägt war, sondern sie eher an Mitleid erinnerte.

»Ja, ich liebe dich«, flüsterte sie. Zum ersten Mal sprach sie es laut aus. Und es war die Wahrheit. Sie hoffte nur, dass das genügte, weniger für ihn als für sich selbst.

Er strahlte. »Endlich. Ich hatte schon gedacht … Vielleicht findest du mich ohne diese ganze Machokletterssache nicht mehr attraktiv …«

Sie musste lachen. »Ich liebe dich nicht, weil du kletterst, Fin.«

»Nein? Aber das spielt doch auch eine Rolle, oder?«

Sie kuschelte sich an ihn. »Ja, es ist ein Teil von dir und somit ein Teil dessen, was ich liebe. Aber du musst nicht klettern, damit ich dich liebe.«

Fin seufzte tief. »Das trifft sich gut, denn nach allem, was der Arzt sagt, erscheint es mir immer unwahrscheinlicher, irgendwann mal wieder ernsthaft damit anfangen zu können.«

Vierzehn

8. Dezember

»Ich müsste dich um einen Gefallen bitten. Kannst du den Samstagabend für mich übernehmen?«, fragte Mary Flora am Montagmorgen. »Meine Schwester kommt übers Wochenende aus Dublin.«

»Klar.« Flora hörte das Zögern in ihrer Stimme.

»Wenn's nicht geht, bitte ich Renée, jemand anders zu suchen. Oder Pia … Allerdings nur ungern.«

»Nein, nein, schon in Ordnung.« Der Gedanke an eine Nachtschicht freute Flora zwar nicht gerade, aber sie schuldete Mary noch etwas.

»Bist du sicher, dass Loverboy eine Nacht ohne dich verkraftet?«, scherzte Mary.

»Ja.«

Als sie nach Hause kam, war Fin unter der Dusche.

»Keine Sorge«, rief er. »Das Essen ist fertig.« Kurz darauf trat er, köstlich nach Ingwerduschbad duftend, in T-Shirt und Jogginghose heraus und küsste sie, bevor er den Herd anschaltete, auf dem ein Topf mit Gemüsesuppe stand.

»Am Samstag muss ich die Nachtschicht machen. Marys Schwester kommt aus Irland zu Besuch.«

Fin stöhnte. »Warum können sich die keine andere suchen? Du arbeitest doch die ganze Woche dort.«

»Möglich wär das schon, aber Dorothea würde die betreffende Person nicht kennen. Und als wir in Schottland waren, hat Mary auch die Schichten für mich übernommen.« Sie setzte sich.

Fin nahm die Suppenteller aus dem Schrank, schnitt das Brot auf, rieb den Käse und machte den Salat an. Dann reichte er ihr ein Glas Rotwein.

»Fühlt ihr euch nicht überlastet? Und leidet die Pflege der alten Dame nicht darunter, dass ihr Pflegerinnen ausgepowert seid?«

Sie lachte. »Ich werde nicht viel tun müssen. Normalerweise wacht sie nachts nur ein- oder zweimal auf. Und es bringt zusätzliches Geld.«

»Warum spielt es dann eine Rolle, wer bei ihr ist? Das merkt sie doch gar nicht. Außerdem wollten wir am Samstagabend mit Bel Pizza essen und einen Film anschauen. Hast du das vergessen?«

»Das können wir am Nachmittag machen. Ich muss erst um acht dort sein. Bel hat bestimmt nichts dagegen.«

»Fragst du trotzdem, ob sich jemand anders findet?«

»Ich hab Mary schon zugesagt.«

»Aber es ist nicht ihre Aufgabe, einen Ersatz aufzutreiben, sondern die von Renée, oder?«

»Fin, würdest du bitte damit aufhören? Es ist doch nur eine einzige Nacht.«

Er schüttelte den Kopf.

»Es geht nicht um diese eine Nacht, sondern ums Prinzip. Du bist ihre Pflegerin, Flo, nicht ihre Tochter. Du solltest dich nicht verpflichtet fühlen, dir so viele Gedanken über sie zu machen.«

Flora stellte ihr Glas auf den Tisch.

»Mein Beruf unterscheidet sich nun mal von den meisten anderen. Und möglicherweise habe ich mich tatsächlich zu sehr darauf eingelassen.«

»In der Notaufnahme würde man keine Zwölfstundenschichten von dir erwarten, oder?«

»Nein. Ich kann dir nur immer wieder sagen, dass das mit Dorothea im Moment eben mein Job ist. Manchmal habe ich fast das Gefühl, du bist eifersüchtig auf sie.«

»Mache ich mich lächerlich?«, fragte er mit einem verlegenen Grinsen. »Für mich ist der Tag nur so verdammt lang. Wenn ich allein hier rumsitze, komme ich ins Grübeln.«

»Oje, die Suppe!«

Er eilte an den Herd, um den Topf von der Platte zu nehmen.

Als sie auf dem Sofa sitzend aßen, fragte Flora: »Hast du noch mal drüber nachgedacht, nach Norden zu gehen?«

Fin nickte stumm.

»Und?«

Er holte tief Luft. »Ich fahre rauf, vielleicht eine Woche. Aber ich habe Angst, dass du mich dann nicht mehr willst.«

»Wie meinst du das?«, fragte sie erstaunt. Fin war immer unabhängig gewesen – manchmal sogar zu sehr –, und nun klang er, als fürchtete er sich davor, ein paar Tage von ihr getrennt zu sein.

»In letzter Zeit bin ich ziemlich eklig gewesen. Ich lasse meine Launen an dir aus, das weiß ich. Wahrscheinlich gehe ich dir auf die Nerven.«

Ihre Gedanken wanderten in die Zeit zurück, bevor er sie verlassen hatte. Damals hatte sie sich immer gefreut, wenn er nach mehreren Wochen durchtrainiert und braun gebrannt nach Hause gekommen war und ihr von seinen Abenteuern erzählt hatte. Sie waren sich in die Arme gefallen und hatten miteinander geschlafen, als wäre es das erste Mal, und nur selten gestritten. Und obwohl sie ihre Arbeit liebte, war Fin ihr Lebensinhalt gewesen. Wie real war das alles gewesen?, fragte sie sich nun.

»Meinst du, sie wird Weihnachten erleben?«, wollte er wissen.

»Keine Ahnung. Das sind nur noch zwei Wochen. Würdest du bitte damit aufhören?«

»Bestimmt arbeitest du an Weihnachten, oder?«

»Nein. Die Feiertage übernimmt wie immer Mary. Sie behauptet, dass sie das gern macht. Und Renée besucht Dorothea. Für Dorothea wird es wahrscheinlich so wie alle Tage sein. Sie hasst großes Gedöns.«

Am Samstagabend begrüßte Pia Flora mit einem zuckersüßen Lächeln. Flora musste daran denken, dass Mary gesagt hatte, beim Anblick der Filipina stellten sich ihr die Nackenhaare auf. Nun begriff sie, warum.

»Alles in Ordnung?«, erkundigte sich Flora.

Pia nickte. »Wir hatten schönen Tag. Miss Dorothea ist zufrieden. Wir waren in Park. Ihr geht gut.«

»Ich sage kurz Hallo zu ihr.«

Flora klopfte, bevor sie das Schlafzimmer der alten Dame betrat. Dorothea lag mit dem Gesicht zur Wand und reagierte nicht auf Floras Gruß. Als Flora ihr sanft die Hand auf die Schulter legte, zuckte sie zusammen.

»Dorothea, ich bin's … Flora.«

Die alte Dame wandte sich ihr zögernd zu.

»Flora …« Sie blinzelte sie an. »Ist heute Montag?«

»Nein, Samstagabend. Heute Nacht bleibe ich statt Mary bei Ihnen. Sie hat ihre Schwester aus Irland zu Besuch.«

Dorothea ergriff ihre Hand. »Sie bleiben?« Sie blickte an ihr vorbei zur Tür.

»Ja, ich verbringe die Nacht hier.«

Dorothea seufzte, ohne Floras Hand loszulassen.

Flora sah die Angst im Gesicht ihrer Schutzbefohlenen. Das also hatte Mary gemeint. »Ich rede kurz mit Pia.« Sie versuchte, ihre Hand aus der der alten Dame zu lösen, doch die hielt sie fest.

»Sie bleiben … jetzt?«

Flora streichelte ihre Finger. »Ja. Ich muss nur schnell mit Pia sprechen und komme gleich wieder zurück.«

»Sie geht?«

»Ja.«

Dorothea lockerte ihren Griff.

»Sie scheint Angst zu haben«, teilte Flora Pia mit, die in der Küche wartete.

»Ich glaube, sie ist müde. Ist meine Schuld. Wir hatten viel Spaß, war vielleicht zu viel für sie.«

»Du warst mit ihr im Park. Was hast du sonst noch mit ihr unternommen?«

Pias Miene hellte sich auf. »Ach, wir trinken Tee, und ich bringe Kuchen mit. Wir schauen alte Film in Fernsehen. Und wir reden ganze Tag. Ich glaube, sie ist nicht gewöhnt.«

Flora fragte sich, ob das als Kritik an ihr gemeint war.

»Klingt gut.«

»Ich schreibe alles in Buch«, erklärte Pia und zupfte ihren Pony zurecht.

»Gut, danke. Bis morgen früh dann.«

Als Pia gegangen war, kehrte Flora zu Dorothea zurück.

»Ist sie weg?« Nun wirkte die alte Dame hellwach.

»Ja. Dorothea … Bitte erzählen Sie mir, was heute passiert

ist.« Flora setzte sich auf die Bettkante und nahm noch einmal ihre Hand.

»Passiert?«

»Ja, mit Pia, der Pflegerin. Sie scheinen froh zu sein, dass sie fort ist. Was war los?«

Dorothea senkte den Blick. »Ich weiß nicht, was Sie meinen.«

Flora drückte ihre Hand. »Sie können es mir ruhig sagen. Warum sind Sie so verstört?«

»Wirke ich verstört?«

»Ja, den Eindruck habe ich zumindest. Was haben Sie heute unternommen?«

Dorothea antwortete nicht sofort.

»Wir waren im Park … sonst war nichts Besonderes.«

»Sie sagt, sie hätte Ihnen Kuchen mitgebracht.«

Beim Wort »Kuchen« begannen Dorotheas Augen vor Zorn zu glühen.

»Sie bringt mir jedes Mal Kuchen«, zischte sie mit zuckenden Lippen.

Flora musste an den Ausbruch der alten Dame beim Tee ein paar Wochen zuvor denken.

»Und den mögen Sie nicht.«

Dorothea wich ihrem Blick aus. »Es ist sehr nett von ihr …«

»Dorothea!« Flora hob in ihrer Frustration die Stimme. »Was ist los? Sagen Sie es, wenn Sie Pia nicht mögen. Ich verspreche Ihnen, ihr nichts zu verraten.«

Einen Moment schwieg die alte Dame. »Ich habe nie gesagt, dass ich sie nicht mag«, erklärte sie mit Nachdruck.

»Okay … Aber es sieht so aus.« Flora stand auf. »Wenn Sie uns erklären würden, was los ist, könnten wir etwas unternehmen und sie loswerden. Sie müssen sie nicht ertragen. Renée kann eine andere Pflegerin für Sie organisieren.« Sie zog Dorothea ein wenig hoch, damit sie die Kissen aufschütteln konnte.

»Das glaube ich nicht.«

Flora sah Dorothea an. »Wie meinen Sie das? Natürlich kann sie das. Gleich morgen, wenn Sie möchten.« Flora hielt den Atem an. Sag's mir, dachte sie.

»Ich will Renée keine Umstände machen.«

»Das sind keine Umstände. Sie muss nur bei der Agentur anrufen, und die kümmern sich drum. Es ist wirklich kein großer Aufwand.«

Dorothea sank aufs Kissen zurück und schloss erschöpft die Augen. »Mir wäre es lieber, Sie ließen die Dinge, wie sie sind«, flüsterte sie.

Am liebsten hätte Flora sie geschüttelt, um die Wahrheit aus ihr herauszubekommen, doch sie wusste, dass sie sie nicht drängen durfte. Sie schob die Arme der alten Dame unter die Bettdecke und schaltete das Licht aus.

»Gute Nacht«, sagte sie, ohne eine Antwort von Dorothea zu erhalten.

Flora sah bis etwa zehn Uhr fern und schlüpfte dann in ein T-Shirt, eine Jogginghose und ein Paar von Fins Klettersocken. Im Schwesternzimmer neben dem von Dorothea befand sich ein stahlhartes Einzelbett, das vermutlich noch aus der Vorkriegszeit stammte. Es hatte eine uralte Rosshaarmatratze, und die rostigen Bettfedern standen so heraus, dass Flora Mühe hatte, eine bequeme Liegeposition zu finden. Außerdem war die Polyesterfüllung der schmalen Bettdecke kaum warm genug für die kühle Dezembernacht. Flora wusste, dass sie nicht viel schlafen würde, und fragte sich, wie Mary das Nacht für Nacht aushielt.

Offenbar döste sie trotzdem ein, denn sie schreckte hoch, als

Dorotheas Glocke ertönte. Flora wälzte sich benommen und fröstelnd aus dem Bett.

»Ich bin da«, erklärte sie der alten Dame, ohne das große Licht einzuschalten, weil das im Flur hell genug war, um etwas zu sehen. »Wollen Sie zur Toilette?«

Dorothea nickte, machte jedoch keine Anstalten, sich aufzusetzen.

»Ich … Ich fühle mich nicht gut.«

»Ist Ihnen übel?«

Die alte Dame schüttelte den Kopf. »Heiß … Mir ist heiß …«

Flora legte die Hand auf Dorotheas glühend heiße Stirn und schaltete hastig das Licht an. Die Wangen der alten Dame waren rot, ihre Augen glänzten fiebrig.

Flora holte das Thermometer. 39,2 Grad.

»Haben Sie Kopfschmerzen?«

Einen Moment wirkte Dorothea verwirrt. »Ja.« Sie hob die Hand an ihre Wange. »Ich glaube, ich kann nicht aufstehen.«

»Das müssen Sie auch nicht. Ich bringe Ihnen die Bettpfanne.«

Flora sah auf ihre Uhr. Es war kurz vor Mitternacht. Sollte sie den Arzt rufen? Dorothea hatte hohes Fieber, möglicherweise Grippe. War sie deswegen zuvor so unruhig gewesen?

Obwohl sie Dr. Kent nur ungern störte, beschloss sie, ihn anzurufen, weil sie wusste, dass er nachts manchmal Bereitschaft hatte. Außerdem vertraute sie anderen Ärzten im Notdienst nicht, weil diese, wenn es nicht gerade um Leben und Tod ging, ziemlich unfreundlich und ungeduldig sein konnten.

Er ging sofort ran.

»Hallo, Flora«, begrüßte er sie mit verschlafener Stimme. »Was gibt's?«

Als sie es ihm erklärt hatte, versprach er, zehn Minuten später bei ihr zu sein.

Er traf in Jeans, marineblauem Pullover und Trenchcoat ein.

»Ist verdammt kalt da draußen.« Er rieb die Hände aneinander, stellte seine Tasche ab und zog Mantel und Schal aus.

»Tut mir leid, dass ich Sie mitten in der Nacht rausgeholt habe. Aber ich finde, über neununddreißig Grad sind ein bisschen viel.«

»Allerdings. Ich seh sie mir mal an.«

»Hallo. Flora sagt, Sie fühlen sich nicht gut.«

Die alte Dame lächelte matt, als er sie vorsichtig untersuchte.

»Kratzt es im Hals?«

Sie nickte, versuchte zu schlucken und begann zu husten.

»Wann haben Sie gemerkt, dass sie Fieber hat?«, fragte er Flora.

»Gerade eben. Als ich sie fürs Bett fertig gemacht habe, war noch alles in Ordnung.«

»Vermutlich eine Grippe; die Symptome deuten darauf hin. Ich gebe ihr Tamiflu.«

»Sie wurde im September geimpft.«

»Im Moment ist eine ziemlich aggressive Variante unterwegs. Die Zeitungen wissen noch nichts davon, und ich hatte bisher auch nur zwei Fälle, aber ein Kollege in den Midlands klagt über eine regelrechte Epidemie.«

Im Flur zögerte er. »Könnte ich einen Tee kriegen?«

»Ja, klar, sorry. Ich dachte, Sie wollen bestimmt so schnell wie möglich zurück ins Bett.«

»Ich habe erst morgen Nachmittag Dienst und weiß, dass ich noch nicht gleich wieder schlafen kann.«

Sie setzten sich, jeder mit einer Tasse Tee, ins Wohnzimmer.

Das gedämpfte Licht und die Stille schufen eine ungewöhnlich intime Atmosphäre.

»Diesmal belästige ich Sie nicht mit meinen Problemen«, versprach Flora.

Schweigen.

»Sehen Sie? Wenn wir nicht über Sie oder die Tatsache, dass Menschen sich nicht ändern, reden, haben wir keine Gesprächsthemen.«

»Das liegt daran, dass wir eine eher merkwürdige Beziehung zueinander haben.«

»Ja?«

Flora nickte. »Wir sind nicht ganz Kollegen oder Freunde und müssen professionell miteinander umgehen. Ich habe mit meinem Jammern über meinen Freund gegen die Regeln verstoßen.«

»Sollen wir uns dann einfach nur über den Preis von Inkontinenzhilfen unterhalten?«, fragte er belustigt.

»Keine Ahnung, wie es funktionieren könnte. Wenn wir in einem Krankenhaus oder einer Praxis wären, würden wir ganz normal zusammenarbeiten. Aber hier stehen wir im Flur herum und flüstern miteinander.«

»Tja, ist wohl so.«

»Diese Wohnung schafft eine bizarre Art der Vertrautheit«, fuhr sie fort. »Wir werden eine Weile zusammengeworfen, irgendwann ist es vorbei, und wir sehen uns nie wieder.«

»Mir gefällt der Gedanke nicht, dass wir …« Er verstummte.

Sie nahm einen Schluck Tee. »Erzählen Sie mir von Ihrem Tanzabend.«

Er grinste. »Da gibt's nicht viel zu erzählen. Ich bin kein sonderlich guter Tänzer, aber ich liebe es.«

»Bestimmt stellen Sie Ihr Licht unter den Scheffel.«

»Glauben Sie mir, das tue ich nicht.« Er schwieg kurz. »Kommen Sie, ich zeige es Ihnen.«

Sie lachte. »Ich habe Ihnen doch gesagt, dass ich nicht tanzen kann. Außerdem wecken wir damit Dorothea.«

»Keine Angst. Ich bin ganz leise.« Er zog sie hoch, legte die rechte Hand um ihren Körper und ergriff ihre Linke. Ihr war sehr bewusst, dass sie nur ein dünnes T-Shirt ohne Büstenhalter trug. »Können Sie Walzer tanzen?«

Sie verzog das Gesicht.

»Okay, linkes Bein nach hinten und zur Seite ... folgen Sie einfach mir.« Er summte leise *Annie's Song* von John Denver – eines der Lieblingslieder ihrer Mutter, das sie wieder und wieder aufgelegt hatte – und führte sie in gemächlichem Tempo in dem gedämpften Licht zwischen den Möbeln hindurch. »*You fill up my senses ...*«, sang er. »Nicht auf die Füße schauen ... ganz locker.«

Er zog sie näher zu sich heran. Sie versuchte lachend, seinen Schritten zu folgen, stolperte ein paarmal, lernte aber schnell. Schon bald überließ sie sich ganz dem Rhythmus und fand Gefallen daran, in den starken Armen des Arztes mit ihm zu singen: »*Like a night in a forest ...*«

»Sie sind ein Naturtalent«, flüsterte er atemlos, als sie sich lachend aufs Sofa fallen ließen.

»Das war toll!«

»Kommen Sie doch einfach mal mit. Es würde Ihnen gefallen.«

Eine Weile saßen sie schweigend da. Dabei musterte er sie mit seinen braunen Augen so intensiv, dass sie sich irgendwie nackt fühlte. Als sie merkte, wie sie errötete, verschränkte sie die Arme vor dem Körper.

»Was mache ich nur? Tanze mitten in der Nacht im Schlafgewand hier herum«, scherzte sie, um die plötzlich entstandene Spannung zu kaschieren.

Er senkte den Blick. »Das hat Spaß gemacht«, murmelte er und leerte seine Tasse. »Jetzt gehe ich wohl lieber.« Er erhob sich vom Sofa.

Flora stand ebenfalls auf. Ihre Verlegenheit ließ sie gestelzt und förmlich klingen. »Danke, dass Sie gekommen sind. Wahrscheinlich hätte es bis morgen früh warten können.«

»Nein. Sie musste so schnell wie möglich das Tamiflu kriegen, damit es wirkt.«

Nun sprachen sie wieder ganz professionell miteinander, wie Arzt und Pflegerin.

»Sie wissen, was zu tun ist. Sorgen Sie dafür, dass sie genug Flüssigkeit bekommt, dazu Ruhe und leichte Kost. Behalten Sie ihre Temperatur im Auge.«

»Ja.«

»Ich schaue morgen Abend nach der Praxis vorbei. Falls ihr Zustand sich verschlechtern sollte, sagen Sie bitte vorher Bescheid.« Er schlüpfte in seinen Mantel und schlang hastig seinen Schal um den Hals, als hätte er es plötzlich eilig. »Danke für den Tee … und das Tänzchen.«

Als er weg war, sah sie nach Dorothea. Die alte Dame schlief, die Wangen gerötet vom Fieber. Flora legte sich ins Bett zurück. Was war da eben passiert?, fragte sie sich, während sie sich unter der Synthetikbettdecke aufzuwärmen versuchte. Habe ich mir diesen Blick bloß eingebildet? Sie schob den Gedanken beiseite und schlief, die Melodie von John Denvers Song im Kopf, ein.

Dorothea verbrachte eine unruhige Nacht und rief mehrfach nach ihr, obwohl sie nicht immer etwas benötigte. Vielleicht hatte sie aufgrund des Fiebers schlechte Träume. Flora sah jedes Mal nach dem Rechten, flößte ihr etwas zu trinken ein und sorgte dafür, dass sie bequem lag. Am Morgen waren sie beide müde und erschöpft.

Kurz vor Pias Eintreffen zog Flora sich an. Sie ließ Dorothea nur ungern krank in der Obhut der Filipina zurück, auch wenn Pia besorgt um die alte Dame zu sein schien.

Flora ging, Pia im Schlepptau, zu Dorothea, um sich zu verabschieden.

Als Flora ihre Hand nahm, sah Dorothea sie an.

»Sie gehen schon?«

»Ja. Aber morgen bin ich wieder da.«

Dorothea schaute an ihr vorbei zu der lächelnden Pia und wandte den Blick gleich wieder ab. Die Filipina marschierte ins Zimmer und setzte sich aufs Bett.

»Hallo, Miss Dorothy. Flora sagt, Sie heute nicht gesund.«

Dorothea rang sich ein Lächeln ab.

»Ist wahrscheinlich gut, wenn Sie bleiben in Bett, bis wieder besser«, fuhr Pia fort und streichelte die Hand der alten Dame.

Dorothea erwiderte die Berührung der Pflegerin nicht und sah Flora an, die mittlerweile zur Tür gegangen war.

»Wann kommen Sie zurück?«

»Morgen. Vielleicht schaue ich später noch mal vorbei.«

»Keine Sorge, ich passe auf Miss Dorothy auf.« Pia wirkte aufrichtig besorgt.

»Das weiß ich«, sagte Flora, die sich fragte, ob es sich bei der Abneigung der alten Dame Pia gegenüber nur um eine dieser fixen Ideen handelte, die alte Leute manchmal entwickelten, wenn sie glaubten, dass ihnen jemand das Geld abknöpfen, ihr Haus verkaufen oder ihnen auf andere Weise schaden wollte.

»Hoffentlich fühlen Sie sich bald wieder besser«, sagte Flora.

»Das glaube ich nicht«, entgegnete Dorothea in leicht vorwurfsvollem Tonfall.

Als Flora kurz vor halb zehn nach Hause kam, schlief Fin noch. Sie schlüpfte hastig aus der Kleidung, kroch zu ihm unter die Bettdecke und kuschelte sich an seinen warmen Körper. Er wachte halb auf, zog sie zu sich heran und küsste sie auf die Stirn.

»Gut geschlafen?«

»Nein, lausig«, antwortete sie und beschloss, ihm nichts von ihrem nächtlichen Tänzchen mit Dr. Kent in Dorotheas Wohnzimmer zu erzählen. Das war ein ganz und gar unschuldiges Vergnügen gewesen, redete sie sich trotz des tiefen Blicks des Arztes ein.

»Dann schlaf noch ein bisschen«, sagte er, strich ihr die Haare aus dem Gesicht und küsste sie sanft auf die Lippen, »bevor ich dich daran hindere.«

Es war fast Mittag, als sie aufwachte, das Bett neben sich leer.

Kurz darauf fand sie Fin auf seinem üblichen Platz auf der Couch vor. Er stand auf, um ihr einen Kaffee zu kochen. Während sie ihm die Geschehnisse der Nacht schilderte, schüttelte er immer wieder den Kopf.

»Du Arme. Du bist erschöpft und musst morgen zurück in die Arbeit. Ich dachte, du könntest dort schlafen.«

»Letzte Nacht war ungewöhnlich, weil es ihr nicht gut ging.«

»Du schaust übel aus. Das nächste Mal, wenn Mary eine Nacht frei will, solltest du die Agentur bitten, sich um einen Ersatz zu kümmern.«

»Lassen wir dieses Thema. Das bringt uns nicht weiter.«

Fin widerstand seinem Impuls nachzuhaken. »Du hast recht. Tut mir leid. Wir sind zusammen, das ist das Einzige, was zählt.« Er trat zu ihr, streckte die Hand aus und setzte sich mit ihr aufs Sofa. »Leg dich noch mal hin.«

Da wurde ihr unvermittelt speiübel. Sie hielt die Luft in der Hoffnung an, dass das Gefühl bald vergehen würde.

»Flo?«

Flora hörte seine Stimme wie aus weiter Ferne, als sie ins Bad hastete und sich übergab.

Fin folgte ihr. »Flo … Flo, alles in Ordnung?«

Sie stöhnte. »Keine Ahnung, wo das plötzlich hergekommen ist.«

»Wahrscheinlich hast du es dir von Dorothea eingefangen.«

»Hoffentlich nicht.« Sie füllte den Zahnputzbecher mit Wasser und spülte ihren Mund aus. »Mir ist immer noch übel.«

»Dann leg dich mal lieber ins Bett.« Er setzte sich mit zerknirschter Miene neben sie. »Ich wollte dich nicht bedrängen … Aber ich freue mich so auf die Wochenenden mit dir.«

»Ich auch. Dieses Wochenende war eine Ausnahme. Es wird nicht wieder vorkommen.«

»Das war kindisch von mir, sorry.«

Sie nahm seine Hand und küsste sie, obwohl ihr klar war, dass sich ein Muster herausbildete. Er brach einen Streit vom Zaun, sie regte sich auf, er entschuldigte sich. Flora lehnte sich, die Hände auf dem Bauch, zurück und wartete darauf, dass die Übelkeit nachließ. Sie hatte keine Lust, so zu leben, und wusste, dass er das auch nicht wollte.

Als Flora ihren Dienst antrat, sah Dorothea nicht viel besser aus. Zwar war das Fieber zurückgegangen, und ihre Wangen leuchteten nicht mehr rot, aber dafür war sie kreidebleich und matt.

Wieder ließ Flora sie im Bett bleiben. Obwohl Dorothea

kaum Appetit hatte, dünstete Flora ihr für den Fall, dass sie doch noch Hunger bekam, Schellfisch zum Mittagessen. Sie gab den Fisch mit wenig Milch in einen Topf und schaltete die Herdplatte ein. Als sie den Deckel hob, wurde ihr noch einmal übel, und sie lief erneut ins Bad, wo sie über der Toilettenschüssel trocken würgte. Sie fröstelte und musste sich zitternd am Waschbecken abstützen. Als es klingelte, schleppte sie sich fluchend hin.

»Gott, wie sehen Sie denn aus?« Dr. Kent nahm sie am Ellbogen, schob sie ins Wohnzimmer und sanft aufs Sofa.

»Mir war übel, aber ich musste mich nicht übergeben.« Sie lächelte verlegen.

»Ich rufe mal lieber Renée an, damit die eine zweite Pflegerin organisiert«, sagte er. »Haben Sie ihre Nummer?«

Flora nickte. »Mir geht's gleich besser. Ist am Wochenende schon mal passiert, und hinterher war alles wieder in Ordnung.«

»Haben Sie Kopfschmerzen oder einen rauen Hals?« Er setzte sich zu ihr, fühlte ihren Puls und legte die Hand auf ihre Stirn.

»Nein.«

»Sie scheinen kein Fieber zu haben.« Er sah sie fragend an. »Hmm …«

»Hmm, was?«

»War nur so ein Gedanke … Könnte es sein, dass Sie schwanger sind?«

»Schwanger?«, wiederholte sie ungläubig.

»War, wie gesagt, nur so ein Gedanke.«

»Das kann nicht sein.«

Simon Kent hob die Augenbrauen. »›Kann nicht sein‹ im Sinne von ›völlig unmöglich‹? Oder im Sinne von ›das kann ich nicht glauben‹?«

Flora erinnerte sich an die eine Nacht in Schottland ohne Kondom. Er war nicht in ihr gekommen, aber trotzdem …

Sie spürte, wie sie rot wurde.

»Tja, wahrscheinlich ist es möglich.«

»Kommt Ihre Periode regelmäßig?«, fragte er ganz sachlich.

Sie überlegte. »Nein … Aber das ist schon seit ein paar Jahren so. Vor einigen Wochen hatte ich leichte Blutungen, keine richtige Periode.«

Er erhob sich. »Vielleicht sollten Sie einen Schwangerschaftstest machen.«

Sie blickte ihn an. Dabei fiel ihr jener merkwürdige Moment ein, den sie in der Samstagnacht beim Tanzen mit ihm erlebt hatte. Doch sein Gesicht blieb ausdruckslos; sie hatte keine Ahnung, was in seinem Kopf vorging.

»Auf jeden Fall sollten Sie Renée anrufen und sie bitten, eine weitere Pflegerin zu organisieren. Wenn Ihnen ständig übel ist, können Sie nicht arbeiten.«

»Okay, ich rufe sie an«, versprach Flora, obwohl sie wusste, dass sie das nicht tun würde. Nicht, bevor sie sich nicht sicher war.

»Wären das erfreuliche Neuigkeiten?«, erkundigte er sich.

»Ja. Nein … na ja … Das Timing ist nicht gerade ideal.«

Der Arzt schien auf eine weitere Äußerung zu warten, doch sie brachte kein Wort heraus.

»Ich lauf nur schnell zur Apotheke rüber«, erklärte Flora Keith. Sie hatte nach dem Gespräch mit Dr. Kent eine ganze Weile gewartet, bis sie mit zittrigen Knien und wild pochendem Herzen nach unten geschlichen war.

»Wie geht's Miss H.-T.? Hab sie seit letzter Woche nicht mehr gesehen.«

»Sie liegt mit Grippe im Bett.« Flora konnte es kaum erwarten, den Schwangerschaftstest zu erwerben, um die unerträgliche Spannung loszuwerden, doch Keith war in Redelaune.

»Sie ist zäh … so eine Grippe steckt sie weg. Weicheier werden keine neunzig.«

»Stimmt wahrscheinlich. Aber ich muss jetzt los. Ich will nicht, dass sie aufwacht, und ich bin nicht da. Bei dir alles in Ordnung?«

Keith grinste. »Sogar super. Hab endlich eine tolle Frau ins Bett gekriegt!«

»So detailliert wollt ich's gar nicht wissen, danke!« Auf dem Weg zur Tür hörte sie ihn lachen.

Vor dem Regal mit den Schwangerschaftstests rechnete sie immer wieder nach, wie viele Wochen seit jener Nacht in Schottland vergangen waren. Knapp fünf, wenn man die letzte Periode nicht mitzählte, die gerade einmal zwei Tage gedauert hatte. Flora nahm die Schachtel der bekanntesten Marke und ging verlegen zur Kasse. Die junge Frau dort scannte die Packung kommentarlos.

»Tüte?«, fragte sie gelangweilt.

Flora nickte, weil sie nicht wollte, dass Keith sah, was sie gekauft hatte.

Als sie in die Wohnung zurückkehrte, war Dorothea wach und betätigte gerade die kleine Glocke neben ihrem Bett.

»Tut mir leid, ich musste schnell was besorgen. Wie fühlen Sie sich?«

»Ich bin sehr müde.« Dorothea versuchte, sich aufzusetzen. »Ich muss aufstehen.«

Die folgende Stunde war Flora mit der alten Dame beschäftigt. Erst als Dorothea versorgt war, hatte sie Zeit, ins Bad zu gehen.

Nach einem hastigen Blick auf die Benutzungshinweise pinkelte sie auf das Stäbchen und sah auf die Uhr. Zwei Minuten, stand auf dem Beipackzettel. Der Sekundenzeiger bewegte sich quälend langsam. Als sie auf dem Rand der Badewanne sitzend wartete, war sie sich ziemlich sicher, wie das Ergebnis ausfallen würde.

Fünfzehn

17. Dezember

Renée saß am Bett ihrer Freundin, hielt ihre Hand und plapperte auf sie ein. Dorothea hatte den größten Teil des Nachmittags geschlafen und machte auf Flora den Eindruck, als würde sie gern wieder wegdösen.

»Was für ein grässlicher Tag. Ich hab mich mit Alan über die Klematis gestritten – die tolle pinkfarbene am unteren Zaun, erinnerst du dich? Er behauptet, die würde sich nicht mehr lange halten. Leider ist er immer so pessimistisch, wenn's um meine Pflanzen geht, obwohl ich ihn dafür zahle, dass er sich drum kümmert. Er möchte sie rausreißen und eine neue reinsetzen. Aber sie wächst da, seit wir das Haus haben, seit siebenundzwanzig Jahren. Von ihr trenne ich mich nicht kampflos …«

»Oje«, murmelte Dorothea. »Und was willst du tun?«

»So wenig wie möglich. Ich hab ihm gesagt, er soll die Finger davon lassen. Leider ist sie nach diesem komischen Sommer tatsächlich ziemlich kümmerlich. Trotzdem soll er sie bis zum nächsten Jahr drinlassen und sehen, ob sie sich erholt. Er mag die Pflanze nicht.«

»Vielleicht solltest du dir einen anderen Gärtner suchen«, schlug Dorothea vor, die aussah, als hätte sie Mühe, dem Gespräch zu folgen. Flora tat sie leid. Während sie Feuchtigkeitscreme in die trockene Haut an den Beinen der alten Dame massierte und die Bettdecke wieder darüberlegte, kreisten ihre Gedanken um den Schwangerschaftstest.

Renée schüttelte gerade heftig den Kopf. »Du gütiger Himmel, nein. Das kann ich nicht machen. Er ist Christines Cousin. Die würde es mir nie verzeihen, wenn ich ihn feuere.«

Die alte Dame schwieg, vermutlich, weil sie wie Flora keine Ahnung hatte, wer Christine war, und auch nicht die Energie besaß zu fragen.

»Egal, ich muss jetzt nach Hause zum Kochen. Rosie schaut mit ihrem neuesten Verehrer vorbei.« Renée verdrehte die Augen. »Hoffentlich ist der gesprächiger als der letzte.« Sie beugte sich über Dorothea, um ihr einen Kuss auf die Wange zu drücken. »Schön, dass es dir heute besser geht. Ich versuche, morgen wiederzukommen.«

Dorothea schenkte ihrer Freundin ein Lächeln. »Danke.«

Flora begleitete Renée zur Tür.

»Und, wie beurteilen Sie die Situation?«, erkundigte sich Renée.

»Sie ist schwach und nach wie vor sehr müde, aber immerhin hat sie kein Fieber mehr. Dr. Kent scheint die Grippe rechtzeitig in den Griff bekommen zu haben.«

»Er ist ein Schatz«, sagte Renée. »Kaum zu glauben, wie aufopfernd er sich um sie kümmert. Dabei ist sie nicht mal Privatpatientin. Wir können uns glücklich schätzen, ihn zu haben.«

Am Ende ihrer Schicht hörte Flora voller Erleichterung die Tür hinter sich ins Schloss fallen. Sie ging die Gloucester Road zu Fuß entlang, statt den Bus zu nehmen, weil sie dabei endlich ungestört nachdenken konnte. Für Dezember war es mild;

leichter Nieselregen machte den Gehsteig ein wenig rutschig, aber sie freute sich über die kühle, feuchte Nachtluft auf ihrer Haut.

»Ich bin schwanger«, flüsterte sie immer wieder, als hätte sie den Verstand verloren. »Ich bin schwanger.« Die Worte ergaben keinen rechten Sinn – zu lange hatte sie sich ein Kind gewünscht.

Auf die Euphorie folgten die kalten Fakten: Sie lebte praktisch auf Kosten ihrer Schwester in einer winzigen Wohnung mit einem arbeitslosen Kletterer zusammen, der eigentlich keine Kinder wollte. Ganz zu schweigen von den Risiken, die eine Schwangerschaft in ihrem Alter mit sich brachte. Wie wird Fin auf die Nachricht reagieren?, fragte sie sich mit einem flauen Gefühl im Magen, als sie die Stufen zu ihrer Wohnung hinunterstieg.

Fin, der mit gerunzelter Stirn vor dem stumm geschalteten Fernseher saß, begrüßte sie mit einem Lächeln. »Was für ein Schrott«, sagte er und streckte gähnend die Arme zur Decke. »Die haben Nerven, solche albernen Shows zu produzieren.«

Sie musste lachen. »Warum schaust du sie dann an?«

»Weil ich sonst nichts zu tun habe.« Er stand auf, um ihr einen Kuss zu geben. »Heute habe ich Prue getroffen«, fuhr er fort. »Sie hat mir die Ohren vollgequatscht wegen Weihnachten. Wir sind wahrscheinlich zu zwölft.«

»Also wie üblich.« Flora zog den Mantel aus und hängte ihn auf. »Hat sie auch gesagt, wen sie dieses Jahr einladen will?«

Fin schüttelte den Kopf. »Bestimmt das versammelte Horrorkabinett. Mir ist da ein Gedanke gekommen … Wie wär's, wenn wir über Weihnachten nach Schottland fahren? Wenn Mary dableibt, hast du, das Wochenende mitgerechnet, mindestens fünf Tage frei. Das wär doch schöner, als mit den aufgeblasenen Freunden deiner Schwester Small Talk zu machen.«

Flora dachte an das Haus seines Vaters, in dem es im Dezember bestimmt eisig kalt war, an die feuchten Laken, den modrigen Geruch und das avocadofarbene Bad, hatte aber im Moment keine Kraft für eine Auseinandersetzung mit ihm.

»Fin, setz dich. Ich muss dir was sagen.«

Die Unzufriedenheit und Lethargie in Fins Miene wichen argwöhnischem Interesse. »Raus mit der Sprache.«

»Setz dich«, wiederholte sie, was ihr ein verwundertes Stirnrunzeln von Fin einbrachte. Er ließ sich aufs Sofa plumpsen und sah sie voller Ungeduld an, während sie in dem Sessel ihm gegenüber Platz nahm, um sich die richtigen Worte zurechtzulegen. Doch ihre Nerven spielten nicht mit.

»Ich bin schwanger«, platzte sie heraus.

»Schwanger?«

»Ja. Heute Nachmittag hab ich den Test gemacht.«

Er sah sie schweigend an.

»Sag was«, drängte sie ihn.

»Es kann nicht von mir sein.«

»Fin! Natürlich ist es von dir. Von wem sonst?«

Fin zuckte mit den Schultern. »Von dem Typen, mit dem du zusammen warst, bevor ich wieder aufgetaucht bin? Mit dem hast du doch vermutlich geschlafen, oder?« Er klang gereizt.

»Einmal. Aber das ist Monate her, und wir haben ein Kondom benutzt.«

Er stand auf und begann, hinter dem Sofa auf und ab zu gehen. »Wir auch. Immer. Das einzige Mal ohne bin ich nicht in dir gekommen. Es kann nicht von mir sein. In der Nacht in Schottland hast du selber gesagt, dass das unmöglich ist.«

Flora hatte nicht erwartet, dass er vor Freude einen Luftsprung machen würde, aber abzustreiten, dass er der Vater war?

»Ich habe gesagt, es ist unwahrscheinlich, nicht unmöglich.«

Fin schüttelte schweigend den Kopf.

Sie erhob sich. »Fin, es ist dein Kind. Laut Schwangerschaftstest bin ich in der fünften Woche.«

»Ich kann's einfach nicht fassen.«

»Ich auch nicht. Aber es *ist* dein Kind.« Sie nahm seine Hände.

»Na schön … Ich glaube dir.«

Sie sahen einander schweigend an. Sein Mangel an Begeisterung kränkte sie.

»Ich weiß, dass es nicht das beste Timing ist …« Sie spürte, wie der Stress des Tages sie einholte, und Tränen traten ihr in die Augen.

»Sorry.« Er legte die Arme um sie. »Es ist ein ziemlicher Schock für mich.«

»Für mich auch, aber ich freue mich trotzdem.« Stimmte das wirklich?, fragte sie sich benommen, denn eigentlich hatte sie den Moment zusammen mit Fin auskosten wollen.

»Komm.« Fin zog sie zum Sofa und drückte sie an sich. »Es ist toll, wirklich großartig. Ich weiß bloß nicht, wie wir es schaffen sollen, wenn du nicht mehr arbeiten kannst … zu dritt in dieser winzigen Wohnung.« Er sah sie an. »Das wird hart.«

Sie löste sich von ihm. »Freust du dich denn gar nicht?«

Er machte den Mund auf, ohne etwas zu sagen.

»Fin?«

Wieder kurzes Schweigen, dann: »Ich will dir nichts vormachen, Flo, dazu ist die Sache zu wichtig. Im Moment möchte ich kein Kind. Noch nicht, bis wir ein bisschen Zeit miteinander verbracht und unser Leben mit einer vernünftigen

Bleibe auf die Reihe gekriegt haben. Es ist einfach zu früh … das weißt du auch.«

Tränen liefen ihr übers Gesicht. »Das klingt, als würdest du mir die Schuld geben.«

»Nein. Aber du hast gesagt, wir sollen weitermachen, obwohl wir in der Nacht in Dads Haus kein Kondom hatten … falls es überhaupt da passiert ist. Die anderen Male war ich wirklich vorsichtig.«

Am liebsten hätte Flora ihm eine Ohrfeige gegeben. »Blödmann.«

Sie sprang vom Sofa auf und floh ins Schlafzimmer. Als sie auf dem Bett lag, spürte sie ihr Herz laut gegen ihren Brustkorb hämmern. Sie würde das Kind zur Welt bringen, egal, ob das Fin passte. Irgendwie würde sie es auch allein schaffen, selbst wenn sie dem Staat auf der Tasche liegen sollte. Sie legte die Hand auf ihren Bauch und versuchte, ein Gefühl für das zu bekommen, was am Ende ihr Baby sein würde.

Es dauerte ziemlich lange, bis Fin sich zu ihr gesellte, und als sein Gesicht plötzlich neben dem ihren auftauchte, schrak sie hoch.

»Flo … Flo? Bitte, lass uns nicht streiten.«

Flora richtete sich auf und zupfte an dem Papiertaschentuch in ihren Fingern herum.

»Sieh mich an.« Er legte die Hand unter ihr Kinn und hob vorsichtig ihren Kopf ein wenig an. »Ich weiß, dass du dir mehr Begeisterung erwartet hast. Die kommt schon noch, das verspreche ich dir. Ich brauche einfach ein bisschen Zeit.«

»Ich schaff das auch allein, wenn du mir nicht hilfst.« Flora wusste, wie kindisch sich das anhörte, aber es stimmte. Allerdings hatte sie nicht die geringste Lust, das Kind ohne Fin und ohne Geld großzuziehen.

»Natürlich helfe ich dir. Ich habe nie gesagt, dass ich das nicht tun würde. Bitte, hör auf mit dem Quatsch und lass uns was essen. Du bist schwanger, du musst essen.«

Flora sah, wie viel Mühe ihn sein Lächeln kostete.

Später lag sie schlaflos neben ihm im Bett. Zum ersten Mal fragte sie sich, ob sie diesen Mann tatsächlich liebte, dessen Reaktion sie zutiefst erschüttert hatte. Nicht sein anfängliches Leugnen oder seine Verblüffung, denn die konnte sie nachvollziehen – schließlich würde er mit fast fünfzig zum ersten Mal Vater werden –, sondern die Tatsache, dass sie in seinem Blick kein bisschen Liebe entdeckt hatte, als sie ihm sagte, sie trage sein Kind unter dem Herzen. Schließlich war es kein One-Night-Stand mit einer Frau gewesen, die er kaum kannte. Er behauptete, er liebe sie und wolle den Rest seines Lebens mit ihr verbringen. In dem Moment war ihr aufgegangen, dass er nicht an sie, das Kind oder ihre Beziehung dachte, sondern nur an sich selbst. Sah Liebe so aus?

Bel und Flora fuhren im Bus nach Westfield.

»Bitte erklär mir noch mal, warum wir am Samstag vor Weihnachten in ein grässliches Einkaufszentrum fahren.«

Ihre Nichte kicherte. »Weil wir einkaufen wollen?«

»Darauf wär ich nie gekommen.«

»Das macht Spaß, du wirst schon sehen. Da geht's zu wie im Irrenhaus. Alle sind total hektisch, und wir laufen uns die Hacken ab. Aber vor Weihnachten ist das eben so.«

»Ich habe schon alle Geschenke.«

»Angeberin. Wahrscheinlich seit dem Sommer, wie alle alten Leute«, neckte Bel sie. »Ich brauch nur noch das für Mum. Bei dem musst du mir helfen. Ist höllisch schwer, was für sie zu finden, weil sie schon alles hat.«

Flora war froh, von der Wohnung und Fin weg zu sein. In den ersten Tagen nach ihrer Eröffnung hatten sie einander behandelt wie rohe Eier: Er hatte sich ständig nach ihrem Befinden erkundigt, und sie hatte ihre Übelkeit heruntergespielt. Keiner hatte Lust gehabt, sich zusammenzusetzen und die praktischen Dinge zu besprechen. Was bedeutete, dass ein dunkler Schatten über allen ihren Gesprächen lag. Flora hielt es als Erste nicht mehr aus.

»Wir müssen reden, Fin«, sagte sie, als sie am Wochenende miteinander Kaffee tranken und Croissants aßen.

»Ich drücke mich nicht.«

»Das habe ich auch nicht behauptet.« Angespanntes Schweigen. »Lass uns bitte nicht streiten.«

Fin riss ein Stück Croissant ab, legte es zurück auf seinen Teller und wischte sich die Krümel von den Händen.

»Seit ich es weiß, denk ich kaum an etwas anderes, aber ich komme zu keinem Ergebnis. Wir sitzen in der Klemme. Wenn du wegen des Babys nicht mehr arbeiten kannst, ist es unmöglich, den Lebensunterhalt in London zu bestreiten.« Er seufzte tief. »Ich sehe nur einen Ausweg: Wir müssen nach Inverness ziehen. Doch das willst du nicht.«

»Über diese Lösung habe ich durchaus nachgedacht.«

»Und?« Er wartete nicht auf ihre Antwort. »Da oben finde ich immer Arbeit. Ich könnte Führungen machen oder in einem Klettershop anfangen. Die gibt's dort wie Sand am Meer. Irgendwann bin ich dann schon wieder in der Lage, was Anspruchsvolleres zu machen.«

»Wir könnten es probieren.«

Er wirkte erstaunt, fast ein wenig argwöhnisch. »Meinst du wirklich?«

Flora schwieg, weil sie sich nicht mehr länger vormachen

konnte, dass das Haus in Schottland das Problem war. Sie schob den Gedanken beiseite.

»Es wird eine Weile dauern, bis ich wieder im Krankenhaus arbeiten kann … Das geht erst, wenn sie mindestens sechs Monate alt ist.«

»Sie?«, fragte Fin. »Es wird also ein Mädchen?«

Ihr war gar nicht aufgefallen, was sie gesagt hatte. »Ich hätte gern ein Mädchen.«

Fin wandte den Blick ab.

Sie fühlte sich unwohl, weil jede Erwähnung des Kindes die gleiche ablehnende Reaktion hervorrief. Fin war einfach nicht bereit, sich mit der Realität auseinanderzusetzen.

»Wir richten das Haus her. Dazu ist Zeit, bis das Baby kommt. Das wird richtig schön.« Er griff nach ihrer Hand. »In Schottland lässt sich ein Kind wunderbar aufziehen. Da gibt's frische Luft, und es ist sicher. Er … Sie hätte eine tolle Kindheit.«

Wahrscheinlich hatte er recht, dachte sie.

»Wann wollen wir es Prue sagen?«

»Lieber heute als morgen, aber ich finde, wir sollten warten. In meinem Alter ist das Risiko einer Fehlgeburt ziemlich hoch.«

»Wäre eine Fehlgeburt auch für dich gefährlich?«, fragte er besorgt.

»Nicht sehr.«

Er runzelte die Stirn. »Ich könnte es nicht ertragen, wenn dir etwas passieren würde, Flo.«

Sie beschloss, ernsthaft über einen Umzug nach Schottland nachzudenken, weil er ihr sinnvoll erschien. Wenn sie in dieser Wohnung blieben, egal, ob mit oder ohne Baby, das die ganze Zeit brüllte, würden sie einander irgendwann an die Gurgel gehen …

Bel stieß sie in die Rippen. »Wir sind da.«

Sie schoben sich mit hektischen Leuten, die alle noch in letzter Minute Geschenke kaufen wollten, durch die Läden im Einkaufszentrum.

»Was hast du dir für deine Mum überlegt?«

Bel sah sie mit großen Augen an. »Keine Ahnung. Für die teuren Parfüms und Cremes, die sie mag, hab ich nicht genug Geld. Und Klamotten gehen auch nicht, weil sie bloß Designersachen trägt …«

»Wie wär's mit einem Etui oder einer Kaffeetasse?«

Ihre Nichte verzog den Mund. »Langweilig.«

»Eine Seifenschale oder ein Weinglas … irgendwas fürs Bad?«

»Langweilig, langweilig, langweilig.«

Sie blieben vor einem Schuhladen stehen.

»Cool«, seufzte Bel mit einem Blick auf ein Paar schwerer schwarzer Stiefel mit Schnallen an der Seite.

Flora zog sie weg. »Was hältst du von einer CD? Deine Mum mag Musik. Vielleicht was von einer Band, die du kennst?«

Bel schnaubte verächtlich. »Toller Vorschlag. Ich kann mir nicht vorstellen, wie Mum zu den Dizzy Bats oder den Dum Dum Girls chillt.«

»Stimmt, ist vermutlich wirklich nicht ihr Geschmack. Wollen wir bei einem Sandwich weiter drüber nachdenken?« Plötzlich war Flora entsetzlich müde. Gott sei Dank musste sie erst wieder am Donnerstag nach Weihnachten arbeiten. Sie hatte sich nicht mehr übergeben müssen, aber ihr war oft übel und schwindlig, und sie hatte irgendwie das Gefühl, neben sich zu stehen.

»Flusskrebse, Avocadosalat und Cappuccino«, rief Bel begeistert aus. Das aßen sie immer im Prêt-à-Manger.

»Gut«, sagte Flora, doch dann fiel ihr ihr Widerwille gegen Meeresfrüchte und Kaffee ein. »Oder vielleicht eine Pilzsuppe?«

Wieder verzog Bel das Gesicht. »Nein, lieber Flusskrebse.«

Am Ende kaufte sie ihrer Mutter pflaumenfarbene Wimperntusche und eine Hülle für ihr BlackBerry, verziert mit einem silber-kirschroten Strassschmetterling.

»Na, hab ich das nicht gut ausgesucht?«, fragte Bel, als sie sich mit ihren Tüten auf einen Sitz im Bus quetschten.

»Wunderbar.«

Bel sah sie von der Seite an. »Du findest die Geschenke nicht dämlich?«

»Nein, sie sind toll. Wenn irgendjemand pflaumenfarbene Wimperntusche tragen kann, dann deine Mum.«

»Kann Sex eine Fehlgeburt verursachen?«, erkundigte sich Fin, als sie am Weihnachtsmorgen im Bett lagen. Seit er wusste, dass sie schwanger war, hatten sie nicht mehr miteinander geschlafen, weil sie sich müde und unwohl fühlte und er ihrem Körper gegenüber befangen war.

»Nein, wenn man möchte, kann man während der gesamten Schwangerschaft Sex haben.«

Er sah sie an. »Und – möchtest du?«

»Du siehst aus, als würdest du dich vor mir fürchten«, erklärte sie schmunzelnd und richtete sich auf, um ihn zu küssen. »Ich bin nicht aus Zucker.«

»Ich hab bloß Angst, dass ich damit dem Baby schade.«

»Dann machst du dir also doch was aus dem Kleinen?«

»Klar.«

»Aber du hast bis jetzt kein Wort über deine Gefühle verloren.«

»Ist nicht mein Stil, oder? Ich red nicht gern über so was.« Er schwieg kurz. »Irgendwie kann ich mir nicht vorstellen, Vater zu werden«, gestand er leise. »Was wird, abgesehen von den praktischen Dingen, von mir erwartet?«

»Liebe. Du hattest selber einen guten Vater. Orientier dich einfach an ihm.«

»Er hat mich nie in den Arm genommen … mich eigentlich nie richtig berührt. Das hat immer Mum gemacht.«

»Mein Dad war, glaub ich, in dieser Hinsicht auch nicht sonderlich aktiv.« Flora versuchte sich an die kurzen Besuche ihres Vaters aus Saudi-Arabien zu erinnern. Sie hatte lediglich ein Bild von ihm im Kopf, wie er lachend ein Glas in der Hand hielt. »Wir werden unser Baby oft in den Arm nehmen«, sagte sie, obwohl sie nach wie vor nicht in der Lage war, sich ein Leben mit Fin und einem Kind vorzustellen.

In der sonst so ordentlich aufgeräumten Küche, in der es nach gebratener Gans roch, herrschte Chaos: Ein Häufchen Paniermehl für die Sauce befand sich auf der Marmorarbeitsfläche, daneben lagen Apfelschalen und Kerngehäuse; dazu kamen ein Sieb mit halb gegarten Kartoffeln, ein Teller mit blutigem Gänseklein, ausgedrückte Zitronenhälften, abgerissene Folienstücke, Rosenkohl noch im Netz und silbernes Servierbesteck, das darauf wartete, poliert zu werden, sowie eine halb volle Flasche Rotwein.

Prue trug eine lange Schürze über ihrem pinkfarbenen Jogginganzug, und ihr gerötetes Gesicht war schweißnass.

»Gott sei Dank seid ihr hier. Was für ein Alptraum! Ich dachte, Gans brät schneller als Truthahn, aber das Ding ist nach wie vor fast roh. Wenn das so weitergeht, können wir in zwei Stunden immer noch nicht essen.«

Sie wischte sich die Stirn mit dem Handrücken ab.

»Das stört an Weihnachten niemanden«, beruhigte Flora sie. »Wenn die Gäste kommen, kriegen sie erst mal Drinks und Wachteleier. Sag uns, wie wir dir helfen können.«

Fin erhielt die Aufgabe, den Rosenkohl zu putzen, und Flora sollte das Silber polieren.

»Wo stecken Bel und Philip?«

»Ich hab sie losgeschickt, Brandybutter für die Nachspeise holen. Keine Ahnung, wo sie die kriegen – Tante-Emma-Läden führen so was nicht. Ich bin mir sicher, dass ich welche hatte, aber ich find sie einfach nicht.« Sie stöhnte. »Das Haus am Pelham Crescent hat mich so auf Trab gehalten, dass ich nicht mehr weiß, wo mir der Kopf steht.«

Als die ersten Gäste eintrafen, trug Prue, die sich mittlerweile beruhigt hatte, ein elegantes Nicole-Farhi-Kleid aus auberginefarbener Wolle und hatte bereits zwei Gläser Prosecco getrunken.

»Jake hast du hoffentlich nicht eingeladen?«, fragte Flora, als es zum zweiten Mal an der Tür klingelte.

»Doch.«

»Prue! Was hast du dir dabei gedacht?«

Ihre Schwester sah sie erstaunt an. »Ihr habt euch nicht im Streit getrennt, oder?«

»Nein, aber das ist nicht der Punkt. Mit Fin könnte es ziemlich peinlich werden.« In den vergangenen Monaten hatte Jake ihr mehrere SMS geschickt und sich freundlich nach ihrem Befinden erkundigt, worauf sie genauso freundlich geantwortet hatte. Flora hatte nichts dagegen, ihn zu sehen; sie konnte nur Fins Reaktion nicht abschätzen.

»Weil er nicht über ihn Bescheid weiß?«

»Nein … eben weil.«

»So ein Quatsch. Über so was macht sich niemand groß Gedanken. Das war eine reine Bettgeschichte, bevor Fin wieder aufgetaucht ist. Er kann nicht von dir erwarten, dass du die ganze Zeit enthaltsam gelebt hast. Hat er bestimmt auch nicht.«

Flora wendete schweigend die Kartoffeln in dem großen Bräter, bevor sie ihn ins Rohr zurückschob. Ihre Schwester hatte in puncto Sex immer schon eine ziemlich pragmatische Einstellung gehabt. »Keine Entschuldigungen, keine Erklärungen, auch dann nicht, wenn's Fotos gibt«, lautete ihr Kommentar, wenn ihr jemand vom Seitensprung einer Freundin erzählte.

Prue sah Flora an. »Du schaust gestresst aus.«

»Ach.«

Ihre Schwester legte den Kopf ein wenig schräg. »Nein, nicht gestresst, eher komisch ... als wär irgendwas nicht in Ordnung.«

»Mir geht's gut, danke.« Gerade wollte sie Prue die Wahrheit beichten, als Philip mit einer ungesund dünnen Frau um die vierzig, die einen weiten anthrazitfarbenen Kaschmirumhang trug und dunkle, schulterlange Haare sowie stechende fahlblaue Augen hatte, die Küche betrat.

»Marina! Frohe Weihnachten!« Prue begrüßte ihre Freundin mit einem kontrollierten Wangenküsschen. »Du kennst meine Schwester Flora und ihren Freund Fin McCrea?«

Marina musterte Fin von oben bis unten. Das konnte Flora ihr nicht verdenken, denn er wirkte auf sehr attraktive Weise wie ein Naturbursche – obwohl er selbst davon überzeugt war, dass er allmählich zum »Weichei« wurde – und hob sich somit deutlich von den blassen Büromenschen und Medienleuten ab, die Prues und Philips Partys für gewöhnlich bevölkerten.

»Nein, ich glaube, das Vergnügen hatte ich bisher noch nicht«, antwortete die Frau.

Flora registrierte verwundert Fins Reaktion. Die ganze Woche hatte er sich darüber beklagt, dass er ihrer Schwester und ihren »aufgeblasenen« Freunden gegenüber höflich sein müsste, doch nun schenkte er Marina ein strahlendes Lächeln, wie sie selbst es ewig nicht mehr an ihm gesehen hatte. Dabei straffte er die Schultern und hob den Kopf, als fiele eine schwere Last von ihm ab.

Im Verlauf der folgenden Stunde trafen auch die anderen Gäste ein. Jake kam als Letzter. Er war wie üblich in Schwarz und Weiß gekleidet und sah ziemlich gut aus.

»Hallo, Flora. Frohe Weihnachten.« Als er sie umarmte, roch sie sein würziges Sandelholzaftershave. »Schön, dich wiederzusehen.«

»Gleichfalls, Jake.«

Prue stellte alle in der großen Küche vor. »Ihr kennt Billy … und meine Freundin Ginny … Marina Bell … Jean-Pierre ist eigens aus Paris angereist … dann wären da noch John und Victoria, unsere Nachbarn. Und das ist Floras bessere Hälfte Fin McCrea.« Ihre Schwester trank hastig einen Schluck Sekt aus dem Glas auf der Arbeitsfläche. »Jake ist verantwortlich für meine tolle Küche – wenn also was mit dem Essen schiefgeht, können wir ihm die Schuld geben.«

Alle machten Jake Komplimente, sogar Fin, der Jake freundlich die Hand schüttelte. Er hat seinen Namen vergessen, dachte Flora erleichtert. In der Vergangenheit war Fin sehr eifersüchtig gewesen, besonders auf Ärzte, mit denen sie zusammenarbeitete, obwohl sie ihm nie Grund dazu gegeben hatte.

Während sie darauf warteten, dass die Gans fertig wurde, tranken sie sich allmählich einen Schwips an. Mit den meisten Gästen, die Flora von früher kannte, hatte sie kaum etwas gemein. Jake war die einzige Ausnahme. Sie gab sich Prue zuliebe

Mühe, aber der Geruch der Gans verursachte ihr Übelkeit, und es fiel ihr schwer, sich auf Small Talk einzulassen.

»Wie läuft's?«, erkundigte sich Jake und rückte, als sie sich endlich setzten, einen Stuhl für sie heraus. Bel hatte den Tisch mit silberfarbenen Kerzen geschmückt – dazwischen grell pinkfarbene Rentiere, die Schlitten, hoch beladen mit versilberten Kiefernzapfen und Knallbonbons, zogen.

»Gut, danke.«

Jakes Blick wanderte zu Fin am anderen Ende des Tischs, und er senkte die Stimme. »Klappt's diesmal?«

»Bis jetzt, ja.«

»Mein Angebot bleibt bestehen, falls er sich wieder aus dem Staub machen sollte«, flirtete er grinsend mit ihr.

»Danke!«

Marina war, wie sich herausstellte, Lektorin in dem kleinen Verlag Grayson Bell, der hauptsächlich Reise- und Lifestylebücher herausbrachte, und saß beim Essen neben Fin. Als er Bergsteigergeschichten erzählte, hing sie an seinen Lippen.

»Ich überstehe den Winter schon kaum in meiner zentralbeheizten Wohnung«, erklärte sie. »Minus vierzig Grad kann ich mir gar nicht vorstellen. Und dann noch auf einer fast senkrechten Eisplatte … Warum um Himmels willen machen Sie so was?«, fragte sie ihn lächelnd.

»Wahrscheinlich, weil es mir gefällt«, antwortete Fin. »Hört sich für Laien schlimmer an, als es ist. Ich trainiere seit meiner Jugend.«

»Ich finde es schrecklich mutig, überhaupt so etwas zu trainieren«, schnurrte sie.

»Das erfordert keinen Mut, weil ich es so sehr liebe.«

Flora zog es das Herz zusammen, als sie seinen euphorischen Tonfall hörte. Natürlich hätte er, wenn er gefragt worden wäre, ob er das Klettern mehr liebe als Flora, verneint. Doch Flora wusste, dass das eine Lüge gewesen wäre.

»Stimmt, er ist tatsächlich nicht mutig«, mischte sich Prue ein wenig angetrunken ein, »sondern dumm. Kletterer sind schlimmer als Drogensüchtige. Sie brauchen immer wieder den nächsten Schuss, auch wenn ihr Privatleben zerbröselt.«

»Und du bist nach nichts süchtig?«, fragte Fin spöttisch.

Zu Floras Überraschung wurde Prue rot. »Du meinst die Arbeit«, sagte sie.

Fin nickte. »Ja, genau die meine ich.«

Flora bemerkte Prues hastigen Blick in ihre Richtung.

»Haben Sie schon mal daran gedacht, Ihre Geschichten zu Papier zu bringen?«, erkundigte sich Marina bei Fin. »An solchen Büchern haben wir immer Interesse. Die Leser können gar nicht genug kriegen von Heldentaten, und Klettern ist gerade in.«

»Tatsächlich?«, meinte Philip.

»Ja. Nick und ich haben uns neulich die Mitgliederzahlen der britischen Bergsteigervereinigung angesehen. Die haben sich in den letzten zwanzig Jahren verdreifacht – wahrscheinlich wegen der Kletterwände überall.«

»Ich hab schon Sachen geschrieben«, erklärte Fin, den sein merkwürdiger Wortwechsel mit Prue offenbar nicht aus der Fassung gebracht hatte. »Über Klettergerät – so kommt man gratis an Ausrüstung. Und einen Artikel, wie ich diesen Sport als Junge im Lake District gelernt habe.«

Marinas Augen leuchteten. »Wunderbar. Notieren Sie doch einfach mal ein paar Ideen und schauen Sie nach den Feiertagen bei uns vorbei. Unser Büro ist in der Great Portland Street. Ich stelle Sie Nick vor. Sie mögen ihn bestimmt; er liebt die Berge.«

Flora, die sich über Fin wunderte, brachte Teller in den Küchenbereich, wo Bel an der Marmorarbeitsfläche per Handy SMS verschickte.

»Na, alles klar?«, fragte Flora.

Bel verzog das Gesicht. »Nicht so klar wie bei dir, du hast Jake. Meine Seite des Tischs ist scheiße. Der Franzose kriegt die Zähne nicht auseinander – ich versteh kein Wort von dem, was er sagt –, und die Nachbarn saufen sich zu und jammern die ganze Zeit über die Immobilienpreise … Finden die das interessant?«

»Bei mir ist auch nicht alles eitel Sonnenschein. Ginny belegt Jake mit Beschlag, und ich muss mir von Billy erklären lassen, wie das Sprinklersystem in seinem Garten funktioniert.« Billy war ein ziemlich übergewichtiger Journalist mit traurigem Gesicht, der früher in Pimlico Philips und Prues Nachbar gewesen war. Nun sahen sie ihn nur noch an Weihnachten, da allerdings jedes Jahr.

Bel grinste. »Am liebsten würd ich mich mit dir nach unten verkrümeln und *Manche mögen's heiß* schauen. Die DVD hat Dad mir zu Weihnachten geschenkt.«

»Das würd ich auch gern machen.«

Flora bückte sich, um die Teller in den Geschirrspüler zu stellen. Als sie sich wieder aufrichtete, wurde ihr schwindlig. Sie hielt sich an der Maschine fest und hoffte, sich nicht übergeben zu müssen.

»Flora? Alles in Ordnung?« Bel führte sie zu einem Stuhl. »Du bist ja ganz grün im Gesicht. … Ich hol Mum.«

»Nein. Ich hab mir was eingefangen und bin noch nicht wieder auf dem Damm. Bitte hol Prue nicht, die hat zu viel getrunken und veranstaltet bloß einen Riesenzirkus.«

»Bist du sicher?«, fragte Bel besorgt.

»Ganz sicher. Mir geht's schon besser. Ich hab mich bloß zu

schnell aufgerichtet.« Sie wischte sich den kalten Schweiß von der Stirn. »Sagst du deiner Mum bitte, dass ich mich hinlege? Aber mach kein großes Tamtam.«

»Kann ich dich begleiten?«

»Ich glaube, ich muss ein bisschen schlafen.«

»Na schön«, meinte Bel enttäuscht. »Schick mir 'ne SMS, wenn du was brauchst.«

Als Flora sich ausgezogen ins Bett legen wollte, kam Fin die Treppe herunter.

»Was ist los? Du siehst mitgenommen aus«, fragte er mit gerötetem Gesicht von der Tür zum Schlafzimmer aus.

»Mir war schwindlig.«

»Aber jetzt ist alles wieder in Ordnung?«

Sie nickte, obwohl sie sich immer noch unwohl fühlte.

Fin trat zu ihr. »Gott, bist du schön.« Er knetete grob ihre Brust. »So schön …« Dann kniff er sie in die Brustwarze und beugte sich herunter, um daran zu saugen.

Sie zuckte zusammen. »Aua.«

Er wich erschrocken zurück. »Kann ich nicht mal mehr mit dir schlafen? Seit du weißt, dass du schwanger bist, haben wir uns nicht mehr angefasst.«

»Du musst nur vorsichtig sein. Ich hab dir doch gestern erklärt, dass meine Brüste empfindlich sind.«

»Wird's in Zukunft jedes Mal so laufen?«, fragte er resigniert.

Sie schob sich an ihm vorbei ins Bett und zog die Decke bis zu den Schultern hoch.

»Irgendeine Ausrede findet sich immer. Alle Männer, die ich kenne, sagen das Gleiche. Wenn die Frau schwanger ist, hat der Mohr seine Schuldigkeit getan. Samen gespendet, Kerl überflüssig.«

»So ein Quatsch.«

Er hob die Augenbrauen. »Meinst du? Dann darf ich also mit dir schlafen, solange ich ›vorsichtig‹ bin?«

»Aber nicht jetzt, weil du betrunken bist«, erwiderte sie und wandte ihm den Rücken zu.

Er stöhnte. »Na und? Das hat uns früher nie daran gehindert, wie die Karnickel zu bumsen.«

»Du vergisst, dass du früher nie getrunken hast.«

Fin verließ fluchend das Zimmer. Kurze Zeit später hörte sie ihn die Treppe hinaufstapfen und die Tür hinter sich ins Schloss werfen.

Es war nach neun Uhr, als er verlegen grinsend, ein in Alufolie eingewickeltes Stück Gänsebraten und einen kleinen Tupperwarebehälter mit Apfelmus in der Hand, zurückkehrte. Flora sah sich gerade eine kitschige amerikanische Romanze auf Sky an.

»Hallo.«

»Wie war's?«

»Das Übliche. Alkohol. Essen. Aber ich hab nichts mehr getrunken.« Er setzte sich neben sie. »Tut mir leid, Flo. Ich hab mich vorher ziemlich danebenbenommen, weil ich betrunken war, doch das ist keine Entschuldigung für mein Verhalten.« Er nahm ihre Hand. »Verzeihst du mir?«

»Natürlich.« Sie kuschelte sich an ihn. »Mir tut's auch leid. Ich bin nicht gut drauf.«

»Geht mir genauso.«

Sie lachte. »Koschwangerschaft – grässliche Krankheit.«

»Du als Krankenschwester hättest mich warnen müssen.«

Flora küsste ihn und zog ihn zu sich herunter. Sie liebten sich, ohne den Fernseher auszuschalten; die abgedroschenen Dialoge im Hintergrund hörten sie nicht.

Erst später, als Flora mit Vollkorntoast, Gänsebraten und Apfelmus Sandwiches machte, fiel ihr Fins Stichelei gegenüber ihrer Schwester ein.

»Wie war das gemeint, als du Prue beim Essen vorgeworfen hast, sie wär süchtig?«

Fin, der den Wasserkessel für den Tee füllte, antwortete nicht gleich.

»Sie ist doch süchtig nach ihrer Arbeit, oder?«

»Auf deine Äußerung hat sie reagiert wie auf einen unsittlichen Antrag.«

»Das ist mir gar nicht aufgefallen.«

»Nein? Sie ist sogar rot geworden.«

Er stand mit dem Rücken zu ihr. »Das lag wahrscheinlich an den Unmengen Prosecco, die sie in sich reingeschüttet hat. Ich hasse das Zeug, man kriegt Sodbrennen davon.«

»Ich wünschte, ich wär betrunken gewesen. Es ist grässlich, wenn alle einen in der Krone haben und man selber stocknüchtern ist. Ich bin mir wie das fünfte Rad am Wagen vorgekommen.«

Sechzehn

28. Dezember

Flora saß neben Dorothea und hielt ihre Hand. Zuvor hatte sie die alte Dame in ihren Sessel im Wohnzimmer gesetzt und eine Wolldecke über ihre Knie gebreitet. Dorothea sah klein und zerbrechlich aus, und ihre Haut wirkte fast durchsichtig – sie hatte kaum die Kraft gehabt, sich mit der Gehhilfe vom Bett ins Wohnzimmer zu bewegen.

»Sie schläft jetzt sehr viel«, hatte Mary Flora am Morgen zuvor mitgeteilt. »In den fünf Tagen, die du weg warst, hat sich vieles geändert. Die Grippe hat sie sehr geschwächt.« Die Nachtschwester hatte den Kopf geschüttelt. »Ich weiß nicht, wie lang das noch geht.«

»Haben Sie Weihnachten gut verbracht?«, fragte Flora, die sich vorzustellen versuchte, wie es sich anfühlte, wenn das Leben sich dem Ende zuneigte, nun Dorothea.

»Es war schön. Renée hat mich mit ihrer Tochter besucht. Rosie heißt sie, glaube ich. Manchmal verwechsle ich sie mit ihrer Schwester.«

Flora atmete tief aus. »Ich für meinen Teil bin froh, dass Weihnachten vorbei ist.«

»Mögen Sie Weihnachten nicht?«

»Meistens schon …«

»Aber nicht dieses Jahr.« Dorothea schwieg kurz. »Darf ich fragen, warum?«

»Ach, das hat mit der Familie zu tun. Im Moment gibt's zu Hause Stress.«

»Hoffentlich nicht wegen Ihres jungen Mannes.«

»Es ist nicht seine Absicht«, antwortete Flora, durch die Vertrautheit des Augenblicks, das ruhige Zimmer und Dorotheas Bereitschaft zuzuhören entspannt. »Er hat Probleme mit dem Leben, und das macht ihn angriffslustig.«

»Männer können ziemlich kindisch sein«, stellte Dorothea fest.

Flora schmunzelte. »Allerdings.«

»Lassen Sie sich nichts gefallen, meine Liebe. Sagen Sie, was Ihnen nicht passt.« Dorotheas wässrig blaue Augen leuchteten, und plötzlich klang ihre Stimme kräftig. »Meine Generation hat das nie getan. Die Männer haben uns ausgenutzt.«

»In welcher Hinsicht?«

»In jeder. Wir waren bewegliches Inventar, nicht mehr.«

Flora erstaunte diese feministische Äußerung einer Dreiundneunzigjährigen.

»Immerhin verdienen wir uns heute den Lebensunterhalt selbst.«

Dorothea nickte. »Das hilft. Aber alte Gewohnheiten sind schwer abzuschütteln.«

Flora merkte, wie die Grenzen bröckelten, die sie in der Beziehung zu ihrer Schutzbefohlenen bisher beachtet hatte. Dorothea war ihr vertraut; sie verstanden einander.

»Ich bin schwanger.«

Die alte Dame machte große Augen. »Schwanger?«, wiederholte sie ungläubig.

Flora nickte. »Noch nicht lange.«

»Das ist ja wunderbar.«

»Ja, das ist es.«

Trotz der freien Tage fühlte Flora sich nicht erholt, sondern eher weinerlich und ein wenig benommen. Die Ferien waren angefüllt gewesen mit Auseinandersetzungen über ihre gemeinsame Zukunft, unterbrochen von kleinen Oasen des Sex, die sie kurzfristig über ihren Kummer hinweggetröstet, sie aber auch verwirrt hatten. Flora stand auf. »Ich muss mich ums Essen kümmern. Es gibt Hackfleisch mit Kartoffelbrei. Mögen Sie das?«

»Nicht besonders.«

Als sie zur Tür ging, hörte sie die leise Stimme der alten Dame: »Wahrscheinlich werde ich Ihr Baby nicht mehr erleben.«

Flora drehte sich zu ihr um. Obwohl ihr die Worte »Sagen Sie das nicht« auf der Zunge lagen, sprach sie sie nicht aus.

»Meine neue beste Freundin ist wild entschlossen, aus mir einen Star zu machen«, erzählte Fin Flora am Abend. »Ich glaube, sie hat eine Fernsehserie im Sinn. Ich allein in der eisigen Einöde, furchtlos im Kampf gegen Grizzlys … um mich herum eine zehnköpfige Kameracrew. Sie ist ganz scharf auf mich.«

»Warum auch nicht. Du bist ein ziemlich attraktiver Yeti.« Flora schmunzelte. »Mach das doch. Hat sie gesagt, wie viel sie dir zahlen will?«

»Einem Autor, der keinen Namen hat, geben sie erst mal nicht viel. Sie stecken das Geld lieber in die Werbung.«

Er reichte Flora einen Teller mit Spaghetti bolognese und eine Gabel.

»Danke.« Sie ging damit zum Sofa. »Was heißt ›nicht viel‹?«

»Darüber hat sie sich nicht ausgelassen. Ich soll mit meinem

Agenten reden. Ich hab ihr gesagt, dass das schwierig wird, weil ich keinen habe.«

Fin setzte sich mit seinem Teller ihr gegenüber in den Sessel. »Ich soll einen gewissen Jonathan anrufen. Sie will bei ihm ein gutes Wort für mich einlegen.«

»Klingt nicht schlecht.«

Fin stieß einen theatralischen Seufzer aus. »Meinst du? Für mich hört sich das eher nach 'ner Menge harter Arbeit für wenig Geld an. Natürlich ist ihr Angebot schmeichelhaft, und sie verspricht mir das Blaue vom Himmel herunter, aber wie Prue richtig sagt, stehen die Chancen, dass das Buch sich verkauft und ich tatsächlich was damit verdiene, schlecht.«

»Du hast mit Prue darüber geredet?«

»Ja. Sie weiß wahrscheinlich mehr über das Verlagswesen als wir.«

»Und sie hält es nicht mal für einen Versuch wert?«

»So hat sie das nicht ausgedrückt. Sie hat mich gewarnt, dass es zeitintensiv ist, so ein Buch zu schreiben, wenn man das noch nie gemacht hat … deshalb verdient man nicht viel damit.«

Sie aßen schweigend.

»Ähm, ich muss dir was gestehen, Flo …« Fin wirkte nervös. »Bitte sei mir nicht böse. Ich hab die Sache mit der Schwangerschaft erwähnt.«

»Du hast es Prue gesagt?«

»Es ist mir bei unserer Unterhaltung über das Buch rausgerutscht. Tut mir leid.«

Flora zuckte mit den Achseln. »Ich bin froh, dass sie es weiß. Wie hat sie's aufgenommen?« Vermutlich freute sich Prue für sie, Flora erwartete jedoch auch, dass sie ihr vorhalten würde, wie schwierig es mit dem Kind werden konnte.

Fin schürzte die Lippen. »Sie war ein bisschen sauer, weil du nicht selber mit ihr gesprochen hast, aber ich hab ihr gesagt, dass du es noch nicht lange weißt und Angst hast, es könnte was schiefgehen. Ich würde es so ausdrücken: Sie war vorsichtig erfreut. Heute Abend ist sie nicht da; du sollst gleich Samstag früh zu ihr raufkommen.«

»Was willst du wegen des Buchs machen?«

Er zuckte mit den Achseln. »Offen gestanden ist das nicht mein Ding, Flo. Ich bin ein Mann der Berge und muss in der freien Natur sein.«

»Du hast es doch noch nicht mal probiert und weißt nicht, wie viel sie dir zahlen würden. Selbst wenn dieses Buch nicht viel bringt, könnte es zu Folgeaufträgen führen, mit denen sich tatsächlich Geld verdienen ließe. Deine Artikel von früher waren gut.« Sie seufzte. »Fin, du hast selber gesagt, dass du vielleicht nie wieder professionell klettern kannst. Niemand will dir einreden, es ganz aufzugeben, aber für den Fall der Fälle musst du anfangen, über Alternativen nachzudenken.«

»Vielen Dank für den Tipp.«

»Hab ich was Falsches gesagt?«

»Musst du unbedingt Salz in die offene Wunde streuen?«

»Ich sage nichts, worüber wir nicht schon mal gesprochen hätten.«

»Daran musst du mich nicht erinnern. Ich dachte, du bist auf meiner Seite.«

Frustriert über seine Unentschlossenheit und weil sie die ewigen Diskussionen satthatte, hakte sie nach.

»Wir müssen was verdienen.«

Er stand auf. »Als ob ich das nicht wüsste! Du redest über mich, als hättest du mich von der Müllhalde aufgelesen und als müsste ich für Almosen dankbar sein.« Er knallte seinen Teller in die Spüle. »Daran ist nur diese verdammte Schwangerschaft schuld. Zuvor war alles in Ordnung. Jetzt ist dir ständig übel, und du bist neurotisch. Ich kann nicht mehr mit dir reden, ohne dass es darum ginge, wo wir wohnen werden und wie ich für dich und das Kind sorgen soll.«

»Das ist die Höhe! Du bist doch derjenige, der mir permanent wegen einer Entscheidung über Inverness in den Ohren liegt.« Plötzlich wurde Flora sehr heiß. »Du sitzt den ganzen Tag hier rum und drehst Däumchen. Und wenn du endlich eine Chance kriegst, die dir neue berufliche Möglichkeiten eröffnen könnte, ergreifst du sie nicht, weil du ›in der freien Natur‹ sein willst.«

»Ohne dich hätte ich einen Job. Ich würde glücklich und zufrieden im Haus meines Vaters leben, statt dir hier in dieser winzigen Wohnung auf die Zehen zu treten und auf den Tod deiner alten Dame warten zu müssen. Du hast mich aufs Glatteis geführt in der Nacht in Schottland. Ich wollte nie ein Kind.«

Totenstille. Sie sahen einander entsetzt an.

Flora fing sich als Erste wieder.

»Dann mach das, was du sagst. Geh nach Schottland und such dir dort einen Job, wenn du das möchtest.« Ihr Mund fühlte sich staubtrocken an, als hätte sie Sägemehl geschluckt.

»Ich fahre morgen früh.«

Sie stand mit wackligen Knien auf und hastete, ohne ihn anzusehen, ins Bad, wo sie sich übergab.

In den frühen Morgenstunden erwachte sie aus unruhigem Schlaf, als Fin sich zu ihr ins Bett legte.

»Flo … Flo.«

Sie reagierte nicht.

»Bitte, hör mir zu.« Er stützte sich im Dämmerlicht auf dem

Ellbogen ab, den Kopf über ihr. »Was ich gesagt habe, war unverzeihlich und nicht so gemeint. Natürlich möchte ich das Kind. Ich bin nur ausgeflippt, weil du mich zu Recht daran erinnert hast, was für ein nichtsnutziger Schlappschwanz ich bin.«

Sie verspürte keinerlei Befriedigung über seine neuerliche Entschuldigung, nur überwältigende Angst, die an ihren Eingeweiden nagte.

»Bitte sag was, Flo.«

»Ich weiß nicht, was.«

»Aber du weißt, dass ich das mit dem Baby nicht so gemeint habe?«

»Du hast mich schon mal verlassen, als von einem Kind die Rede war.«

Er seufzte tief. »Damals war das noch theoretisch. Jetzt, wo du schwanger bist, ist die Sachlage anders. Du trägst mein Kind unter dem Herzen.«

Fin strich ihr die Haare aus dem Gesicht.

Seine Berührung brachte sie fast zum Weinen.

»Flo, ich liebe dich. Das glaubst du mir doch, oder? Und selbstverständlich werde ich auch das Kind lieben. Können wir bitte vergessen, was wir beide heute Nacht gesagt haben, und noch mal von vorn anfangen? Ich fahre morgen nach Schottland und übergebe Dads Haus einem Makler – mir ist klar, dass du nicht dort leben willst. Den Verkaufserlös können wir als Anzahlung für ein Häuschen auf dem Land verwenden. Prue und Philip greifen uns bestimmt unter die Arme. Oder wir könnten das Haus meines Vaters vermieten und uns für das Geld hier was suchen. Und ich schreibe das verdammte Buch. Ich tue alles, wenn du nur vergisst, was ich gesagt habe.«

»Ich finde, wir sollten uns am Morgen weiter unterhalten«, entgegnete sie.

Flora war zu keinem vernünftigen Gedanken fähig, weil ihr immer klarer wurde, dass Fin und sie vermutlich niemals miteinander glücklich werden würden. Jede Zelle ihres Körpers wehrte sich gegen diese Erkenntnis und sehnte sich nach ihm und seinem Schutz in den bevorstehenden schwierigen Monaten. Bei der Vorstellung, wieder allein zu sein, wurde ihr übel. Doch sie hätte sich denken können, dass es schwierig werden würde, denn schließlich waren sie erst seit ein paar Monaten wieder zusammen. Würde sich nicht alles fügen, wenn sie erst eine eigene Bleibe hätten?

Fin rückte näher zu ihr, legte den Arm um sie und den Kopf neben sie aufs Kissen.

»Ich liebe dich«, hörte sie ihn in der Dunkelheit flüstern.

Im kalten Licht des Samstagmorgens sprachen sie kaum miteinander. Sogar der Sex, normalerweise ihr Allheilmittel, hätte nicht genügt, die Worte auszulöschen, die ausgesprochen worden waren; das ahnten beide. Flora, die kaum ein Auge zugetan hatte, fühlte sich schrecklich, die Verzweiflung lastete zentnerschwer auf ihr. Sie wartete bis nach dem Frühstück, um ihm zu sagen, dass sie zu ihrer Schwester gehen würde.

»Gut, ich ziehe mich an.«

»Ich will allein mit ihr reden.«

Er sah sie an. »Warum?«

Sie schwieg.

»Damit du ihr sagen kannst, was ich für ein Schwein bin?«, fragte er gequält. »Das weiß sie schon.«

»Ich möchte das einfach allein machen.«

Fin umfasste ihre Arme. »Flora, bitte behandle mich nicht so. Ich habe mich entschuldigt.«

Sie sah in sein Gesicht, dieses Gesicht, das in den vergangenen zehn Jahren ihre Träume beherrscht hatte. Allmählich wurde ihr klar, dass sie nicht mehr die Kraft aufbringen würde, ihre Beziehung zu kitten. Kurz drückte sie sich gegen ihn; sein Körper fühlte sich verführerisch stark an und war doch in einer Zeit, in der sie Beistand so dringend gebraucht hätte, unerreichbar. Als er sie umarmen wollte, entwand sie sich ihm.

»Bin gleich wieder da.«

»Dass du mir das nicht gesagt hast!« Prue strahlte sie über die Marmorarbeitsfläche hinweg an. »Komm her, Schätzchen.« Sie drückte Flora so fest an sich, dass ihr fast die Luft wegblieb. »Was für schöne Neuigkeiten!«

»Ich wollte noch ein bisschen warten.«

Prue schüttelte den Kopf. »Kein Problem. Das kann ich gut verstehen.« Sie musterte sie von oben bis unten. »Ich hab schon gemerkt, dass irgendwas nicht stimmt … an Weihnachten, erinnerst du dich? Ich dachte, es stresst dich, dass ich Jake eingeladen habe.«

Flora lachte. »Ich kann's immer noch nicht glauben.«

Plötzlich waren Schritte auf der Treppe zu hören, und Bel stürmte ins Zimmer.

»Mum hat's mir gesagt! Mann, ist das cool, dass ich doch noch einen Cousin oder eine Cousine kriege.« Sie schlang die Arme um Flora.

»Es ist noch sehr früh«, warnte Flora sie, die sich ein Schmunzeln über Bels Euphorie nicht verkneifen konnte.

»Ja, klar, aber es klappt doch, oder?«, fragte Bel.

»Wann genau wird's kommen?«, wollte Prue wissen.

»In der ersten Augustwoche, hat der Arzt ausgerechnet, ganz sicher weiß er es allerdings nicht, weil meine Periode ziemlich unregelmäßig gewesen ist.«

»Das ist ja noch ewig«, meinte Bel enttäuscht, bevor sie einen Freudenschrei ausstieß und in der Küche herumzutanzen begann. »Cousin, Cousine. Cousin, Cousine.« Sie verstummte. »Was meinst du: Junge oder Mädchen?«

»Ich würde mir ein Mädchen wünschen … aber letztlich ist es mir egal.«

»Und Fin?«, erkundigte sich Prue.

»Er hat sich nicht wirklich dazu geäußert.«

Verwundertes Schweigen, dann runzelte ihre Schwester die Stirn.

»Allzu begeistert hat er nicht gewirkt, als er es mir gestern gesagt hat.«

Flora atmete deutlich hörbar aus. »Er muss sich erst an den Gedanken gewöhnen. Ich glaube, er macht sich Sorgen darüber, wie wir in London zurechtkommen werden, wenn er keine Arbeit hat.« Sie wandte sich von ihrer Schwester ab, damit diese ihre Tränen nicht sah.

»Du willst doch hoffentlich nicht nach Schottland ziehen?«, fragte Bel. »Das kannst du nicht machen.«

»Keine Ahnung, was wir tun«, antwortete Flora. »Es war eine ziemliche Überraschung. Der Zeitpunkt könnte kaum ungünstiger sein.«

»Ach, Schatz.« Prue legte den Arm um sie, ohne auf ihr BlackBerry zu achten, das auf der schwarzen Marmoroberfläche brummte. »Bitte reg dich deswegen nicht auf. Du weißt, dass wir dir, wenn nötig, unter die Arme greifen.«

»Danke, Prue«, murmelte Flora und putzte sich die Nase. »Du hast genug für uns getan. Ich liege dir schon drei Jahre auf der Tasche.«

»Unsinn. Wenn du möchtest, können wir den Familienrat einberufen und gemeinsam die beste Strategie erarbeiten.«

Flora schüttelte den Kopf. »Vielleicht später. Fin will nach Schottland fahren, nach dem Haus sehen.«

Als Flora nach unten zurückkehrte, hatte Fin sein Versprechen eingelöst und ein Ticket im Nachtzug – Sitzsessel, billigste Alternative – für den Mittwoch nach Neujahr reserviert.

»Wie ist es gelaufen?«

»Prue war ganz aus dem Häuschen. Und Bel auch.«

»Gut.«

»Wie lange wirst du weg sein?«

Fin zuckte mit den Achseln. »Eine Woche?«

Flora war froh über die Aussicht, einige Tage für sich zu haben, und das schien Fin zu spüren.

»Du kannst es wohl gar nicht erwarten, mich loszuwerden, was?« Sein Lachen klang hohl.

»Vielleicht brauchen wir eine kleine Pause«, sagte sie.

»Eine Pause? Wie meinst du das?«

»Zeit zum Nachdenken, ohne dass wir uns ständig gegenseitig auf die Palme bringen.«

Er wirkte ebenfalls erleichtert. »Ja … möglich. Flo, ich finde schrecklich, was da gerade mit uns passiert. Wo sind die schönen Zeiten geblieben?« Er grinste. »Könnten wir uns über Neujahr ein bisschen Spaß gönnen und nicht über Schottland, Babys oder Jobs reden, bis ich wieder da bin?«

Sie grinste ebenfalls. »Versuchen wir's.«

Siebzehn

4. Januar

Dominic brachte Dorothea einen Scheck über dreihundert Pfund für das Landschaftsbild von Bowman. Sie tranken gerade Tee, als es an der Tür klingelte.

»Das wird Dr. Kent sein«, sagte Flora.

»Tja, dann geh ich mal lieber«, meinte Dominic, erhob sich ächzend vom Sofa, reichte Flora Tasse und Untertasse und wischte sich die Hände an einem gelben Tuch ab, das er aus der Brusttasche seines Tweedsakkos gezogen hatte.

»Sie können ruhig bleiben. Er will nur etwas vorbeibringen und nach Dorothea sehen.«

»Sie ist kerngesund, nicht wahr, Tante Dot?«

Seine Bemerkung wirkte angesichts der fast unter der Decke verschwindenden Dorothea, die nur noch Haut und Knochen war und deren Haut wächsern glänzte, absurd.

Flora ließ den Arzt herein, der ihr eine Plastiktüte gab. »Bettschutzeinlagen. Gestern war ein Vertreter in der Praxis, der uns ein paar Packungen dagelassen hat. Die können Sie wahrscheinlich gebrauchen.«

»Danke, das ist sehr nett von Ihnen.«

»Inkontinenzhilfen – ich weiß eben, wie man Frauen beeindruckt.« Er schmunzelte. Weil seit dem Tag, an dem er sie gefragt hatte, ob sie schwanger sei, eine gewisse Befangenheit zwischen ihnen herrschte, freute es sie, wieder mit ihm lachen zu können.

»Wie geht's ihr?«

»Sie wird immer weniger.«

Der Arzt nickte. »Das ist oft so. Wenn sie krank werden, geben sie auf. Ich schaue kurz zu ihr rein und sage Hallo.«

Sie folgte ihm ins Wohnzimmer, wo Dominic gerade ein Silbertablett auf dem Schreibtisch begutachtete.

Dr. Kent ging zu Dorothea und nahm ihre Hand, in der sie immer noch den Scheck von ihrem Großneffen hielt.

»Na, ist das die Lohntüte?«, scherzte der Arzt und entlockte seiner Patientin ein verlegenes Kichern.

»Tante Dot hat mich beauftragt, ihr beim Ausräumen zu helfen.« Dominic schwieg kurz. »Nicht wirklich ›beauftragt‹. Natürlich würde ich nicht im Traum daran denken, Geld dafür zu nehmen.«

Simon Kent nickte. »Und wofür ist der Scheck?«, fragte er Dorothea.

Sie reichte ihn ihm. »Ich glaube, für das Bild …« Sie deutete auf die Wand, an der ein helles Rechteck den Platz markierte, an dem es sich befunden hatte.

»Ich erinnere mich gut daran, darauf war ein Bauernhof zu sehen. Sehr hübsch. Wissen Sie noch, dass wir uns darüber unterhalten haben? Ich habe Ihnen damals gesagt, dass ich John Bowman sehr mag.«

Dominic wirkte erstaunt. »Tatsächlich? Er ist nicht allzu bekannt.«

»Ein Freund von mir hat ungefähr ein halbes Dutzend Werke von ihm. Ich hätte selbst gern eines, doch sie sind mir zu teuer.«

»Leider habe ich für das von Tante Dot nicht viel bekommen«, erklärte Dominic. »Landschaften verkaufen sich momentan nicht sonderlich gut. Die Leute wollen alle nur chinesische Sachen.« Er schüttelte bedauernd den Kopf, bevor er zu Dorothea eilte, um ihr einen Kuss auf die Wange zu drücken.

»Ich geh jetzt lieber, Tante Dot. War wie immer schön, dich zu sehen. Bis bald.«

»Meinetwegen müssen Sie nicht gehen«, sagte Dr. Kent. »Ich wollte nur Flora etwas bringen. Ich bleibe nicht.«

»Nein, nein, ich bin sowieso schon spät dran. Ich muss etwas im West End abholen, und in einer halben Stunde beginnt die Rushhour.«

Er bedachte Flora mit einem fröhlichen Lächeln und eilte davon.

»Hab ich was Falsches gesagt?«, erkundigte sich der Arzt verwundert.

»Vielleicht …«, hob Flora an.

Als sie mit dem Arzt im Flur allein war, fragte sie ihn: »Wären Ihnen dreihundert Pfund für einen Bowman zu teuer?«

Er hob die Augenbrauen. »Nein. Die von Denis haben mindestens zweitausend gekostet. Vor ein paar Monaten wollte er mir einen für dreieinhalbtausend überlassen. Der Mann muss das Bild in eine Mischauktion gegeben haben, wo niemand Bowman kannte. Einen Bowman muss man Spezialisten anbieten, um einen angemessenen Preis dafür zu erzielen.«

»Ich glaube, ich muss mit Renée reden«, murmelte Flora.

»Alles in Ordnung bei Ihnen?«, erkundigte sich der Arzt, als er in seinen feuchten Mantel schlüpfte, dessen Geruch Flora irgendwie beruhigte, weil er sie an ihre Kindheit erinnerte, wenn sie bei Regenwetter vom Spielen im Garten ins Haus gelaufen war.

»Ja, ich war beim Arzt. Er sagt, es ist alles okay. Ich weiß noch nicht, ob ich eine Amniographie machen lasse.«

»Schwierige Entscheidung. Was sagt Fin?«

»Er will das Baby eigentlich nicht.«

Das war ihr so herausgerutscht. Als sie Simon Kents schockierte Miene sah, schämte sie sich für ihre unbedachte Äußerung. In Fins Abwesenheit hatte sie Zeit zum Nachdenken gehabt und gemerkt, wie sehr seine Reaktion sie belastete. Sie hätte sich gern mit ihm gefreut und wie mit Prue und Bel über dieses Wunder gejubelt, das sie gemeinsam geschaffen hatten. Doch echte Freude schien sich bei ihm nach wie vor nicht einzustellen, er beteuerte nur immer wieder, dass er sich etwas aus dem Kind mache.

»Sorry, das hätte ich nicht sagen sollen.«

Dr. Kent nahm seine Tasche. »Keine Panik. Das wird schon noch. Wenn er das Baby sieht, schmilzt er dahin. Das war bei Jasmine und mir auch so. Sie war einfach unglaublich.« Sein Gesicht nahm einen verträumten Ausdruck an, als er von seiner Tochter schwärmte. Bitte, dachte Flora, bitte, lieber Gott, lass Fin auch so schauen, wenn das Kleine auf der Welt ist.

»Hmm …« Renée verstummte am anderen Ende der Leitung. »Das ist nicht in Ordnung«, sagte sie schließlich. »Aber wenn ich ihn zur Rede stelle, behauptet er bestimmt, dass es nicht richtig signiert oder ein Riss in der Ecke war. Irgendeine Erklärung fällt ihm für seinen kümmerlichen Scheck schon ein.«

»Dr. Kent vermutet, dass er das Bild in einer Mischauktion angeboten hat, nicht in einer speziellen, zu der Bowman-Sammler gekommen wären.«

»Möglich. Vielleicht strengt er sich tatsächlich an und ist einfach nur unfähig – auf mich macht er nicht den hellsten

Eindruck. Aber es ist trotzdem nicht in Ordnung.« Sie seufzte. »Eine gute Nachricht habe ich immerhin: Gerade hat mich die Agentur angerufen. Pia fährt nach Hause zu ihrer kranken Schwester und weiß nicht, wann sie wiederkommt. Es ist ihr letztes Wochenende bei Dorothea.«

»Gott sei Dank.« Flora gab sich keine Mühe, ihre Erleichterung zu verbergen.

»Vorsicht, Flora. Wir haben keinerlei Beweis dafür, dass Pia sich nicht richtig um Dorothea kümmert. Offenbar haben wir sie zu Unrecht verdächtigt. Sie und Mary dürfen nichts Schlechtes über sie sagen.«

Flora brachte Dorothea vor dem Abendessen mit dem Rollstuhl zum Bett, weil sie zu müde zu sein schien, um weiter aufrecht zu sitzen. Als sie sie am Schreibtisch vorbeischob, deutete Dorothea auf den hellen Fleck an der Wand, wo sich das Bild befunden hatte.

»Irgendwie fehlt es mir.«

»Dominic sollte keine Sachen mehr verkaufen. Sie brauchen das Geld nicht, und es ist schön, vertraute Dinge um sich zu haben.«

Es dauerte eine Weile, bis Dorothea etwas sagte. »Ich glaube, das tut er gern.«

»Ja, aber lassen Sie sich nicht Ihre Lieblingssachen wegnehmen.«

Die alte Dame winkte ab. »Letztlich ist mir das egal.«

Auf dem Heimweg begegnete Flora im Eingangsbereich Keith.

»Hallo, Florence. Du wirkst glücklich.«

»Tatsächlich? Ich habe gerade etwas Erfreuliches erfahren: Die Pflegerin, auf die du ein Auge haben solltest, fährt nächste Woche nach Hause auf die Philippinen.«

»Ach. Sie hat die Wahrheit gesagt?«

»Wahrscheinlich. Nichtsdestotrotz scheint Dorothea sie nicht gemocht zu haben. Leider werden wir jetzt nie erfahren, warum, und das ärgert mich.«

Keith grinste verschmitzt. »Ich könnte dieses Wochenende noch mal probieren, sie auf frischer Tat zu ertappen.«

»Wär das nicht albern?«

»Ja, aber wir könnten es trotzdem machen.«

Flora schmunzelte. »Ein kurzer Besuch würde vermutlich nicht schaden.«

»Gut. Ich ruf dich an, wenn ich oben war … wahrscheinlich am Sonntag.«

»Bestimmt bäckt sie Muffins und kuschelt mit Dorothea.«

»Igitt.«

Flora ging erleichtert nach Hause. Ihr war bewusst, dass ihr davor zu grauen begonnen hatte, zu Fin zurückzukehren, weil sie nie wusste, in welcher Stimmung er war, und sie ihn wie ein rohes Ei behandeln musste, um Konfrontationen aus dem Weg zu gehen. Die ersten Tage des neuen Jahres waren schwierig gewesen, allerdings nicht, weil sie sich gestritten hätten. Wie vereinbart hatten sie sich über die Zukunft ausgeschwiegen und versucht, einen Kokon aus Liebe, alten Filmen und Spaziergängen im Park zu weben. Fin schien damit zufrieden gewesen zu sein, doch sie hätte gern über das Baby gesprochen, mit Fin Mutmaßungen über seine Augenfarbe und seine Haare angestellt und diskutiert, wie die Geburt verlaufen sollte und wie sie das Kleine gemeinsam aufziehen würden. Es ärgerte sie, dass das mit dem Vater ihres Kindes nicht möglich war.

»Komm mal lieber … am besten gleich.« Keith klang grimmig, als er sie am Sonntagnachmittag anrief.

»Was ist los?«

»Komm einfach. Und sag Mrs Carmichael Bescheid.«

Als Flora die Wohnung betrat, waren Keith und Dorothea allein. Sie lag im Bett, das Gesicht zur Wand.

»Was ist passiert?«

Keith zog Flora in den Flur.

»Ich habe wie besprochen vor einer halben Stunde, so gegen vier, reingeschaut. Das Miststück saß mit zwei Freundinnen im Wohnzimmer. Sie haben gelacht und getrunken und gegessen – die Sachen stehen noch auf dem Tisch. Dorothea hatte sie mit dem Rücken zum Zimmer im Rollstuhl beim Fenster geparkt.«

Flora spürte, wie Wut in ihr aufstieg.

»Auf ihrem Schoß lag ein riesiges Stück Kuchen – das hätte sie in tausend Jahren nicht runtergekriegt. Und sie war eiskalt. Ich wollte sie gleich ins Bett bringen, aber sie hatte in die Hose gepinkelt, und ich musste sie erst umziehen. In der Zeit haben Pia und ihre Freundinnen sich aus dem Staub gemacht. Verdammtes Aas. Du hättest ihr Gesicht sehen sollen, wie ich reingekommen bin.«

»Was hat sie gesagt?«

»Dass sie eine Abschiedsparty für Dorothea schmeißt und das Freundinnen von ihr sind, die Dorothea kennt und mag.«

»Sie hat eine Antwort auf alles.«

»Als ich gefragt habe, warum sie mit dem Rücken zu ihnen sitzt, hat sie gesagt, dass die alte Dame eingedöst ist und sie sie weggedreht hat, damit sie sie nicht wecken. Gott, war ich wütend. Ich hab ihr, glaube ich, einen ziemlichen Schrecken eingejagt.« Er schüttelte den Kopf. »Die drei haben aufgeregt in ihrer Sprache geplappert. Sie hatten wohl ein schlechtes Gewissen.«

Keith nahm sein Handy aus der Tasche. »Ich hol die Polizei.«

»Das interessiert die nicht. Für Leute, die die Umstände nicht kennen, sieht's so aus, als hätte sie tatsächlich nur eine Abschiedsparty gefeiert, wie sie behauptet.«

Keith zögerte. »Einen alten Menschen schlecht zu behandeln, ist doch sicher nicht legal.«

»Man braucht eindeutige Beweise, dass jemand sie geschlagen oder gequält hat. Was haben wir schon in der Hand? Selbst wenn Dorothea etwas sagen würde, was sie bisher nicht getan hat, würde sie das der Polizei gegenüber niemals wiederholen.« Flora setzte sich. »Es ist meine Schuld. Ich wusste, dass es Schwierigkeiten gibt, und hätte auf meinen Instinkt hören und nachhaken sollen. Am liebsten würde ich ihr den Hals umdrehen. Sie darf nicht ungeschoren davonkommen …«

»Sieht aber genau so aus.«

»Renée hat das Wochenende in Dorset verbracht und ist auf dem Weg hierher. Ich kümmere mich mal lieber um Dorothea. Scheiße. Mary und ich haben von Anfang an gewusst, dass was im Busch ist.«

»Ja, aber was hättet ihr machen sollen, wenn Miss H.-T. sie nicht feuern wollte?«

»Keine Ahnung. Irgendwas.«

Flora betrat Dorotheas Schlafzimmer. Die alte Frau drehte sich voller Angst um. Flora legte ihr beruhigend die Hand auf den Arm.

»Alles gut, Pia ist weg. Endgültig.«

Die alte Dame blickte an ihr vorbei, als erwartete sie, dass Pia hereinkommen würde.

»Wirklich, sie ist weg, Dorothea.« Flora setzte sich neben sie. »Es tut mir so leid. Mary und ich haben gewusst, dass Sie sie nicht mögen, allerdings nicht, warum.«

Dorothea drückte blinzelnd ihre Hand. »Sie hat mich gezwungen, diesen grässlichen Kuchen zu essen.« Tränen traten ihr in die Augen. »Und sie hat mir erst geholfen, wenn ich damit fertig war.«

»Jedes Mal?«

Dorothea schüttelte den Kopf. »Manchmal war sie sehr nett zu mir. Aber dann hat sie mich wieder allein gelassen und sich geweigert, mich zur Toilette zu bringen oder mir etwas zu trinken zu geben.«

Flora wischte ihr vorsichtig die Tränen von der wächsernen Haut.

»Ich wusste nie, was sie machen würde.«

»Warum haben Sie nichts gesagt? Wir hatten keine Beweise.«

Dorotheas Mundwinkel zuckten.

»Sie hat behauptet, wenn ich sie verpetze, glaubt mir niemand, weil ich eine dumme alte Frau bin.« Sie holte Luft. »Und wenn man mir glaubt, kündigt Renée allen Pflegerinnen und steckt mich in ein Heim.«

»Das würde Renée nie machen.«

Dorothea sah Flora an. »Ich war mir nicht sicher.«

»Dorothea, es tut mir so leid.«

»Manchmal fällt es mir schwer, mich zurechtzufinden. Ich hatte Angst, dass Renée es satthat, sich um mich zu kümmern.«

»Sie würde Sie niemals in ein Heim geben.«

Dorothea seufzte. »Der Kuchen war grässlich. Mir wurde übel davon.«

Später tranken Keith und Flora in der Küche Tee. Flora hatte die alte Dame gewaschen und sie beruhigt, und nun schlief sie.

»Pia wird also ungestraft davonkommen.«

Keith zuckte mit seinen breiten Schultern. »Schätze, sie macht sich aus dem Staub und lässt sich nie wieder blicken.«

»Das ist ein schwacher Trost.«

»Die Vermittlungsagentur kann den Vertrag mit ihr auflösen, aber was nützt das schon, wenn sie auf den Philippinen bleibt?«

Flora, die Gewissensbisse plagten, weil sie nicht auf ihre innere Stimme gehört hatte, stellte sich vor, wie hilflos Dorothea Pia in ihrer eigenen Wohnung ausgeliefert gewesen war.

»Renée wird stinksauer sein«, sagte sie. »Nach welchen Kriterien soll sie nun eine andere Pflegerin aussuchen? Pia hat so nett gewirkt … Nur Mary konnte sie von Anfang an nicht leiden.«

»Wenn sie sich jemals wieder hier blicken lässt, dreh ich ihr den Kragen um, das schwöre ich«, knurrte Keith.

Als Mary von den Ereignissen hörte, war sie außer sich vor Zorn.

»Diese verdammte Schlampe! Was hab ich dir gesagt? Wir haben ihre Adresse. Ich hätte gute Lust, zu ihr zu fahren und ihr eine Abreibung zu verpassen.«

»Geht mir genauso.«

»Man sollte diese Hexe einsperren. Das ist krank. Und ich hab's *gewusst*. Von Anfang an. Ich hab's euch allen immer wieder gesagt.«

»Sch, nicht so laut, sonst hört Dorothea dich.«

Es dauerte eine Weile, bis die irische Pflegerin sich beruhigte.

Seit Fins Abreise hatten sie nur selten miteinander telefoniert. Wenn sie redeten, erzählte er ihr begeistert von den Leuten, die er an der Kletterwand kennenlernte, von dem Training, mit dem er angefangen hatte, und von seiner Erleichterung, wieder an der frischen Luft zu sein. Als sie ihn fragte, wie es mit dem Haus vorangehe, antwortete er ausweichend, obwohl er behauptete, sich darum zu kümmern. Sie hätte ihm gern von dem berichtet, was bei Dorothea vorgefallen war.

»Wie läuft's?«, fragte sie ihn.

»Großartig. Heute hab ich mit Neil, einem Typen von der Kletterwand, gesprochen. Er weiß von einer tollen Expedition im nepalesischen Annapurnagebiet, an der ich teilnehmen könnte, wenn ich mich fit genug fühle. Das wollte ich immer schon machen. Sie ist erst im Herbst, das wäre zu schaffen, wenn ich hart trainiere – die Route ist nicht ganz so schwierig wie viele andere dort. Allmählich spüre ich, wie meine Kraft zurückkehrt, Flo. Schon nach ein paar Tagen hier oben fühle ich mich viel besser.«

»Vergisst du nicht was?«

»Was denn?«

»Ach, nur die Sache mit dem Baby.«

Schweigen am anderen Ende der Leitung.

»Die Tour startet erst Anfang September. Bis dahin ist es auf der Welt, oder?«

Flora fehlten die Worte.

»Flo? Es kommt doch Anfang August?« Er klang panisch.

»Ja, aber willst du uns so bald nach der Geburt allein lassen?«

Wieder Schweigen.

»Bei der Geburt bin ich natürlich dabei. Die will ich nicht verpassen. Aber am Anfang bin ich sowieso keine große Hilfe, oder? Ich hab keine Ahnung, wie man mit einem Baby umgeht. Ich kann's ja nicht mal füttern. Du hast Prue ...« Er verstummte, als ihm bewusst wurde, was er gesagt hatte.

Flora, die zu benommen zum Weinen war, legte auf. Sie wusste nicht, worüber sie sich am meisten aufregen sollte. Fin hatte nicht nur vor, sie im Stich zu lassen, sobald das Kind auf der Welt wäre, sondern schien auch das Haus nicht verkaufen oder vermieten zu wollen. Er ging davon aus, dass sie in London bei ihrer Schwester bleiben würde, die ihr helfen konnte. Also waren seine Pläne, ein eigenes Zuhause für das Baby zu suchen – egal, ob in Inverness oder anderswo –, nur heiße Luft gewesen.

Er rief einmal, zweimal, dreimal an und schickte ihr dann eine SMS. Sie ging nicht ran. Erst nach einer ganzen Weile wählte sie seine Nummer, damit er endlich Ruhe gab.

»Flo, plötzlich war Funkstille. Ich hatte Angst, dass dir was passiert ist, dass du ohnmächtig auf dem Boden liegst. Warum bist du nicht rangegangen? Ich hab dich immer wieder angerufen. Gerade wollt ich's bei Prue versuchen, damit die bei dir nach dem Rechten sieht.«

»Tut mir leid, ich war aus der Fassung.«

»Warum denn?«

»Weil du gleich wieder abhauen möchtest, wenn das Baby da ist.«

»Ich muss ja nicht gehen. Wenn ich das Geld für die Expedition nicht auftreibe, nehmen sie mich sowieso nicht mit. Ich hab mir nur gedacht, dass ich in der kleinen Wohnung bloß im Weg bin, dass es besser ist, wenn ich verschwinde. Bei meiner Abreise ist das Kleine mindestens drei Wochen alt.«

»Und was ist mit der Bleibe, die wir uns mit dem Baby suchen wollten?«

Er seufzte. »Das ist kompliziert. Ich hab mit ein paar Maklern gesprochen. Sie sagen alle, dass es schwierig wird, Dads Haus zu vermieten, und es Unsinn wäre, es zu verkaufen. Und es für das Kind ordentlich herzurichten kostet Geld, das ich nicht habe.« Er schwieg kurz. »Also ist es vermutlich besser, alles so zu lassen, wie es ist, bis wir wirklich was unternehmen können.«

Flora wusste, dass er log. Er hatte mit keinem Makler gesprochen und keinen Gedanken an das Haus verschwendet, weil er zu beschäftigt gewesen war, sich wieder in sein altes Leben und seine früheren Gewohnheiten einzufinden. Sie und das Baby waren ihm scheißegal.

»Ich bin müde. Wir unterhalten uns weiter, wenn du zurück bist.«

»Ist alles in Ordnung? Mach dir keine Sorgen. Ich bin bald bei dir; es dauert nicht mehr lange, bis ich mein Training organisiert habe. Ich liebe dich.«

Es ist, als würde ich mit einem rückfälligen Junkie reden, dachte Flora.

»Bis dann, Fin.« Sie legte auf. Nun begriff sie, dass sie Fin zu einem kritischen Zeitpunkt seines Lebens begegnet war, als das Schicksal es ihm unmöglich gemacht hatte, seiner Leidenschaft zu frönen. Er war nicht glücklich gewesen, sondern abhängig. Früher, als ihr eigenes Dasein anstrengender gewesen war, hatte seine Besessenheit von den Bergen sie nicht gestört. Doch nun, da sie mehr von ihm wollte, konnte Fin es ihr nicht geben.

Mit Dorothea ging es steil bergab. Sie wollte nicht mehr essen, verlor tagtäglich Gewicht und begann sich auf ihrer harten Matratze aufzuliegen. Renée organisierte ein hohes, breites Krankenbett, dessen Kopf- und Fußteil sich verstellen ließ, dazu eine hochmoderne wasserabweisende Matratze. Auf Renées Anweisung wurde das Bett ins Wohnzimmer gestellt.

»Hier ist sie besser aufgehoben als in ihrem winzigen Schlafzimmer. Sie kann aus dem Fenster schauen und hat mehr Platz.«

Flora spürte, dass Renée nach wie vor traurig und wütend war über die Sache mit Pia. Wie Keith hatte sie die Polizei informieren wollen, aber es gab keinerlei Hinweise darauf, dass Pia Dorothea misshandelt hatte. Sie mussten akzeptieren, sie nicht belangen zu können.

»Was macht denn dieses Ding hier?« Die alte Dame deutete verwundert auf das riesige Bett.

»Das ist bequemer für dich.« Renée nahm die Hand ihrer Freundin. »Es hat eine luftgefüllte Matratze, damit du dich nicht an Po und Fersen aufliegst.«

»Heißt das, ich schlafe im Wohnzimmer?«, fragte Dorothea verunsichert.

»Ja. Da hast du mehr Platz, und den Pflegerinnen fällt es leichter, sich um dich zu kümmern.«

Dorothea sah Flora an. »Und wo bin ich tagsüber?«

»Da können Sie wie immer in Ihrem Sessel sitzen. Wenn Sie müde werden, ist das Bett gleich in der Nähe.«

Dorothea beäugte das Bett wie einen Eindringling. »Ich weiß nicht, ob mir das gefällt.«

Renée bedachte sie mit einem aufmunternden Lächeln. »Anfangs ist es vielleicht noch ein bisschen ungewohnt, aber glaube mir, du wirst die Matratze lieben. Die in deinem Schlafzimmer ist bestimmt noch von vor dem Krieg.«

Dorothea, die daran offenbar nichts Schlimmes finden konnte, nickte. »Ja, sie hat meiner Mutter gehört.«

Renée verdrehte die Augen in Richtung Flora. »Probier mal die hier aus und schau, wie du damit zurechtkommst.«

»Na, wie ist das neue Bett?«, fragte Keith Godly von der Tür aus. »Ich hab gesehen, wie sie es brachten. Wow! Erinnert an einen Ozeanriesen, was?« Er zwinkerte Dorothea zu.

»Ich glaube, ich mag es nicht.«

»Wenn Sie nicht drin schlafen wollen, schnapp ich mir's.«

Dorothea lachte matt. »Vielleicht sollten Sie das.«

»Brauchen Sie Hilfe?«

Flora und Renée schüttelten den Kopf. Es dauerte eine Stunde, bis sie das Bett für Dorothea hergerichtet hatten. Als sie schließlich weiß wie die Wand darin lag, senkte sich die weiche, mit Luft gefüllte Matratze unter ihr kaum.

»Und, ist's bequem?«, erkundigte sich Renée.

Dorothea wandte ihr den Kopf zu. »Ich glaube schon.« Dann lächelte sie ihrer Freundin zu, schloss die Augen und schlief ein.

»Das wird Ihnen die Arbeit erleichtern«, flüsterte Renée Flora zu, als sie das Zimmer verließen.

Zu Hause empfing Fin, der an diesem Tag zurückgekommen war, sie mit einer Umarmung. Er sah gut aus, seine Augen leuchteten. Fin küsste sie auf den Mund, und seine Hand glitt zu ihrem Po.

»Gott, hast du mir gefehlt.« Er trat einen Schritt zurück und musterte sie. »Wie geht's dir?«

Sie lachte, atemlos von seinem Überfall. »Ich bin okay.«

»Und der alten Dame?«

»Sie lebt noch, ist aber sehr schwach.«

Fin zog sie zum Sofa.

»Siehst du, wie fit ich nach einer Woche in den Bergen bin! Ich fühle mich wie ein neuer Mensch.« Wieder küsste er sie.

Das erinnerte Flora an früher, wenn er von einer seiner Expeditionen zurückgekommen war und sich sofort auf sie gestürzt hatte. Und sie reagierte wie damals und überließ sich ganz seinen Berührungen.

Als sie später in der Badewanne lag, Fin mit einem breiten Grinsen an der Tür, fühlte sie sich hin- und hergerissen. Der Sex mit Fin verwirrte sie. Ihre Körper passten so gut zusammen, sie ergänzten sich perfekt. Wie ließ sich diese physische Harmonie mit ihren unterschiedlichen Erwartungen an das Leben vereinbaren?

Achtzehn

17. Januar

In Dorotheas Wohnung herrschte merkwürdige Ruhe, weil die alte Dame nun den größten Teil des Tages schlief. Sie saß nur noch kurze Zeit in ihrem Sessel, etwa während ihr Bett frisch bezogen wurde, und war, abgesehen von gelegentlich aufkeimender Gesprächslust, die sich jedoch schnell wieder legte, sehr schweigsam. Flora beobachtete, wie sie sich von der Welt zurückzog und allen weltlichen Verpflichtungen enthoben auf ihrer mit Luft gefüllten Matratze zu schweben schien. Vielleicht träumte sie von einer fernen Vergangenheit, als sie noch wirklich gelebt und geliebt hatte.

»Wie lange, glauben Sie, wird es so weitergehen?«, fragte Flora Dr. Kent bei einem seiner morgendlichen Besuche.

»Schwer zu sagen. So gut, wie sie versorgt ist, könnte es eine Weile dauern, obwohl ich das eher nicht glaube.«

»Was passiert, wenn sie sich eine Infektion zuzieht, eine Lungenentzündung oder eine Bronchitis? Von Renée weiß ich, dass sie nicht wiederbelebt werden und zu Hause sterben möchte. Heißt das, dass wir ihr keine Antibiotika geben sollen?«

Der Arzt überlegte kurz. »Falls eine Lungenentzündung auftritt, würde ich Antibiotika vorschlagen, weil Ersticken ein ziemlich qualvoller Tod ist. Die Medikamente würden ihr Leben nicht wesentlich verlängern, ihr die letzten Tage jedoch weniger beschwerlich machen.«

Dorothea kann sich glücklich schätzen, Simon Kent als Arzt zu haben, dachte Flora, die es auch schon mit arroganten Angehörigen seiner Zunft zu tun gehabt hatte und wusste, dass er stets Dorotheas Wohl im Sinn hatte.

»Ich gehe heute Abend wieder tanzen«, sagte er gerade. »Wollen Sie es nicht doch mal probieren?«

»Nur anständig angezogen.«

»Ich fand die Strümpfe hinreißend.«

Flora lachte. »Und Sie hatten gar keine an.«

»Wir waren beide ein Ausbund an Eleganz.« Plötzlich wurde er ernst. »Ich muss los.«

»Danke, dass Sie vorbeigeschaut haben.«

»Machen Sie mit Dorothea einfach weiter wie bisher.«

»Was ist? Warum schaust du mich so an?«

Am Samstagmorgen hatte Flora bei ihrer Schwester den Eintopf geholt, den diese übrig hatte, weil sie mit ihrer Familie das Wochenende bei Freunden verbringen wollte. Flora stellte das schwere blaue Gefäß von Le Creuset auf der Arbeitsfläche ab, bevor sie sich Fin zuwandte, der mit einem vollen schwarzen Müllsack zur Tür unterwegs war.

»Ich bin gerade bei Prue gewesen. Sie findet, dass ich es, obwohl sie dir versprochen hat, mir nichts zu verraten, wissen soll.«

Er wurde sehr still.

»Hast du wirklich geglaubt, sie würde es für sich behalten?«, fragte sie wütend, nicht nur weil er ihre Schwester um Geld für den Nepaltrip angebettelt hatte, ohne vorher mit ihr darüber zu sprechen, sondern weil ihr das bewies, wie entschlossen er war, das Expeditionsvorhaben trotz des Babys durchzuführen.

Fin wurde blass. »Ich wusste ja, dass es eines Tages rauskommen würde. Warum, zum Teufel, hat sie dir's jetzt gesagt? Das ist doch Schnee von gestern. Wir haben … Es war eine Dummheit …« Der Müllsack glitt ihm aus der Hand.

»Was für eine Dummheit? Was redest du da?«

»Was hat Prue dir gesagt?«

»Dass du sie um Geld für den Nepaltrip im September angehauen hast.«

Fin ließ sich aufs Sofa plumpsen.

»Ach so, ja. Das Thema ist irgendwie aufgekommen, und …«

»Was dachtest du denn, worüber wir gesprochen haben?«

Er schwieg.

»Fin?«

Schließlich sah er sie mit flehendem Blick an. »Vergiss es. Ich hab da was verwechselt. Der Nepaltrip … Ich hätte mit dir darüber reden sollen.«

»Schnee von gestern? Wie meinst du das?«

»Scheiße …«, murmelte er.

»Raus mit der Sprache.«

Er stöhnte leise. »Na schön, wenn du's unbedingt wissen willst … Prue und ich … es ist Jahre her, bevor ich abgehauen bin …«

»Prue und du?«, wiederholte Flora ungläubig.

»Ja. Es war nicht wichtig, Flo. Wir waren beide komisch drauf, und …«

»Moment … Soll das heißen, du hast mit meiner *Schwester* geschlafen?«

Er nickte stumm.

»Du und Prue? Das glaube ich dir nicht.«

Als er wieder schwieg, fragte sie: »Einmal? Zweimal? Wie oft?«

»Ich weiß es nicht mehr so genau. Ein paarmal.« Er stand auf, trat auf sie zu und versuchte, ihre Hände zu nehmen, doch sie hielt sie hinter dem Rücken.

»Und wo?«

»Mein Gott, was spielt das jetzt noch für eine Rolle? Es hat uns beiden nichts bedeutet. Bitte schau mich nicht so an.«

»Sag mir wo, Fin.«

»Hier im Haus. Im oberen Schlafzimmer.«

Flora versuchte, seinen Worten einen Sinn abzugewinnen. »Wann hattest du dazu Zeit? Du warst doch immer weg.«

Er seufzte tief. »Ich bin mit der Maschine nach London gefahren …«

Die Vorstellung von Fin auf seiner Triumph, unterwegs zu einem Stelldichein mit ihrer Schwester, war zu viel für Flora. Ihr wurde schwindlig, und sie sank aufs Sofa.

»Flo?« Er eilte erschrocken zu ihr, wagte jedoch nicht, sie zu berühren. »Alles in Ordnung?«

»Wie lange ist das so gegangen?«

»Das ist doch nicht wichtig. Quäl dich nicht damit.«

Sie sah ihn an. »Ich muss es wissen.«

Er setzte sich schweigend neben sie und schloss die Augen.

»Wie lange?«

»Ungefähr ein Jahr … aber nicht sehr oft. Eigentlich eher selten.« Er klang monoton. »Hauptsächlich deswegen habe ich dich verlassen. Sie war stinksauer, als ich mit ihr Schluss machen wollte, weil ich Angst hatte, du könntest es merken. Ich musste einfach weg.«

»Dann hatte es also nichts damit zu tun, dass ich mir ein Kind gewünscht habe?«

»Durch das Gespräch über das Baby ist mir aufgegangen, was für einen Scheiß ich mache. Ich konnte doch schlecht mit dir eine Familie gründen, wenn ich … Außerdem hatte ich vor, nach ein paar Wochen wieder zurückzukommen. Aber dann war ich mir sicher, dass sie es dir gesagt hat, und ich hab mich nicht mehr getraut.«

Erinnerungen an das Jahr, bevor er sie verlassen hatte, zogen vor Floras geistigem Auge vorbei: Wie sie sich leidenschaftlich geliebt hatten, händchenhaltend am Meer entlangspaziert waren und Kiesel mit den Füßen weggekickt hatten, wie er ihr im Café an der Ecke tief in die Augen gesehen und gesagt hatte: »Ich liebe dich.« Darüber lagerten sich andere Bilder: seine großen, schwieligen Hände auf den Brüsten ihrer Schwester, seine Lippen auf den ihren, ihre Beine um seinen durchtrainierten Körper. Flora glaubte sogar, den Schrei zu hören, den Prue ausgestoßen hatte, als sie zum Höhepunkt gekommen war.

»Warum?«, fragte sie mit brechender Stimme.

»Flo …«

Sie versuchte, seine Gedanken zu lesen, doch seine Augen verrieten ihr nichts.

»Du konntest also nicht anders«, stellte sie fest.

Ziemlich lange saßen sie wie erstarrt da.

»Was willst du Prue sagen?«

Flora schüttelte den Kopf.

»Bel zuliebe …« Er schien zu merken, dass er sich auf gefährliches Terrain begab.

Sie konnte nicht fassen, dass ausgerechnet die beiden Menschen, die ihr – abgesehen von Bel – am nächsten standen, sie so hintergangen hatten.

»Verschwinde.« Sie wusste, dass sie es keine Sekunde länger mit ihm aushalten würde.

»Bitte. Wenn ich gehe, redest du nie wieder ein Wort mit mir, das weiß ich. Wir müssen darüber sprechen, Flo. Sieh mich an. Es ist drei Jahre her, eine Ewigkeit. Eine Dummheit, nichts Wichtiges. Wir wollten dir nicht wehtun … und haben uns geschworen, dass du niemals davon erfahren würdest, weil für alle zu viel auf dem Spiel steht.«

Flora hörte kaum noch, was er sagte.

»Bitte … Ich will nicht einfach so verschwinden.« Er stand auf. »Ich komme in ein paar Stunden wieder.«

»Nein.«

»Schmeißt du mich raus?«, fragte er ungläubig.

»Meinst du wirklich, ich könnte noch mit dir zusammen sein, jetzt, wo ich weiß, was du mit meiner Schwester getrieben hast?«

Er sank vor ihr auf die Knie. »Flora, bitte … Das ist alles ein bisschen viel für dich. Du kannst unsere Beziehung nicht einfach wegen so einer Dummheit wegwerfen, die drei Jahre zurückliegt. Wir lieben uns doch und bekommen zusammen ein Baby.«

Bei dem Wort »Baby« stieß Flora einen markerschütternden Schrei aus, so animalisch, dass sie ihn zuerst nicht als den ihren erkannte.

Fin wich erschrocken zurück.

»Komm, ich bring dich ins Bett.« Er hob sie hoch und trug sie wie ein Kind ins Schlafzimmer. Seine Arme um ihren Körper zu spüren war die Hölle für Flora, denn während ein Teil von ihr ihn am liebsten für das, was er ihr angetan hatte, umgebracht hätte, sehnte sich der andere danach, einfach an seine Brust zu sinken und alles zu vergessen.

Als Flora benommen aufwachte, sah sie auf die Uhr: zehn nach vier. Sie hatte über zwei Stunden geschlafen. In der Wohnung war es ruhig. Flora wälzte sich fröstelnd aus dem Bett. Es war kühl und fast dunkel geworden. Sie füllte ein Glas mit Wasser, leerte es in einem Zug und blieb neben der Spüle stehen, um nachzudenken.

Normalerweise hätte sie Prue angerufen. Doch das war nicht möglich; sie würde ihre Schwester erst konfrontieren können, wenn diese vom Land zurückkam. Und auch nur, wenn Bel sie nicht hörte, denn Flora wollte keinesfalls die Ehe ihrer Schwester zerstören oder Bels Leben ruinieren. Von ihr würden Philip und ihre Nichte nichts erfahren.

Wo steckte Fin?, fragte sie sich. War er tatsächlich gegangen, vielleicht nach Inverness? Und würde sie ihn ertragen, wenn er wieder da wäre? Sie legte sich aufs Sofa, die Decke eng um den Körper geschlungen, und schaltete den Fernseher ein. Ihr war egal, was sie sah – irgendeinen alten Cowboyfilm –, sie wollte nur einfach diese Stille loswerden und nicht mehr grübeln müssen.

Später machte sie sich einen Toast, auf dem sie lustlos herumkaute. Kurze Zeit darauf hörte sie Prue und die Familie von dem Besuch auf dem Land zurückkehren und Bel ihrem Vater, der den Wagen abstellte, zurufen, er solle ihr ihren Schal vom Rücksitz mitbringen. Flora hoffte, dass keiner von ihnen auf die Idee kommen würde, bei ihr vorbeizuschauen.

Gegen zehn Uhr ging die Tür auf, und Fin trat mit von der Kälte gerötetem Gesicht und vom eisigen Nieselregen feuchten Haaren ein.

»Hi.«

Sie setzte sich trotz ihrer Wut erfreut, ihn zu sehen, auf. Das Alleinsein hatte ihr Angst gemacht und sie an die Zeit erinnert, als Fin sie verlassen hatte. Damals hatte sie genau das Gleiche getan wie jetzt, nämlich stundenlang fast regungslos unter der Decke gelegen und mit niemandem gesprochen.

Fin, der offenbar nicht wusste, ob er willkommen war, blieb stehen, ohne seine Jacke auszuziehen.

»Kann ich die Nacht hier verbringen?«, fragte er mit leiser Stimme.

Als sie nickte, sah sie die Erleichterung in seinem Gesicht, und sie begann zu schluchzen. Fin eilte zu ihr, legte die Arme um sie, drückte ihren Kopf an seine Brust, wiegte sie und fing selbst zu weinen an.

Das »Sorry, sorry, sorry«, das sie ihn flüstern hörte, bedeutete ihr nichts. Natürlich tat es ihm leid – alles, ständig. Doch er würde bis zum Sankt-Nimmerleins-Tag das Gleiche sagen, ohne dass sich etwas änderte; er würde sich selbst und die Berge immer mehr lieben als sie. Und sie würde immer mehr von einem Partner erwarten, als er geben konnte. Seine Affäre mit Prue war der Tropfen, der das Fass zum Überlaufen brachte, aber zuvor hatte es schon viele andere Tropfen gegeben.

»Hast du was gegessen?«, fragte er.

Sie schüttelte den Kopf.

»Du musst.« Sie wusste, dass er das Kind meinte. »Wenn du möchtest, mach ich dir Rühreier.«

Neunzehn

21. Januar

Am Montagmorgen herrschten schwierige Straßenverhältnisse, weil der Regen vom Wochenende sich in leichten Schneefall verwandelt hatte und über Nacht gefroren war, sodass die Straßen und Gehsteige spiegelglatt glänzten. Auf dem Weg zur Bushaltestelle hatte Flora schreckliche Angst zu stürzen.

Heute würde Fin aufbrechen.

»Na, schönes Wochenende gehabt?«, erkundigte sich Mary, die gerade Wasser für den Tee aufsetzte, als Flora bei Dorothea eintraf. »Ich war mir nicht sicher, ob du's herschaffen würdest. Heut Nacht war's arschkalt.«

»Wie ist die neue Pflegerin?«

»Lakme? Nettes Mädel. Inderin, jung. Redet nicht viel, scheint schüchtern zu sein. Aber mit Dorothea war alles in Ordnung, wie ich übernommen hab. Nicht wie bei Pia.«

»Also ist sie bei ihr in guten Händen? Alles andere muss uns nicht interessieren.«

»Ich glaub schon. Jedenfalls säuselt sie nicht rum wie dieses Miststück Pia.«

Dorothea hatte einen guten Tag. Den Vormittag verbrachte sie in ihrem Sessel. Nun schien sie keine allzu große Lust zu haben, sich wieder ins Bett zu legen.

»Wollen Sie etwas aussuchen?«, fragte sie Flora plötzlich von ihrem Sessel aus.

»Wofür?«

Die alte Dame machte eine ausladende Geste. »Ich würde Ihnen gern etwas schenken.«

»Das ist sehr freundlich von Ihnen, aber das darf ich, glaube ich, nicht annehmen.«

»Warum denn nicht? Ich mag manchmal was durcheinanderbringen, aber das sind immer noch meine Sachen, oder?« Sie hob eine Augenbraue, und plötzlich wirkte sie lebhaft.

Flora lachte. »Natürlich. Ich möchte nur nicht, dass jemand denkt, ich würde Sie ausnutzen.«

»Wenn, wären Sie vermutlich nicht die Einzige.«

Meint sie Dominic?, überlegte Flora.

»Sie sind immer so nett zu mir«, erklärte Dorothea.

»Ich hätte tatsächlich gern ein Erinnerungsstück ... obwohl ich Sie auch ohne nicht vergessen würde.«

Dorothea schüttelte verlegen den Kopf. »Jetzt würde ich mich gern wieder hinlegen.«

Als die alte Dame schlief, ging Flora ins Schwesternzimmer, um sich auf der Pritsche mit der Polyesterbettdecke auszuruhen. Sie hatte sich beruhigt, als wären die Dinge, die sich am Vortag ereignet hatten, jemand anders passiert. Fin packt gerade seine Siebensachen, dachte sie. Am Abend würde er nach Inverness fahren. Und dort bleiben, bis sie beide Zeit zum Nachdenken gehabt hätten. Dies war nicht das Ende, sagte sie sich immer wieder. Nicht das Ende.

Beim Gedanken an ihre Schwester überkam sie ein Gefühl der Ohnmacht und Verzweiflung. Prue war ihre Stütze, ihre Familie, ihr Rettungsanker, ihre Freundin. Der feige Teil ihrer selbst fragte sich, warum sie ihr überhaupt gestehen sollte, dass sie Bescheid wusste. Was brachte das? Ihre Schwester würde nur wiederholen, was Fin gesagt hatte: Es war nicht wichtig, wir waren beide komisch drauf, wir wollten dir nicht wehtun. All das stimmte vermutlich, und trotzdem war es reines Gerede.

Obwohl ihr der Tag sehr lang erschien, wollte sie nicht, dass er zu Ende ging, weil sie wusste, was sie zu Hause erwartete: eine kalte, leere Wohnung und die Aussicht, Prue zur Rede zu stellen. Also eilte sie nach der Arbeit nicht zum Bus, sondern schlenderte in der kühlen Luft dahin, froh darüber, ihre Heimkehr noch ein wenig hinauszögern zu können.

»Hallo, Flora?«, hörte sie jemanden von der anderen Straßenseite aus rufen. Als sie hinüberschaute, sah sie Simon Kent, eingemummt in seinen dicken Tweedmantel und einen roten Wollschal, zwischen den Autos hindurch auf sie zukommen.

»Hallo.«

»Hab mir doch gedacht, dass Sie das sind. Sind Sie auf dem Heimweg?« Vor seinem Mund bildeten sich beim Sprechen Atemwolken.

»Ja. War ein langer Tag.«

»Kann ich mir denken. Hätten Sie Lust auf einen schnellen Drink?« Er schüttelte den Kopf. »Nein, Sie wollen sicher heim zu Fin.«

»Nein.« Mehr brachte sie nicht heraus.

Er sah sie fragend an.

»Okay, warum nicht?«

Ohne ein weiteres Wort zog er sie in ein Pub an der Ecke. Die Wärme und der Lärm darin hüllten Flora in einen angenehmen Kokon der Anonymität.

Sie setzten sich auf zwei Barhocker am Ende eines großen

Tisches, an dem sich zwei Männer und eine junge Frau ausgiebig über ihren Chef unterhielten.

Der Arzt brachte ein Glas Zitronenlimonade für sie und ein kleines Bier für sich selbst.

»Ich bin leider keine gute Gesellschaft«, sagte Flora mit einem Blick auf die Limonade. Im Moment hätte sie sich nichts sehnlicher gewünscht als eine große Margarita.

»Soll ich Sie fragen, warum, oder wollen wir uns lieber wieder auf dem sicheren Terrain der Inkontinenzhilfen bewegen?«

Sie musste lachen. »Schwierige Entscheidung, Dr. Kent.«

»Sagen Sie doch Simon zu mir. Wir kennen uns jetzt zwei Jahre, und Sie nennen mich immer noch Dr. Kent. Heutzutage sprechen sich die meisten Kollegen mit dem Vornamen an.«

»Gut, dann also Simon.«

»Irgendwie ist es seltsam, Sie außerhalb der Wohnung zu sehen. Für mich haben Sie bisher nur in Dorotheas Dämmerwelt existiert.«

»Eine ziemlich merkwürdige Welt. Manchmal habe ich das Gefühl, dass die Leute einen weiten Bogen um uns machen würden, wenn sie wüssten, was wir den ganzen Tag tun.«

»Sie meinen die Sache mit Pipi, Kacke und Rotz?«

»Für mich ist es das Schlimmste, am Abend das Gebiss zu putzen.« Sie bekam eine Gänsehaut. »Halb verdautes Essen und Haftcreme … igitt.«

Sie nahmen schweigend einen Schluck von ihren Getränken. Flora widerstand dem Impuls, ihm von den neuesten Entwicklungen in ihrem Privatleben zu berichten, weil sie keine Lust auf Mitleid hatte.

»Erzählen Sie mir was Dummes, Triviales«, forderte sie ihn auf.

»Was Dummes? Zum Beispiel einen Witz? Ich kenn bloß einen.«

»Dann mal los.«

»Wenn Sie darauf bestehen. Kommt ein Mann mit einer Ente auf dem Kopf in eine Kneipe. Der Barkeeper schaut ihn an und fragt: ›Wo haben Sie denn den Affen her?‹ Der Mann antwortet: ›Das ist kein Affe, sondern eine Ente.‹ Da erwidert der Barkeeper: ›Ich hab nicht mit Ihnen geredet.‹«

Flora konnte sich ein Schmunzeln nicht verkneifen, weniger über den ziemlich dämlichen Witz als über den ernsten Tonfall, in dem Simon Kent ihn zum Besten gegeben hatte.

»Lahm, was?«

»Die meisten Witze sind eher lahm.«

»Wenn man sie gut erzählt …«

Sie ertappte sich dabei, dass sie ihm nur mit halbem Ohr zuhörte. Und er merkte, dass etwas nicht stimmte, das sah sie ihm an. Doch zum Glück drängte er sie nicht.

»Simon, danke für den Drink, aber ich glaube, ich sollte jetzt lieber heimgehen.«

Er versuchte nicht, sie aufzuhalten.

»Wenn Sie mal jemanden zum Reden brauchen sollten … Ich bin nicht nur ein Volltrottel, der schlechte Entenwitze erzählt und Sie dazu zwingt, um Mitternacht im Nachtgewand Walzer zu tanzen. Ich kann auch zuhören.«

Sie bedankte sich mit einem Lächeln. »Das weiß ich.«

Sie standen an der Straßenecke im schneidend kalten Wind. Plötzlich hatte sie das Gefühl, keinen einzigen Schritt mehr gehen zu können.

»Ich nehme mir ein Taxi.«

»Sie sind blass. Gehen Sie wieder rein. Ich hole Ihnen eins.«

Sie wehrte sich nicht.

In ihrer Wohnung entdeckte sie überall Dinge, die Fin zurückgelassen hatte: eine abgegriffene Landkarte der Highlands; einen Strumpf, der unter dem Sofa hervorlugte; die Tasse, aus der er am Morgen vermutlich Kaffee getrunken hatte. Jedes Mal versetzte es ihr einen Stich. Sie sah auf ihre Uhr: halb zehn vorbei. Vielleicht war Prue zu Hause.

Sie schrieb ihr eine SMS. »*Kannst Du runterkommen? Ich muss mit Dir reden.*« Dann wartete sie auf dem Sofa. Als sie hörte, wie die Tür zur oberen Wohnung aufging, stand sie auf.

»Hallo, Schätzchen.« Prue tappte in den pinkfarbenen Haussocken aus Wolle, die Flora ihr zu Weihnachten geschenkt hatte, die Stufen herunter und streckte grinsend den Kopf zur Tür herein. »Was gibt's?«

Floras Herz schlug wie wild. Was sie jetzt sagte, würde sie nicht mehr zurücknehmen können, das wusste sie. Es würde ihr eigenes und das Schicksal ihrer Schwester besiegeln.

»Fin hat's mir gestanden.«

Prue ließ sich aufs Sofa plumpsen. »Was hat er dir gestanden?«

»Das mit dir und ihm.«

Prue starrte sie ungläubig an. »Dieser Mistkerl. Ich wusste, dass er den Mund nicht halten kann.« Sie sprang auf wie Fin zuvor und kam auf Flora zu, als wollte sie sie umarmen. Doch sie berührte sie nicht, sondern blieb mit gerunzelter Stirn und bebenden Mundwinkeln vor Flora stehen.

»Schätzchen, ich weiß, es klingt schrecklich. Ich an deiner Stelle wäre auch ziemlich aus der Fassung, doch glaub mir: Es war nicht wichtig.«

»Ach.«

Prue zuckte mit den Achseln. »Ich hasse mich dafür, dass ich schwach geworden bin, aber es ist einfach über uns gekommen. Flora, bitte … Das war eine Dummheit, reiner Sex. Du hättest es nie erfahren dürfen.« Sie sah sich in der Wohnung um. »Wo ist Fin?«

»Weg.«

»O nein. Ihr habt euch doch nicht deswegen getrennt? So ein Quatsch. Du bist von ihm schwanger.«

»Wie oft warst du mit ihm zusammen?«

Sie zögerte. »Nur zweimal. Er hat mich angemacht, nicht ich ihn.«

»Komisch, genau das Gleiche hat Fin von dir behauptet.«

»Kann ich mir denken. Mit der Wahrheit hat er's noch nie so genau genommen, oder?«

»Er sagt, es hätte ein Jahr gedauert. Du meinst, es wäre nur zweimal gewesen. Wem soll ich glauben?«

»Ein Jahr! Das ist absurd.« Ihre Stimme klang schrill. »Zweimal im Sommer, das war alles.«

Alles?, dachte Flora, die ihr nicht glaubte. Fin schien tatsächlich einmal die Wahrheit gesagt zu haben. Warum, fragte Flora sich, interessierten sie die Einzelheiten? Letztlich waren sie nicht wichtig, doch sie schienen ihr das Einzige zu sein, woran sie sich in dieser surrealen Situation klammern konnte.

Prue seufzte. »Tut mir leid, dass du's erfahren hast. Aber bitte ruinier nicht die Zukunft deines Kindes wegen eines dummen Seitensprungs vor über drei Jahren.«

Was für eine Zukunft werde ich der Kleinen überhaupt bieten können?, dachte Flora.

»Ich und Fin … das hat nichts mit dem zu tun, was zwischen euch war. Das ist sozusagen nur noch das Tüpfelchen auf dem i.«

Ihre Schwester sah sie an, als hätte Flora sich alles selbst zuzuschreiben.

»Äh … wegen Philip und Bel …«

»Keine Sorge«, fiel Flora ihr ins Wort. »Ich verrate nichts. Das würde ich den beiden nicht antun. Nicht dass du das verdient hättest …«

»Nun komm mal wieder runter von deinem hohen Ross, Flora. Es tut mir wirklich leid, und ich finde es schrecklich, dich so am Boden zu sehen und zu wissen, dass ich schuld bin. Stimmt, es war ein schlimmer Fehler, aber am Ende doch bloß eine reine Bettgeschichte.«

Obwohl Flora Prues lockere Einstellung in puncto Sex kannte, blieb ihr die Luft weg. »Meine Schwester geht mit dem Mann ins Bett, den ich liebe und der mich anschließend verlässt, und erklärt einfach: Schwamm drüber, vergiss es?«

»Das habe ich nicht gesagt, obwohl ich genau das meine: Es war wirklich nicht wichtig.« Sie seufzte frustriert. »Und dafür, dass er dich verlassen hat, kannst du mich nicht verantwortlich machen. Das war einzig und allein seine Entscheidung.«

»Bitte verschwinde«, herrschte Flora Prue an.

Prue war schockiert. »Okay … Aber ich hab dich vor diesem Mann gewarnt und dir geraten, dich nicht wieder auf ihn einzulassen, weil man ihm nicht vertrauen kann. Du hast nicht auf mich gehört, und jetzt siehst du, was passiert ist.«

Flora war entsetzt: Prue wirkte fast verblüfft über ihre Verletztheit. Und noch schlimmer: Sie schien ihr, Flora, die Schuld für das Ganze zu geben.

Während der Arbeit überlegte Flora, wie sie vorgehen würde. Seit jenem Gespräch hatte sie nicht mehr mit Prue geredet und auch nicht auf die zahlreichen Anrufe ihrer Schwester reagiert. Ihr größtes Problem war die Frage, wie sie sich Bel und Philip gegenüber verhalten sollte und wie sie weiter in der Wohnung bleiben und die Almosen ihrer Schwester akzeptieren konnte. Am liebsten hätte sie auf der Stelle ihre Siebensachen gepackt und wäre ausgezogen. Doch sie wusste nicht, wohin, und verfügte höchstens über genug Geld für ein WG-Zimmer irgendwo außerhalb von London, weit weg von ihrem Arbeitsplatz.

Dieses Problem erzeugte einen permanenten Zustand der inneren Unruhe, der tagein, tagaus an ihr nagte. Ihr gegenwärtiges Beschäftigungsverhältnis würde bald enden, und danach würde sie nicht mehr lange arbeiten können, weil sie nicht in der Lage wäre, schwer zu heben. Sie würde Mutterschaftsgeld von der Agentur erhalten – das hatte sie sich schriftlich geben lassen –, doch das reichte nicht, um von Prue unabhängig zu sein. Sie hatte keinerlei Ersparnisse, und Fin wäre keine große Hilfe. Das Schlimmste war, dass sie sich so allein fühlte. Die beiden Menschen, die ihr am nächsten standen, waren buchstäblich über Nacht aus ihrem Leben verschwunden. Wie würde sie die langen Monate der Schwangerschaft, die Geburt und die ersten Wochen im Leben ihres Kindes ohne den Beistand von Fin, ihrer Schwester oder irgendjemandem sonst bewältigen?

»Ich helfe Ihnen raus, damit ich das Bett machen kann.« Flora zog die federleichte Dorothea in eine sitzende Position und schob ihre Beine über die Bettkante. Unter Dorotheas Nachthemd waren ihre streichholzdünnen, mit lila- und rosafarbenen Flecken übersäten Beine nackt.

»Dominic kommt heute«, teilte Flora ihr mit.

»Gott sei Dank nur er«, antwortete Dorothea. In der vergangenen Woche hatten zahlreiche Besucher vorbeigeschaut, die von Renée informiert worden waren, dass es mit der alten Dame zu Ende gehe, und die sich deshalb wohl bemüßigt gefühlt hatten, noch ein letztes Mal mit ihr zu sprechen: der fast taube alte Mann vom selben Stockwerk; ein Ehepaar aus ihrer Kirche; die Frau, die für sie sauber gemacht hatte, bevor die Pflegerinnen eingestellt worden waren; der leutselige Geistliche Reverend Jackson. Sie hatten alle ein wenig unbeholfen herumgestanden. Die meisten wussten nicht, wie sie mit einem Sterbenden umgehen sollten, stellte Flora fest. Sie saßen stumm und mit besorgtem Blick da oder plapperten fröhlich über ihr eigenes Leben, ohne auf Dorothea zu achten, die neben ihnen im Bett lag. Den aufgeblasenen Dominic waren sie immerhin gewöhnt.

Dorotheas Lebensgeister erwachten, als sie ihren Großneffen sah, der ihr wie immer um den Bart ging. Obwohl die alte Dame ihn bestimmt durchschaute, schien sie sich über seine Gesellschaft zu freuen. Er bemühte sich, sie zu unterhalten, während sie, Kissen im Rücken, in ihrem supermodernen Bett thronte, indem er, Tasse und Untertasse in der Hand, Vorträge über die Antiquitäten im Zimmer hielt.

»Zum Beispiel die hier«, sagte er und nahm die Silberschale in die Hand, die Flora sich als Erinnerung an Dorothea ausgesucht hatte. »Ein wirklich hübsches Stück aus der Arts-and-Crafts-Schule.« Er drehte sie um, warf einen Blick auf die Rückseite und ließ den Finger über die Punze gleiten. »Birmingham 1919 … A. E. Jones. Jones war sehr begabt; leider gibt es nicht viel Material über ihn.«

Er hielt seiner Großtante die Schale hin. »Die würde bei einer Auktion einen guten Preis erzielen, Tante Dot, wenn du sie verkaufen möchtest.«

Dorothea winkte ab. »Ich habe sie Flora versprochen.«

Dominic wandte sich Flora zu.

»Flora?« Er sah sie argwöhnisch an. »Ich verstehe nicht.«

»Dorothea wollte, dass ich mir zur Erinnerung an sie etwas aussuche, das mir gefällt«, erklärte sie fast schuldbewusst.

»Aha. Und Sie haben sich für die Schale entschieden. Gute Wahl.« Er hob die Augenbrauen.

»Ich hatte keine Ahnung, dass sie wertvoll ist«, sagte sie leise, während sie das Tablett mit den Teesachen in die Hand nahm. Auf dem Weg zur Tür versicherte sie der alten Dame: »Meinetwegen müssen Sie die Silberschale nicht behalten, Dorothea, wenn es Ihnen lieber wäre, dass Dominic sie verkauft.«

Doch die alte Dame schüttelte den Kopf. »Ich habe sie Ihnen versprochen.« Und an Dominic gewandt: »Du findest sicher etwas anderes.«

Dominic folgte Flora in die Küche.

»Flora, verstehen Sie mich jetzt bitte nicht falsch, aber sollten Sie wirklich Geschenke von Tante Dot annehmen? Wie Sie selber einmal gesagt haben, könnte jemand in Ihrem Beruf leicht in den Verdacht geraten, sie auszunutzen …«

Sie wollte sich gerade entrüstet wehren, als er fortfuhr.

»Natürlich weiß ich, dass Sie das niemals tun würden. Ich finde nur, dass es schlecht aussieht. Geschenke anzunehmen könnte einen falschen Eindruck bei den anderen Pflegerinnen hinterlassen. Begreifen Sie, was ich meine?«

Flora musste sich sehr beherrschen, nicht unhöflich zu werden. »Ihre Großtante hat mich gebeten, mir etwas auszusuchen. Ich habe ihr meine Bedenken mitgeteilt, aber sie hat darauf bestanden. Ich konnte nicht Nein sagen; sie wäre verletzt gewesen, wenn ich ihr Geschenk ausgeschlagen hätte. Sie hätte das Gefühl gehabt, dass ich mir nichts aus ihr mache.«

Dominic nickte in seiner eulenhaften Art und schob die Brille die Nase hoch.

»Hmm, verstehe. Vermutlich befanden Sie sich tatsächlich

in einer Zwickmühle. Natürlich müssen Sie sich nicht an Ihr Versprechen halten, wenn sie … Sie wissen schon …«

Flora stellte die Tasse, die sie gerade spülte, ab und wandte sich ihm ganz zu.

»Ich wollte nie etwas von Dorothea, aber die Sachen gehören ihr, Dominic. Meinen Sie nicht auch, dass sie darüber verfügen kann, wie sie möchte? Sie hat ihre fünf Sinne noch beieinander … Renée weiß das auch.«

Dominic hob die Hände. »Bitte, ich wollte Ihnen nichts unterstellen, Flora. Wahrscheinlich haben Sie mich missverstanden. Sie machen Ihre Arbeit ganz hervorragend, daran besteht nicht der geringste Zweifel. Ich habe nur Sorge, dass Tante Dot in Fahrt kommt und ihre Sachen an Hinz und Kunz verteilt.« Er blinzelte, als wäre er den Tränen nahe. »Ich möchte sie wie Sie nur schützen.«

Sie nickte. »Ich glaube, Sie müssen sich keine Gedanken machen. Die einzigen Dinge, die diese Wohnung verlassen haben, sind die, die Sie selbst an sich genommen haben, um sie zu verkaufen.«

Er sah sie mit seinen hellen Augen an, als wüsste er nicht so genau, was sie meinte, und beschloss am Ende, sie wörtlich zu nehmen.

»Das beruhigt mich.« Er rang sich ein schmallippiges Lächeln ab. »Tut mir leid, dass ich das Thema aufgebracht habe, aber man darf nicht vergessen, wie hilflos alte Menschen sind.« Er klang so selbstgefällig, dass sie ihm am liebsten eine Ohrfeige verpasst hätte.

»Stimmt. Renée und ich sind uns dessen sehr bewusst.«

Dominic betrat den Flur und murmelte: »Ich muss dann mal los. Auf Wiedersehen, Flora. Gut, dass wir miteinander geredet haben.«

»Ist Dominic weg?«, erkundigte sich Dorothea.

»Ja, er ist gerade gegangen.«

Plötzlich wirkte Dorothea hellwach. »Er ist ein netter Junge, aber seine Mama hat ihn verhätschelt. Wissen Sie, er war ein Einzelkind, und Einzelkinder sind schwierig, hat meine Mutter immer gesagt.«

Auf dem Heimweg blieb Flora einige Meter von ihrem Haus entfernt stehen, weil sie Angst hatte, dass Prue, die wusste, wann sie abends nach Hause kam, auf sie wartete. Vielleicht, dachte sie, sollte sie ihren Stolz vergessen und Frieden schließen mit ihrer Schwester, denn so, wie die Dinge momentan standen, fühlte sie sich in ihrer eigenen Wohnung nicht mehr wohl.

Am Ende war es Bel, die hereinstürmte, bevor Flora den Mantel ausgezogen hatte.

»Ich hab auf dich gewartet«, teilte Bel ihr mit, nachdem sie Flora umarmt hatte.

Flora sah, dass sie etwas auf dem Herzen hatte.

»Was ist passiert?«

»Mum und Dad reden seit Montag, seit dem furchtbaren Streit, nicht mehr miteinander – ich war im Bett und hab sie brüllen hören. Dad ist ins Gästezimmer gezogen. Sie wollen mir nicht verraten, warum. Es ist grässlich.« Die Worte sprudelten nur so aus ihr heraus, und sie begann zu weinen.

Flora riss ein Stück Papier von der Küchenrolle ab und gab es ihr.

»Wollen sie sich scheiden lassen?«, fragte Bel mit leiser Stimme.

»Komm, setz dich.« Flora schob sie zum Sofa.

»Du weißt bestimmt, was los ist, Flora. Mum erzählt dir immer alles. Hat Dad irgendwas ausgefressen? Bitte sag's mir.«

Flora hatte keine Ahnung, was sie antworten sollte. Es lag auf der Hand, dass es bei dem Streit um Fin gegangen war, doch warum hatte Prue ihren Fehltritt plötzlich gestanden, trotz Floras Versprechen, nichts zu verraten?

»Ich habe seit dem Wochenende nicht mehr mit Prue geredet, Liebes, und weiß nicht, was bei ihnen läuft, ehrlich.«

»Findest du's bitte für mich raus? Red mit Mum. Ich hab schreckliche Angst, dass Dad geht.«

Flora atmete tief durch. »Ich weiß nicht, ob ich mich einmischen soll.«

»Du und Mum, ihr habt doch keine Geheimnisse voreinander. Warum hat sie nicht mit dir gesprochen?« Bel hob die Arme. »Ich mach mir solche Sorgen. Wenn Mum nicht mal mit dir drüber reden kann …«

»Na schön, ich ruf sie an und bitte sie runterzukommen.«

»Jetzt gleich?«

»Ja. Geh du rauf. Wenn du hier bist, macht sie den Mund nicht auf.«

»Bringst du sie dazu, mir zu sagen, was los ist? Ich muss es wissen, sonst flipp ich aus.«

»Ich versuch's, aber ich kann nichts versprechen, Bel.«

Ihre Nichte ließ den Kopf hängen. »Seit Fin wieder da ist, läuft in diesem Haus alles schief.«

Flora hielt den Atem an.

»Ist in dem Streit Fins Name gefallen?«

»Keine Ahnung, vielleicht. Ich hab nicht verstanden, was sie gesagt haben. Aber du weißt ja selber, wie komisch Mum sich aufführt, seit er hier ist.«

Flora wählte die Nummer ihrer Schwester. Prue ging sofort ran.

»Flora?«

»Kannst du runterkommen?«

»Bin gleich da.«

»Geh rauf«, bat Flora ihre Nichte und umarmte sie. »Ich versuche mein Möglichstes.«

»Danke. Ich hab dich lieb.«

»Ich dich auch.«

Bel eilte die Treppe hinauf.

Prues Gesicht wirkte trotz der Schminke müde und blass. Sie warf ihr Handy neben sich aufs Sofa und lehnte sich ächzend in die Kissen zurück. Flora wartete, doch Prue sagte nichts. Sie hatten sich nicht wie sonst mit einer Umarmung begrüßt, sondern waren einander ausgewichen.

»Wie hat Philip es rausgefunden?«

Prue hob die Augenbrauen und blähte die Backen. »Ich … Es war ein dummer Streit. Ich hab erwähnt, dass ich Fin Geld für seinen Nepaltrip gegeben habe, und er ist wütend geworden und hat mir vorgeworfen, ich würde dir in den Rücken fallen, indem ich Fin und seine Kletterei unterstütze. Er soll sich lieber um seine Vaterpflichten kümmern. Dann wollte er wissen, wieso ich plötzlich so nett zu dem Mann bin, nachdem ich seit seinem Auftauchen hier kein gutes Haar an ihm gelassen habe.« Sie seufzte. »Er meint, ich hätte an Weihnachten mit Fin geflirtet, und er hätte das peinlich gefunden.«

»Und da hast du's ihm gestanden?«, fragte Flora ungläubig.

»Noch nicht gleich. Aber ich kann Eifersucht nicht ausstehen. Um ihn zu provozieren, hab ich gesagt, dass Fin männlicher ist, als Philip es je sein wird.« Sie zuckte mit den Schultern. »Da ist alles rausgekommen.« Prue richtete sich kerzengerade auf. »Ich bin nicht Philips Eigentum und frage ihn ja auch nicht, mit wem er ins Bett geht.«

»Bestimmt nur mit dir.«

»Wer weiß«, erwiderte Prue müde.

»Bel hat schreckliche Angst, dass Philip geht und ihr euch scheiden lasst.«

Prues Gesicht nahm einen besorgten Ausdruck an. »Hast du ihr was verraten?«

»Nein, natürlich nicht. Aber sie braucht irgendeine Erklärung, sonst flippt sie aus.«

»Und welche? Die Wahrheit kann ich ihr nicht sagen, die würde ihr den Boden unter den Füßen wegziehen.«

»Wie sieht Philip die Sache?«

»Ähnlich wie du. Der Knackpunkt ist Fin. Wenn's irgendjemand anders gewesen wäre, hätte er's, glaub ich, nicht so schlimm genommen.«

Flora schwieg. Wie ihr Schwager war sie nicht nur des Vergehens wegen wütend. Warum hatte Fin sich ausgerechnet ihre Schwester ausgesucht? Und sie sich ihren Freund? Doch nun verwandelte sich Floras Zorn in Mitleid. Es war schrecklich, wenn man seiner Tochter gestehen musste, Schwester und Ehemann hintergangen zu haben …

Prue stand auf. »Dieses verdammte Schwein.«

»Es war auch deine Entscheidung«, erinnerte Flora sie.

Prue griff mit funkelnden Augen zum Handy. »Ja, ja. Ich hab's satt, mich ständig entschuldigen zu müssen. Ihr zwei Heiligen erwartet jetzt auf ewig Reue von mir, oder?«

»Das ist ungerecht.«

»Ach.« Prues Gesicht wurde rot. »Sag's mir, wenn du mir endlich verziehen hast, ja?«

Ohne auf ihre Bemerkung einzugehen, fragte Flora: »Wie willst du's Bel erklären?«

»Das ist meine Sache. Mir fällt schon was ein.« Mit diesen Worten stapfte Prue die Treppe hinauf.

Flora blieb eine ganze Weile auf der Couch sitzen und dachte über das Chaos nach, in das ihre Familie so plötzlich gestürzt war. Ich muss hier weg, dachte sie nicht zum ersten Mal. Und fand wieder keine Möglichkeit, ihren Wunsch in die Tat umzusetzen. Mehrmals nahm sie das Telefon in die Hand, um Fin anzurufen, weil sie seine Stimme hören und erfahren wollte, wie es ihm ging. Doch sie wählte seine Nummer nicht. Würde sie ihm irgendwann vergeben können? Sollte sie es ihrem Kind zuliebe nicht wenigstens versuchen?

»Du bist *schwanger*?«, fragte Mary mit großen Augen. »Na so was. Wann soll's kommen?«

Flora sagte es ihr.

»Freut mich für dich. Also läuft's gut mit Loverboy.«

Flora nickte, weil sie keine Lust auf lange Erklärungen hatte.

»Wenn die Sache hier zu Ende ist, wirst du nicht mehr arbeiten können.«

»Ich muss aber. Ich hab's der Agentur noch nicht gesagt.«

»Sei vorsichtig. Das mit Dorothea ist okay, sie ist leicht. Aber stell dir vor, du kriegst einen Fettberg, der nicht mehr allein aus dem Bett kommt?«

Flora seufzte. »Ich weiß. Und wie geht's Dorothea?«

Mary schüttelte den Kopf. »Letzte Nacht war nicht so gut. Seit heute Morgen hustet sie, und ihre Temperatur ist leicht erhöht. Gefällt mir nicht.«

»Bronchitis?«

»Könnte sein.«

Simon Kent beugte sich über Dorothea und hörte ihre Brust und ihren Rücken ab. Die alte Dame wirkte fiebrig und schien die Anwesenheit des Arztes kaum zu bemerken. Am Vormittag hatte sich ihr Zustand rapide verschlechtert. Dr. Kent klopfte an unterschiedlichen Stellen auf ihren Brustkorb und wandte sich dann Flora zu.

»Ihr Atem geht rasselnd.«

Dorothea hustete so heftig, dass ihr schmaler Körper bebte. Am Ende war sie völlig außer Atem und schnappte nach Luft.

»Ich glaube, sie hat eine Lungenentzündung«, erklärte der Arzt mit gesenkter Stimme und bedeckte ihre winzige Hand kurz mit der seinen, bevor er sich vom Bett entfernte.

»Wollen Sie ihr Antibiotika verabreichen?«

»Ich denke, ich muss. Nicht um ihr Leben zu verlängern … Ich weiß, dass sie das nicht möchte, aber es wäre die Hölle, wenn sie keine Luft mehr bekommt.«

»Ich informiere Renée.«

»Und ich besorge ein Beatmungsgerät. Sie wird es brauchen.«

Sie beobachteten Dorothea, die mit geschlossenen Augen und geblähten Nasenflügeln um Luft rang.

»Es sieht nicht gut aus, Flora«, sagte er sanft, als er merkte, dass ihr Tränen in die Augen traten.

Flora schluckte und räusperte sich. Plötzlich wurde ihr bewusst, dass die alte Dame im Moment die einzige verlässliche Größe in ihrem Leben darstellte. Sie war immer da, immer freundlich und verlangte nichts von ihr, was sie ihr nicht geben konnte. Flora ertrug den Gedanken nicht, dass sie bald nicht mehr jeden Tag mit ihr zusammen sein würde.

Simon legte seine Hand auf ihren Arm.

»Ich komme so oft her, wie ich kann.«

Sie lächelte. »Danke. Ich wusste ja, dass es irgendwann so weit sein würde, aber …«

»Ich schaue später noch mal vorbei.«

»Mir ist sehr kalt.«

Flora holte eine Decke aus dem Schrank im Gästezimmer und breitete sie über Dorothea, die sie mit fiebrigen Augen ansah.

»Ich möchte aufstehen.« Sie versuchte sich aufzusetzen und sank wieder zurück. »Ich muss zu Peter. Es geht ihm nicht gut.«

»Nicht jetzt. Warten Sie lieber, bis Sie sich besser fühlen.«

Dorothea schüttelte blinzelnd den Kopf. »Aber er braucht mich ... Peter. Ich muss zu ihm.«

»Wer ist Peter?« Flora fragte sich, ob das der Mann war, der sich von der Brücke gestürzt hatte.

»Peter? Sie wissen, wo er ist? Ist er da?«

Flora nahm ihre Hand. »Nein.«

Dorothea schloss seufzend die Augen. Als sie sie wieder öffnete, wirkte sie erstaunt. »Flora? Ich dachte ... einen Moment habe ich Sie für jemand anders gehalten.« Die alte Dame drückte ihre Hand. »Bleiben Sie bei mir?«

»Ich bin da.«

Nun war es sehr still in dem Raum. In den Strahlen der Wintersonne, die durch die Balkontür hereinschien, war der Staub in der Luft zu sehen. Abgesehen von Dorotheas leisem, rasselndem Atem, der flach und schnell ging, war nichts zu hören. Hin und wieder flößte Flora Dorothea etwas Wasser ein, doch die meiste Zeit hielt sie einfach nur ihre Hand, die auf der fahl rosafarbenen Decke lag.

Zwei Stunden später kehrte Simon mit einem braunen Fläschchen zurück.

»Geben Sie ihr das. Ich habe das Medikament in flüssiger Form besorgt für den Fall, dass sie die Kapseln nicht mehr schlucken kann. Das Beatmungsgerät müsste im Lauf der nächsten Stunde kommen. Haben Sie ihr Schmerzmittel gegeben?«

Flora nickte. »Paracetamol. Sie ist verwirrt und fragt die ganze Zeit nach einem Peter … Sie hat mich für ihn gehalten.«

Weil Dorothea schlief, gingen Flora und Simon in die Küche, wo sie Wasser für Tee aufsetzte.

»Jetzt könnte ich einen von Ihren Witzen gebrauchen.«

»Sie scheinen ganz schön verzweifelt zu sein.«

Flora lächelte müde. »Sie wird mir fehlen.«

»Was werden Sie machen?«

»Mir für die nächsten Monate einen anderen Job suchen … Das muss ich.«

»Müssen Sie das wirklich?«

»Ja.« Sie reichte ihm den Tee.

»Wahrscheinlich würde Ihnen langweilig, wenn Sie bloß warten, bis das Kind kommt.«

»Das ist nicht der Grund …«

»Sie wissen, dass Sie sich immer an mich wenden können, wenn Sie Hilfe brauchen.«

»Danke fürs Angebot.«

Schweigen.

»Alles bestens, danke«, sagte sie betont fröhlich.

Am Abend war das Beatmungsgerät installiert, und die Plastikmaske, die von einem schmalen Gummi festgehalten wurde, lag auf Dorotheas Gesicht. Beim Husten versuchte sie immer wieder, sie wegzuziehen. Renée hatte Stunden an der Seite ihrer Freundin verbracht und war am Ende nur gegangen, weil ihr Mann zu Hause ebenfalls krank im Bett lag.

Flora, die die alte Dame nicht verlassen wollte, rief Mary an und erklärte ihr, was geschehen war.

»Ich glaube, ich bleibe bei ihr. Du musst nicht herkommen.«

»Nach einem vollen Tag Arbeit in deinem Zustand bist du sicher fertig. Wir können sie beide versorgen«, schlug Mary vor.

Mary übernahm die erste Schicht. »Ich weck dich um zwei.«

Obwohl Flora nicht erwartete, schlafen zu können, döste sie ein, und es war schon nach vier, als Mary sie schließlich weckte.

»Du hast so friedlich ausgeschaut, ich wollte dich nicht aus dem Schlaf reißen.«

»Das hättest du ruhig machen können. Wie geht's ihr?«

»Sie schläft immer wieder ein. Die Maske stört sie, und sie hustet stark. Ich glaube, es geht nicht mehr lange.«

Flora zog sich an, kochte Tee und setzte sich mit einem Buch neben die alte Dame, während Mary sich hinlegte. Obwohl die Heizung ganz aufgedreht war, fröstelte Flora. Das gedämpfte Licht der einen Lampe und die Stille gaben ihr das Gefühl, sich in einem Kokon zu befinden, wie damals, als sie mit Simon getanzt hatte. Doch in dieser Nacht war sie mit Dorothea allein.

»Sind Sie das?« Dorothea schlug die Augen auf. »Ich dachte, es ist …«

»Ich bin's, Flora. Wie fühlen Sie sich?«

Dorothea brachte ein mattes Lächeln zuwege. »Nicht so gut. Ich glaube, ich habe geträumt … von ihm.«

»Von Peter?«

»Ja. Kannten Sie ihn?«

»Nein. War er der Mann, den Sie geliebt haben?«

Der Blick der alten Dame trübte sich. »Der Mann, den ich geliebt habe.« Sie nickte bedächtig. »Er war so schön …«

Flora kamen die Tränen.

»Ich glaube, ich werde ihn bald sehen«, seufzte Dorothea.

Plötzlich entspannten sich ihre Züge, und sie schien leichter Luft zu bekommen.

Wieder Stille, die nur vom leisen Zischen des Beatmungsgeräts und vom Atem der alten Dame unterbrochen wurde: ein, aus, ein, aus … Flora fand den Rhythmus hypnotisierend.

Als Dorothea das nächste Mal aufwachte, versuchte Flora, ihr Wasser einzuflößen. Doch schon nach einem kleinen Schluck schob sie das Glas weg.

»Liebe … Im Leben zählt nur die Liebe.«

Flora nickte und spürte, wie Dorothea leicht ihre Hand drückte, dann begann sie flacher zu atmen, und die Abstände zwischen den einzelnen Zügen wurden länger. Flora konnte nichts anderes tun, als sanft Dorotheas Hand zu halten und ihren Arm zu streicheln. Einige Minuten später war alles still, und es folgte kein weiterer Atemzug mehr.

Flora, die sah, dass das, was Dorothea einmal ausgemacht hatte, verschwunden war, verharrte eine Weile reglos. Dann ließ sie Dorotheas Hand los und stand auf, um das Beatmungsgerät abzuschalten und der alten Dame vorsichtig die Maske vom Gesicht zu nehmen. Anschließend beugte sie sich über sie, um ihre noch warme Stirn zu küssen.

»Auf Wiedersehen«, flüsterte sie und strich ihr eine weiße Haarsträhne aus dem Gesicht. »Ich hoffe, Sie finden Ihren Peter.«

Plötzlich fühlte sich Flora kalt und leer. Sie schob beide Arme der alten Dame unter die Decke und zog sie ihr bis zum Kinn hoch, bevor sie Mary weckte.

Mary bekreuzigte sich und murmelte neben dem Bett ein Gebet.

»Die Gute. Gott sei Dank hat sie nicht leiden müssen.«

Jetzt waren nur noch die Formalitäten zu erledigen: Simon Kent stellte den Tod offiziell fest, Renée informierte den Bestattungsunternehmer, Flora und Mary wuschen Dorothea und bahrten sie auf. Auch Keith kam herauf.

»Es ist merkwürdig, sich keine Gedanken über ihre Bedürfnisse machen zu müssen«, gestand Flora Simon, als sie zum letzten Mal in die Küche gingen. »Und zu wissen, dass dies mein letzter Tag hier ist.«

»Es wird eine Weile dauern, bis Sie sich daran gewöhnt haben«, sagte Simon, stellte seine Tasse neben die Spüle und sah auf die Uhr. »Ich geh mal lieber nach Hause, duschen. Hinterher muss ich in die Praxis.«

Unvermittelt hatte Flora große Angst, ihn und die anderen nicht mehr wiederzusehen.

»Tja, dann, Flora«, verabschiedete sich Simon noch einmal. »Viel Glück mit dem Baby.« Er trat einen Schritt auf sie zu, als wollte er sie umarmen, blieb jedoch stehen und streckte ihr die Hand hin, um sie zu schütteln.

»Auf Wiedersehen, Simon.«

Zu Hause wusste Flora nicht, wie sie sich beschäftigen sollte. Die Arbeit in der sicheren Zuflucht von Dorotheas Wohnung war Teil ihrer Genesung nach der Depression gewesen. Dort hatte sie sich wohlgefühlt und etwas getan, was ihr wichtig war. Jetzt waren ihr alle Fäden ihres Lebens entglitten. Prue, Fin, Dorothea, die Kolleginnen, Dr. Kent … sogar ihre Beziehung zu Bel und Philip war durch den Streit im oberen Teil des Hauses gefährdet. Das Einzige, woran sie sich festklammern konnte, war das neue Leben, das in ihrem Leib heranwuchs. Der Gedanke daran ließ vorsichtige Vorfreude in ihr aufkeimen auf etwas Einzigartiges, das sie noch nicht ganz fassen konnte.

Zwanzig

4. Februar

»Kommen Sie vorbei«, sagte Cheryl von der Agentur.

»Ähm … Okay.«

»Dann besprechen wir, was Sie als Nächstes machen. Möchten Sie gern wieder im Krankenhaus arbeiten?«

»Nicht wirklich.« Flora wusste, dass sie Cheryl über die Schwangerschaft informieren sollte, und auch, dass sie sich mit einigen Fragen auseinandersetzen musste: schweres Heben, ansteckende Krankheiten, lange Dienststunden, potenziell aggressive Demenzpatienten. Doch sie erstarrte wie ein Hase im Scheinwerferkegel eines Autos. Seit Dorotheas Tod war fast eine Woche vergangen. Flora musste arbeiten, hatte aber keine Ahnung, wie sie während der Schwangerschaft Geld verdienen oder später ihr Kind ernähren sollte. Ihre Schwester um Hilfe zu bitten kam nicht infrage.

»Wie wär's morgen Vormittag um elf?«, fragte Cheryl, und Flora sagte zu. Allzu optimistisch war sie nicht. Mit ziemlicher Wahrscheinlichkeit würde sie keinen so leichten Job mehr bekommen wie bei Dorothea, jedenfalls nicht für den Lohn einer Krankenschwester. Die meisten Menschen, die wie Dorothea eher alt als krank waren, wurden von reinen Pflegern versorgt, und die verdienten weniger. Renée jedoch hatte darauf bestanden, ausschließlich qualifizierte Krankenschwestern für Dorothea zu beschäftigen, obwohl das nicht unbedingt nötig gewesen wäre.

Flora konnte Fin nicht vergessen. Er fehlte ihr. Wie sehr sie sich auch bemühte, sich innerlich von ihm zu lösen: Sie ertappte sich dabei, wie sie an den Sex mit ihm dachte, an seine fröhlichen grauen Augen, daran, wie er »Ich liebe dich« gesagt hatte. Sie sehnte sich danach, wieder so verliebt in ihn zu sein wie früher, wieder dieses berauschende Gefühl zu spüren, das sie aus der Realität herauskatapultierte. Sollte sie versuchen, die Beziehung zu kitten, nach Inverness gehen, mit ihm im Häuschen seines Vaters wohnen und so ihrem Kind die Chance auf ein richtiges Zuhause geben? Doch wenn sie ihre Sehnsucht nach der sexuellen Harmonie beiseiteschob, landete sie wieder auf dem harten Boden der Tatsachen. Sich an jemanden binden zu wollen, der sich so offensichtlich nicht binden konnte, war anstrengend und sinnlos.

Als sie es satthatte, sich mit ihren kreisenden Gedanken auseinanderzusetzen, zog sie sich an, um aus dem Haus zu gehen. Es war nach wie vor bitterkalt, aber immerhin lugte gelegentlich die Sonne zwischen den Februarwolken hervor.

»Flora?« Prue stand, die Arme im eisigen Wind um den Körper geschlungen, in einem ihrer schwarzen Hosenanzüge von Donna Karan auf der Schwelle, als Flora nach oben kam.

»Hallo.«

»Komm kurz rein, ja?«

Obwohl die Einladung nicht sonderlich freundlich klang, begleitete Flora sie. Ihre Schwester bat sie nicht in die Küche, sondern blieb in dem düsteren schwarz-weiß gefliesten Eingangsbereich stehen. Ihr letztes Gespräch war fast zwei Wochen her. Flora fand, dass Prue abgenommen hatte; ihr Gesicht wirkte hohl und war von Zornesfalten durchzogen.

»Warum bist du nicht in der Arbeit?«, fragte Prue.

»Dorothea ist letzte Woche gestorben.«

Prue hob kurz die Augenbrauen. »Oh … Egal, ich wollte dir nur sagen, dass Philip und ich uns eine Weile trennen.«

»Ach?« Flora war überrascht.

»Das war nicht seine Idee, sondern meine.« Ihre Schwester schüttelte den Kopf. »Bei dem Streit über Fin sind einige ziemlich unschöne Worte gefallen, die wir beide noch nicht verdaut haben.«

Flora wusste nicht, was sie sagen sollte.

»Er sieht etwas in mir, das ich nicht sein kann.«

»Geht's um eheliche Treue?« Zum ersten Mal überlegte Flora, ob Fin Prues einziger Fehltritt gewesen war.

»Geht's darum nicht immer?«, zischte Prue. »Dreht sich nicht jeder Ehestreit seit Menschengedenken um Sex? Männer sind schrecklich besitzergreifend. Philip meint, ich gehöre ihm. Und das tu ich verdammt noch mal nicht.«

»Wo will er hin?«

»In eine Wohnung im Temple-Bezirk. Gehört einem Richter – irgendeinem Freund von 'nem Freund, der bloß alle drei Wochen mal 'ne Nacht dort verbringt. Die übliche Männerkungelei.« Prue verzog verächtlich das Gesicht. Sie führt sich fast so auf, als wäre *sie* von Philip betrogen worden, dachte Flora. Ihre Schwester hatte es immer schon verstanden, alles so hinzubiegen, dass am Ende sie im Recht war.

»Und Bel? Wie viel weiß sie?«

»Nichts. So soll es auch bleiben. Wir haben ihr bloß gesagt, dass wir Probleme haben und sie ausräumen wollen.«

»Werdet ihr das?«

»Keine Ahnung.« Prues Zorn wich Nonchalance. »Hast du schon einen neuen Job?«

Flora schüttelte den Kopf.

Ihre Schwester, die sich im Augenblick nur für ihre eigenen Angelegenheiten interessierte, zuckte mit den Achseln und sah auf ihre Uhr. »Gott, ich komme zu spät.«

Prue schien Flora die Schuld für das zu geben, was passiert war. Obwohl Flora das ungerecht fand, war sie froh, sich nicht weiter mit dem heiklen Thema Prue und Fin auseinandersetzen zu müssen. Jedes Mal, wenn sie das Handy zückte, um seine Nummer zu wählen, rief sie sich ins Gedächtnis, dass er und Prue gar nicht zu begreifen schienen, warum alle sich so aufregten.

»Ich bin die Auferstehung und das Leben, sagt der Herr. Wer an mich glaubt, erhält das ewige Leben …«

Reverend Jacksons Stimme erfüllte die große Kirche. Das knappe Dutzend Trauergäste saß in den beiden vorderen Reihen: Renée mit einem riesigen schwarzen Hut, Keith im Dreiteiler, Mary in einem dicken schwarzen Mantel, Dominic mit dandyhaftem schwarzem Cordanzug und Filzhut. Flora fröstelte beim Anblick des Sargs.

Als Schritte auf dem Steinfußboden erklangen, drehte sie sich um und sah Simon Kent herannahen. Mit ihm hatte sie nicht gerechnet. Er setzte sich neben sie.

»Scheißwetter da draußen«, flüsterte er und drückte kurz ihre Hand. »Alles in Ordnung?«

Sie nickte, obwohl nichts in Ordnung war. Die vergangenen Tage hatte sie allein verbracht, sich unter der Decke verkrochen und nicht einmal ihren Termin mit Cheryl eingehalten. Sie war in ihrer Einsamkeit wie gelähmt gewesen, weil sie nach dem Verlust von Prue keine einzige Freundin hatte, der sie ihr Herz ausschütten konnte. Ihr war klar gewesen, dass sie aufstehen und hinausgehen musste, dass das Herumliegen ihr gefährlich werden konnte, dass es sie möglicherweise in tiefe Verzweiflung stürzen würde, aus der sie nur schwer wieder auftauchen konnte. Aber sie hatte es einfach nicht weiter als bis in die Küche geschafft, um sich wieder einmal eine Scheibe Toast oder einen Tee zu holen. Am Morgen hatte sie bis zum letzten Augenblick nicht gewusst, ob es ihr gelingen würde, sich anzuziehen und an Dorotheas Beisetzung teilzunehmen.

Nun ging sie mit den anderen hinter dem Sarg her und wurde von Reverend Jackson mit einem kräftigen Händedruck und einem salbungsvollen Lächeln begrüßt, das sie erwiderte, auch wenn sie sich am liebsten gleich wieder nach Hause auf ihr sicheres Sofa geflüchtet hätte.

Renée, die den Sarg zum Mortlake Crematorium begleiten würde, wollte nicht, dass jemand mitkam. »Es wird nur eine kurze Feier geben. Dorothea wollte kein großes Tamtam«, hatte sie Flora erklärt. Die anderen fuhren zur Wohnung, wo Keith Drinks und Snacks bereitgestellt hatte.

»Kommst du, Florence?«, fragte Keith, der bei Dr. Kent stand, und reichte ihr den Arm.

»Ich glaube, ich geh lieber nach Hause«, antwortete sie.

»Ach, komm schon. Wir können den Leichenschmaus nicht ohne dich machen«, beharrte Keith und zog sie mit sich.

»Glaubst du, das alte Mädchen schaut uns von oben zu?« Die Nachtschwester Mary, die gerade in Dorotheas Küche Wasser aufsetzte, blickte nach oben.

Flora musste lachen. »Das hoffe ich«, sagte sie.

Im Flur der unbeheizten Wohnung stapelten sich Kisten,

und die Möbel im Wohnzimmer waren mit farbigen Stickern für den Abtransport versehen.

»Gott segne sie«, sagte Mary leise, während sie Tassen auf ein Tablett stellte.

»Kommt Dominic nicht?«, erkundigte sich Flora, als sie alle ein wenig verlegen mit dem Tee im Flur standen. Sie hatte ihm in der Kirche zugewinkt, doch er hatte ihr die kalte Schulter gezeigt. Flora vermutete, dass es wegen der Silberschale Streit mit Renée gegeben hatte. Letztlich war ihr das egal. Sie war froh, nichts mehr mit dem Mann zu tun zu haben.

»Er sagte, er muss zurück in die Arbeit«, erklärte Simon. »Und er machte einen sehr betroffenen Eindruck. Dorothea schien ihm sehr nahezustehen.«

»Meinen Sie?«, fragte Flora. »Er hat sie oft besucht und die ganze Zeit auf sie eingeredet, aber ich hatte das Gefühl, dass er nur wartet, bis sie endlich den Löffel abgibt.«

»Hüte deine Zunge, Florence, und unterstell unserem Charmebolzen keine solchen Sachen«, sagte Keith, der etliche Auseinandersetzungen mit Dominic gehabt hatte, als dieser von ihm verlangte, dass er ihm beim Tragen seiner Beute half.

»Ich kann's immer noch nicht fassen, wie wenig er für den Bowman bekommen hat«, bemerkte Simon.

Flora hatte das Gefühl, dass Simon sie mied. Er unterhielt sich hauptsächlich mit Keith und Mary, und nach einer Tasse Tee und einem Wurstbrötchen verabschiedete er sich. Sie hoffte, dass er sie um ihre Telefonnummer bitten würde, doch das tat er nicht, und sie brachte nicht den Mut auf, sie ihm von sich aus zu geben.

Die folgende Woche verlief für Flora wie die vorhergehende. Wieder die Decke, der Toast, die albernen Fernsehsendungen, ein paarmal duschen, wenig Schlaf. Der Februar war in jenem Jahr besonders trist, die kleine Wohnung die ganze Zeit düster, was ihren finsteren Gedanken entsprach. Bel war mit der Schule im Skilager, Prue meldete sich genauso wenig wie Fin. Flora wusste, dass sie Geld verdienen und des Kindes wegen auf ihre Gesundheit achten musste, doch nicht einmal das vermochte sie aus ihrer Lethargie zu holen. Nächste Woche, versprach sie sich selbst. Nächste Woche. Aber der Gedanke an die folgende Woche – und die danach – erzeugte lediglich Angst, Tränen und ein Gefühl der Ohnmacht in ihr.

Eines Morgens, als Flora wieder einmal grübelnd dalag, spürte sie plötzlich eine leichte Bewegung in ihrem Unterleib. Sie legte die Finger auf ihren Bauch. Ziemlich lange tat sich nichts, doch dann spürte sie es wieder. Sie hielt ehrfürchtig die Luft an. Dies war ihr Kind, das trotz ihres Kummers in ihr heranwuchs. Das weckte sie auf. Wie hatte sie sich nur so hängen lassen und so egoistisch sein können? Sie sollte an der frischen Luft spazieren gehen, gesunde Sachen essen und nicht auf dem Sofa herumliegen und sich ausschließlich von Toast und Tee ernähren!

Flora stand auf, duschte, zog sich warm an und machte sich auf den Weg zum Park, bevor sie es sich anders überlegen konnte. Obwohl die grelle Februarsonne sie blendete, fühlte sie sich gut an auf ihrer Haut. Unter manchen Bäumen sprossen schon weiße und lilafarbene Krokusse – die ersten Frühlingsboten. Sie ging eine halbe Stunde spazieren, bevor sie sich in das Café im Park setzte und Rührei und Kamillentee bestellte. Zum ersten Mal seit Wochen schlug sie eine Zeitung auf. So früh am Morgen waren noch nicht viele Leute unterwegs – die Mütter mit ihren Kindern würden später kommen.

Als Flora hörte, wie sich die schwere Glastür des Cafés öffnete, hob sie den Blick. Ihr Herz machte einen Sprung. Es war Simon Kent, der, ohne sie zu bemerken, an der Theke einen Kaffee zum Mitnehmen bestellte. Da wurde ihr bewusst, wie sehr er ihr gefehlt hatte.

Er wollte gerade mit dem Kaffee in der Hand das Café verlassen, als er Flora entdeckte. Einen kurzen Augenblick blieb seine Miene ausdruckslos, und sie hatte beinahe das Gefühl, dass er nicht mit ihr sprechen wollte, doch dann lächelte er.

»Hallo, Flora. Fast hätte ich Sie nicht gesehen.« Er trat an ihren Tisch. »Wie geht's Ihnen?«

»Gut, danke.«

Verlegenes Schweigen.

»Alles okay mit dem Baby?«

Sie nickte.

»Irgendwie komisch, dass niemand mehr in der Wohnung von Dorothea ist, bei dem man vorbeischauen könnte.«

»Für mich auch … Setzen Sie sich doch zu mir, wenn Sie möchten«, sagte sie schließlich.

Simon wirkte unschlüssig. »Äh … Okay, nur ganz kurz.« Er zog seinen Mantel aus und legte ihn über die Lehne eines freien Stuhls.

»Arbeiten Sie wieder?«

»Noch nicht, aber ich muss bald ran.«

Da war er wieder, dieser intensive Blick, mit dem er mehr wahrzunehmen schien, als ihr lieb war. »Sie sind sehr blass.«

»Tatsächlich?«, fragte sie übertrieben fröhlich. Und mit einem Mal verpuffte die trügerische Energie, die sie morgens aus dem Bett und in den Park getrieben hatte. »Ich war in letzter Zeit nicht … gut drauf«, murmelte sie.

»Bestimmt fehlt Ihnen Dorothea.«

Sie zuckte mit den Achseln. »Ja. Aber es ist nicht nur das …«

Schweigen.

»Fin und ich sind momentan nicht zusammen.«

»Momentan?«

»Er ist in Schottland.«

Simon wirkte verwirrt.

»Ich glaube, wir haben uns getrennt.«

»Wirklich? Das tut mir leid. Sie sagen, Sie glauben es. Das klingt, als gäbe es noch Hoffnung.«

»Möglich.«

»Und das Baby …«

»Allein des Kindes wegen kann ich nicht bei ihm bleiben.«

»Das hatte ich auch nicht gemeint.« Er sah sie an.

Flora hatte ganz vergessen, wie schön seine braunen Augen waren.

»Ich geh dann mal lieber. Die Sprechzeit beginnt bald.«

Sie nickte. Wo, fragte sie sich, war ihr scherzhafter Ton von früher geblieben?

Als sie sich voneinander verabschiedeten, warf er den Mantel über seinen Arm, als hätte er nicht genug Zeit, ihn anzuziehen.

»Simon …«, rief Flora ihm nach, um ihn um seine Freundschaft zu bitten, damit sie sich gelegentlich auf einen Kaffee oder einen Spaziergang treffen konnten. Sie wollte ihm sagen, dass sie ihn mochte, dass er ihr gefehlt hatte. Aber das schaffte sie nicht. »Schön, wieder mit Ihnen geplaudert zu haben«, murmelte sie.

»Gleichfalls«, sagte er mit ein wenig traurigem Blick.

Auf dem Nachhauseweg war Flora wütend auf sich selbst, weil sie sich dem Arzt gegenüber so schweigsam gegeben hatte. Ihr Beschluss, ihr Leben dem Baby zuliebe in den Griff zu bekommen, hatte sich verflüchtigt, sie wollte nur noch unter die Decke kriechen.

Im Lauf der Woche versank Flora immer tiefer in einen Zustand ohnmächtiger Starre. Ein Teil von ihr hatte das Gefühl, dass es sinnlos war, sich zu bewegen, zu essen, sich gegen die Verzweiflung zu wehren, überhaupt zu leben. Aber etwas musste geschehen. Sie musste Geld verdienen.

Cheryl, die Inhaberin der Vermittlungsagentur für Krankenschwestern und Pflegepersonal, drehte sich auf ihrem hohen schwarzen Sessel von links nach rechts und trommelte mit den pinkfarbenen Nägeln ihrer rechten Hand auf der Schreibtischoberfläche herum.

»Eine Schwangere in Ihrem Alter kann nicht mehr als Pflegerin arbeiten, so viel steht fest.« Sie selbst war um die fünfzig, übergewichtig und hatte in einem ziemlich künstlich anmutenden Auberginetongefärbte schulterlange Haare. Bei Cheryl gab es keinen Small Talk, in ihrer durchorganisierten Agentur ging es hochprofessionell zu.

»Ich weiß, aber ich brauche Arbeit. Und ich habe keine anderen Qualifikationen. Bitte …«

»Es geht nicht nur um Sie selbst. Wenn ich Sie zu einem Patienten schicke und Sie plötzlich krank werden oder wegen Ihrer Schwangerschaft nicht mehr schwer heben können, steht der Patient ohne Pflegerin da.«

Flora fielen keine Gegenargumente ein.

Cheryl seufzte, und plötzlich wirkte sie nicht mehr ganz so unzugänglich.

»Mir fällt da eine andere Möglichkeit ein.« Sie überlegte. »Kelly ist in Mutterschaftsurlaub, und ihre Vertretung hat uns versetzt. Das verdammte Mädel ist diese Woche einfach nicht aufgetaucht; wir können sie nicht erreichen. Sie taugt sowieso nicht viel.«

Flora lauschte.

»Sie wissen, was Kelly macht. Sie akquiriert Aufträge, führt Vorstellungsgespräche mit Krankenschwestern und Pflegern … das ist keine höhere Mathematik. Wir brauchen jemanden, bis Kelly im Juli wiederkommt. Das ist reine Schreibtischarbeit, die kann auch eine Schwangere erledigen.«

Flora, der klar war, dass es sich um ein Entgegenkommen Cheryls handelte, nickte. »Vielen herzlichen Dank, das ist toll. Danke, Cheryl.«

Auf dem Heimweg wunderte Flora sich, dass sie sich nicht mehr freute. Sie war sehr dankbar für den Job, den sie am folgenden Montag antreten sollte und der ihr zumindest bis zur Geburt ihres Babys die finanziellen Sorgen nahm. Doch die Vorstellung, in dem tristen, stickigen Büro in Holborn tagtäglich acht Stunden im kalten Neonlicht zu sitzen, Cheryls süßliches Parfüm einzuatmen und telefonisch Krankenschwestern anzuwerben, stimmte sie nicht gerade fröhlich.

Es ist für das Kind, sagte sie sich. Aber zu Hause verkroch sie sich sofort wieder ins Bett.

In den ersten Wochen in der Agentur starb Flora fast vor Langeweile. Eine Zwölfstundenschicht bei Dorothea war ihr nur halb so lang erschienen wie acht Stunden in dem stickigen Büro. Tina, die einzige andere Angestellte, war Anfang zwanzig und hielt Monologe über Jungs, Klamotten, Frisuren und ihre Erschöpfung, als wäre Flora eine verwandte Seele. Flora rief sich immer wieder ins Gedächtnis, wie glücklich sie sich schätzen konnte, überhaupt zu arbeiten, aber dadurch verging die Zeit auch nicht schneller. Am Wochenende war sie nur noch müde. Einmal lud Mary sie am Samstag zum Tee ein, und Keith fragte, ob sie mit ihm auf einen Drink gehen wolle. Sogar Jake schickte ihr eine SMS: *Schon Lust auf eine Margarita?* Trotz ihrer Einsamkeit schlug sie alle Angebote aus, weil sie keine Gesellschaft ertrug. Sie merkte, dass nur das Baby sie davor bewahrte, in ein dunkles Loch zu fallen. Aber als aus Februar März und aus März April wurde und der Frühling begann, schien nicht einmal mehr der Gedanke an das Kleine sie zu motivieren.

»Flora?«, fragte Renée am anderen Ende der Leitung.

Sie hatte in jener Woche bereits dreimal angerufen, doch Flora war nicht rangegangen und hatte auch nicht zurückgerufen, was sie nun bedauerte.

»Hallo, Renée.«

»Hab ich Sie geweckt?«

»Nein … Ich war gerade dabei, meine Mails zu checken.« Sie setzte sich auf.

»Ich muss mit Ihnen reden. Bin morgen in Dorotheas Wohnung, um ihre Sachen zu ordnen. Könnten Sie vorbeischauen?«

»Hmm … Wird schwierig. Ich bin zum Lunch verabredet.« Sie hoffte, dass ihre Lüge überzeugend klang. Es fiel ihr schwer genug, sich zur Arbeit aufzuraffen, da wollte sie nicht auch noch am Wochenende aus dem Haus.

»Und hinterher? Ich werde wahrscheinlich den ganzen Tag dort sein. Oder vorher?«

Flora wusste, dass Renée nicht lockerlassen würde. »Lieber hinterher.«

»Wäre Ihnen so gegen vier recht?«

»Ja, gut. Bis morgen.«

Flora stöhnte leise. Renée hatte geklungen, als wäre es dringend, aber sie klang immer so. Worüber wollte sie mit ihr sprechen? Vermutlich brauchte sie Hilfe beim Ausräumen der Wohnung, damit der grässliche Dominic sie übernehmen konnte. Wenn Renée ihr Gelegenheit zum Arbeiten gab, konnte sie das Angebot nicht ausschlagen. Flora ging ins Bad und betrachtete sich in dem kleinen Spiegel, aus dem sie ein blasses, finsteres Gesicht mit dunklen Ringen unter den goldbraunen Augen und ungewaschenen, zotteligen Haaren, die ihr bis über die Schultern reichten, anblickte. Ich seh aus wie eine Pennerin, dachte sie und stellte sich unter die Dusche, bevor die Kraft sie verließ.

»Kommen Sie rein.« Renée winkte sie heran. »Ich habe Tee gekocht.«

Sie bahnten sich zwischen den Kisten im Flur einen Weg zum Wohnzimmer, in dem die hellen Tücher über den Möbeln seltsame Formen entstehen ließen. Weitere Kisten stapelten sich an den Fenstern, an einer Wand lehnten Bilder. Nur die Couch war noch frei; das Tuch lag fein säuberlich gefaltet über der Armlehne.

Renée schenkte schweigend den Tee ein.

»Es sieht alles gut organisiert aus«, bemerkte Flora, die sich traurig an Dorothea in ihrem Sessel am Fenster erinnerte.

»Es geht voran, aber es ist immer noch eine Menge zu tun.« Renée reichte Flora eine Tasse und wölbte die Hände in dem kühlen Zimmer um die ihre.

»Ich will nicht lange um den heißen Brei herumreden.« Renée holte Luft. »Ich hätte es Ihnen schon früher gesagt, aber es mussten noch einige Punkte geregelt werden.«

Flora sah sie fragend an.

»Dorothea hat Ihnen diese Wohnung hinterlassen. Und etwas Geld.«

Flora machte große Augen. »Wie bitte?« Sie spürte, wie sie blass wurde.

Renée nickte. »Ja. Toll, nicht? Die Wohnung gehört Ihnen. Und fünfzigtausend Pfund.« Sie schenkte ihr ein breites Lächeln.

»Und was ist mit Dominic? Ich dachte, sie hätte alles ihm vermacht.«

»Das wollte sie ursprünglich, doch sie hat ihr Testament geändert. Selbstverständlich erhält auch er ein schönes Sümmchen, mit dem er zufrieden sein sollte, aber das ist er nicht.«

Flora verschlug es die Sprache. Nun begriff sie, warum er ihr bei der Beerdigung die kalte Schulter gezeigt hatte. »Wieso? Hatte sie ihn im Verdacht, dass er sie über den Tisch zieht?«

»Darüber hat sie sich nicht ausgelassen. Sie kannten ja Dorothea, sie hätte nie ein böses Wort über ihn verloren. Es war ihr wichtig, dass Sie die Wohnung bekommen. Sie mochte Sie sehr.«

»Ich sie auch.« Flora schluckte. »Kann ich das wirklich annehmen? Wird Dominic das Testament nicht anfechten?«

»Natürlich hatte er das vor. Er war stinksauer und wollte einen Anwalt einschalten. Uns beide hat er mit einer Reihe ziemlich unschöner Namen bedacht. Ich habe ihm erklärt, ich hätte Beweise dafür, dass er seine Großtante monatelang betrogen hat, indem er ihre Sachen zu einem Bruchteil ihres Werts verkaufte. Und ich habe ihm klargemacht, dass das ans Licht kommen würde, wenn er eine Show abzieht.«

»Wir haben doch keine Beweise … oder?«

»Nein, aber die würden sich leicht beschaffen lassen. Ich habe ihn aufgefordert, mir Quittungen der Auktionshäuser für sämtliche Verkäufe vorzulegen. Darauf ist ihm nichts mehr eingefallen.«

»Sie glauben also nicht, dass er die Angelegenheit weiter verfolgen wird?«

»Sie hat ihm einhunderttausend Pfund und die wertvollsten Möbelstücke vermacht. Das ist mehr, als er verdient. Er wäre verrückt, seinen Ruf zu riskieren – wie viel der auch wert sein mag –, indem er vor Gericht geht. Man kann es drehen und wenden, wie man will: Er ist und bleibt ein gewöhnlicher Dieb.«

Flora sah Renée mit großen Augen an. »Noch mal langsam: Dorothea hat mir die Wohnung und fünfzigtausend Pfund hinterlassen?«

Renée tätschelte lachend ihren Arm. »Schwer zu glauben, was?«

»Wann? Ich meine, wann hat sie ihr Testament geändert?«

»Etwa zwei Monate vor ihrem Tod. Plötzlich war ihr das schrecklich wichtig. Ich musste den Termin auf einen Samstag legen, als Sie nicht da waren. Ironie des Schicksals: Ausgerechnet Pia hat Dorotheas Unterschrift bezeugt. Sie hat auch Mary und Keith etwas hinterlassen. Leider ist die Wohnung auf Pachtbasis erworben, und der Vertrag läuft nur noch achtundzwanzig Jahre. Wenn Sie sie für einen guten Preis verkaufen wollen, müssten Sie ihn bald verlängern. Das mit dem Geld wird ein bisschen dauern, aber als Dorotheas Testamentsvollstreckerin kann ich Ihnen die Schlüssel zur Wohnung gleich geben. Ich weiß nicht, was Sie vorhaben, würde Ihnen jedoch raten, sie nicht allzu lange leer stehen zu lassen. Unbewohnte Häuser machen schnell Probleme.«

Flora blickte sich in dem Raum um. Das gehört mir? Ist das zu fassen? Sie bedauerte es zutiefst, dass sie Dorothea nicht persönlich danken konnte.

Renée erhob sich. »Bleiben Sie ruhig sitzen. Sie müssen die

gute Nachricht verdauen. Ich mache schon mal im Schlafzimmer weiter. Später sollten wir uns darüber unterhalten, welche Sachen, die nicht an Dominic gehen, Sie behalten möchten.« Sie verließ das Zimmer.

Flora sank in die Kissen zurück und schloss die Augen. Dorothea, rief sie stumm in den Äther und verschränkte die Hände im Schoß. Dorothea … hoffentlich kannst du mich hören. Vielen, vielen Dank. Du hast mich gerettet. Vor Erleichterung begann Flora zu weinen.

Die folgenden beiden Stunden füllten Renée und Flora, die mit den Gedanken nicht bei der Sache war, einen Müllsack nach dem anderen mit Dorotheas Habseligkeiten.

»Sie müssen die Versicherung informieren«, erklärte Renée Flora. »Ich schicke Ihnen eine Kopie des Kaufvertrags und eine von Dorotheas Testament. Sie sollten mit meinem Anwalt Andrew Houlting sprechen, der sich um die gerichtliche Testamentsbestätigung kümmert. Er kann Ihnen sagen, wann das Geld verfügbar sein wird, und den Papierkram für Sie erledigen.«

Flora nickte benommen.

Nachdem sie sich von Renée verabschiedet hatte, wusste sie nicht so recht, was sie mit sich anfangen sollte. Sie ging zum Bus und fuhr nach Hause. Da sie nicht allein in ihrer Wohnung herumsitzen wollte, ohne jemandem von dieser glücklichen Fügung der Dinge erzählen zu können, machte sie sich auf den Weg zum Waitrose-Supermarkt, um frische Lebensmittel zu besorgen.

Als sie wieder zu Hause war, rief sie Fin an.

»Flo?«

»Wie geht's dir?«

»Toll! Ich trainiere wie ein Geisteskranker. Dabei vergisst man die Welt um sich herum.« Als ihm bewusst wurde, was er gerade gesagt hatte, schwieg er kurz. »Dich und das Baby würde ich natürlich nie vergessen ...«

»Ist schon okay, Fin. Hör zu: Mir ist was Unglaubliches passiert.«

»Unglaublich gut oder unglaublich schlecht?«

»Unglaublich unglaublich.« Sie lachte.

»Raus mit der Sprache.«

»Dorothea hat mir ihre Wohnung hinterlassen.« Flora konnte es selbst noch kaum fassen. »Und Geld.«

»Mann, das ist ja wirklich unglaublich! Die alte Dame hat also das Zeitliche gesegnet.« Langes Schweigen. »Willst du sie verkaufen?«

Flora antwortete nicht sofort, weil sie noch immer nicht über ihre Zukunft gesprochen hatten und sie nicht wusste, was in Fins Kopf vorging.

»Nein«, sagte sie, als ihr klar wurde, was sie wollte. »Ich glaube, ich möchte selber darin wohnen.«

»Okay.« Er schwieg kurz. »Bedeutet das, dass das mit uns ...?«

»Ich weiß es nicht.« Was wollte sie von ihm hören?, fragte sie sich.

»Ich kann mir nicht vorstellen, dass wir nicht zusammen sind. Irgendwie hatte ich erwartet, dass du mit mir hier leben würdest. Du und das Baby. Das könntest du immer noch, Flo. Du weißt, dass ich dich liebe. Wenn du dich nach wie vor wegen der Sache mit Prue grämst ...«

Langes Schweigen.

»Wir scheinen uns unterschiedliche Dinge vom Leben zu erwarten, Fin.«

»Stimmt wahrscheinlich«, murmelte er erst nach einer ganzen Weile.

Flora beendete das Gespräch mit gemischten Gefühlen: Ihre Freude über das Erbe verband sich mit tiefer Traurigkeit darüber, dass sie und Fin nicht zusammenkommen würden.

Einundzwanzig

4. Juni

Seit Flora die Schlüssel zu Dorotheas Wohnung hatte, wurde diese von ihr mithilfe von Bel, Keith und Simon Kent Schritt für Schritt in ein sauberes, helles Zuhause verwandelt. Sie hatte den uralten Teppich entsorgt, die Bodendielen waren abgeschliffen, eingelassen und mit einem bunten Läufer bedeckt, die schweren Vorhänge durch ein Baumwollrollo ersetzt. Doch es gab noch viel zu tun.

Flora hatte Kontakt zu Simon aufgenommen, weil sie wusste, dass sie bald Nachbarn wären und einander auf der Straße begegnen würden, und weil sie ihm gegenüber nicht weiter so verlegen sein wollte wie seinerzeit in dem Café.

Eines Morgens, etwa einen Monat, seit sie die Schlüssel besaß, hatte sie ihm eine SMS geschickt: *Rufen Sie mich doch an, wenn Sie Zeit haben. Flora.*

Er hatte zwei Tage nicht geantwortet, bis eines Abends nach der Arbeit, auf dem Heimweg von der U-Bahn-Station, ihr Handy klingelte.

»Hallo, Flora. Ich bin's, Simon Kent.« Er hatte wie immer ein wenig gehetzt geklungen.

»Hallo … Wie geht's Ihnen?«

»Gut, danke.«

»Ich wollte Ihnen nur sagen, dass wir Nachbarn werden.« Sie hatte ihm von dem Erbe erzählt.

»Wie schön. Sie scheint Sie sehr gemocht zu haben.«

»Wir sind gerade dabei, die Wohnung von Grund auf neu zu gestalten.«

»Viel Glück. Ich hoffe, dass Sie sich dort wohlfühlen.« Er hatte kurz geschwiegen. »Dann werden wir uns vermutlich über den Weg laufen.«

»Schauen Sie doch einfach mal vorbei, wenn Sie Zeit haben. Ich lebe jetzt praktisch dort, aber es herrscht noch Chaos. Keith hilft mir.«

»Fin vermutlich auch.«

»Fin und ich sind nicht mehr zusammen.«

Schweigen. »Oh … Das tut mir leid.«

»Mir auch.«

»Sie werden also allein dort wohnen?«

»Ja.«

Erneutes Schweigen.

»Falls Sie weitere Hilfe brauchen sollten: Ich kann ganz manierlich mit dem Pinsel umgehen. Und das Baby?«

»Dem geht's gut.«

Seitdem hatte Simon ihr beim Streichen geholfen oder am Wochenende Dinge mit ihr entsorgt. Gelegentlich hatte er sie und Bel zum Einkaufen von Babysachen begleitet, weil er, wie er sagte, der Einzige mit Babyerfahrung war. Einmal war er sogar mit ihnen zu IKEA gefahren, was Flora als ultimativen Beweis seiner Freundschaft erachtete. Obwohl sie seine Gesellschaft genoss und die drei unaufhörlich plapperten und miteinander lachten, waren sie und Simon nach wie vor nicht mehr als Freunde. Manchmal ertappte Flora ihn dabei, wie er sie mit einem intensiven Blick musterte, und dann fragte sie sich, was er für sie empfand. Sie für ihren Teil konnte sagen, dass sie sich jedes Mal auf ihn freute, dass er zu einem wesentlichen Bestandteil ihres Lebens geworden war.

»Gruslige Farbe.« Bel verzog das Gesicht, als sie den Farbeimer auf der Plane entdeckte.

»›Gruslig‹? Was soll das heißen? Das ist ein hübsches, sanftes Grün und wirkt im Wohnzimmer bestimmt beruhigend.«

»Hmm. Sieht wahrscheinlich an der Wand besser aus als im Eimer.«

»Lass uns zuerst das Kinderzimmer fertig machen. Gegen Reinweiß kannst du eigentlich nichts haben!«

Sie saßen auf Sofakissen auf dem frisch abgeschliffenen Parkettboden des Wohnzimmers – die Möbel standen noch im Flur – und tranken Beeren-Smoothies aus dem Café gegenüber.

»Wie läuft's mit Mum?«

Bel verdrehte die Augen. »Ziemlich scheiße. Jetzt brüllt sie nicht mehr die ganze Zeit rum, sondern läuft auf und ab und sieht aus, als würde sie gleich zu heulen anfangen. Ich hasse es.«

»Und dein Dad?«

»Den treff ich oft, aber nie zusammen mit Mum. Sie redet nach wie vor nicht mit ihm. Als ich Mum gefragt hab, ob sie sich scheiden lassen, hat sie gesagt: ›Natürlich nicht.‹ Als ob das klar wär. Ich wünschte, sie würde mir endlich verraten, was los ist.«

Flora rutschte unruhig auf ihrem Kissen herum. »Die kriegen das schon auf die Reihe, Bel, da bin ich mir sicher. Für dich ist das schrecklich, das kann ich verstehen, aber gib ihnen Zeit.«

»Das sagst du immer. Sie redet ja nicht mal mit dir – du hast sie Monate nicht gesehen –, also muss es echt schlimm sein.« Ihre Nichte beäugte sie argwöhnisch. »Du weißt bestimmt, was passiert ist, Flora. Bitte erklär's mir.«

Jedes Mal, wenn Bel Flora darum bat, musste diese sie damit abspeisen, dass sich am Ende alles einrenken würde.

»Bel, ich hab dir schon mal gesagt, dass es kompliziert ist. Deine Mum macht gerade eine schwierige Zeit durch. Ich glaube, da geht's nicht nur um einen einzelnen Punkt, sondern es ist allgemein eine problematische Phase, mit der sie nicht so gut zurechtkommt.«

Bel runzelte die Stirn. »Das ist ziemlich genau das, was Mum und Dad auch sagen … lauter hohle Phrasen.« Sie seufzte und saugte den letzten Rest des Smoothies mit dem Strohhalm aus ihrem Becher.

»Tut mir leid.«

»Ihr haltet mich alle für ein dummes Kind, das zu jung ist für die Wahrheit. Aber hey, ich bin fünfzehn. Und es ist *meine* Familie.«

Als Flora die Tränen in ihren Augen sah, nahm sie ihre Hand. »Komm, lass uns weiterstreichen. Das lenkt dich von deinen doofen Eltern ab.« Sie hoffte, dass Bel niemals von der Sache mit ihrer Mutter und Fin erfahren würde.

Sie arbeiteten eine Weile schweigend. Die Wände waren fertig, es fehlten nur noch die Bodenleisten und Fensterrahmen. Der Raum würde hübsch werden, hell, luftig und ruhig. Flora stellte sich vor, wie ihr Baby friedlich in seinem Bettchen schlief – das noch in der Verpackung darauf wartete, dass Keith es aufstellte.

»Kommt Simon?«, erkundigte sich Bel, als sie ihr Werk begutachteten.

»Er hat versprochen, später vorbeizuschauen, nach der Arbeit.«

Bel bedachte sie mit einem merkwürdigen Blick. »Er ist ziemlich süß.«

Flora lachte. »Simon?«

»Ja, Simon. Wer sonst? Findest du ihn nicht süß?« Bel mochte den Arzt; beim Renovieren der Wohnung hatten sie sich angefreundet.

Flora antwortete nicht gleich. »Ja, okay, er ist süß.«

»Und?«, fragte Bel triumphierend.

»Was und?«

»Was willst du unternehmen?«

Flora deutete kopfschüttelnd auf ihren dicken Bauch. »Bel, ich bin schwanger, falls dir das noch nicht aufgefallen sein sollte. Wenn man schwanger ist, denkt man nicht an solche Sachen.« Sie sah, dass Bel die Augenbrauen hob. »Nein, wirklich nicht. Simon und ich sind befreundet, sonst nichts. Und wer sagt denn, dass er sich auf diese Weise für mich interessiert?«

»Ich.« Ihre Nichte wandte sich breit grinsend wieder dem Farbeimer zu.

Abends im Bett musste Flora an dieses Gespräch denken. Hatte Bel recht? Flora war nicht entgangen, wie Simon sie manchmal anblickte, aber bestimmt würde sich niemand mit einer Hochschwangeren einlassen oder freiwillig das Kind eines anderen großziehen wollen … Oder? … Sie liebte seine dunklen Augen und seine sanfte Art; er brachte sie zum Lachen. Wenn er mehr für sie empfand, hätte er ihr das bestimmt längst zu verstehen gegeben. Sie fragte sich, wie sie reagieren würde, wenn er es tat.

Sich am Samstagvormittag in die Oxford Street zu begeben war eine schlechte Idee, das wurde Flora klar, als sie sich durch die Menschenmassen schoben. Aber sie arbeitete dic ganze Woche und hatte sonst keine Zeit zum Einkaufen.

»Brauche ich das alles wirklich?«, fragte sie Simon mit einem Blick auf das verwirrende Angebot von Steckdosensicherungen, Kühlschrankschlössern und Türstoppern.

Simon nahm ein Starterpaket in die Hand. »Ich glaube nicht, dass das Kleine schon bald versuchen wird, den Kühlschrank zu plündern.«

»Oder sich den Kopf an der Tischkante anstößt. Hast du dieses ganze Zeug bei Jasmine gebraucht?«

Simon schmunzelte. »Wir hatten ein Kindermädchen.«

Obwohl er nur selten über seine vierjährige Tochter sprach, wusste Flora, dass seine Exfrau Carina es ihm schwermachte, sie zu sehen.

»Ich nehm nichts von dem Krempel.« Sie legte das Starterpaket ins Regal zurück. »Die Wohnung ist nicht groß, ich höre die Kleine auch ohne Babyfon schreien. Und die anderen Sachen sind, falls überhaupt, erst nötig, wenn sie älter ist.«

»Gut. Ist reine Geldschneiderei«, pflichtete Simon ihr bei. »Komm, ich spendier dir einen Tee im Sketch. Da gibt's gemütliche Sessel und köstliche Makronen.«

Im Sketch sank Flora mit erleichtertem Seufzen in einen tiefen Sessel. »Wollen wir uns einen Nachmittagstee mit allem Drum und Dran teilen … und dazu Makronen? Ich muss für zwei essen!«

»Und ein Blaubeer-Eclair?« Simon bedachte die Kellnerin, die die Bestellung aufnahm, mit einem Lächeln. »Obwohl ich nicht schwanger bin.«

»Schwangere Väter dürfen sich genauso was gönnen wie

schwangere Mütter«, scherzte die Kellnerin. Als sie sich entfernte, schwiegen Flora und Simon verlegen.

»Wir sehen vermutlich tatsächlich wie ein Paar aus«, bemerkte Simon.

Flora nickte. »Wahrscheinlich.«

Plötzlich wurde Flora klar, dass sie sich genau das wünschte. Das verstärkte ihre Befangenheit; nun konnte sie ihm nicht einmal mehr in die Augen blicken.

»Hast du dich schon für eine Geburtsmethode entschieden?«, fragte Simon schließlich, um wieder auf sichereres Terrain zurückzukehren.

»Am liebsten eine schmerzfreie«, antwortete sie, und sie lachten beide. »Ich bin ein fürchterlicher Feigling und möchte so viel Betäubung wie möglich.«

»Eigentlich wünschst du dir, dass das Baby einfach neben dir auftaucht wie der Erzengel Gabriel, gib's zu.«

»Mir graut davor. Nicht nur vor der Geburt selbst, sondern vor der Verantwortung hinterher.« Sie strich zärtlich über ihren Bauch.

Simon kaute geistesabwesend an seinem Zeigefinger. »Fin kommt wahrscheinlich zur Geburt, oder? Wenn er aus irgendeinem Grund nicht hier sein sollte und du jemanden brauchst, der dir die Hand hält ...« Er sah sie an.

»Er hat versprochen, dass er kommt ... aber danke, Simon. Das ist sehr nett von dir.« Sein Angebot rührte sie, und mit schlechtem Gewissen schob sie die Hoffnung beiseite, dass am Ende tatsächlich er bei der Geburt dabei sein würde und nicht Fin.

Nach weiterem verlegenen Schweigen begannen sie, über einen Film zu reden, den Simon in der vorhergehenden Woche gesehen hatte.

Flora, die neben den Farbeimern im Wohnzimmer stand, seufzte tief. Plötzlich wirkte der Raum sehr viel größer, als sie ihn in Erinnerung hatte, und sie war müde. Die Renovierung der Wohnung schien ewig zu dauern. Am liebsten hätte sie sich einfach auf die Couch gesetzt und die Füße hochgelegt.

Es klingelte. Da sie niemanden erwartete, wollte sie nicht aufmachen. Erst als es noch einmal klingelte, bewegte sie sich leise fluchend zur Tür.

»Komme ich ungelegen?«, fragte Simon Kent. »Du siehst erschöpft aus.«

Sie lächelte. »Bin ich auch. Ich glaube, das liegt daran, dass ich gerade die riesige Fläche gesehen habe, die noch zu streichen ist.«

»Soll ich helfen?«

»Du könntest mir verraten, was du von der Farbe hältst, die ich gekauft habe. Bel findet sie ›gruslig‹.«

Simon kniete schmunzelnd neben dem Farbeimer nieder, um den Aufdruck zu lesen. »Hmm, Seeigel 6 … interessant.« Er hob den Deckel mit einem farbverschmierten Meißel von Keith ab und betrachtete den Inhalt des Eimers. »Deine Nichte könnte recht haben. Wirkt tatsächlich ein bisschen unterirdisch.«

Flora runzelte die Stirn.

»Sie gefällt dir nicht? Reinweiß halte ich im Wohnzimmer nicht aus, das wär mir zu kalt. Es ist ein sehr helles Grün … eher grünblau.«

Simon legte den Kopf ein wenig schief. »Erinnert mich irgendwie an einen OP.« Er grinste.

»Hör auf!«

»Es ist deine Wohnung und muss dir gefallen.« Er erhob sich. »Meine Meinung ist unerheblich.«

Sie nickte, obwohl sie wollte, dass auch er sich darin wohlfühlte. »Ja«, sagte sie, »aber ich möchte keine klinische Atmosphäre. Es soll warm und gemütlich sein.«

»Vielleicht ist es das ja. Komm, lass uns eine Wand machen, damit wir sehen, wie's wirkt.«

Die Balkontüren standen weit offen, sodass die warme Frühlingsluft ins Zimmer strömen konnte, und aus dem Radio erklang leise Musik, während sie die grüne Wandfarbe auftrugen. Als Flora den Arzt in seiner Jeans und dem grauen T-Shirt, einen Farbklecks auf dem Unterarm, von der Seite ansah, konnte sie sich ein Schmunzeln nicht verkneifen. Zum ersten Mal seit Monaten – vielleicht Jahren – war sie wirklich glücklich.

Simon, der ihren Blick bemerkte, erwiderte ihr Lächeln.

»Gar nicht so schlecht. Du hast recht, es ist nicht so grün, wie ich dachte.«

»Es erinnert dich nicht an Tupfer und Skalpelle?«

»Nicht sofort.«

Sie arbeiteten weiter, bis die Wand fertig war, und traten dann einen Schritt zurück, um ihr Werk zu begutachten.

»Weiß nicht so recht, ob mich das überzeugt«, meinte Flora.

»Lass die Farbe erst trocknen. Am Ende könnte sie heller wirken.«

»Möglich. Ich mache uns einen Tee, während wir warten.« Weil es allmählich dunkel zu werden begann, schaltete sie die kleine Lampe neben der Tür ein.

Als sie mit den Tassen zurückkam, hatte Simon zwei von Dorotheas alten Küchenstühlen aus dem Flur hereingebracht und sie mit ein wenig Abstand nebeneinander vor der frisch gestrichenen Wand platziert.

»Sieht aus, als wollten wir einen Film anschauen«, stellte sie fest und reichte ihm eine Tasse.

»Wir setzen uns vor die Wand, lassen sie auf uns wirken und stellen uns vor, es ist ein ganz normaler Abend, an dem wir uns bei einem Glas Wein über den Tag unterhalten …« Als ihm klar wurde, was für ein intimes Szenario er beschrieben hatte, verstummte er. »Nur damit wir wissen, ob du mit der Farbe leben kannst«, fügte er hastig hinzu.

Sie betrachteten stumm die Wand. Da ertönte aus dem Radio John Denvers Stimme: *You fill up my senses …*

Flora musste an den Abend einige Monate zuvor in just diesem Zimmer denken, als Simon mit ihr zu dem Song getanzt hatte.

»Sie spielen unser Lied«, stellte Simon schmunzelnd fest und streckte ihr die Hand hin. »Flora Bancroft, würden Sie mir diesen Tanz schenken?«

Er zog sie hoch und begann sanft, sich mit ihr durchs Zimmer zu drehen, während sie im Geiste mitsang … *come, let me love you …* Der Song erzählte von einem Mann, der ganz von seiner Liebe zu einer Frau erfüllt war.

Nach dem Lied tanzten sie noch eine Weile weiter, und als sie schließlich stehen blieben, ließ Flora die Hand auf Simons Schulter und er seinen Arm um ihre Taille.

»Flora …«, flüsterte er und zögerte nur kurz, bevor er sie vorsichtig küsste. In dem Moment, als seine Lippen die ihren berührten, wünschte sie sich, dass er sie nie wieder loslassen würde.

»Das wollte ich schon so lange … Hoffentlich denkst du nicht …« Er sah ihren Bauch an. »Ich meine, das Timing ist nicht gerade optimal.«

Zur Antwort küsste sie ihn noch einmal.

Als Flora am folgenden Morgen aufwachte, lächelte sie vor Glück. Sie und Simon waren lange aufgeblieben und hatten, eine Schale mit Hummus und Pitabrot zwischen ihnen, auf dem Sofa im Flur geredet und gelacht und Händchen gehalten, bis er schließlich zu seiner eigenen Wohnung auf der anderen Straßenseite gegangen war. Nach der langen Zeit als Kollegen und Freunde konnte sie kaum glauben, was in dieser Nacht geschehen war. Der Kuss hatte einen Damm gebrochen und alle Verlegenheit und Zurückhaltung zwischen ihnen hinweggespült.

Sie stand auf und begutachtete wie jeden Morgen ihren Bauch im Spiegel. Im siebten Monat erschien er ihr riesig, und inzwischen spürte sie oft dieses leichte Strampeln. Die Vorstellung, dass der winzige Körper sicher in ihr heranwuchs, machte sie glücklich.

Als sie sich anzog, klingelte es. Simon, dachte sie und rannte hin. Doch es war Fins Stimme, die aus der Gegensprechanlage erklang.

»Fin! Was machst du denn hier?« Sie ließ ihn schockiert ein.

Fin war tief gebräunt, seine Haare glänzten golden von der Sonne, und sie hatte das Gefühl, dass er einige Pfund weniger wog als noch ein paar Monate zuvor. Er begrüßte sie mit einem Lächeln.

»Wow! Du siehst großartig aus.« Bevor sie ihn daran hindern konnte, schlang er die Arme um sie und küsste sie auf Hals und Gesicht. »Die Schwangerschaft scheint dir gut zu bekommen«, meinte er und ließ sie los.

»Was machst du hier?«, wiederholte sie. »Du hättest anrufen sollen.«

Fin zuckte mit den Schultern. »Ich wollte dich überraschen.« Er blickte sich um. »Toll.«

»Die Wohnung ist noch nicht fertig.« Sie wusste nicht, was sie mit diesem Mann reden sollte, der ihr, nachdem sie mehr als ein Jahrzehnt von ihm besessen gewesen war, jetzt fast wie ein Fremder vorkam.

»Ich bin da, um das Visum für Nepal zu beantragen, und dachte mir, ich verbringe ein paar Tage mit dir. Du hast mir gefehlt, Flo.«

»Du kannst nicht hierbleiben.«

»Warum nicht?«, fragte Fin verblüfft.

»Weil … Weil wir nicht mehr zusammen sind.«

»Das heißt doch nicht, dass wir keine Zeit miteinander verbringen können. Schließlich ist das mein Baby da drin.« Er streckte grinsend die Hand nach ihrem Bauch aus, aber sie wich zurück.

»Flo, was ist los?« Seine Miene verfinsterte sich. »Hast du einen andern?«

»Nein.«

»Was ist dann das Problem?« Er ging zum Sofa, ließ sich daraufplumpsen und klopfte auf die Kissen. »Immer noch dieselbe alte Couch. Was für Erinnerungen!«

Flora kannte seinen vielsagenden Blick nur zu gut. In der Vergangenheit hätte er ihre Lust geweckt, doch nun verunsicherte er sie.

»Willst du einen Kaffee?«

»Danke, gern.« Er stand auf und folgte Flora in die Küche. Als sie an der Spüle den Wasserkessel füllte, trat er von hinten zu ihr und legte die Arme um sie.

Sie schüttelte ihn ab. »Bitte …«

»Hey, was ist los? Okay, ich hätte dich anrufen und warnen sollen … Früher hat's dir doch gefallen, wenn ich dich überrascht habe.«

Sie warf die Kaffeemaschine an. »Das war früher, Fin.«

»Du scheinst nicht sonderlich erfreut über meinen Besuch zu sein. Ich wollte mit dir über die Geburt reden. Ist ja nicht mehr lange hin. Ich komme in der Woche des Geburtstermins und bleibe, wenn du möchtest, bis das Baby da ist. Dann können wir sehen, wie's läuft. Anfang September möchte ich nach Nepal. Das heißt, wir haben ein paar Wochen, in denen ich meine Tochter kennenlernen kann. Falls es ein Mädchen wird.«

Flora, die nicht wollte, dass er das Entsetzen in ihren Augen sah, wandte den Blick ab. Natürlich wusste sie, dass Fin als Vater irgendeine Rolle spielen würde, aber sie war davon ausgegangen, dass er im Leben ihres Kindes eine Randfigur bleiben würde. Und nun war er hier und sprach davon, bei der Geburt dabei zu sein, vielleicht noch Wochen danach bei ihr zu bleiben.

»Du hast behauptet, du könntest nicht mit kleinen Kindern umgehen. Das war deine Ausrede für Nepal.«

»Ja, aber seitdem hatte ich Zeit zum Nachdenken. Damals war ich echt nicht gut drauf, Flo.« Er schwieg kurz. »Vielleicht sollten wir's noch mal miteinander probieren. Wo doch bald das Baby kommt …«

Was sollte sie darauf sagen?

»Bist du mir etwa noch böse wegen der Sache mit Prue?«, fragte er.

»Die Sache mit Prue«, wie er es nannte, quälte Flora tatsächlich. Wie Bel richtig bemerkt hatte, war seit Monaten kein Gespräch mehr zwischen ihr und Prue zustande gekommen. Irgendwann hatte Flora gemerkt, dass sie momentan nicht die Kraft besaß, die Beziehung zu ihrer Schwester wieder aufzubauen, und Prue schien das gleiche Gefühl zu haben. Allerdings tat es ihr weh, dass Prue keinerlei Anteil an ihren Geburtsvorbereitungen hatte. Außerdem fand sie schrecklich, was die Unruhe in der Familie mit der armen Bel machte.

»Ist das Kinderzimmer schon fertig?«, erkundigte sich Fin gerade. Er wirkte entspannt und schien sich wie zu Hause zu fühlen, als wäre er jeden Tag bei ihr. Das neue Selbstvertrauen in seine Körperkräfte ließ den depressiven Nörgler, mit dem sie zusammengelebt hatte, völlig vergessen. Fin war seinem Wesen nach ein Wanderer; er schlug schneller Wurzeln als die meisten anderen Menschen.

Flora schüttelte den Kopf.

»Zeigst du's mir?«

»Die Sachen sind alle noch in Kisten. Wir sind gestern erst mit dem Streichen fertig geworden.«

»Wir?«

»Ja. Keith und Bel … und Simon Kent, der Arzt von Dorothea, haben mir geholfen.«

Fin sah sie mit großen Augen an. »Keith? Der Hausmeister von der Wohnanlage?«

»Ja.«

»Wie praktisch.«

»Ja. Er kommt manchmal nach der Arbeit oder am Wochenende rauf und hilft mir. Ich bin ihm sehr dankbar«, erklärte sie, ohne auf seine Reaktion einzugehen.

»Kann ich mir vorstellen.«

»Was soll das heißen?«

»Flo, du kannst mir nichts vormachen. Ich kenn dich zu gut.«

Flora lachte auf. »Du weißt überhaupt nichts mehr von mir.«

Fin trat mit argwöhnischem Blick einen Schritt auf sie zu. »Du hast also was mit diesem Keith?« Er zog sie zu sich heran und strich ihr die Haare aus dem Gesicht. Dann waren plötzlich seine Lippen auf den ihren, und er schob ihr die Zunge in den Mund. Sie versuchte, sich ihm zu entwinden, doch in seiner Eifersucht packte er sie so fest an den Armen, dass es schmerzte.

»Hey, Flo«, sagte er mit sanfterer Stimme. »Komm schon, wehr dich nicht. Du weißt ganz genau, was wir miteinander haben.« Er löste sich von ihr, hielt sie aber nach wie vor fest. »Unsere Körper sind füreinander bestimmt. Ich wette, dieser Keith kann mir nicht das Wasser reichen.«

Endlich gelang es ihr, sich von ihm loszureißen. »Keine Ahnung, wir haben keine Beziehung.« Sie zitterte vor Wut.

Fin hob die Augenbrauen. »Hmm … Aber die hättest du gern, oder?«

Da klingelte es. Flora rührte sich nicht von der Stelle.

»Soll ich aufmachen?« Fin bewegte sich in Richtung Tür, doch Flora erreichte sie vor ihm.

Es war Simon. »Hallo. Fin ist da.«

Simon sah zuerst sie, dann Fin an. »Simon Kent.« Er streckte Fin die Hand hin, plötzlich wieder ganz professionell, wie sie ihn aus den Zeiten mit Dorothea in Erinnerung hatte. Fin schüttelte sie widerwillig und musterte ihn fragend. »Ähm … Ich denke, ich komme später wieder«, murmelte Simon.

Flora, die an die schönen Stunden der vergangenen Nacht dachte, sah ihn flehend an.

»Ich ruf dich an«, sagte er und ging ohne ein weiteres Wort.

Sobald die Tür geschlossen war, wandte sie sich mit nie gekannter Wut Fin zu.

»Verschwinde. Hau ab.«

Er sah sie erstaunt an. »Hey, was hab ich verbrochen?«

»Kapierst du nicht mal das? Fin, was bist du doch für ein

Egoist. Du kommst, du gehst, du nimmst dir, was du willst, und dabei ist es dir völlig egal, wen du verletzt.« Sie zitterte vor Zorn. »Wie kannst du es wagen, dich mir aufzudrängen? Wie kannst du es wagen, mich wieder anzufassen? VERSCHWINDE.«

Er starrte sie an, als hätte sie den Verstand verloren.

»HAU AB!«

Fin hob die Hände. »Okay, okay ... Ich weiß, dass schwangere Frauen ausflippen können, aber das ist jetzt doch ein bisschen extrem.« Er nahm seinen Rucksack. »Wir unterhalten uns später weiter, wenn du dich eingekriegt hast.«

Tränen schnürten ihr den Hals zu, als sie die Tür öffnete und Fin McCrea mit einem verwunderten Achselzucken aus ihrem Leben trat.

Nachdem sie sich ein wenig beruhigt hatte, rief sie Simon an und hinterließ eine Nachricht auf seiner Mailbox. »Bitte ruf an. Er ist weg.«

Dann wartete sie.

Sie saß den gesamten Sonntagnachmittag auf dem Sofa und wählte im Stundentakt die Nummer von Simons Handy. Doch er reagierte nicht. *Bitte ruf an*, sagte sie immer wieder und schaute unzählige Male auf das Display ihres Telefons.

Ihr Ausbruch bei Fin hatte sie in ihren Grundfesten erschüttert. Ihr war klar, dass es dabei nicht nur um den Kuss gegangen war oder darum, dass er ihre Beziehung mit Simon gefährdete. Da hatte sich eher ihre aufgestaute Wut über seine ständigen Ausflüchte und seinen Egoismus Bahn gebrochen, die sich bis dahin nicht hatte entladen können.

Es war fast sechs, als Simon an der Tür klingelte.

»Ich bleibe nicht.« Er wirkte angespannt. »Ich denke, es ist das Beste, wenn wir uns eine Weile nicht sehen. Ich kann's verstehen, wenn du nach wie vor etwas für Fin empfindest … Schließlich ist er der Vater deines Kindes. Doch meine eigenen Gefühle für dich sind, wie du gemerkt haben dürftest, so stark, dass ich damit nicht umgehen kann. Ich würde ja gern nur mit dir befreundet sein, Flora, kriege das aber, glaube ich, nicht hin.« Seine Worte klangen wie eingeübt.

»Das mit Fin und mir ist vorbei, Simon. Mein Zorn war nicht gespielt. Er war eifersüchtig auf Keith, als ich ihm erzählt habe, dass ihr mir alle geholfen habt, das Kinderzimmer zu streichen, und hat mich zu einem Kuss genötigt, kurz bevor du gekommen bist …«

Simon schwieg einen Moment, bevor er entgegnete: »Nach Dorotheas Tod habe ich monatelang versucht, dich zu vergessen, weil ich wusste, dass du mit Fin zusammen bist. Deswegen war ich in dem Café im Park so komisch zu dir.«

»Simon, bitte, glaub mir: Es ist vorbei.«

Er seufzte tief.

»Ich habe einen furchtbaren Tag hinter mir. Vor Eifersucht wusste ich weder ein noch aus. Es war die Hölle. Bitte sag's, wenn du noch irgendwas für diesen Mann empfindest. Ich könnte es verstehen, wenn du dir nicht sicher bist.«

»Simon, hör auf damit! Sieh mich an. Ich – liebe – Fin McCrea – nicht.« Als sie ihre Worte hörte, wurde ihr klar, dass das stimmte, dass sie sich endlich von ihrer ein Jahrzehnt währenden Besessenheit befreit hatte. Sie griff nach seiner Hand und hielt sie fest. »Ich könnte es nicht ertragen, wenn du mich verlassen würdest«, flüsterte sie.

»Vielleicht brauchst du trotzdem Zeit. Die Trennung von ihm ist noch nicht lange her. Und möglicherweise ändern sich deine Gefühle, wenn das Baby da ist.«

Flora schüttelte den Kopf. »Nein. Ich könnte mir vorstellen, dass er nicht mal zur Geburt da sein wird. Jetzt ist er auch nur gekommen, weil er das Visum für Nepal beantragen muss und ein Bett zum Schlafen braucht. Er hat mich nicht mal angerufen, um mir zu sagen, dass er mich besuchen will, und ist einfach aufgekreuzt.«

Obwohl Simon ihr noch nicht zu glauben schien, löste er die Hand nicht aus der ihren. »Das ist jetzt nicht gegen Schwangere gerichtet, aber solltest du im Moment wirklich so weitreichende Entscheidungen treffen?«

Flora musste lachen. »Fin glaubt auch, dass ich den Verstand verloren habe. Er hatte immerhin einen Grund: Ich hab ihn angebrüllt wie eine Wahnsinnige.«

Endlich breitete sich ein Lächeln auf seinem Gesicht aus.

»Es war ziemlich unschön.« Sie sah ihn an. »Ich bin mir absolut sicher. Das, was heute Nacht zwischen uns geschehen ist, kann man nicht spielen; es war außergewöhnlich, Simon.«

»Stimmt.«

»Und dabei schlafen wir gar nicht miteinander und ziehen auch nicht zusammen …«

Simon grinste. »Noch nicht«, sagte er.

Epilog

September 2013

»Das ist der Wahnsinn«, flüsterte Flora und blickte sich mit offenem Mund um. Der lange Tanzsaal mit dem hochglanzpolierten Holzboden und den schäbigen Plüschwänden sowie der gewölbten Decke wurde von einer bizarren Mischung aus Dutzenden französischer Kronleuchter und roter Lampions erhellt. Am einen Ende befanden sich Tische und Stühle, einige auf einem Podium, am anderen eine kleine Bühne mit Vorhang. Der verblichene Prunk des Saals wirkte gleichzeitig exotisch und intim.

Als einige Paare zu *Puttin' on the Ritz* Quickstep tanzten, ertappte sich Flora dabei, wie sie mit dem Fuß mitwippte.

»Setz dich hier hin«, sagte Simon, nachdem er ihr einen Platz auf dem Podium gesichert hatte, von wo aus sie das Geschehen gut mitverfolgen konnte. »Ich hol uns was zu trinken.«

Während sie auf ihn wartete, sah sie den Tanzenden zu. Manche glitten mit durchgedrücktem Rücken und hoch erhobenen Ellbogen in vollkommener Harmonie dahin, andere kannten kaum die Schritte, stolperten immer wieder und blieben lachend stehen, bevor sie es von Neuem versuchten. Aber allen machte es sichtlich Spaß.

Dies war Floras erster Abend ohne Baby. Die mittlerweile sechs Wochen alte Thea Sarah Bancroft befand sich in den guten Händen von Prue und Bel, die ihre kleine Cousine so sehr liebte, dass sie den größten Teil ihrer Freizeit bei Flora verbrachte.

Flora hätte ihre Tochter gern Dorothea genannt, doch Bel hatte sie darauf hingewiesen, dass sie mit Sicherheit den Spitznamen Dot oder Dotty bekommen würde. Und Simon hatte ihr beigepflichtet. Thea war der Vorschlag ihrer Nichte gewesen. Sarah stand für Fins Mutter – Flora fand es wichtig, dass auch die andere Hälfte von Theas Genen berücksichtigt wurde. Fin, der im Annapurnagebiet unterwegs war und zur Zeit der Geburt trainieren musste, hatte seine Tochter noch nicht gesehen.

Seit Floras Ausbruch im Juni, für den sie sich schon bald entschuldigte, hatten sie kaum miteinander gesprochen. Sie hatte ein schlechtes Gewissen, weil sie wusste, dass Thea ihren Vater niemals richtig kennenlernen würde, rief sich jedoch ins Gedächtnis, dass er letztlich nie wirklich ein Kind gewollt hatte. Und Thea, hoffte sie, würde Simon haben.

Das Baby hatte sie und Prue versöhnt. Am Tag nach Theas Geburt war ihre Schwester mit einem riesigen Korb Blumen ins Krankenhaus gekommen, und sie hatten einander ziemlich lange schweigend umarmt. Damit war die schmerzliche Vergangenheit für beide abgeschlossen.

Simon hatte Flora durch das Anfangsstadium der Wehen begleitet, sie in die Klinik gefahren und ihre Hand gehalten, als sie vor Schmerz schrie. Und hinterher hatte er Thea auf dem Arm gehalten und sie angesehen, als wäre sie von ihm.

Flora hatte ihn während der Schwangerschaft immer wieder gefragt, ob er Fins Kind jemals als das seine akzeptieren könne, und er hatte jedes Mal geantwortet, er wisse es nicht. Die Beziehung zwischen den beiden hatte sich einfach so ergeben. Flora kannte seine Tochter Jasmine noch nicht, weil ihre Mutter den Sommer mit ihr bei Verwandten in Amerika verbrachte. Natürlich hatte Flora Angst davor, wie die Kleine auf sie reagieren würde, aber sie würde sich bemühen, eine ähnliche Verbindung mit ihr aufzubauen wie Simon mit Thea.

»Das wollte ich dir schon lange zeigen«, sagte Simon, als er die Getränke brachte, eine Limonade für sie und eine Cola für ihn. »Früher war das Ganze ein Kino, die kitschige Einrichtung stammt aus den Fünfzigern. Ist es nicht himmlisch?«

»Toll. Einige Paare sind super.«

»Ja, und andere grässlich.« Er deutete auf einen jungen Mann, der vor ihrer Nase über die Füße seiner Partnerin stolperte.

Flora lachte. »Ich würde mich auch nicht besser anstellen.« Sie hatte sich geschworen, nicht zu tanzen, sich die Sache nur anzusehen. Doch nun, da sie hier war, wusste sie, dass sie nicht widerstehen konnte, obwohl ihr nicht ganz wohl dabei war, getrennt von Thea und wieder draußen in der lauten Erwachsenenwelt zu sein.

»Wir müssen nicht lange bleiben. Ich weiß, dass du dir sonst Sorgen machst. Aber lass uns ein paar Runden drehen … Wenn du möchtest.«

»Wenn ein Walzer kommt«, sagte sie. »Das ist das Einzige, was ich halbwegs kann.«

Als *Light Up My Life* gespielt wurde, nahm Simon ihre Hand. »Jetzt oder nie!«

Sie betraten die Tanzfläche, und Simon führte sie gekonnt zwischen den anderen Paaren hindurch. Flora tat wenig mehr, als ihm zu folgen. Schon bald dachte sie nicht mehr nach und gab sich ganz dem Augenblick hin.

»*You light up my life*«, sang Simon ihr leise ins Ohr. »*You give me hope to carry on …*«

Sie sah ihn an, und einen Moment schienen sie in jenem Meer aus Bewegung zu verharren, bevor er sie lächelnd auf den Mund küsste und sie über den hochglanzpolierten Ahornholzboden weiterwirbelte.

Danksagung

Ein riesiges Dankeschön an meine Agentin Laura Morris, meine Lektorin Jane Wood sowie an Katie Gordon, Robyn Karney und das gesamte Quercus-Team. Auch danke ich meiner wundervollen Familie und meinen Freunden für ihre Unterstützung, insbesondere T. S. und Enid Grant-Govan.

Hilary Boyd

Hilary Boyd besuchte in ihrer Kindheit das berühmte Roedean-Internat in Brighton. Sie arbeitete als Krankenschwester, Paartherapeutin und zuletzt als Journalistin im Gesundheitsbereich. Mit ihrem Debütroman »Donnerstags im Park« eroberte Hilary Boyd die Leserherzen im Sturm.

Außerdem von Hilary Boyd bei Goldmann lieferbar:

Donnerstags im Park. Roman (auch als E-Book erhältlich)

GOLDMANN
Lesen erleben